极致
沉迷

臣年 著

Extreme

sinking

台海出版社

我不追星，星星非要追我。

商珩：是我**逼婚**。

她是他的

荣耀。

Contents

目录

高竹v：恭喜我的小姑娘。

　　你是我的荣耀。

照片2：一个长相精致的小姑娘。

站在入满是英文背景的冠军颁

奖台上，手拿着奖章 属于国家的。

红色的旗帜 被再再升起 掉眼泪

而漂亮。

这是国家的荣誉 也是她

的荣誉。

第一章

真 假 老 公

九月的清晨，霜寒露冷，浓雾覆盖了整个青大校园。

计算机系研究生宿舍内。

"娃娃亲？什么娃娃亲，都二〇二〇年了，怎么还会有娃娃亲这种封建糟粕的存在？"温喻千握着手机，脸颊微微贴近屏幕。她的侧颜比例完美，每一处都漂亮得恰到好处。

她的手腕很细，纤弱无力，此时手指用力地捏紧手机，粉色的指甲染上几分瓷白。

温喻千完全想不到，自己二十二年顺风顺水的人生居然会在她读研二这年出现娃娃亲这种变故。

"宝贝，现在立刻带上妈妈上次寄给你的定亲信物回家，晏清中午在家等你见面。"电话内，宋女士没接女儿的话，自顾自撂下一句，"你们好好培养感情。"

温喻千听后头疼不已，直到母亲挂断电话她没缓过神来。

她垂着双眸，白皙柔软的掌心微微摊开，露出一枚精致小巧的戒指。

戒圈由一圈钻石环绕，简单华美，戒指的最中央是镂空的半颗心。明眼人都看得出来，这是对戒的其中一枚。

这正是宋女士昨天才从国外空运过来的，据说是娃娃亲的定亲信物。

什么娃娃亲，什么定亲信物，难道这是新型的催婚方式？

温喻千越想越觉得可能性极大，她微抿双唇，宋女士的套路真是越来越多了呢。

温喻千倚靠在阳台的玻璃门上，窗户半开着，微凉的风徐徐侵入。她恍若未觉，遥遥看着楼下的新生、老生拖着行李箱来来往往，脑子陷入几秒空白。

直到秦眠从床上伸出头来，看向大清早站在窗口的温喻千："小千千，你穿这么少吹风，不冷吗？"

温喻千被雾气晕湿的睫毛颤抖了一下，瞳仁中弥漫的空洞渐渐消散，这才感觉到自己纤瘦圆润的肩头早就被吹得冰冷麻木。

她僵硬的食指还钩着那枚戒指，小身板挪进了寝室内，仰头看向上铺探出头来的秦眠，慢吞吞地回答："冷啊。"

温喻千打开衣柜，准备换身衣服回家。即便再不情愿，多年的教养也不允许她放客人的鸽子。

纤细的手指覆在柜门上，指尖不经意钩着的那枚戒指熠熠生辉。

她刚准备摘下戒指。本来还准备赖床的秦眠跟中邪了似的，猛地从床上下来，满脸兴奋地举起她的手腕："妈呀，千千宝贝，你也买了商珩同款的戒指吗？"

温喻千脸上浮上一层迷茫，下意识瞄了一眼食指指尖上挂着的那枚戒指："同款？"

秦眠将亮着屏幕的手机递给她："喏，你自己看。我男神商珩这周参加颁奖典礼，被拍到中指戴了枚戒指，是情侣对戒中的一枚。全网女生都开始买同款戒指戴，现在这枚戒指已经成了某宝爆款。"

商珩？

温喻千顺着她的示意，心有余悸地瞥向屏幕，看着屏幕上清俊优雅的男人。

镜头里的商珩，五官轮廓俊美疏离，剪裁得当的西装衬得他越发清贵挺拔。他修长干净的手指正自然地握着话筒，另一只手捧着金色的影帝奖杯。

中指上的戒指隐隐约约能看出个大体轮廓，而此时这个轮廓被刻意放大了。

最明显的便是戒指上那微微镂空的半心形状，恰好可以跟她手里的这枚凑成一对。

果然是同款。

温喻千注视了照片几秒，清亮的瞳仁微闪，随后视线往下，看到了照片下的评论。

"我老公怎么可以这么撩，老公！啊！"

"这是我老公，你们看，同款戒指！"

"不好意思，本宫不死，尔等终究是妾，我才是正宫！"

"巧了不是，我也有这款戒指，是我老公送我的，对了，我老公姓商。"

粉丝纷纷附上了照片，全是商珩那枚戒指的同款。

温喻千双眸低垂，卷翘的睫毛被洒下的灯光晕染出浅浅阴影，表情一言难尽："这年头，女粉丝都这么……疯狂吗？"

一个个都幻想自己是商珩的老婆。

商珩知道自己有这么多老婆吗？

等等！

温喻千蓦地举起手中的戒指，恍然大悟，原来如此！

宋女士这么大年纪了，还挺有少女心，紧跟潮流追星。可是，追同款就追同款，还骗她说是什么娃娃亲的定亲信物，吓了她大半天，险些上了她的当！

秦眠坚决否认："不是女粉疯狂，而是大家都不愿意相信商男神真的在外面有了小妖精。也不知道是哪个小妖精这么幸运，能得到男神垂青，手里有那枚真正的戒指。"

秦眠抱着温喻千的手"嘤嘤嘤"。

秦眠凑得近了，突然睁大双眸，狐疑地举着她的食指，仔细观察："咦，你这枚似乎比网上的那些同款要更闪亮、更高级一些。"

"千宝！"像是想到什么，秦眠倏地扭头看向温喻千那张小脸。

温喻千唇红齿白，眉眼如画，眼尾自动上扬，五官精致得跟瓷娃娃一样。

因为刚起床，她身上还穿着真丝睡裙，曲线曼妙玲珑，瓷白的肌肤与纯白色的吊带睡裙融为一体，几乎分不清哪个更白一些。

又美又勾人，俨然就是她口中的小妖精。

盯着她看了十几秒，秦眠深吸一口气，摇晃着她的肩膀："你跟我说实话，我男神家的小妖精是不是你？"

温喻千被晃得头晕眼花，好不容易才挣脱，白了她一眼，没好气道："你怕是追星追傻了吧？我根本不认识他！"

温喻千大学时代沉迷于学习计算机,很少玩微博,对明星什么的更是不熟。

秦眠一本正经地捧着温喻千的手,郑重其事道:"千宝,如果真是你,我绝对不反对。我只要商男神的一张签名照就行,就一张。"

她实名赞成这门婚事,她家小千千连续五年斩获"青大第一女神"的桂冠,又美又低调,智商还超高,少年班保送的青大计算机系,后来又保送青大研究生。

配得上她家商男神。便宜了自家的小妖精,总比便宜了外面的小妖精好。

重点是……如果自家室友兼闺密成功拿下男神,那她岂不是也跟着"鸡犬升天",成为追星界的人生赢家?

秦眠双手捧心,眼神飘忽,满脸希冀。

温喻千红唇微抽,只觉得秦眠脑洞大得快要漏了。她抬起手拍了她脑袋一巴掌,让她好好清醒清醒。

"请你冷静,大清早不要做梦,这枚戒指是我妈的。我妈有钱,追同款也舍得花钱买真钻,当然亮了。"

秦眠清醒了:"……"

有钱了不起哦。

哦,还真挺了不起的。

北城的早晨与中午温差大,临近十二点时,太阳穿透层层幕布般的浓雾,跃入天际。金色的阳光纵横交错,铺散于华丽巍峨的校门上。

女孩子打扮很慢,等温喻千洗完澡,敷完面膜,化个妆,挑好衣服,一系列结束后,才发现快十二点了。

她匆匆出了校园。

一路上,她不知道在多少女生的手指上看到了那款戒指,再次感叹娱乐圈顶流男神的魅力。

感觉全校女生都想给商珩当老婆。

连考上一流名校青大的女生都沦陷了,难怪母亲开始追商珩同款。

温喻千穿过熙来攘往的校门,上了早就等在路边的车子。

温家司机杨叔:"小姐,您终于来了,夫人说家里有惊喜等着您。"

温喻千顺了顺自己微乱的乌发,听到司机的话后,白皙的指尖顿在耳侧："惊喜？不就是相亲吗？还搞得这么神秘兮兮的。"

"不是相亲，是娃娃亲。"杨叔试图解释。

然而温喻千早就给她妈定了性，单方面认为司机是替她妈隐瞒她一把年纪追星的真相，意味深长道："杨叔，我都知道了，您就别替我妈隐瞒了。"

什么娃娃亲，不就是她妈为了让她相亲的新套路吗？

杨叔太有职业道德了，要不是她提前知道了同款的事情，估计现在都信了他们演的戏。

说完，温喻千拿出手机，照了照自己此时的模样，拿出口红补了一下唇妆。她的唇形漂亮，唇珠明显，微微翘起的时候，带着不自知的迷人。

她家别墅距离青大不远，不到半个小时车子便停下了。

温喻千站在别墅门口，长吁一口气，想到等会儿要见的人，微微平复心情。

不就是见个男人吗？不紧张，不紧张。

明知娃娃亲有百分之九十九的可能性是她妈编造出来的，可温喻千真的很担心那百分之一的可能性：这个娃娃亲是真的。

她第一次觉得自己家的门槛这么高，高得让她抬不起腿迈进去。

温喻千闭了闭眼睛，强迫自己冷静下来，一步一步穿过花园，进入客厅。

温母常年往国外跑，家里用人不多，偌大的欧式别墅显得有些空旷寂寥。

高跟鞋踩在地板上，嗒嗒嗒，回音响彻。

温喻千推开两米多高的门，入目的便是坐在客厅繁复华丽的真皮沙发上的陌生男人。

他此时低敛眼睫，单手握着薄薄的黑色手机，修长干净的手指正轻轻敲击着屏幕，另一条手臂慵懒地支在沙发扶手上，雪白的衬衣袖口微微收缩，露出一截白皙如玉的腕骨。

大抵是觉察到了她的视线，男人线条优美的下颌缓缓抬起，露出那张清俊如画的面庞，朝她回望过来。

透过客厅明亮的光线，男人的面容清晰地映入温喻千的眸底。

空气突然凝滞了一瞬。

她瞳孔蓦地收缩，这张脸，好像在哪里见到过。

温喻千下意识走近他，想要看清楚他的长相。

谁知脚下没注意，高跟鞋细细的跟不小心钩住了地毯，温喻千身形一晃，跟跄了几下，整个人往茶几上摔过去。

温喻千的第一个反应是：糟糕，要毁容。

第二个反应才是捂住自己的脸。

这时，一只修长白净的大手蓦地握住她的手臂，将她稳稳地接住。

男人狭长的眼尾微挑，嗓音磁性低沉："当心。"

陌生男性干净清冽的气息一下子弥漫开来，温喻千的耳根瞬间染上漂亮的绯红色："谢谢。"

随即男人绅士地松开手。

温喻千不自觉地眨眼睛，才发现二人离得很近，近到温喻千能看清楚他冷白色的俊美面庞上毫无瑕疵。

近距离看清楚他的五官后，温喻千没心思继续害羞，小脸上浮上一抹震惊："你……你……你……你……"

她终于想起来这张脸像谁了，像娱乐圈顶流男神，全校女生的老公商珩！

他居然跟商珩"撞脸"了！

而且这鼻子、这眼睛，根本看不出整容痕迹，哪家医院水平这么高？

见她半天说不出话来，男人淡色的薄唇勾起一抹似笑非笑的弧度："我有这么吓人？"

温喻千缓缓摇头，然后又点头，睫毛上下抖动几秒，小心翼翼地问："你整容花了很多钱吧？"

宋女士追星都追到这个份儿上了吗？

不但买同款戒指，连亲女儿的相亲对象都找了个明星同款。

男人微微一顿，垂眸看她，低沉的嗓音透着几分玩味："整容？"

他话音一落，整个客厅安静得如时间停滞了一般，只有彼此的呼吸声清晰可闻。

温喻千诧异地抬眸看他。

客厅的吊灯与顶灯全开，厅内流光溢彩，装修华美精致。

唯独一个缺点，那就是光线全开时太过耀眼刺目，温喻千眼睛酸涩了一瞬，轻轻眨了眨，才透过一抹薄薄的水雾看清楚他的表情。

见他神色莫测，温喻千迟钝地反应过来。

哦！正常人似乎都不愿意被质疑整容。

思及此，她极快地补充了一句："你长得像明星，说你整容，是指你好看。"

温喻千完全没想过对方就是商珩本人，毕竟商珩这种顶流男神怎么可能会出现在她家的"小别墅"里。

男人语调不疾不徐："是吗？"随后棱角分明的下颌微抬，示意她，"坐下说。"

等到温喻千下意识地在他对面的沙发上落座时，才猛然回过神来

他们到底谁才是主人？

她抿了抿唇，大脑快速运转，试图打破这种尴尬的气氛，蓦然想起宋女士给她安排的娃娃亲身份牌。她干净明澈的眸子一亮，声调清亮软糯，朝他伸出手："你好，还没自我介绍，我是温喻千。"

她第一次相亲，没什么经验，不过自我介绍应该没毛病吧。

男人漫不经心地站着，他很高，腿很长，宽肩窄腰，虽然只穿了简单的衬衣黑裤，却堪比时尚杂志上那些身材最优越的男模。

而且他的气质比男模更清俊雅致。

只是他太高了，看温喻千的时候，需要低垂着双眸。

男人目光渐深，徐徐伸出右手，与她柔软的小手相握。

掌心柔软滑腻的触感让他立刻松开，薄唇微启："晏清，家里人都唤我晏清。"

晏清吗？

温喻千落座后，脑子里继续思考这个名字，北城豪门圈有姓晏的吗？

北城豪门圈说大也不大，最起码能叫得上名字的，温喻千都知道，可她却不记得有这个姓氏。

视线从男人身上扫过。

发现他穿的并不是什么定制或者大牌，只是简单的白衣黑裤，完全看不出牌子。

虽然穿在他身上很好看，但是她越看越觉得……嗯，略显贫穷。

温喻千搁在膝盖上的手指微微蜷起，不明所以，宋女士到底从哪里给她淘来的相亲对象？

男人任由她打量，动作优雅自如地为她沏了杯茶，不动声色地推到她面前。

温喻千看着面前的陶瓷杯。

青白色的茶水雾气朦胧，氤氲至杯壁处那未来得及松开的长指。

她觉得自己家本来很丑的陶瓷杯，被这双修长如玉的手指映衬得好看了几分。

她胡乱地想，手也能整得这么好看？

温喻千默默吐气，让自己脑子清醒一些。

气氛沉默几秒。

冷静下来后，温喻千感觉二人就这么干巴巴地坐着很尴尬，想要找个话题应付一下。

到时候再以职业不合适为由结束这次相亲。

温喻千想得十分完美，她的眼睛弯成了月牙，很是友善地问："小晏先生，请问你是做什么工作的？"

她没注意到男人端着瓷杯的手指微微顿住了。

小晏先生？

男人发现她对自己的名字没有任何记忆，他低下眼睑，掩住了眸底的深色。

没有否认这个称呼，他抬起头，声音随之响起："演员。"

温喻千心中诧异，他这样……做演员火不了吧？和顶级明星商珩"撞脸"，估计会被打压。

宋女士追星可真是追疯了，搞不到男神当女婿，便淘来一个长得九成像的。

还搞什么同款戒指当定亲信物。

温喻千嘴唇微启，刚准备说他们未来的职业方向差得太远，不适合在一起，却见对方搁在茶几上的手机疯狂振动。

她咽下到了嘴边的话，触及男人询问的眼神，指了指手机："你先接电话吧。"

男人云淡风轻地点头："稍等。"

说着，他拿起手机，往阳台方向走去，边走边接电话。男人身形挺拔劲瘦，隔着白衬衣隐约能看到他背脊的线条，性感优美，西装裤下的双腿笔直修长，即便是打电话的姿态随意，也让人移不开眼睛。

且不说长相，宋女士选的这位，身材倒是真的优越，性感又有魅力。只是他这张脸，未来在娱乐圈的路不太好走呀。

温喻千手托腮看着他，思绪已经不知道飘到哪里去了。

落地窗前，男人气定神闲地看着外面。他在聚光灯下这么多年，对于视线的敏感度远高于常人。她的凝视，他又怎么会感觉不到？

他的薄唇微微勾起，甚至没仔细听电话那头的话。

"商珩，商大人，你到底有没有听清楚我的话？你的代言被抢了！最近一夜爆红的那个流量男星，他抢你的代言！"经纪人易言语带怒意，他在这个圈子里这么多年，这还是第一次有人敢动手抢他们家商珩的代言，让他如何不气。

初出茅庐就敢跟商珩比，谁给他的脸？！

"嗯。"商珩语气里没有半分怒意，甚至还略微上扬。

易言与商珩合作这么多年，又如何听不出来，商珩此时心情不错。

代言被抢了，他心情居然还能不错？

易言想到商珩此时去了哪里，迅速反应过来，"啧"了一声："差点忘了，您现在可是要嫁入豪门了，根本瞧不上什么代言。"

见商珩不否认，易言胆子肥了，继续调侃："我们家商晏清长大了，知道把自己卷吧卷吧'嫁'给富婆，爸爸很欣慰！"

商珩俊眉微皱，语带思索："嫁……"

温喻千准备去洗手间补个妆，路过阳台，刚好隐约听到那句"嫁富婆"。

她意味深长地看了一眼商珩的背影，果然是十八线小明星，天天想着不劳而获"嫁"富婆。

在商珩看到她之前，她迅速跑进洗手间，第一时间致电宋女士。

"跟晏清聊得怎么样？有没有欺负人家？"宋女士接了电话之后，第一句便是问晏清。

温喻千细软的手指撑在洗手台上，松散的乌发懒懒地垂在脸侧，带着撒娇意味道："到底谁才是您亲生的？"

"我还真希望他是我亲儿子。"宋女士叹息了一声，"可惜，生不出来这么优秀的儿子。"

温喻千明白了，原来她妈是商珩的"亲妈粉"。

现在见不着偶像，只好找来一个替身，来满足自己"亲妈粉"的幻想。

她知道商珩很帅，粉丝很多，但没想到他的粉丝都病得不轻……

连她妈都被传染了。

一个个不是想当人家老婆，就是想当人家妈。

"我觉得我们不合适，他是演员，我们没有共同语言。"

镜子里，温喻千眉头微蹙，红唇吐出一句："我等会儿就跟他摊牌，您别乱点鸳鸯谱了。"

宋女士话语一顿，下一秒，语气里染上几分哀愁："什么不合适？借口，都是借口！你这个不孝女，晏清跟你是娃娃亲，你要是拒绝他，妈妈怎么面对他家长辈，怎么面对……太不孝了，是妈妈没教好你，都是妈妈的错……"

温喻千："……"

宋女士每次都有好多戏，但凡她反对什么，宋女士就立刻给她上演一出大型亲情孝道励志教育电影之母爱深沉如山。

这课上得温喻千头大，她揉了揉额头："停，停，停，您到底想怎么样？"

宋女士软硬兼施："你要是不喜欢晏清也行，妈妈不为难你，只要你今年年底之前把自己嫁出去。"

温喻千："宋女士，我真的是您亲生的吗？"

宋女士语气缓和下来，语调恢复往日的从容优雅："总之，如果你对晏清不满意，妈妈手里还有十几个备选。宝贝，您可以慢慢选，从明天开始，一天一个。"

温喻千还想要挣扎一下，却听到电话那边秘书的声音。

"宋总，该开会了。"

这个时间，国外应该是晚上，怎么还在开会？

温喻千抿了抿双唇："妈妈，你注意休息，别太累了。"

宋女士跟秘书说了两句后，听到女儿别扭的关心，笑道："只要你乖乖听话，妈妈就不累。"

温喻千在洗手间待了十几分钟，等她收拾好情绪走出去后，发现空气中竟然弥漫着淡淡的饭菜清香。

温喻千一愣，漆黑的瞳仁透着些许茫然。她才离开了十几分钟，发生了什么？

原本冷清寂寥的别墅，怎么突然有了烟火气？

顺着香味走进餐厅，她看到本来干净空荡的餐桌上摆了六道色香味俱全的菜，还有两碗米饭。

男人安静地坐在餐桌旁，墨色碎发衬得他肌肤冷白，视线扫过来时，莫名让温喻千看出几分清贵冷然的味道。

她怕是年纪轻轻就得了老花眼。

一个十八线男明星，怎么可能有这种气质？学商珩学得倒是挺像。

连气质都模仿了，堪称模仿界的楷模。

商珩见她表情几乎都在脸上写着，一副完全藏不住心事的模样，薄唇不动神色地微启，语调平淡温沉："先用午餐吧。"

美食当前，温喻千抵抗不了这一阵一阵蔓延过来的香气攻击，都快一点了，她饿了。

好饿。

至于尊严什么的，先吃饱了再说。

吃了一口酸甜多汁的糖醋小排后，她迫不及待地想要吃第二口。

幸好多年的教养让温喻千还能保持一些淡定。

"今天换厨师了吗？"

温喻千吃了半碗米饭后，小嘴红润润的，歪了歪头，漆黑透亮的眸子看向坐在对面的男人。

商珩的眼神不经意扫过她水润的红唇，眸色微敛："不是厨师，是私房菜馆送来的。"

"喜欢吃吗？"

男人不动声色地抽出一张纸巾递了过去。

温喻千下意识地接过，顺势擦了擦红唇："味道尚可。"她的目光落在他身上，看着这张脸用餐，颇有几分……赏心悦目。

见他这么有眼力见，还很有服务意识，温喻千眼睫轻颤一下，突然有了一个大胆的想法。

她蓦地朝他弯唇浅笑："小晏先生，冒昧问一句，平时工作忙吗？"

商珩明显有些意外，似乎没想到她会问这个问题。

他静静地看了她片刻，轻描淡写地回道："不忙。"

温喻千险些被他的眼神攻势给击溃，幸好心理素质尚算不错，忍着没有表露什么情绪。

一听他的回答，温喻千的眼瞳瞬间亮了："不知你有没有兴趣来我这里兼个职？你演戏也是为了赚钱，来我这里也能赚钱，而且工作简单，薪酬丰厚。"

况且他长成这样，注定演戏只能当个替身，赚不到多少钱。也难怪他想走捷径"嫁"富婆了，估计他挺缺钱的。

当然，温喻千很有礼貌地没有将后面的话说出来。

商珩长指把玩着玻璃杯，指腹贴着温热的杯壁，眼底流淌着一抹浅浅的玩味，不急不缓地开口："嗯？我需要做什么？"

温喻千对上他那双清透幽邃的眼睛，心脏轻颤，仿佛随时都会被他看穿。

她故作镇定，一字一句道："我每个月给你二十万，只需要你在我妈妈面前假装我的男朋友。我们每个星期一起跟她视频一次，如果她回国，你就陪我回家吃个饭。怎么样，答应吗？"

她灿若繁星的眸子里盈满期待，直直地望着他，等待答案。

商珩沉吟一瞬，仿佛在考虑。

半晌，他薄唇微启，突然冒出来一句："这算是包养？"

温喻千没来得及反应，愣怔几秒，下意识地想点头，而后睫毛抖了抖，不确定道："啊？算……算吗？"

下一秒，她便看到清贵矜雅的男人倏地微微一笑："成交。"

男人披了件黑色真丝睡袍，微微松散的腰带摇摇欲坠，赤着脚踩在地毯上。他的样貌好，身体的每个部位都非常优越。

往下，脚背筋骨匀称，肌肤细腻，由于久不见阳光，比身体其他部位的皮肤要白一个度。

清俊的眉眼微微上挑，眉梢凝结着尚未擦干的水珠，染着性感慵懒的意味。

他薄唇微启，嗓音低沉，磁性好听，辨识度极高。

"包养关系，成交。"

温喻千心神凝窒，心跳蓦地紊乱。

清晨六点，一缕微光划破天空，顺着青大女生宿舍半开的窗帘，如数洒到最里侧的床上。

温喻千睁开眼，猛地从床上坐起来，大口大口地喘气。

蒙了许久，好不容易醒神后，她的脸上布满了纠结，乌发凌乱地披散在肩头，几绺碎发不小心飘到脸颊上，越发显得那张脸精致细腻。

只是凌乱美少女此时脑海中正不断回荡着男人清润好听的"成交"二字。

成交，就这么成交了？

她只是单纯地请个人假装男朋友，避开宋女士的相亲攻势而已。

明明是钱货两讫的金钱关系，为什么就莫名其妙成了不和谐的包养关系？

还让她连续三天夜夜做噩梦。

温喻千一只手捂着怦怦乱跳的胸口，咬着下唇，眉眼灼灼，坚持认定这就是噩梦，另一只手抵着柔软的床单。

蓦地，手边的手机"嗡嗡"振动了两下。

温喻千下意识地看了一眼屏幕上的时间，六点整。

下面是一条微信消息。

晏清："早安。"

又是这个时间，又是这句话，连续三天，温喻千都快形成条件反射了，一听到振动声就知道到早晨六点了，效果堪比闹钟。

她有理有据地怀疑，晏清是不是开通了到点自动发送服务，才会如此准时准点，分秒不差。

温喻千窝在柔软的枕头里，用白皙的指腹点开了那条消息。

他的头像是纯白色的，朋友圈也是一片空白，宛如机器人账号。

算了算时间，明天就是跟母亲视频的日子，温喻千把玩着薄薄的香槟色手机，措辞了好久。

"小晏先生，明天有空吗？"

这行字在输入框停留了几秒，温喻千纠结地咬着食指想：这样会不会太没有身为金主的威严了？她可是给晏清发工资的，怎么能这么小心翼翼。

一个字一个字地删掉后，她脑子一转，纤指突然迅速输入一句："小晏，明天来我这里报到，开始你的第一次服务。"

刚输完，她就拍了拍自己的脑袋，不对，不对，她瞎写什么"服务"。

险些被那个梦带歪！

搞得跟什么不好的服务似的，改成工作会更好一些。

温喻千刚准备删掉"服务"这两个字。

突然，她的床被人猛地拍了一下。

"千宝，快起来，外面下雨了，快下来帮我收衣服。"

床板抖动得厉害，温喻千的身子歪了一下，覆在屏幕上的手指跟着抖了一下。

温喻千眼皮子一抽，看着发送成功的微信消息，第一反应就是撤回。

然而没等她撤回，那边已经秒回："什么服务？"

得……来不及了。

温喻千掀开床帘，漆黑的眼珠静静地看着床下的罪魁祸首秦眠，红唇抿着，一言不发。

秦眠被她的死亡凝视看得头皮发麻："干吗这么看着我，突然发现我的动人美貌了吗？"

温喻千眼明手快，从被窝里伸出冰凉的手，蓦地捏上秦眠那张脸："就你力气大！"

害得她丢死人了，果然被误会了……不知道晏清会怎么想她。

搞不好误会她是想要包养他的富婆了。

秦眠的小脸被捏得扭曲，话都说不清楚："歪，腻药缪撒我吗？翼虎朕的要被淋湿了！"（喂，你要谋杀我吗？衣服真的要被淋湿了！）

天气变化莫测，几分钟前还有朝阳升起，几分钟后便迅速落下零星雨滴。

此时，远在五百多千米之外的玉江影视城 A 区。

造型恢宏的宫殿内，一身明红色臣子常服的商珩身形高挺、宽肩窄腰。玉带将他的腰系住，越发显得他风雅玉树，只是那清俊眉眼中流露出的危险让人心肝都在颤抖。

他坐在宽大的案前，薄唇微启："滚！"

清清淡淡的一个字，便让四周的工作人员全部入戏。

不愧是史上最年轻的大满贯影帝。

唯独商珩的经纪人，在这种惊心动魄、剑拔弩张的拍摄环境下，突然来了一句"我去"，让大家瞬间从戏中抽离出来，齐刷刷看向捧着手机不知道看到什么奇怪东西的易言。

拍摄仍在继续，易言在诸多工作人员的眼神下，默默地握紧了商珩的手机，生怕被人看到。

妈呀。

商大人居然……

居然……

目光落在那大摇大摆备注了"金主"的微信动漫头像上。

商珩最近每天清晨六点都要准时给一个人发消息,原来是他的"金主"。

易言表情一言难尽,动作却毫不含糊,立刻回了对方:"什么服务?"

他倒是想知道,自家艺人究竟背着他在外面做了什么特殊服务?!

"手机给我。"

一道清冷的嗓音从背后传来,易言的肩膀条件反射地僵硬了一秒,随后迅速转过身,将特别定制款的手机双手举起奉上:"对不起,商大人,我用你的手机回复了一条消息。"

易言心塞,他这个经纪人太卑微了,别人家的经纪人碰艺人的手机,那都是理所当然的。而他,一个一线经纪人,居然连碰一下自家艺人的手机都得道歉。

卑微,太卑微。

商珩长指慢条斯理地轻点了一下。

刚好是微信对话页面,他眉头微皱几分:"你吓到她了。"

易言:"……"

不,你吓到我了。

商珩缓缓打出了一个"好"字,才将手机关掉,与易言一同往化妆间走去。

他拍了一晚上的戏,直到现在才下戏。

易言总觉得商珩这个金主不太对劲,想到刚才从他手机上看到的那一拉到底的微信对话,突然反应过来:"你那个金主,是娃娃亲那位?"

"嘿嘿,看上了?"

商珩神色淡淡,薄唇的弧度未变。

商珩所过之处,工作人员皆有序地给他让出一条路。

女性工作人员悄悄地小声尖叫

"啊,好帅!"

"商大人这颜值未免太扛打了吧,真人的五官比镜头里更好看。"

"妈呀,他的腿好长,宽肩窄腰大长腿,身材太优越了!"

"之前商大人的服装师说过,他有八块腹肌!"

"不行了,他朝我看过来了,啊,我'死'了。"

见商珩不接自己的话,易言当他默认,下巴微抬,示意他仔细听,自顾自地说道："知道吗？现在的女孩子都看脸，嘘寒问暖不如你一张照片管用，最好露腹肌的那种，保准她迅速被你的颜值与身材俘虏。"

商珩冷睨着他，终于开了口："最近很闲？"

连女孩子的玩笑都开。

易言认真道："谁瞎打小报告？！本经纪人忙着呢。"

啧，护得够严实，玩笑都不能开。

温喻千下午上完课回到寝室，头就有些晕乎乎的，很困，连秦眠与另外一个室友江初初喊她一起去逛街都拒绝了。

寝室内，最里侧的床帘合得严严实实，将黄昏的余晖如数遮挡住。

昏暗的光线中，一双洁白的手臂从被子里伸出来，皓腕纤细瘦弱。

温喻千半闭着眼睛，迷迷糊糊从枕头底下摸出手机，又迅速地缩回被窝里。

好冷。

她睁开迷蒙的眼睛，每次抖动睫毛时，头都会刺痛一下。

整个身子都沉重得抬不起来。

大概是早晨去收衣服的时候穿得太薄了，又被雨淋了，所以受凉发烧了。

她软绵绵地打开手机，找到与秦眠的微信对话框。她记得刚跟秦眠聊过天，便直接点开了她的头像。

"眠眠，我好像发烧了，你回寝室的时候，记得给我带盒退烧药。"

温喻千发完消息之后，手还握着手机，又不自觉地陷入沉睡之中。

手指一松，微微振动的手机被埋进了被子里。

温喻千不知道自己睡了多久，梦中光怪陆离，脑子还一直嗡嗡作响，仿佛有什么东西在耳边振动。

等等！振动？

温喻千挣扎着从梦里醒来，发现振动的是她的手机。没等她接通电话，手机闪烁几秒，停了。

看到是陌生号码，温喻千没有回拨过去。

抬手撩开床帘，天色已经很暗了，整个寝室漆黑无比，隐约能听到外面淅淅沥沥的雨声。

适应了黑暗后，温喻千下意识地用手机照了一下对面的床铺。

晚上十点多了，秦眠她们居然夜不归宿！

刚准备给秦眠发条微信消息，结果一打开微信，入目的就是与晏清的对话页面。

她五个小时前发出去的那条微信消息居然发给了晏清。

温喻千睁着圆溜溜的眼睛，不敢相信地看着手机上那个空白头像，整个人愣怔在原地，半天反应不过来。

她居然睡了五个小时！

不对，重点不是这个。温喻千用手指揉了揉酸胀的头，虽然睡了这么久，身体感觉轻松了一些，但突然摇头的时候还是有些疼。

她双眸微微闪烁，渐渐回神。对，重点是她发错微信消息后，晏清居然还回复"好"。

好什么呀？他知道她在哪儿吗？

至于秦眠，一个小时前也给她发了消息，说外面雨下得太大，她们两个人今晚不回寝室了。

温喻千没有开灯，纤薄的身子蜷在柔软的被子里。她盯着手机，像是要把它盯出一朵花来。

没几秒，刚才那个没接到的号码又打了过来。

看着在掌心不断闪烁暗光的手机屏幕，不知为何，温喻千有种预感，这个陌生号码搞不好是晏清。

她指尖轻颤，僵硬地点了接通。

黑暗的环境中，男人清越低沉的声线划破漆黑的夜色，清晰地传至她的耳中："我在你寝室楼下。"

本来清润的嗓音，通过电流传播，染上几分慵懒，宛如大提琴的声音般优雅磁性，隐约间还能听到细密轻柔的雨声，像极了和弦。

温喻千玉白的耳垂紧贴着手机屏幕，听清楚他声音的刹那间，冰凉的屏幕仿佛如火烧般滚烫。

宿舍楼下。

温喻千一出大门，冷冽的风与水汽扑面而来，冻得她肩膀瑟缩了一下，瞬间就清醒了，湿润的睫毛微微颤动，带起一阵涟漪。因为发烧而迷糊的脑袋也渐渐开始转动，清澈明亮的双眸环顾四周，想要寻找那个人的身影。

隔着细密的雨帘，温喻千看到不远处那个举着黑色雨伞的男人。

男人身形挺拔，身材比例极好，大概是秋雨微凉，夜已深了，路上没有太多学生。

他将自己遮挡得严严实实，戴着口罩，宽大的卫衣帽子几乎遮住他整个额头与眼睛。

是他吗？

直到男人朝她看过来，温喻千才确定。

温喻千眉心轻蹙，下这么大的雨，他明知道自己是发错消息还过来送药。

看样子是真的穷，对待兼职都这么尽心尽力，任劳任怨。

勤快的员工谁不欣赏？

她暗自捏了捏小拳头，决定这个月给晏清加奖金。

男人白皙修长的手指握着银色的伞把，走路时踩过青石板路上淙淙流淌的积水，溅起小小的水花。

他动作徐徐，不急不缓朝她走来，宛如民国时期清秀俊逸的贵公子，每一帧动作都像极了黑白大片，优雅而从容。

有些人的气质是刻在骨子里的，即便看不清面庞，也改不了骨子里的清贵矜雅。

男人在她面前站定，闲适自然地将伞收拢，动作缓慢优雅，明明是简单且日常的动作，偏偏被他做出了风流高雅之感。

有那么一瞬间，温喻千开始怀疑晏清的身份，他真是她妈不知道从哪里淘来的十八线小明星吗？

没等她细细思索，便见男人将一个小巧的袋子递给她："退烧药。"

男人身上的湿气太过浓重，温喻千敛了疑惑，视线顺着他手上的纸袋，落在他黑色的卫衣衣袖上，小嘴惊讶地微张："你……你身上怎么全湿透了？"

不单单是衣袖，连肩膀上都是水迹。因为衣服是黑色的，不太明显，离得近了，温喻千才发现。

"你淋雨了。"

商珩对上她关心的眼神，动作随意地伸出长指弹了弹肩膀上的水珠，随口道："大概风有些大。"

温喻千想起那个陌生号码从一个小时前就开始给她打电话，再看看干净的药袋，与他几乎湿透的卫衣，有些于心不忍。

她早晨淋了些雨就发烧了，他在雨里待了这么长时间，还吹了这么长时间的冷风，再健康的身体也受不了。

况且，虽然人家主要是为了赚钱，但也算是替她解了燃眉之急。

贝齿轻轻咬着下唇，温喻千犹疑不决，还是问道："你怎么过来的？"

她的脸上向来存不住心事。

商珩垂眸扫过她的表情，神色微敛，掩住眸底情绪，不动声色地开口："打车。"

"下雨天不好打车，你先跟我回宿舍洗个澡，换身干净的衣服，等会儿我让我家司机送你回去。"温喻千见他半个身子还在外面，零星雨滴飘到他身上，他都恍若未觉，便伸出手扯了扯他的衣袖。

商珩薄唇轻勾，漾开一抹笑，只是痕迹很浅，转瞬即逝，没有让正在跟宿管阿姨商量的温喻千看到。

温喻千指着商珩，红唇弯弯，笑得乖巧，白嫩的脸颊旁还有两个小小的梨涡："阿姨，我表哥来给我送感冒药，他身上湿透了，能让他上去待半个小时，等家里人来接吗？"

漂亮精致得跟洋娃娃似的女孩子，这个年纪的阿姨怎么会不喜欢，谁不想带回家养着？

况且宿管阿姨是认识温喻千的，温喻千是青大的"吉祥物"，长得漂亮，还聪明，是他们学校年纪最小的研究生。

要是旁人，这么晚了她肯定不答应，但温喻千就不一样了，学习好又长得这么好看的孩子肯定不会做坏事，阿姨大手一挥，放行了。

"半个小时，不能再多了。"

"谢谢阿姨，阿姨真好。"温喻千签了名字之后，便带着商珩一同上楼了。

她们女生宿舍是公寓式的，倒是不用担心会影响到别人。

阿姨看了一眼商珩，突生疑惑："小伙子年纪轻轻的，把自己裹得这么严实做什么？"

温喻千心一紧。

生怕阿姨下一秒就要让晏清把口罩和帽子摘下来，这大厅里人来人往的，要是被人误以为他是商珩怎么办？

温喻千倒是可以理解晏清为什么大晚上还把自己裹得严严实实，毕竟是一张明星同款脸，要是引起轰动被人围观，会很麻烦。

幸好阿姨只是吐槽了一句，又重新拿着平板看电视剧了。

温喻千顿时松了口气。

商珩将她的小表情收入眼底，不置可否地伸出长指，重新压低了卫衣的帽子。

寝室内漆黑一片，温喻千摸索着打开了灯。一瞬间，柔和的光线将整个寝室照亮，只是温喻千的手突然一僵，脸上的表情也跟着僵住。

妈呀，她忘记把寝室里的女生用品收拾一下了。

就这么让一个大男人进来？

温喻千关键时刻反应极快，她堵在门口，匆忙之间伸手推了一把男人的胸膛："你先在外面等一下。"

少女柔软无骨的小手隔着薄薄的卫衣布料覆在男人的胸膛上，带着几分酥麻的触感。

独属于女孩子的甜香气息萦绕在他鼻间，转瞬消散，如同她的触碰一样，只留下一缕淡淡的香气。

商珩扫了一眼紧闭的房门，修长的身躯慵懒随意地倚在墙壁上，慢条斯理地从裤袋里拿出手机。

他手指微动："你先回去。"

易言调侃："看不出来呀，商晏清，你动作还挺快，第二次见面就过夜了，第三次是不是你的结婚现场了？"

"可以了，进来吧。"

房门重新被打开，露出一张粉润精致的脸，温喻千白皙光滑的额头上染着零星细密的水珠，气色看起来倒是比刚才好多了。

尤其是之前略显苍白的唇瓣，此时也红润了几分。

出了些汗，她自己也感觉身上轻松了不少。

商珩气定神闲地收了手机，长腿一迈，进了房间。

他没有四处乱看，只是将视线凝在温喻千身上，不经意间扫过她白色长T恤下那纤细莹润的小腿，仅仅一秒，便泰然自若地移开了视线。

他嗓音低沉："都发烧了，怎么不多穿一件？"

温喻千反应慢了半拍，从不远处的落地镜中看到了自己此时的打扮，并不觉得哪里有问题。

T恤很长，略有些不规则的衣摆几乎将膝盖遮住，只露出手臂跟小腿，完全不暴露。平时她出门拿快递都会这么穿，休闲又舒服。

"室内有些热，就把外套脱了。"温喻千看他一身潮湿，推开浴室的门，"你要不先进去冲个热水澡，免得感冒了。里面那套金色的洗浴用品是新的，可以随便用。"

"衣服我帮你烘干。"

宿舍里有烘干机，刚好可以帮他先把衣服烘干。

温喻千说话的时候需要微微扬着头才能看清楚商珩的脸，见他一直没有回答，温喻千微微歪了歪头，表情疑惑："有什么问题吗？"

半晌后。

"没有。"商珩在心中轻叹，她这是完全没有把他当成年男人看待，居然这么轻而易举地就让他在这里洗澡。

温喻千并没有意识到这有什么问题。

第一，在她心里，晏清是母亲介绍的，危险系数基本为零。

第二，晏清很缺钱，钱对他的诱惑力远胜于女人。

第三，晏清长了一张无情无欲的脸，她没什么好怕的。

第四，就算他真的突然生出什么不轨的意图，这里可是女生宿舍，只要她一喊，八方学姐学妹会来支援，要怕的是他才对。

"你先吃药。"商珩去浴室之前，下颚微抬，示意她看向被随意搁在桌上的药袋，"药片吃两粒，冲剂喝一包。"

等商珩的身影消失在浴室门后，温喻千总觉得自己是不是忘记了什么。

这时，房门突然被打开，露出一条修长结实的手臂，肌肉线条流畅优美。

男人白皙的手指与黑色的衣服形成强烈的对比，一瞬间让温喻千思绪乱了。

"谢谢。"

等温喻千下意识地接过衣服后，那条手臂很快收了回去，男人低敛磁性的嗓音让她哑了声音。

随即，浴室门被重新关上。

里面很快传来水声。

温喻千红唇微张，手覆在门板上，想要说什么，却一下忘了："……"

她认命地将男人的衣服拿去烘干。

他跑来送药，还不够她忙碌的。

温喻千看着烘干机，小声吐槽，目光不经意地落在那袋感冒药上。算了，人家怎么着也是为了给她送药，不能不领情。

烘干机声音作响，温喻千靠在栏杆上，纤细单薄的身子仿佛随时都能被风刮跑似的，她盯着烘干机发起呆来。

不知道过了多久。

突然听到一道细微的开门声。

温喻千愣怔了一下，下意识地抬起精巧的下巴看向浴室门口，随后倒吸了一口气。

"咝……"

入目的便是男人线条分明、修长结实的身形，灯光之下，那八块腹肌与从腰腹蔓延至浴巾的人鱼线，格外惹眼。

"你……你……你……"

温喻千第一反应是抬手捂住自己的眼睛，第二反应是分开捂着眼睛的食指与中指，理直气壮地偷看。

男人湿润的薄唇微启，语调带着刚刚洗完澡的低哑磁性："我好看吗？"

温喻千见被发现，顺势放下不太安分的手，倒打一耙："你居然穿成这样就出来了！"

不对？

那浴巾？

人鱼线与腹肌向下延伸，被金色暗纹浴巾遮挡得严严实实，只是这浴巾用在男人身上，有些偏小了。

随着他漫不经心地走过来，浴巾仿佛摇摇欲坠。

温喻千突然想起来她刚才忘记什么了，她忘记给商珩拿新的浴巾了。

他居然用了她的浴巾！

男人从容自若地从她身侧穿过，与她保持安全距离，微微俯身。

乌黑的短发湿润，随着他的动作，水珠滴溅到温喻千身上。

温喻千的手腕瑟缩一下，还没来得及动，便听到男人云淡风轻地说："我叫你帮忙拿衣服，你没听到。"

温喻千："……"

她刚才好像在发呆？

"那你也不该随便用这条浴巾！"

怎么可以招呼都不打，就随随便便使用少女的浴巾呀？！

男人坦然自若，自顾自地从烘干机里取出自己的衣服，侧眸看向她："你说里面金色的洗浴用品是新的，可以随便用。"

温喻千漂亮的脸一僵，脑子里回想起自己在他进浴室之前说的话。

金色的洗浴用品随便用。

欲哭无泪，她指的是金色瓶子的洗发水、护发素还有沐浴露！这一套是崭新的，没用过。

她居然忘记自己的浴巾有金色暗纹印花，会被误会……

温喻千一想到自己平时用来擦身体的浴巾被男人用了，就浑身难受。

商珩当着她的面，将烘干的黑色卫衣套上。

下一秒，温喻千条件反射地闭上眼睛，误以为他准备连裤子都在这里换。

商珩看着她浓密的睫毛紧张得上下颤抖，薄唇微微扬起，转身进了浴室。

"好好吃药，多穿衣服。"

夜半三更，送走商珩之后，温喻千在床上翻来覆去，怎么都睡不着了。她一闭上眼睛，就是男人出浴后又冷又欲的面庞，甚至连他薄唇湿润的颜色和睫毛上的水珠颗数，她都记得清清楚楚。

至于急性发烧，早就不知不觉地退了。

温喻千心烦意乱，睡不着觉，便给闺密打了一个电话过去。

"眠眠，如果你的浴巾不小心被男人用了怎么办？"

秦眠是个夜猫子，此时在外面过夜，准备通宵打游戏。

乍一听到温喻千这问话，她的第一反应就是："那男人长得帅吗？"

温喻千答道："很帅。是一个长得像你老公商珩的男人。"

第二章

往 哪 儿 跑

秦眠一听到商珩，激动得一个大招放错游戏人物死了。她却丝毫没有埋怨，兴奋地尖叫道："啊啊啊他用过后千万不要洗，我晚上要抱着睡觉！四舍五入就是跟我老公睡觉了！"

温喻千："……"

秦眠这个女人，到底是有多饥渴，连浴巾都不放过？

温喻千："你的浴巾才不到半岁呀，为什么要让它经历这种成年世界的残酷？"

秦眠："我的浴巾，得从娃娃抓起。"

作为好姐妹，有苦恼同享，她今晚也不能让秦眠好过，傲娇地哼了一声："像你男神这样的人，怎么可能会用你的浴巾，做梦吧。"

秦眠："温小千，你好坏！白长了一张洋娃娃的脸，一肚子坏水，报复心还这么重，不就是早晨坑了你一次吗，还记仇。"

"祝你未来老公还没出生，哼。"

挂断电话后，整个寝室陷入一片黑暗。

温喻千指尖蜷着，将略略发烫的脸埋进被子里。她才没有脸红，才没有想那条已经被玷污的不纯洁的浴巾。

都怪秦眠，这个饥渴的怪阿姨！

"温小姐，宋总今天行程已满，需要改时间与您视频。"

次日一大早，温喻千便接到了宋女士随行秘书的电话。漂亮的眉头微微蹙了蹙，她冷不丁问："为什么最近我妈妈这么忙？"

以前虽然也忙，但也没忙到这种程度。

连半小时视频的时间都抽不出来。

秘书想到几天未眠的宋总，心中微叹，语调却依旧平稳恭敬："宋总说下周回国，所以最近才会忙一些。"

"这样呀，那你让妈妈注意休息，别累着了。"听说半年未见的母亲下周要回来，温喻千没多想，细细叮嘱秘书道。

她大概能猜到，母亲是想要提前回国给她一个惊喜，才会将工作提前。

跟秘书说完后，温喻千立刻就给晏清发微信消息。

"小晏先生，今天服务取消，下次联系你。"

后面跟着的是一条转账消息——转账100000元。

发完之后，温喻千没有再看手机，收拾东西准备去上课。

她这天要去帮导师给大一新生代课。

快要来不及了。

此时远在五百千米外的剧组化妆间内。

商珩清俊的眉眼此时染上了几分怠倦，修长瘦削的身躯懒散地靠在沙发上，长指漫不经心地把玩着手机。

屏幕上，那笔转账上面的零多得他都懒得数。

薄唇微微掀起弧度，一只手抵着下颚，徐徐沉吟。

服务取消，还转给他十万块，是昨晚送药的小费吗？

她还真觉得他缺钱到这种地步了吗？

想到她天真的想法，商珩勾唇的弧度越发明显。

直到……

突然，一道含着戏谑笑意的男声从他身后传来："珩哥，做什么服务呢？不如也给我介绍介绍，最近有些清闲呢。"

说话的是与商珩同剧组的男二，蒋沂舟，在剧中扮演皇帝，跟商珩有很多对手戏。

蒋沂舟是选秀出身，曾经是一名歌手，凭借着让人过目不忘的出众长相转型为演员。他看着温文尔雅，但眼下那一滴泪痣，硬是给他原本俊秀的面容增添了几分魅惑。

他是曾经被评为泪痣长得最诱人的男明星。

不笑时，温文尔雅；一笑，便是风情万种，勾魂夺魄。

蒋沂舟凑近商珩，对着他笑得风情万种。

商珩不喜旁人离他太近，不动声色地睨了他一眼，摁灭了手机屏幕，嗓音低凉疏离："白岸，给蒋老师搬张凳子。"

商珩的助理白岸眼明手快地将商珩与蒋沂舟隔开，搬了张凳子过来："蒋老师，坐这里，坐，别客气。"说着，顺势将蒋沂舟拉到凳子上坐下。

蒋沂舟被安排得明明白白，嘴角笑弧一顿。但转瞬间，他脸上便重新挂上了笑容，他很清楚自己最好看的角度在哪里。

他浓长的睫毛缓慢抬起，看向商珩。

"珩哥，我想坐你旁边。"

商珩的表情未变，长指把玩着手机，懒散又自在。

助理白岸立刻奉上一杯水："蒋老师，我们商老师不喜欢跟别人靠得太近，您多担待。"

"那好吧。"蒋沂舟想到刚才不小心瞄到商珩的手机，问道，"珩哥，你还没说要不要给我也介绍介绍那个什么服务呢。什么都不用做就能拿钱，比拍戏轻松多了。"

商珩漫不经心地站起来，修长的手指弹了弹衬衣上并不存在的折痕："家中小辈开玩笑而已，让蒋老师见笑了。既然蒋老师喜欢沙发，请随意。"

什么家中小辈，他分明看到的是"金主"。

蒋沂舟含笑看着商珩挺拔矜傲的背影消失在化妆间，随后也慢慢地收敛了情绪。

蒋沂舟这个插曲，商珩并未放在心上。他一出化妆间，就偏头看向白岸："白岸，定两条女士浴巾，让人送到这个地址。"

白岸狐疑地看着地址，青大？

商老师难道真有一个在青大上学的小辈？

而后他便看到商老师转给他浴巾钱的银行卡转账消息。

"买浴巾用不了这么多钱。"

"用得了。"商珩语调淡淡，"D 家的定制款。"

白岸搜索了一下，陷入贫穷的思考："……"

一条浴巾五万，这是给女儿买还是给老婆买？这么舍得下本钱，要是普通小辈，商老师再有钱也经不起这么败呀。

定制需要一个星期。

只是……

一个星期后。

温喻千还没收到浴巾，就很突然地收到了母亲回国的消息，并且半个小时后母亲就要来接她去参加一个朋友举办的商业宴会。

她甚至没来得及通知晏清来兼职假扮男友，只能独自赴约。

车内，温喻千见到了半年没见面的宋女士。她依旧美丽高雅，岁月没有在她身上留下痕迹，只为她增添了成熟女人的魅力风韵。

宋女士不满意女儿的穿着："我不在这半年，你是不是没有乖乖去美容院？头发多久没有修理了？亏我给你这么好的底子，浪费。"捏了捏女儿那张漂亮精致的小脸，宋女士没好气道。

温喻千红润的小嘴嘟了嘟："我每天教室、宿舍两点一线，打扮了也没人看呀。"

"以后就有人看了。"宋女士看了一眼手腕上的白金手表，先让司机转道常去的高定时装会所。

知母莫若女，温喻千一听母亲这话，心中警铃大作："您这是什么意思？"

什么叫"以后就有人看了"？宋女士又想干吗？！

宋女士面上露出一抹疼爱的微笑："当然是给我女儿选一个可以天天打扮约会的好对象。这次商业宴会，在场有不少妈妈在北城的朋友和生意伙伴，他们的儿子跟你年纪差不多，你们年轻人有共同话题。"

温喻千脑子一蒙，明澈的双眸微闪，脑子里立刻想到了自己花钱买的挡箭牌晏清。

她咬了咬下唇，故作害羞："妈妈，我有件事忘记跟你说了，其实我跟晏清已经在一起了。"

宋女士丝毫没有惊讶，反而从善如流地拍了拍女儿的肩膀，意味深长道："没关系，优秀的女性会有很多选择。"

温喻千漆黑的瞳仁浮现震惊之色。

宋女士这是要给她搞选秀吗？！

先是娃娃亲，然后又是选秀，宋女士最近到底看了什么封建糟粕剧？无良电视剧害死人！

温喻千再想跳车已经来不及了，被宋女士掐住了命运的脉搏，只能乖乖跟着她去做造型。

宋女士笑意不变："乖，就是聊聊天而已，又不是要你立刻结婚。"

温喻千表情严肃，奶凶奶凶地警告："你要是真干出逼婚的事情，我就去告你非法卖女儿。"

"小浑蛋。"宋女士没好气地弹了一下她的额头。

谈笑间，她双眸低垂，掩住了眸底的一丝黯淡。

看着女儿换好礼服，弄好妆发，从楼上娉娉婷婷下来，宋女士又觉得自己做的这一切都值了。

她不在乎其他，只在乎女儿的未来。

温喻千在化妆师的帮助下，换了一身长至脚踝的银白色镂空抹胸长裙，把她曼妙的身材展露无遗：纤腰长腿，肩颈线极为优越，冷白皮在灯光下像是会反光，衬得裙子都好看了几分。

乌黑的长发被化妆师编成精致的鱼骨辫，中间点缀着零星的白色小花。

化妆师给温喻千化了一个桃花妆，上扬的桃花眼原本清澈纯粹，此时竟染上几分妩媚。

她微提着裙摆，在落地镜前左右照了照。

小脸上迅速染上一抹惆怅："我这么好看，要是他们都看中我了怎么办？为了不影响妈妈你的社交，不如……"我不去了吧。

宋女士兵来将挡，水来土掩："优秀的女性才会吸引同样优秀的男性，你如果真能吸引到那么多优秀的年轻人，妈妈高兴还来不及。这间接证明了我女儿的优秀。"

然而……一个小时后，宴会现场。

温喻千发现，自己的担心竟然是多余的。

宴会厅宽大的露台上，温喻千和母亲的几个朋友的儿子被长辈们赶到这边来聊天。

还没等温喻千觉得气氛尴尬，这四个年轻男人一个个地接了个电话后就离开了。

离开了？！

"温小姐，不好意思，我公司有事，先走一步。"

"温小姐，太不好意思了，研究院有个数据出了错误，我得去看看。"

"温小姐，我也有些不好意思，我家狗去世了，今天晚上要举办火化仪式，我快要赶不上了。"

"温小姐，我家猫明天结婚，得了婚前恐惧症，在家没人照顾，我也先走了。"

看着他们一个个离开的背影，温喻千睫毛轻眨，漂亮的眸子浮上一层迷茫的情绪。

嗯？这是什么意思？

是她太不优秀？所以才让这群优秀的年轻人找这样毫无诚意、满是破绽、一看就是骗人的借口，并像见了鬼似的跑路？

露台上很快只留下温喻千一个人，她坐在小沙发上，孤独地吹着冷风，陷入了深深的自我怀疑。

她没注意到那四个逃遁的年轻男人重新聚在了露台外面，都一脸深沉地掏出各自的手机。

果然，把他们叫出来的手机号码来自同一个人。

商珩。

就在这时，一个穿着银灰色西装的男人从宴会厅外走来，西装服帖精致，穿在他身上，高贵优雅，翩翩如贵公子一般。

他的步伐闲适从容，进入厅内连与那些大佬打招呼的意思都没有，长腿一迈，直奔露台。

四个人一脸深沉地彼此对视。

周公子一脸愤恨："果然，商珩这是准备自己上，奸诈腹黑。"

赵二爷："你怎么这么生气？难不成你还想追？"

周公子睨他："那姑娘美得跟小仙女似的，谁不想追？你不想？"

赵二爷："我想，但是比起追商珩的女人，我更怕死。先走一步。"

"看你们这点出息。"穿着白色西装的丛家小少爷丛烈嗤笑了一声，"不就是个女人吗？走，小爷带你们去金鼎会馆，什么类型的都有。"

之前最后那个因猫病了逃遁的傅岐缘毫不客气地嘲笑丛烈："你家狗不是要举办火化仪式吗，还有空去会馆？"

丛烈回敬道："别以为我没听到，你还说你家猫要结婚了呢，你怎么不去办结婚仪式？"

傅岐缘瞥了一眼露台："因为我想看商珩怎么追女人。"

其他三人蓦地眼睛一亮，刚准备赞同，突然，四个人的手机齐刷刷振动了一下。

同样的手机号码，同样的短信内容："想偷看吗？"

淡淡的四个字，让他们四个人拿着手机的手同时颤抖。

几秒钟后。

四个人若其事地收回手机，同时看向各自的腕表。

"哦，我去公司了。"

"我得去给狗举办葬礼了。"

"我……"

仿佛刚才什么事情都没有发生。

还坐在露台沙发上的温喻千，绞尽脑汁也想不通。她确实不想来搞什么选秀，但是……这种被集体嫌弃的场景，她是万万没想到的。

手托腮思考良久，她默默地从随身小包里拿出手机，调整好自拍的光线和角度，左看看，右看看，肤白貌美，纤细精致，完全不吓人呀。

怎么就把人都给吓跑了？

而且一个比一个跑得快，仿佛她是什么洪水猛兽似的。

她举着手机看了许久，没发现自己哪里长得吓人，明明就很好看。

一定是那些男人没眼光！

温喻千气鼓鼓地准备放下手机，突然，手机屏幕里多了一张俊美的脸庞。

温喻千的手机像素很高。高清镜头中，二人离得很近，她圆溜溜的眼睛睁得很大，明明是妩媚勾人的桃花眼，硬生生被她瞪成了圆溜溜的猫眼，而且是受到惊吓的那种。

她忘了手中还拿着手机，纤细的手腕颤抖了一下。

"小心。"

男人修长如玉的大手堪堪接住她即将滑下去的手机。

他白皙的指腹微动，将这个画面定格在手机里。

一系列动作只在几个呼吸间，他们甚至根本没有任何的触碰，一切就结束了。

商珩保持着安全绅士的距离，只是不动声色地扫了一眼她因为裙摆开衩而微微裸露的细白长腿，眼神微微错开。随后，他自然地拿起旁边架子上的披肩，轻飘飘地披到温喻千的膝盖上，挡住了那一抹春色："风大，盖上。"

温喻千捡起膝盖上的披肩披到了肩膀上，温暖瞬间席卷全身，让她不由自主地唔叹了一声。

好暖和。

刚才她都快要冻死了。

"谢谢你，小晏先生。不过……你怎么会在这里？"

温喻千眸子里闪过一抹疑惑，自动将刚才的尴尬暧昧抛之脑后，不解地看着面前清俊矜雅的男人。

商珩薄唇的弧度抿平了几分，他之前没注意她穿的是抹胸长裙，只注意到她开衩露出来的长腿。此时腿没遮到，只遮住了那纤薄莹润的手臂，而圆润精致的肩膀依旧披着羊绒披肩，在露台昏暗的光线下，莹莹散发着冷白色的光。

现在，那细长纤美的腿部线条又重新暴露于视野内。

商珩长指抵了抵眉心，回道："受朋友邀请。"

这场聚会的主办人是他多年的合作伙伴。若非如此，他也不会知晓温喻千在这里。

见他情绪不太高，温喻千心想，原来是来陪酒的。

也是，毕竟是私人聚会，带小明星或艺人之类的来陪酒也正常。虽然晏清不火，但是就凭这张商珩同款脸，也足够了。

温喻千一只手裹着披肩，伸出另一条雪白的手臂，拍了拍他的手臂后，隔着西装外套，温喻千能感受到男人结实的肌肉力量。

唉，生活不易，温喻千暗暗叹气。

她用可怜的眼神看着他："混生活很不容易吧，不然我再给你加点工资？"

商珩对上她那双清澈见底、一下子就能看穿所有情绪的眼睛，微微顿住，颇有些头疼。怎么又要给他钱，他看着很缺钱吗？

"你呢，怎么一个人在这里？"商珩神态自若地问道。

提到这个，温喻千立刻忘了可怜商珩，因为她觉得自己才是最可怜的人。

想着自己怎么着也算是跟晏清见过三次的"老熟人"了，温喻千忍不住跟他吐槽道："我妈找了四个男人跟我相亲，然后他们一个个都找那种不走心的理由遁了。什么猫要结婚，要给狗办丧礼，糊弄谁呢？！对我不满意，直说就是，大家都是成年人，而且我又不凶神恶煞，干吗一副被鬼追的样子！"

商珩敛眉沉思，他们就是用这种瞎话糊弄她的？

这是生怕她看不穿？

他低敛的眉眼里闪过一抹危险之色。

温喻千并未察觉，她见晏清只是侧耳倾听，看着他那张白皙俊朗的侧脸，突然问道："你也是男人，你说，我有那么差吗？"

她是得多差，才能把优秀的男士全都吓跑？

商珩顿了顿，语气一如既往低凉，却又很认真地注视着她，说道："你很好。"

笃定的语气，让她觉得自己真的很好。

看着男人幽深的双眸，温喻千愣怔几秒，碎发下的耳垂隐隐泛上漂亮的粉红色。

终于反应过来，她干吗要跟晏清说这些？

她抬手理了一下鬓间细碎的乌发，突然觉得这里空气闷窒，思索几秒："你想留在这里吗？"

商珩缓缓摇头："不想。"

"那……"温喻千眼眸弯弯，蓦地攥住他的衣袖，"不如我带你出去吧？"

见他不语，生怕他不愿意跟自己走，温喻千又补了一句："我给你钱。肯定比你在这里陪酒拿到的多。"

商珩眉眼低敛，静静地看着她，薄唇倏地弯起一个弧度："好。"

温喻千顿时松了口气，然后将身上的披肩扯下来，重新放到架子上，一只手拿着手机，一只手紧攥着男人的袖子，生怕他半路跑了似的："那我们走吧。"

母亲要是看到她跟晏清一起走了，肯定不会说她的。

温喻千想得明明白白。

她本来准备拉着晏清先去母亲那里转一圈的，却在离开露台后，被商珩直接从特殊通道带离了，全然没有经过宴会厅。

直到外面的夜风扑面而来，温喻千才眨了眨眼睛："我们就这么出来了？你怎么知道那个通道的？"

商珩漫不经心地瞥了一眼她半裸的肩头，脱下身上的西装往她肩膀上一搭，这才缓缓开口："碰巧看到了。"

温喻千总觉得他隐瞒了自己什么，然而突然落在肩膀上的带着男性清冽气息与温度的西装让她失神了几秒。

"走走吗？"

商珩将西装披到温喻千身上后，便微微退后半步。宴会厅门口耀眼的灯光打在他挺括干净的衬衣上，他并没有呆板地系着领带，而是在领口处解开两粒银色纽扣，露出一截白净修长的脖颈。

说话时，他微微俯身，深邃幽暗的双眸静静地注视着她。

温喻千细白的手指下意识地抓紧了西装，目光落在他单薄却修长劲瘦的身躯上："衣服给我了，你不冷吗？"说着，便要将身上的西装脱下来还给他。

商珩眉眼含着一抹浅笑，徐徐开口："你给钱了。"说着，抬步率先下了台阶。

温喻千还披着人家的西装，当然不能就这么走了，只能提步追上去："那我这次再多给你加些奖金！"

男人单手插在裤袋里，昏暗的路边，光线没有那么灼眼，他偏头看向她，不疾不徐道："好。"

既然她给，那他就要。

晚上十二点，出了宴会厅往左边走，过了天桥便是北城最大的商业中心。

从天桥上，能看到下面的灯光喷泉，浪漫又美好。

温喻千与商珩站在天桥中央往下看，行人不多，偶尔路过他们的时候，都会多看上一眼。

毕竟，在大马路上穿得这么精致的，还真是不常见。

只不过天色暗，加上商珩站在阴影处，且背对人群，没有几个人注意到他的长相。

温喻千突然开玩笑道："你说，不会有人把你当成商珩吧？"

想到商珩那些狂热的老婆粉，温喻千忍不住想笑。

她感叹了一句："幸好你不是商珩。"不然他们可能都不会有机会在这里聊天。

商珩垂眸看着她的脸，脸颊边几缕碎发被夜风吹得凌乱，却掩不住她惊人的美貌。

说话时，温喻千弯着双眸看着他，借着昏暗的光线，商珩仿佛能看到眸子里面自己的影子。

他很想问，如果他是商珩，她会怎么办。

顿了几秒，似乎缓了一会儿，他低沉而磁性的嗓音才响起："放心，不会。"

温喻千还未来得及说话。

下一秒，一道突兀的透着疑惑的女声传来："请问，你是商珩吗？"

女声压抑着兴奋，脚步声越来越近。

上一秒还说不会，下一秒就被误认了。

这大型"打脸"现场来得猝不及防。

温喻千憋着笑，朝商珩无辜地眨了眨眼睛，考虑要不要丢下他跑路。然而余光瞥到自己的高跟鞋后，她默默地放弃了这个想法。

她红唇微张，无声地问："小晏先生，要跑吗？"

商珩如何会看不出她眼底那一闪而逝的狡黠，眼里闪过一抹戏谑，蓦地换了个声调，又欲又撩人："宝贝，往哪儿跑？"

温喻千惊呆了，漆黑的眼眸睁得大大的，嘴唇微张，难以置信地看着他："你……你……你……"

本来已经走近他们的女生，突然被男人这道声音吓到，猛地往后退："对不起，对不起，打扰你们了！"

从商珩粉丝的方向看，还以为这两个人在背对着人群做什么见不得人的勾当。

而且这么又欲又撩的声音，绝对不可能是她们商大人的声音。她们商大人清俊矜持，妥妥的禁欲系，肯定是认错了，打扰了人家小情侣恩爱。

这位路过的粉丝生怕自己看到什么不该看的尴尬画面，赶紧扭头跑了。

当然，也错过了跟自家偶像正面对视的机会。

温喻千伸出一只在风中摇曳的手，话语都堵在了嗓子眼，看着那消失极快的背影，问道："你是不是误会了什么？"

商珩却在那个粉丝消失之后，慢悠悠地直起身子，不疾不徐道："你看，没认出来。"

温喻千仰着纤细的脖颈，想要看清楚晏清的表情，却发现他竟然在似笑非笑地看着她。她顿时反应过来，他是故意的！

"你用什么方法不好，居然用这种法子？"温喻千怒气冲冲地瞪着他。

她还是纯洁少女呢。

商珩像是在看一个发脾气要糖果的小孩子。

在温喻千气呼呼耍脾气的时候，眼皮子底下突然出现一只修长如玉的手。

是晏清的。

她下意识地想拂开。

谁知那握成拳的手背翻转过来，白净的掌心摊开，里面是一颗糖果。

男人清冽的嗓音响起："别生气了。"

"我才不会因为一点小恩小惠就这么原谅你呢。"温喻千嘴上说着不会原谅，身体却很诚实地伸出手拿走了糖果。

少女柔软的指尖一闪而过。

等到掌心空了后，商珩垂下手臂，不由自主地用指腹摩挲了一下自己的掌心。

温喻千得了糖，小嘴却不饶人："其实你以后可以靠这张脸在半夜直播，估计也能赚到钱。反正晚上灯光昏暗，分不清真假，刚才那女粉丝不就把你认成商珩了吗？"

要不是他用那种羞耻的法子让人离开，恐怕女粉丝看到晏清这张脸后，激动之下真的会误会。

毕竟她作为路人，都险些认错。

想到刚才二人近在咫尺，温喻千不自觉地抿了抿双唇。

"你也不用半夜去那种场合陪酒赚钱了。"

商珩的声音突然响起，语调笃定："你不喜欢我去陪酒。"

温喻千一下子愣住了。

半夜三点，温喻千一直在宿舍床上翻来覆去的，脑海中回荡着男人笃定的声音。

睡不着，怎么都睡不着。

指尖触碰到手机后，她顺势拿出手机玩，却翻到了之前在宴会的露台上那张不小心被拍到的合照。

看着屏幕上的男人，几秒后，温喻千脑子里终于有了答案。

这么好看的男人，怎么能沦落到去陪酒的地步呢！

她不愿意让他去陪酒，是不愿意让拥有这张令人赏心悦目的脸的男人堕落！

唉，她这该死的善良！她这该死的慈悲心肠！

黑暗中，温喻千猛地一拍自己的脑袋。

寂静的寝室内，这道声音格外响亮。

"千千，你还没睡吗？"

这时，温喻千听到对床传来一道微弱的声音。

是江初初。

温喻千住的研究生寝室有三个人，她、秦眠，还有一个便是江初初。

比起秦眠如骄阳般明朗的性格，江初初就像泉水一样，文文静静的。

因此，这大半夜的，温喻千突然听到江初初的声音，被吓了一跳，第一反应就是问："初初，你怎么也没睡？是不是哪里不舒服？"

江初初连忙摇头，依旧细声细气地说："我没事，只是刚才睡不着，看了一下校园论坛，里面好像有关于你的帖子。你要不要看一下？"

温喻千很少看校园论坛和微博，她平时对同年龄段的女孩子喜欢做的那些事情都没有什么兴趣，她所有的兴趣都在计算机上。

她喜欢探究未知的知识，至于追星、娱乐圈之类的，她也是因为有个爱追星的闺密才略有耳闻。

如果是秦眠大半夜让她刷校园论坛，温喻千可能不会这么紧张，但是现在说这话的是江初初。

黑暗中，温喻千打开了校园论坛。

娱乐板块，一篇帖子热度极高计算机天才白富美系花的陨落，豪门母亲破产在即，温系花将嫁某中年富豪替母还债。

温喻千看清楚主帖后，白皙的指尖微微顿住。

屏幕光线暗淡，她慢吞吞地调亮了屏幕光，直到光线刺得她眼睛略微生疼。

她像是没有察觉到一般，点开了主题帖上附的两张照片，皆是昨夜宴会上的照片。

一张是温喻千挽着宋女士与她的几个大佬朋友的照片，一张是温喻千与一个风度翩翩的中年男人的合照。从照片上看，他们离得很近，男士的面容看不清楚，却可以清晰地看到温喻千的侧颜，她正对着那位男士红唇带笑，眉目如画。

下面评论已经几百楼，即便是深夜，大家依旧讨论得热火朝天

"妈呀，温喻千也太可怜了吧。她妈是恶毒后妈吗？居然把女儿嫁给一个老男人。"

"豪门圈都这么黑暗，平日里高贵疏离的校园女神，背地里不知道怎么伺候老男人呢，哈哈哈。"

"楼上嘴太毒了吧，怕不是嫉妒温女神？"

"嫉妒一个要嫁给不知道几婚的男人、给几个孩子当后妈的'女神'，我有毛病吗？"

"吵什么！不就是几张似是而非的照片吗，怎么就确定女神家破产了？"

"你眼瞎吗？没看到楼主说她是同一个圈子里的人，掌握着内部消息吗？不然她怎么能拍到这种宴会的照片？"

"一想到温喻千要跟一个老男人结婚，唉……可惜了。"

"这有什么可惜的，搞不好人家愿意得不得了。老男人怎么了？老男人有钱不就得了。"

…………

温喻千脸上的表情已经彻底冷了下来，红艳艳的唇瓣紧抿成线，精致的眉眼仿佛覆上了一层冻结的冰霜。

她看着这些校友的评论，嘴角缓慢地扯起一个冷嘲的弧度。现实中那些面目纯良的同学校友，在虚幻的网络上，全都不吝以最大的恶意揣测别人。

"千千，帖子上说的都是假的对吗？"

温喻千定定地看了帖子几秒，耳边是江初初细声细气的问话。

她闭了闭双眸，轻轻应了一声："嗯，很晚了，先睡吧。"

江初初担心地问道："那你呢？"

眼睛适应了黑暗，温喻千能清晰地看到江初初关心的眼神，她的语调微微柔和了几分："我也要睡了。"

说着，她关掉了手机。

整个寝室重新归于黑暗，深夜，寂静蔓延开来。

江初初没想到她心这么大，论坛上发布了这种帖子，还被顶上热门，全校师生估计都知道了，她还能睡得着。

她只愣了几秒，倒也没有继续说话，只是道了句："晚安。"

温喻千其实并没有江初初想象中的那么冷静，她虽然闭着眼睛，脑子却清醒不已。

黑暗的床帐内，她卷长的睫毛轻轻颤抖，相较于校园论坛这种不冷不淡的污蔑，她更担心母亲。

毕竟无风不起浪，能进入宴会厅拍到这几张照片的，肯定是有资格进去的，也是圈中人。

这段时间母亲这么忙，难道真的是公司出了什么问题？

温喻千强忍住半夜给母亲打电话的冲动，第二天一早，她醒来便发了微信消息，准备去跟母亲见面。

早晨七点，晨光熹微，北城最高级的茶馆包间内。

古香古色的精雕屏风隔绝了门口的窥探。

宋女士看着水雾渺渺升起的茶面，姿态优雅地端起茶杯轻啜一口："晏清，一早约我来，是有什么事情要说吗？"

坐在她对面清俊的年轻男人正闲适又自然地泡着茶具。

俊美如画的眉眼低垂，让人看不清他瞳仁里的情绪。

商珩重新为宋女士倒了杯茶，明晰精致的腕骨悬空，长指随意地搭在茶壶上，沉静且清贵。

他徐徐收回茶壶，静坐在位子上，云淡风轻地开口："商氏未来的女主人不能被泼任何的脏水，这件事您要是处理不好，那商氏就出手了。届时，您莫要觉得我商氏越俎代庖。"

说话间，他的长指覆在一旁的平板电脑上，并缓缓推到宋女士面前。

宋女士本来觉得莫名其妙，当她看清楚电脑上通篇造谣的帖子与评论后，脸色一下子沉下来。

宋女士被帖子气昏了头，冷静几秒后才猛然反应过来刚才商珩话中的意思。

她定定地看着对面的年轻男人："晏清，你确定要娶千宝？"

这种造谣帖容易处理，只是晏清……

宋女士深深地看了一眼商珩。

当年与商家的娃娃亲只是口头上的，如果商家要悔婚，实在是太过简单。

尤其是，如今她陷入财政危机，孤掌难鸣，她选择这段时间安排好女儿，只是为了让女儿有条退路，免得自己有个什么万一。

商珩修长的双手搭在膝盖上，不动声色地转了转中指上的那枚戒指，嗓音温淡清冽："自然，我以为这是两家早就谈好的结果。"

他略略一顿："只是令爱不愿意承认。"

不然他也不会用这种方式让她习惯自己，以免未来婚后陌生。

这时，宋女士的手机振动了几下。

她瞥了一眼消息，是女儿发来的，看样子是为了那篇帖子上所谓的破产之事。

宋女士蓦地一笑，眼尾染上细细的痕迹，开口道："你若真心想娶千宝，我倒是有个主意。"

商珩眉目沉敛，不疾不徐地回："愿闻其详。"而后嗓音微顿，继续道，"若娶到令爱，贵公司的财政问题，您大可不必担心，商氏不会见死不救。"

宋女士端着茶杯的小指微微翘了翘，眼神被升腾的水雾挡住。

区区财政危机，岂会让她卖女儿？

她愿意跟商珩谈，完全是为了女儿的幸福。

隔着白色水雾，她满意地看向对面那个端坐着的男人。

确实是没有再比这个年轻人更优秀、更配得上她女儿的男人了。

商珩本来就是她最好的女婿人选，其他的都是退而求其次。她绝不能让女儿跟自己一样，年纪轻轻被外面那些野男人的皮相蛊惑，嫁个吃软饭的。

她宁可提前为女儿选择一个有担当、有能力的丈夫。

半个小时后，二人谈好。

商珩告辞离开茶馆。

宋女士拿出手机，给女儿发了地址。

至于那个校园论坛，宋女士眉心微蹙，刚准备给校长打电话，却又顿住了。

商珩离开包间后，并未直接出茶馆，而是拐了个弯，往三楼一个包间走去，静静地坐在檀木屏风后面，等着人来。

十分钟后。

包间里进来两个人，一个是商珩的私人保镖队长褚谦，另一个是个面白无须且长相偏女性的中年男人。

褚谦示意中年男人坐下，客气道："温先生，请坐。"

温远钧摆摆手，端起桌上泡好的茶水，余光不经意地瞥了一眼屏风镂空处微微露出来的黑色西裤，开口道："我是最了解她们母女弱点的人，商先生成功了？"

褚谦淡淡地应了一声，然后拿出一张支票推给他："温先生知道该怎么做吧。"

温远钧看了一眼支票上的数字，脸上立刻扬起笑，一把将支票抽了出来："明白，明白，请商少放心，我绝对不会泄露半句。"

温远钧将支票放入贴身的西装内袋，捂着口袋，一脸愉快地离开了包间。

商珩漫不经心地从屏风后走了出来。

褚谦亲自给商珩倒茶："有弱点的人最好利用。温远钧最大的弱点就是吃软饭吃上瘾了。"

"此事到此为止。"男人凉薄冷漠的声音缓缓响起。

这边，温喻千收到母亲发来的地址后，便迅速打车过来了。

下车后，她看着门口的牌匾，古典的牌匾在早晨薄薄的阳光照射下，越发显得清新雅致。

这里是？

茶馆？

温喻千漂亮的眸子染上一抹狐疑，母亲为什么一大早就在茶馆喝茶？这完全不像她的脾性啊。

进了包间，入目的就是母亲的背影。母亲保养得极好的手指正抵着额头，整个人靠在桌子上，看起来十分疲倦的样子。

温喻千心里"咯噔"一下，三步并作两步走过去，清亮软糯的嗓音里透出几分担忧："妈妈，你没事吧？"

她顺势坐在母亲身边，伸出玉白的手摸了摸母亲的额头："这么早，喝什么茶？"

宋女士反握住女儿的手，表情微黯，用手指揉了揉眉心："没事，妈妈刚谈完生意。"

"这么早就谈生意？"温喻千连忙跪坐在母亲身后，亲自给她按摩太阳穴，犹疑地问道，"妈妈，你跟我说实话，咱们家是不是出什么问题了，要破产了？"

下一秒，温喻千就被母亲拉进怀中，耳边传来她故作镇定却掩不住忧愁怅然的声音："宝贝，别怕，就算妈妈破产了，也能捡破烂养活你，供你读书的。"

这一幕简直催人泪下，当然，要是忽略宋女士眼底的狡黠就更好了。

宋女士不仅语调故作坚强，还透着几分勉强："等你毕业后，妈妈也算是完成了任务。以前妈妈得罪过的那些人，见我们家破产之后，肯定要来报仇的，到时候妈妈绝对不会连累你。"

宋女士演技越浮夸，温喻千就越相信家里是真的要破产了。尤其想到那个圈中人发的帖子，还有这段时间宋女士的彻夜忙碌，这总不可能是假的。

宋女士肯定是用这种浮夸的演技，让她以为是开玩笑的，让她别担心家里和公司，然后独自承担这些。

温喻千漂亮的脸微微一白，咬着下唇，连忙直起身子，看着母亲的脸色："妈妈，你别吓我，不就是破产了吗，我们人没事就好。"

宋女士拍着女儿纤薄的肩膀，叹息一声："你还小，不懂。"

这话一出，更是吓到了温喻千，生怕下一秒宋女士就会去自杀。

她灵光一现："要不您找朋友帮帮忙？这么大的公司，怎么会说破产就破产？！"

"帮忙也行，可人家是有条件的。"宋女士表情艰涩地看着女儿，对上女儿清澈纯粹的眸子后，一把抱住她，默默垂泪，"妈妈给你找了一门亲事，是北城最神秘显赫的家族的唯一继承人，只要你嫁过去，看在亲家的面子上，他们会伸出援助之手的……"

温喻千纤细的肩膀一下子就僵住了，脑子里顿时一片空白。

宋女士搂着她，继续发挥自己戏精的演技，眼眶发红，却强迫自己不要流下泪来，故作坚强道："虽然这个孩子很优秀，不过你若是不想嫁，妈妈也不会强迫你，妈妈就算捡破烂……"

"我嫁。"

温喻千声音沙哑地说。她享受了母亲这么多年的保护，现在轮到她保护母亲了。

不就是嫁人吗？

反正都是要嫁人的，母亲肯定不会给她选一个不好的人。

宋女士感动道："乖女儿。"

母女二人眼泪汪汪，执手相看泪眼。

送温喻千回学校的车上，宋女士让司机给她买了早餐，一边温柔地看着她吃早餐，一边给未来女婿发了条信息。

"婚礼准备得盛大一些。"

午后的青大，阳光温暖灿烂，穿过银杏树，在青色的石板上洒下一地剪影。

温喻千在同学们奇怪的目光下，淡定自若地上完最后一节课，回到寝室。

一进门，她做的第一件事就是调查那个发帖的 IP 地址。

既然家里的公司暂时不会有问题，温喻千便专心处理论坛帖子的事。

她坐在电脑前，电脑的光线反射在少女冷白色的皮肤上，越发显得她整个人冷冷清清的。

这天吃过早餐后，她跟母亲分别前曾提到这件事，说要自己处理。

她都成年这么久了，也该学着独立了。

温喻千白皙纤细的手指在键盘上快速敲击着，旁人看着，仿佛只有几道残影。

敲击键盘的声音，在寂静的寝室内显得格外清晰。

很快，屏幕上出现一列列代码，而她也查到了发帖子的 IP 地址。

看着那个 IP 地址，温喻千秀美的眉心微微皱了皱，漆黑的瞳仁里盛满若有所思。

"千千，喝杯水吧。"

江初初突然出现，给她倒了杯水，然后关心道："你别太累了，昨晚睡得迟，要不要午睡一会儿？"

她仿若无意地扫了一眼温喻千的电脑屏幕。

温喻千转过身时，顺势将笔记本电脑合上，接过江初初递过来的玻璃杯后，朝她弯唇笑道："没关系，我还有些事，不着急睡。"

说着，温喻千只抿了一小口，便将几乎盛满水的杯子放到了桌子上。

唇瓣沾了水后，越发湿润娇艳。

就在温喻千和江初初说话的时候，寝室门被猛地推开了。

"累死老娘了。"

秦眠灰头土脸地扛着大背包从门口冲进来。

温喻千看到她那硕大的黑眼圈，还有蜡黄的小脸，漂亮的眼睛微微睁大："眠眠，你不是追星去了吗，怎么跟做贼似的？"

前几天，商珩的粉丝团官博公开了他所在的剧组开放探班的消息，秦眠想到玉江影视城距离他们这个城市不远，坐高铁只需要几个小时，她又恰好有空，便报名了探班。

旁边的江初初关切地问道："那你见到商珩了吗？有帮我要签名照吗？"

秦眠往桌子边的小沙发上一窝，整个人显得虚弱无力："别提了，白去影视城外面守了大半夜，没看到咱们家老公。"

秦眠看到江初初一瞬间黯淡下来的目光，又说道："不过见到了商大人的经纪人跟助理，他们说商大人拍戏安排的时间太紧，没时间与粉丝见面，下次会安排线下见面会。"

温喻千听着她们两个"商珩老婆"的讨论，没有插话。

提到商珩，温喻千脑子里浮现出另外一个人，跟商珩撞脸的晏清。

对了，晏清！

温喻千红润的唇瓣微微张了一下，而后重新抿紧。

险些把晏清给忘了。

既然自己要结婚了，那她跟晏清的关系也要到此为止了。

不知道为什么，一想到以后或许会再也见不到晏清，温喻千心里竟然莫名染上了几分涩涩的味道。

她垂眸看着手机，缓缓打开了和晏清的对话框。

她柔软的指尖顿了几秒，艰难地敲下几个字。

"小晏先生，有空吗？我们见一面吧。"

她觉得跟他分道扬镳的事情，得见面之后才能谈，而且她还有东西准备送给晏清。

几分钟后，掌心的手机"嗡"了一声。

温喻千的心尖也跟着颤了颤，她睫毛低垂，迅速点开了暗掉的屏幕，上面浮现一行字。

小晏先生：晚上十点。

温喻千不太明白，为什么晏清每次都要晚上才有空。虽然心中疑惑万分，但想到今晚过后，他们或许再也不会见面了，她还是将探究人家隐私的想法压了下去，只回了一个"好"字。

"千崽，你到底有没有听到我跟你说话？你最近怎么回事，老是盯着手机看。恋爱了？不许，不许你背着我'脱单'！"

不知道什么时候，秦眠已经跑到她身后蹲着了，一副被抛弃的可怜巴巴的样子。

温喻千扭头看了她一眼，有些状况外地"啊"了一声："你什么时候跟我说话的？我以为你在跟初初聊天呢。"

她这才发现，寝室里已经没有江初初的人影了。

见她精致粉嫩的脸上满是迷茫，秦眠心里即使有再大的气也生不起来了，傲娇地哼了一声："初初早就走了，刚才有人进来说寝室停热水，你是不是也没听到？"

温喻千难以置信地看着秦眠："热水停了？！那怎么洗澡？"

秦眠很大气地挥手："不洗了呗。"

温喻千看着她脏兮兮的模样，默默地远离她，抬手捏了捏精致的鼻尖，嫌弃道："咦……"

"小没良心！"秦眠没好气地戳了戳她的手背，"亏我还给你带了影视城的特产。好了，不要打扰我，我要补觉了！"

看在那几包杏仁干的分上，温喻千贴心地给她拉上床帐："睡吧，晚上我帮你打水回来擦一擦。"

秦眠委屈道："你果然嫌我脏。"

温喻千："……"

是的，没错！

虽然被嫌弃，但秦眠还是提醒道："你要是今晚洗澡，一定要早些去公共浴室占位置。"

她跟江初初都知道，温喻千有洁癖，每天回来都要洗澡，不然睡不着。

临近傍晚，温喻千端着自己的小水盆连带洗浴用品，准备先去校内的女生公共浴室洗个澡。

青大的女生公共浴室修建得很好，是单独的隔间，完全可以保证隐私。

只是因为宿舍里都有浴室，这个公共浴室平时就显得很空旷。而这次女生宿舍大规模的停水，导致这天公共浴室难得的人满为患。

温喻千这晚事情很多，担心回来后没水洗澡，只能早早地先来洗完。

恰好还有一个浴室空着。

温喻千将衣服放到外面的衣柜挂好后，便裹着浴巾进了隔间。

浴室内水雾弥漫，白色的雾气蒸腾，让她原本白皙的脸上慢慢覆上一层薄薄的红色，漂亮又迷人。清澈的水流缓缓滑过她的全身，包裹着她曲线玲珑的身躯，水流几乎与雪白的皮肤融为一体，溅起层层叠叠的水珠。乌黑的发丝湿漉漉地搭在纤薄的后脊，本就优美纤弱的蝴蝶骨越发显得性感。

舒服地洗完一个热水澡后，温喻千红润的小嘴微张，喟叹了一声。

她用手擦着乌黑湿润的发丝，湿润的睫毛轻颤，心想：洗完澡再睡觉多舒服，眠眠真是太懒了。

温喻千用干发帽包住那一头浓密的发丝后，带着满身蒸腾的热气，裹着浴巾走向衣柜。

打开衣柜门后，她蓦地睁大眼睛，脑子一下子蒙了。

衣服呢？

衣柜里面空空如也。

温喻千两条雪白纤细的小腿与圆润的肩膀完全暴露于空气中，在这个热气蒸腾的地方，她居然狠狠地打了个寒战。

谁？是谁拿走了她的衣服？

温喻千指尖紧紧攥着围在身上的浴巾，纤细的小身板摇摇欲坠，生怕下一秒就会有一群人突然冲进来。

她心脏怦怦跳着，又急又气，额角密密地浮出一层冷汗。

对，手机！她还有手机。

温喻千猛地转身，突然的动作让她低血糖犯了，眼前一黑，缓了好几秒，她才磕磕绊绊地跑回淋浴间。

她将密封好的手机拿出来，宛如抓住了救命稻草。

她小脸一片雪白，纤细的手指几乎按不准号码。

她打给秦眠。

"对不起，您所拨打的电话已关机。"

温喻千突然想起来，秦眠昨晚通宵，这天下午才回来，现在正关机补觉。她的心跳越来越快，脑子里一片慌乱，仿佛听到外面传来沉重的脚步声，仿佛下一秒就会有人冲进来，看到她这般模样。

她打给江初初。

"嘟嘟嘟。"

无法接通的声音让温喻千的心越来越凉。

除了这两个室友，温喻千看着通讯录，发现自己竟然没有一个可以给她送衣服的联系人。

就在温喻千握着手机无所适从的时候，她的手机铃声响了起来。

温喻千接起电话，眼眶蓦地红了："小晏先生。"

商珩此时正站在温喻千的宿舍楼下，他刚好路过青大，便过来看看她，却没想到拨通电话后，会听到她带着哭腔的声音。

他蓦地站直了身子："别哭，慢慢说。"

不知道为什么，温喻千听到男人磁性的声音后，心就平静下来了，只是说话依旧带着哭腔。

她没意识到，自己已经对他产生依赖感了。

等商珩过来的这段时间，他一直没有挂断电话。

她听着男人磁性好听的声音，一句一句，轻缓如泉水，抚平了她内心的焦急恐慌。她渐渐觉得时间没有那么难挨，也没有那么害怕了。

温喻千的睫毛湿漉漉的，随着看屏幕时眼睛的眨动，凝聚的水珠顺着眼尾滑落，像是脸颊上带着泪痕似的。

时间不知道过了多久，温喻千感觉自己的小腿都麻了。

蓦地，手机里传来男人令人安稳的声音："开门，我到了。"

他一直都没有挂断电话，直到现在。

"嘟嘟嘟。"

这次，温喻千听到手机里传来"嘟嘟嘟"的声音，没有一丝慌乱，反而很安定。

第三章
直 播 掉 马

温喻千打开门之后，虽然只是一闪而逝，但商珩还是看到了她单薄的身子上只可怜巴巴地裹了一条浴巾。雪白的肩头圆润，两条莹润细长的小腿露在外面，鼻尖与眼眶泛着红色，眼尾还有水珠，像是哭过了似的。

他缓缓移开视线，将衣服递给那伸出来的雪白手臂后，嗓音沉凉肃冷了几分："别怕，我在外面。"

商珩戴着口罩跟帽子出现在女生公共浴室，简直要吓死人。

幸好青大的公共浴室是隔开的。

而温喻千这一间，不知道是什么时候，在外头被人立了一块"正在维修中"的牌子。

这也是商珩旁若无人地出现在这里还没有被发现的原因，当然也是温喻千在这里没有听到任何人进入的原因。

有人故意把温喻千关在这里。

商珩扫了一眼门外那块牌子，薄唇微微抿平，随即目光专注地看着浴室门。

门内。

温喻千的睫毛上下颤动，慢吞吞地换着商珩带过来的新衣服。

她发现从里到外，大件小件都不缺，小衣柔软贴身，本来被冷汗几乎浸透的脸，渐渐染上一抹红晕。

温喻千刚换好衣服打开门，还未来得及跟晏清道谢，突然，手机铃声响了起来。

看到来电显示，温喻千已经恢复温度的手指轻顿了一下。

几秒钟后，她才按了接听键。

耳畔传来江初初轻细的说话声："千千，你刚才给我打电话是有什么事吗？"

温喻千一推开门，便对上了男人幽深平静的眼睛，借着外面漆黑的夜色，男人的面部轮廓被月光描绘得越发清俊矜雅。她不由得心跳微微加快，甚至贴身穿的衣服都有些跟着发烫。

温喻千又卷又长的睫毛低垂下来，无意识地将了一下鬓间细碎的发丝，想专心打电话："现在没事了。"

江初初追问道："真的没事吗，千千？你有什么事情可以跟我说的。"

温喻千眉心蹙了蹙，听着江初初的问话，余光却不受控地有意无意地瞄向晏清。她发现晏清依旧保持之前那个姿势，神色温和地看着她。

毕竟晏清还在身边，温喻千不好跟江初初说太多，不方便。

她抿了抿唇，随即说了句："真的没事了，你放心吧。"

挂断江初初的电话后，温喻千轻呼一口气，揉了揉脸，让自己保持淡定，仰头看向男人说："我们先离开这里吧。"

毕竟是女生浴室，要是被人看到晏清，那就不好解释了。

晏清见她潮湿的发丝被冷风吹得凌乱，眸色微敛，不动声色地将自己头上的黑色帽子摘下来，戴到她的头上。

"好。"

男人的嗓音一如既往的磁性好听，令人欲罢不能。

"小晏先生，今天真是多亏了你。"

"应该的。"

二人的说话声随着夜风渐渐远去。

不远处的银杏树下，江初初抱着几件干净的衣服站在那儿，脑海中浮过刚才男人离开时一闪而逝的面庞，眼睛瞪得极大，满目都是难以置信。她不断地喃喃自语："怎么会是他？怎么会是他？"

眼看着他们的身影即将消失，江初初咬了咬下唇，犹疑几秒，仿佛做了什么决定一般，将怀中的衣服往旁边的垃圾桶内一丢，便快步跟了上去。

　　温喻千牵着男人的衣袖，将他拽到了安静的小树林里。

　　除了风簌簌吹着落叶的声音，四周一片静谧。

　　男人低沉的嗓音响起："你知道是谁做的吗？"

　　温喻千抬头，发现不知何时，面前的男人已经重新戴上了黑色口罩，说话的时候，声音略显沉闷，却依旧掩不住好听的磁性音质。

　　此时，商珩只露出一双幽静的眸子，路边灯光穿过层层茂密的枝叶，打进来的光线明明暗暗，却足够他们看清楚彼此。

　　到了安全的地方之后，温喻千也逐渐冷静下来，瓷白的牙齿咬着下唇，这才有心情思考是谁想害她。

　　她有种预感，这次偷衣服的，和发帖子的应该是同一个人。

　　她在学校向来深居简出，很低调，并没有得罪过人，不可能两天之内发生两件事情，是两个人做的。

　　温喻千细软的手指攥了攥手机，红唇忽而微启，声音很低："大概知道。"

　　说完，她垂眸点开手机，将白天查到的那个IP地址发给了学生会主席。

　　青大现在的学生会主席是她直系学弟，温喻千曾经给他上过课。

　　考虑过后，温喻千让学弟把用这个IP地址的人发过来。

　　虽然可以黑进对方电脑，但是她没有这么做，之前带她的恩师曾说过"无论对方做了什么，你若是先侵犯人家的隐私，便是你的错"。

　　有学弟帮忙，温喻千很快查到了那个宿舍里的人。

　　没想到，居然是一个不算陌生的名字。

　　英语系的邹萱，这是……江初初的闺密。

　　邹家在北城还算有点名望，看到邹萱这个名字后，温喻千大概锁定了人选。

　　温喻千看着手机若有所思，立在身旁不动声色隔开夜风的男人则静静地看着她。

　　商珩的洞察力向来强大，很快便觉察到了温喻千的异样："需要帮忙吗？"

他到现在都没有出手解决帖子的事情，主要是想知道温喻千是怎么想的。

作为商氏未来的女主人，如果……

"不用，我……"

岂料没等温喻千说完，突然，旁边传来窸窣的脚步声。

温喻千眸中闪过一抹警惕："谁？"

"千千，是我。"

一道熟悉柔静的声音传来。

温喻千紧绷着身子没有放松警惕，紧抿着唇，等到江初初出现在她面前之后才开口："初初？你怎么会在这里？"

江初初紧咬着下唇，神情难过不安："千千，对不起。"

"我知道在论坛发帖的人是邹萱，可是我不敢跟你说。对不起，真的对不起，这两天我真的很乱，一边是你，一边是闺蜜。"说着说着，江初初的眼泪"吧嗒吧嗒"往下掉，清秀白皙的脸上覆了一层泪水，不丑，反而有种梨花带雨的美感。

不过从外人的角度看过去，不知道的还以为是温喻千在欺负她呢。

温喻千没有说话，淡淡地看着她，眼里闪过一抹复杂的情绪："那你现在为什么要告诉我？"

江初初用手指擦着泪珠，可是泪水不断地涌出来，根本擦不完。她仿佛没看到还有一个男人站在这里，继续对温喻千哭道："我实在不想承受这种煎熬。一想到她做得这么过分，我……我……"

她哭得越发厉害，说话含混不清："千千，我不求你的原谅，对不起，对不起。我真的不知道她这么过分。"

隔着泪水，江初初边哭边偷偷瞄了一眼商珩。

谁知竟毫无防备地对上了男人的视线。

黑暗中，商珩毫无情绪地扫了她一眼，眸色漆黑慑人，隐隐透着怠懒的讽意，让人不寒而栗，仿佛一切无所遁形。

江初初捂着脸的手突然僵住了。

跟江初初同寝两年，温喻千还是第一次看到她哭成这样。

她眸子里微微掀起几丝波澜，语调却淡淡的："别哭了，又不是你干的。"

"可是，是我对不起你。"江初初上前，想抱住温喻千。

竟扑了一个空。

她半张着嘴，梨花带雨的脸上闪过一秒震惊。

原本站着当背景板的挺拔高大的男人，突然握住了温喻千的细腕，劲瘦修长的身形微微俯下，在她耳边用足够在场人听到的音量道："你不是还有话要跟我说吗？"

男人的声音透过口罩传了过来。

江初初颤抖了一下，正想仰头看向男人时，手里却突然被塞了一个水盆，重得她下意识地弯了弯腰。

下一秒，温喻千朝她挥挥手："初初，我不怪你，你帮我把水盆带回寝室，我今晚会晚一点回去，谢谢了。"

她唇红齿白，眉眼弯弯，仿佛没有被刚才的事情影响到半分，说完便转身与神秘的男人携手离开。

他们离得很近，近得几乎影子都黏在了一起。

江初初目睹他们远去的身影，身子几乎站不稳。她扶住旁边的树干，瞳孔都要震碎。他们……他们到底是什么关系？

这会儿才晚上九点，青大校园外还很热闹。

"你饿吗？"

看了一眼对面灯火璀璨的小吃街，温喻千打破了他们之间安静到清寂的气氛。

她现在心里很纠结，毕竟人家刚才还帮自己解决了麻烦，要是现在提出来跟他分道扬镳，会不会有点……过河拆桥的意思？

不然，先请他吃个饭吧。

没有什么事情是一顿火锅解决不了的，如果一顿解决不了，那就再来一顿。

借着路边昏黄的光线，商珩目光深敛，凝视了她几秒，发现之前的事情似乎真的没有在她心里留下什么阴影，这才缓缓开口："好。"

见他答应了，温喻千才松了口气，悄悄摩挲了一下她掌心里薄薄的手机。

只是火锅店生意火爆，排队的人很多。

温喻千看了一眼只戴着口罩的男人，总觉得他这么进去，就跟进了狼群的小白羊似的。

要是被发现他是照着全球过亿女性的老公商珩整的容，那里头的人得把他生吞活剥了。

跟晏清相处了这么多次，其实温喻千已经不怎么在意他的面容了。看到他时，很少会觉得他像顶流商珩，仿佛，晏清就只是晏清。

"我们去那里。"

在温喻千皱着小脸，表情沉重的时候，男人伸出修长如玉的手指，不紧不慢地指向热门火锅店对面那家略显萧条的法式餐厅。

法式餐厅装修优雅高级，从外面一看就很贵。

青大大部分都是普通学生，这种高消费餐厅很少有人消费得起，况且开在火锅店旁，生意当然萧条了。

见温喻千一脸迷茫，商珩不动声色继续道："人少清静。"

"哦，好。"

毕竟是自己请他，选址当然是遵从他的喜好了。

温喻千等坐在位子上后，才后知后觉大半夜单独跟谁一起吃法餐。

这分明是情侣该做的事情。

法式餐厅里人很少，只有几个私密性很强的隔断，能看到寥寥几对年轻的小情侣，而且大部分都坐在同一边，爱语连连，气氛十分……暧昧。

上餐完毕，侍者很快离开。

"两位请慢用，祝两位有个愉快的夜晚。"

方圆几米，除了他们之外，再也找不到第三个人。

愉快的夜晚？

温喻千红唇微微扯动，隔着渺渺烛光，看向晏清。只见他脸上的黑色口罩已经取了下来，光洒在对面男人轮廓立体俊美的面庞上。

耳边回荡起侍者那句话。

温喻千白皙的脸上忍不住浮上一层薄薄的红色，她伸出手扇了扇风："这里有点热。"

她身上穿的是男人亲自给她买的渐变蓝色收腰长裙，V字领，锁骨若隐若现，即便是紧急情况下随意拿的，也必须说男人的审美是真的很不错。

只是她脑袋上还戴着那顶帽子，挡住了她的额头，也挡住了她的视线。

温喻千刚准备将帽子摘下来。

男人修长的大手已经握住了她的手腕。

"我来。"

温喻千清亮透彻的瞳孔骤然收缩，下巴一抬，差点撞上男人的手背。

头上一轻。

挡住视线的帽子已经被拿走，她下意识地仰头，无辜又迷茫地睁着大眼睛，看向不知何时从对面站起身来给她摘帽子的男人。

男人白皙的长指漫不经心地覆在帽檐上，明明是极为从容优雅的动作，在这种环境下，却莫名有些勾人。

温喻千的心脏跳停了一秒，红润的唇瓣在朦胧飘摇的烛光下泛着润泽诱惑的光晕。她唇形极美，点缀着小巧的唇珠，越发显得精致漂亮，让人想一亲芳泽。

商珩微低着头，浓密的睫毛低垂，视线落在她那半张开的红唇时，眼眸幽深，仿若燃着幽幽烛火，睫毛几乎挡不住眸底的侵略性。

温喻千刚想开口，却没想到……

男人本来覆在帽檐上的长指，竟又轻又缓地擦过她白皙的脸颊，温热的指腹轻轻托起面前的少女小而精致的脸。

温喻千被吓得睫毛不断地颤动，想要跟他拉开安全距离。不知为何，纤细的身子却僵硬至极。眼睁睁见他离自己越来越近，越来越近，近得几乎可以看清楚他漆黑瞳仁内自己细微的表情。

光线朦胧暖昧，温喻千脑子里空白一片，目之所及，只有他那淡色优美的薄唇。

柔软的手指蜷着，掌心蓦地感受到手机的冰凉。

本来迷蒙的双眸倏然清醒几分。

不对，她是来跟晏清说"分手"的！

温喻千偏了偏头，纤细的脖颈往后一仰，手腕无力，却坚强地将面前的男人推远几寸，软糯的嗓音此时染上了几分低低的暗哑，呼吸急促："小……小晏先生，我有话跟你说。"

她睫毛紧张地颤抖着，如同她此时的心跳一般，怦怦直跳，几乎要从胸口蹦出来。

然而她更多的是庆幸。

险些被晏清的男色迷住。

商珩已经气定神闲地直起身子，神色坦荡平淡，仿佛方才想亲她的不是他一样。

他长指把玩着从温喻千头上摘下来的帽子。

"我也有话想跟你说。"

独属于男性的嗓音丝丝绕绕传入温喻千的耳中，她下意识地捂住耳朵。

这男的是狐狸精吗？！大晚上还能变身，连声音都这么勾人，她险些被迷惑了。

温喻千平复了一下心情，深吸一口气，生怕自己沉迷于男色，不办正事，便一口气说了出来："小晏先生，以后你不用过来了。我家快要破产了，养不起你了，也不用你服务了。"

说着，温喻千从手机壳内抽出一张薄薄的银行卡："这里面有一百万，算是感谢你这段时间的照顾。你以后不要陪酒了，好好找份工作生活。"

目光触及男人那张俊美如斯的面容，温喻千顿了一下，双唇轻抿，轻声说："靠脸吃饭不长久。"

男人扫了一眼她推到他面前的银行卡，敛了表情，凝神看她，神情专注笃定："你家破产没关系，以后我养你。"

温喻千一下子蒙住了："啊？"

什么鬼？

他出去陪酒、陪女人养她吗？

不对，不对，温喻千连忙摇头，重点是什么叫他养她？他干吗要养她？

不会是……

温喻千脑子里"嗡"的一声，脑海里浮现一个荒唐的想法，难以置信地看向对面朝她微微一笑的男人。

果然。

"我喜欢你，以后我养你。"

任谁被一个如此好听的声音表白，都会克制不住地紧张和激动。

"你……你……你……

"我……我……我……"

温喻千的小脸上神色紧张，她不是没被人表白过，但是这次不知道为什么，一对上男人的眼神，她就克制不住地紧张。

她一咬牙，闭上眼睛大声道："小晏先生，对不起，我要结婚了！所以……所以，我们不合适。"

男人看着烛光下她晕染着红色的脸、紧闭着的眼睛、颤抖不安的睫毛，以及自欺欺人的表情，蓦地无声一笑，幽深的眸底闪过幽幽笑意，嗓音却分外深情磁性："你结婚了也没关系，我可以为你当第三者。"

温喻千以为自己听错了，卷长浓密的睫毛猝然往上，桃花眼睁得圆溜溜的，小脸上满是错愕和震惊："第……第三者？"

他这是什么扭曲的三观？

商珩低敛着双眸，不看她的眼睛，以免自己情绪泄露。

他线条硬朗的下颌微微收紧，沉沉地应了一声："嗯。可以吗？"

见他垂着眸子，温喻千越发觉得自己当初不该跟他走得太近。瞧瞧，好端端的一个男人，现在心理变成什么扭曲的样子了。

居然理所当然地当第三者。

要是换了别人，温喻千早就甩手走人了。

她眉头轻轻皱着，想到晏清帮了她好几次，尤其是这次。今晚如果不是他，自己真不知道该怎么办了。

温喻千觉得自己不能眼睁睁看着他深陷沼泽，坐视不理。

他这种三观是扭曲的，必须要给他扳正了才行。

她表情严肃道："小晏先生，做人不能当第三者的，这是道德问题。"

商珩用长指抵着额头，生怕笑意漫出来，顺便挡住温喻千的视线。他嗓音低哑沉闷："为了你，就算没道德也无妨。"

说着，他伸出另一只手，将银行卡推回温喻千面前："以后我养你。"

他的手背上筋骨分明，白皙好看，长指覆在薄薄的卡片上，颇为赏心悦目。

温喻千艰难地移开视线，表情一言难尽地看着对面俊美矜雅的男人。

他的长指抵着额头，只能隐约看到他白皙干净的额头。烛光摇曳，他的面部轮廓被晃动的光晕扰乱，甚至看不清他的情绪，只能从声音中辨别。

感觉到他的执迷不悟，温喻千也头疼了。

谁要他养啊？

温喻千绷紧下巴，脑子转得很快，想着该用什么法子扳正他的三观。

蓦地，她双眸一亮。

既然软的不行，那她就来硬的！

"我告诉你，我未婚夫很凶的，要是你真要当什么第三者，给他戴绿帽子，他会揍你的。"

见男人不说话，温喻千觉得他会害怕，捏着拳头继续威胁："他真的超凶！超级凶，怕不怕？"

商珩薄唇紧抿："……"

长指终于肯从额头上放下去了，他与温喻千那双故作危险的眸子对视良久，忍耐许久才没有让自己嘴角那一丝笑泄露出来。

拍戏这么多年，都没有这天这么想笑场。

温喻千背地里这么诋毁他这个未婚夫，良心不会痛吗？

不过……还挺可爱。

商珩蓦地轻笑一声："怕。"

距离上次跟晏清见面，已经过去好几天。

清晨六点。

温喻千躺在家里柔软的大床上，整个人懒洋洋的，雪白的手臂往被子里摸索了几下，终于找出振动的手机。

如她所想。

又是晏清雷打不动的早安问候，六点整，时间准得堪比古代给婆婆晨昏定省的小媳妇，不敢有一丝一毫的懈怠。

温喻千没了睡意，纤细的身子靠在床头，看向屏幕上的对话框。

从一周前，他们分别那晚开始。

即便她没有回复任何一条，晏清依旧不厌其烦。

温喻千长叹一声，小脸皱成一团，脑海中缓缓浮现他们分别前晏清说出的那个"怕"字。

给有未婚夫的少女天天发微信消息，他这是怕的表现吗？

就在温喻千对着手机发呆时，外面传来敲门声。

"宝贝？"宋女士敲了三下，推门而入，便看到女儿双手搭在膝盖上，一脸乖巧地坐在床边，忍不住勾唇轻笑，她还不知道自己的女儿什么脾性吗？

在她敲门之前，这小家伙绝对是懒洋洋地躺在床上。

温喻千无辜地抬起脸，看着母亲："妈妈，有何吩咐？"

"今晚以姜家为首的四大家族举办晚宴，都是年轻人，你替妈妈去一趟。"

宋女士挑剔地看着女儿，见她穿着长袖睡裙："距离晚宴还早，你该重新选购一批衣服了。"

之前她远在国外，没有时间打扮女儿。如今好不容易闲下来，自然得好好打扮打扮才不会浪费女儿这张花容月貌的小脸。

温喻千一脸迷茫，还没醒神，便已经被宋女士带到了北城最大的高级商场。

母女俩一家一家地逛着服装店与首饰店，签完单便让店家直接将衣服和首饰送到家里去。

直到下午三点，温喻千坐在试衣间的小凳子上，双眼放空："妈妈，结束吧……"

当女人太难了，当个精致的女人更难。

还不如回去给那群大一大二的小崽子们上课呢。

宋女士悠悠地靠在试衣间门口，化着得体妆容的脸上表情变都未变："宝贝，今晚邹家那个女儿也会去。听说邹家为了这次晚宴，特意给她定制了法国F家首席设计师设计的礼服，还有同系列珠宝。你确定要灰头土脸地去？"

邹家？

温喻千用手托着腮，自从上次让学弟通过合法渠道删掉论坛那篇帖子并重新发帖澄清后，她都快要忘记这个人了。

自从那天以后，她就没见过邹萱。

今晚她也要去吗？

温喻千凝思几秒，突然，红艳艳的唇瓣勾起坏坏的笑，算账的机会来了。

晚上七点，晚宴厅内灯火通明，辉煌璀璨。

温喻千提着顺滑的裙摆进入厅内。

这个宴会厅，温喻千中学时代经常过来。毕竟是姜氏惯常的宴客之地，一般宴会厅内多为男客谈事，而外侧有一个偌大的游泳池，供女客聊天。

温喻千跟主人打了招呼后，便脚步轻缓地往外面走去。

透过偌大的玻璃窗，她几乎能看清楚外面波光粼粼的泳池，泳池旁有一长排精致的自助餐点，其间有侍者捧着酒水游走。满目衣香鬓影，为了这次姜家举办的宴席，众豪门名媛和贵妇铆足了劲儿争妍斗艳。

也就宋女士心大，宴会今晚举办，早晨才通知她。

温喻千很快便锁定了邹萱的位置，她穿着一身层层叠叠的花瓣裙，烟粉色的，显得她腰细腿长胸大。只不过她肩膀有点宽，从正面看还好，从背后看就略显壮些。

啧，肩膀上居然也打了阴影，真是太努力了。

随手将香槟放到路过的侍者举着的托盘上，温喻千提着裙摆，优哉游哉地朝外面走去。

她并没有注意到，在她身后，有人正看着她纤细的背影若有所思。

温喻千一走到泳池旁，便听见不少好听的女声在私下议论

"邹萱这身得不少钱吧？"

"邹家最近风头正盛，听说要跟那个神秘的商氏合作了。"

"天哪，难怪这么舍得。"

"不过要说美貌，还是温喻千最美。你看那五官，我表姐去做微调就是照着她的照片调的。"

耳边听着她们的感慨，温喻千微笑着朝她们轻轻颔首，而后便懒洋洋地端着杯香槟，晃晃荡荡地站在泳池边缘。黑色吊带长裙在黑暗中毫不起眼，唯独她雪白的皮肤散发着莹润的光。

邹萱自然看到了温喻千，她踩着高跟鞋，一步一步，抬着下巴，高贵典雅地走来："这不是温系花吗？穿得这么穷酸，也好意思在这种场合出现？"

她上下打量着温喻千，见她一身黑色吊带长裙，毫无特色，忍不住嗤笑了一声。

想到自己这套价值百万的裙子，邹萱更是盛气凌人。

"怎么，你家要破产了，连一件定制都穿不起了？穿不起就别来丢人现眼。"

温喻千缓缓转身，纤细的手腕晃了晃透明的酒杯，不着痕迹地开口："邹萱，你上次为什么要在论坛黑我？"

邹萱的目光落在温喻千那张精致得无可挑剔的脸上，几乎要咬碎后牙根："看你不顺眼。而且我说的都是实话，怎么黑你了？装什么可怜！"

凭什么她们同样的年纪，同样的家世，温喻千就可以在学校成为风云人物，而她……寂寂无闻。

就凭她那张狐媚子脸吗？！

"偷拿我衣服的也是你？"温喻千不动声色，徐徐走近她几步，清亮的眸子紧盯着她的眼睛。

"没错，都是我干的，你能把我怎样？"邹萱想着温喻千家都要破产了，自己有什么好怕的，捏死温喻千也是分分钟的事情，因此毫不顾忌，直接承认，一脸鄙夷地看着温喻千。

下一秒，却见温喻千朝她弯起眼睛，笑得明艳动人。

温喻千的眼睛是典型的桃花眼，笑起来的时候像是带着钩子，让人心动。

邹萱愣了一下，完全没想到温喻千会朝她笑。

谁知，没等她再次开口讽刺，嘴巴便被一双柔软的小手堵住，她甚至没来得及尖叫出声。

动作间伴随着一道幽幽的女声："偷衣服好玩吗？你说现在我要是把你扒光丢进游泳池里怎么样？"

邹萱突然腿弯一疼，整个人朝泳池里跌去。

哗啦！

落水声响起。

"啊啊啊"

邹萱惊恐地不断挣扎，隔着池水看着池边那个穿黑裙子的女人，宛如看到了长出了角的恶魔。她眼睁睁看着温喻千拿出早就准备好的手机，迅速拍了照片，才一步步款款走来。

"救命……"

水浸湿了衣物，她的抹胸裙因为挣扎更加往下滑，几乎露出大半皮肤。

邹萱的头刚露出水面，一双柔软细腻的小手仿佛是从地狱伸出来的死亡之手，一下一下按着她的脖颈，将她按进池水中。

温喻千满意地看着她狼狈绝望地挣扎，拎起裙摆，一边拽着邹萱的手臂往上拉，一边惊慌失措地喊道："不好了，邹小姐落水了，快来人，我拽不动她了。"

看似往上拽，实际那双灵活的手不断地把她往下按。

温喻千之前特意选的是有假山的死角。

泳池外面音乐响起，不少人选择在空出来的舞台上跳舞，以至于并没有人注意到里面发生的一切。

而且温喻千速度很快，一系列动作才花了不过十几秒的时间。

等大家听到邹萱的尖叫声赶过来时，温喻千在她耳边威胁着："要是再敢有下次，我就发校园论坛，让全校师生看看邹萱小姐的湿身照。"

整个现场一片混乱。

不过他们都看到了温喻千不顾被拖下去的危险，一直抓着邹萱的手臂想要将她拉上来。

小小的身板，大大的能量，真是太善良了。

邹萱裹着披肩，看着被众人围在中间嘘寒问暖的温喻千，气得眼前一黑："是她，是她推的我！温喻千，你这个小贱人！设计害我。"

温喻千的脸在灯光下显得格外无辜，乌黑浓密的睫毛轻轻颤抖着："邹小姐，你怎么能骂人呢？"

其他人都听不下去了。

毕竟大部分名媛还是很讲道理的，尤其是看到邹萱这副泼妇模样，再对比温喻千俏生生的无辜模样，谁无理取闹，一目了然。

"邹小姐，刚才我们都看到了，分明是你气势汹汹地走向温小姐，她如何设计害你掉下泳池？"

邹萱手指颤抖着指温喻千："你……你……你……"

温喻千无辜地眨眼："我怎么了，邹小姐？你是怪我没有把你拖上来吗？可我真的没力气。"

众人看向温喻千那小胳膊小腿，脊背纤瘦，尤其是那细腰，更是不盈一握，哪里像是有力气的样子。再看身上粉底修容已经斑驳的邹萱，骨架比温喻千大了一圈，谁欺负谁，除非眼瞎才看不出来。再次看向温喻千时，他们的目光里满是同情。

温小姐真的太可怜了，这是现实版的"农夫与蛇"吧。

小可怜。邹萱注意到众人鄙夷的眼神，突然怒火攻心，白眼一翻，彻底晕了过去。

温喻千除了裙摆上溅了一点水之外，其他地方完好无损，理直气壮地接受大家的安慰。

在事故发生地不远处的假山旁。

穿着墨蓝色暗纹西装的男人正拿着手机视频聊天。

丛烈英俊的脸上满是戏谑，对着手机道："商大人，您这小未婚妻也太凶悍了吧，小弟我真担心你未来的婚姻生活。"

"脑补"商珩顶着那张骄矜温雅的脸跪键盘、跪榴梿、跪泡面的画面……丛烈摸了摸下巴，觉得有点小刺激。

看了场视频转播自家未婚妻凶残复仇的戏，商珩清俊如画的脸上缓缓浮上一抹笑。

他沉吟几秒，徐徐道："欺负别人，总比被别人欺负好。"

"至于婚姻生活……"

商珩指腹摩挲着那张被温喻千硬塞过来的银行卡，嗓音里含着几分缱绻："在我面前，她很乖的。"

一天后的周一下午。

国内大型综艺节目后台休息室。

作为本期节目主要嘉宾的商珩神色优雅怠懒地坐在化妆椅上，不知为何，室内安静清寂，他突然想到了他的小未婚妻。

男人漫不经心地打开微信，看着他这几天单方面发的微信消息，全像被抛进了海水中一样，毫无反应。他难得眉眼微沉，沉吟几秒，又给温喻千发了条微信消息。

发完后，商珩并没有着急关闭聊天界面。

因为他看到了"正在输入中……"的标识。

见对方有了反应，商珩向来平静无波的眸子里终于起了丝丝波澜。

只是，对方输入了许久，又停顿了。

商珩静静地等着她回复。

一分钟……

两分钟……

五分钟后，那边发来一个表情包。

商珩的目光定定地落在表情包上，指尖微微一动，脑海中恍然浮现出温喻千娇气地说着表情包上的文字的模样。他蓦地勾唇轻笑了一声，本来清俊薄凉的面容，刹那间如同镀上了一层薄薄的光。

突然，商珩耳边传来节目工作人员的声音，打断了他的思绪。

"商老师，该您上场了。"

商珩嗓音温淡地应了一声，便将手机交给助理白岸。他的动作雅致从容，长指理了一下衬衣上的精致袖扣，不紧不慢地抬步出了化妆间。

他平时很少参加节目，更何况是参加综艺节目，只是这次碍于他新戏封闭式拍摄期间请了几次假，要导演帮忙掩护。所以这次导演开口让他上节目宣传电影，他便没有拒绝。

几个工作人员看着他挺拔优美的背影渐渐消失，忍不住低语

"商大人本人比屏幕里更好看！娱乐圈颜值第一真不是吹的。"

"天哪，他刚才笑起来的时候，我的少女心都死灰复燃了。"

"他那双眼睛，简直能让人沉沦。"

"真不知道这么帅气的男人，最后会落在哪个女人手里。"

"我刚才看到商大人手上的戒指了，真的是对戒，估计女方被保护得很好，现在都没被扒出来。"

"羡慕嫉妒恨……"

同一时间的青大校园。

恰好是计算机系的下课时间，一回到寝室，温喻千便被秦眠缠着讲她周末在泳池痛踹落水狗的事情。

"所以你就那么把她踹下去了？"秦眠惊叹地看着闺密，伸手捏了捏她细细的手腕，感慨道，"真没看出来，关键时刻，你这小身板爆发力挺

强啊。"

温喻千任由秦眠捧着她柔弱无骨般的小手看了又看，跟品鉴什么奇珍异宝似的。

她檀口微张，轻飘飘道："所以你小心点，敢弄疼我，连你我都能踹下去。"

秦眠总觉得温喻千下一秒就能撸起袖子给她亮出肌肉来，想到精致如洋娃娃的脸蛋下，是肌肉鼓鼓的健硕身材。

咝……

她打了个冷战，被那个"金刚萝莉"的画面吓到了。

秦眠垮着脸，连忙松开她的手，掏出手机："不行，不行，我得用我老公的美色洗洗脑子。"

温喻千没好气地捏了一把她的脸，恰好手机来了条微信消息，她打开一看。

几分钟后，原本一直没有过来打扰她们的江初初，突然在温喻千身边坐下，看着她，温柔地问："千千，那天晚上跟你在一起的那个男生是你男朋友吗？"

温喻千本来正低头在看晏清发来的微信消息。

这个人本来就天天早上六点准时对她"晨昏定省"，这天不知道犯了什么毛病，突然莫名其妙地发了一句：你会乖吗？

看着他这句话，温喻千脑海里浮现出很多东西。

最多的不是厌烦，反而是……他顶着那张清俊如画的脸，用低沉矜雅的嗓音说这四个字。

你会乖吗？

她深吸一口气，乖你个头！

温喻千打开相册，想要把之前秦眠发给她的那张"我在学习"的表情包转发给他。

没等温喻千挑好照片发过去，耳边便传来江初初这句问话。

温喻千一下愣住了。

不过只是一刹那，温喻千很快调整好了自己的情绪，轻轻抬起长长的睫毛，脸上没什么表情地看着她："不是。"

"真的不是吗？"江初初迫不及待地追问，甚至没有看清楚温喻千眼中的狐疑。

"初初，你问这个做什么？"温喻千细白柔软的指腹覆在手机屏幕上，心思放在江初初身上，无意识地动了动手指。

自从她隐瞒论坛帖子的事情后，温喻千对江初初就没有了之前的亲密。

此时她突然问起晏清，温喻千不得不怀疑她的目的。

江初初对上温喻千那双清透的眸子，沉默了一会儿，然后垂下头，声音又轻又小："对不起，千千，我只是关心你。"

真的是关心她吗？

温喻千以前不觉得江初初这副柔弱可欺的模样如何，但是不知道为什么，现在看起来，总觉得有点做作。

"啊啊啊我家商大人的综艺直播首秀要开始了！"

秦眠手忙脚乱地从床上摸出自己的平板电脑，准备好薯片和可乐，一脸神圣地调到了直播间。

江初初眼睛亮了亮，转而回到自己的位子上，也打开了电脑。

唯有温喻千一脸淡定。

余光不小心瞄到自己的手机屏幕，她发现……刚才跟江初初说话的时候，不小心点了发送。

她长舒一口气。

妈呀，幸好没有发错……

跟表情包紧挨着的照片，是她之前在海岛拍的泳装照，幸好没发过去，不然他肯定会以为她别有目的。

想到晏清那扭曲的三观，温喻千有点发愁。

就在她蹙着眉头的时候，秦眠一把拖住她的转椅，把她拉到自己面前："哎呀，别发呆了，快跟我一起看我老公直播。"

"我没兴趣。"

温喻千对明星什么的完全没兴趣，她想着，就算现在真的商珩出现在她面前，她也能心如止水。

"千崽，你是不是身体有什么问题？"主持人念开场白的时候，秦眠偏头看向身边的闺密，有些担忧，"你还是正常女人吗？对商大人这种男人都产生不了兴趣，那你对哪个男人有兴趣？你以后不会嫁不出去了吧？你再仔细看看，怎么会没兴趣呢？"

"你看一眼，就看一眼！"秦眠扳过温喻千的脸，想要强迫她看一眼，"只要看一眼，你就会为他沉迷。"

"怎么可能……"温喻千被她这么夸张的语气弄得十分无语。

这男的又不是钱，怎么可能谁都为他沉迷？

再说了，她又不是没见过商珩的照片，确实很好看，却也没有到让她沉迷的程度。

"来了，来了！"秦眠激动地喊道，"快看。"

温喻千无奈之下，只能顺从地看向她的平板电脑屏幕。

蓦地惊住。

她第一次看到商珩的动态模样，镜头给他切了一个近景，男人清俊的眉眼和完美的面部轮廓清晰地展现在温喻千面前。

温喻千瞳仁猝然收缩。

商珩跟晏清……长得一模一样，甚至连表情都一样。

晏清真的是整容的吗？

她心里挣扎了一下，脑海中慢慢浮现晏清那张完美无缺的俊脸，与视频中男人的脸庞渐渐高度重叠在一起。

一模一样，不是相似，而是一样。

难道是双胞胎？

温喻千定定地看着屏幕，聚光灯下，身材挺拔的男人薄唇微启，语调从容，不疾不徐。

可即便是双胞胎也不会这么像吧？

温喻千的眼神没有从秦眠的平板电脑上移开，目光追逐着屏幕中商珩的身影。

越看越像，越看越觉得是同一个人。

旁边的秦眠闲暇之余，发现闺密竟然目光灼灼地紧盯着自己的男神，戳了戳她，"嘿嘿"一笑，调侃道："是不是被我老公迷住了？看在咱们多年闺密的分上，我老公分你一半！"

温喻千无心跟她说话，手指紧紧攥着薄薄的手机，生怕自己下一秒会忍不住一个电话打过去。

她眼睛一眨不眨地看着综艺直播。

这是她第一次如此完整地看完一档综艺节目，她上次这么认真地看电视，还是上小学的时候，被奶奶抱着看电视连续剧。

上小学后，温喻千不断跳级，十五岁便考上了大学，大学四年，研究生两年，她沉迷于学术研究，在计算机领域小有成绩，对刷微博、追星、刷剧、追番等女生喜欢的事情完全没有兴趣。

至于如今的娱乐圈顶流商珩，她也只是在秦眠与江初初的耳濡目染中略有了解，并没有刻意看过他的长相，只偶然随意瞥过她们的手机屏保。

印象中他确实长得很好看，也很优秀，有很多女性追逐，然而这跟她没有半毛钱关系。

可是现在她现实中认识的人，甚至还跟她有"包养"关系的人，居然跟娱乐圈顶级流量影帝商珩长得一模一样，温喻千怎么会不震惊。

她感觉自己的心都要跳出来了。

怦怦怦。

耳边除了屏幕中男人磁性的声音外，便只有她心脏跳动的声音。

所以，他是商珩，还是晏清？

温喻千细白的手指按住太阳穴，脑子一阵一阵地疼，漂亮的双眸里除了震惊便是迷茫。

这到底是怎么回事？晏清怎么会是商珩？

娱乐圈的顶流商珩怎么会是晏清？

那可是商珩啊！十八岁出道，仅仅五年便凭借精湛演技，成为电影史上最年轻的大满贯影帝，微博粉丝过亿，流量与他的实力一样惊人。

即便常年不更新微博，他的粉丝依旧坚如磐石，绝不放弃。只要是投票活动，他绝对稳稳霸占第一名，堪称传奇。

不，不是的，商珩不可能是晏清，她跟晏清分道扬镳之前，晏清还经常来青大。

而商珩前段时间不是封闭式拍戏吗？之前秦眠还去探过班。这样的一个人，之前怎么可能随时随地出现在她面前？

温喻千心中不断地否定，拒绝相信他们是同一个人。

综艺进行到一半时，商珩所在的队伍输了比拼，每个人都要接受惩罚。

而惩罚项目是通过转盘产生的。

虽然是国内大型综艺，但也需要直播的人气吸引收视率。毕竟是直播，相较于正规电视台播出的内容，尺度较大。

秦眠深吸一口气，紧张地看着男神修长的手指按动惩罚大转盘的按钮。

转盘转动起来。

跟男女朋友打电话，要求对方说出"分手吧"三个字。

跟异性朋友借一百万元，说自己要用这一百万元去整容。

节目组随机从嘉宾通讯录里选出一个联系人，打电话聊两分钟。

快问快答黑粉的十道题目。

…………

转盘赚了好几圈，最后停在了第三条。

随机从嘉宾通讯录中抽取一个联系人。

随机……妈呀，这个太可怕了。

秦眠紧张地看着男神的助理将手机送上来，呼吸凝滞，生怕男神会被主持人挖出什么特大隐私。

例如隐婚……

秦眠瑟缩了一下，脑海中浮现出男神那枚戒指。虽然不愿意相信，但是……男神大概真的有女朋友了。

甚至……老婆。

啊啊啊！一想到"老公"在别的女人床上，天天被别的女人摸腹肌、人鱼线，秦眠就忍不住卑微落泪。

然而，秦眠没想到的是，她"老公"真的被挖出来了特大爆炸隐私，不是女朋友，不是老婆，而是……金主！

通讯录第一位，也是主持人盲选的第一个联系人，备注是大大的三个字——A金主。

当画面定格在这三个字上的时候，整个演播厅都安静了。

十几秒后。

主持人反应很快，调侃道："不愧是商大人，连个昵称都取得这么可爱。"

观众和粉丝们："哦，是昵称啊，吓死了，还以为商大人真的有金主呢。"

商珩却意味不明地勾唇浅笑。

他仿佛没觉得这个称呼有多么骇人，反而长指把玩着薄薄的黑色手机，语调一如既往地光风霁月："确实很可爱。不过她说她在学习，可能没时间接电话。"

还在学习？

还是个学生？

所有听到商珩话语的观众、主持人及嘉宾的脑海中都浮现出他的弦外之音。

粉丝瞬间放心：果然是昵称，幸好不是金主，不是真金主，那就真可爱。

不对……

等等！

粉丝安心了几秒后，又炸了，当场打脸自己："我老公给谁的昵称？还可爱，一点都不可爱！哪里来的小妖精？啊啊啊！跟我老公玩金主包养的角色扮演！"

秦眠："啊啊啊！"

寝室内，温喻千听着秦眠的尖叫声，眼神渐渐恢复清明，视线未曾移开屏幕。她的手紧紧握着，指甲几乎掐进掌心，像丝毫没意识到痛一般。殷红的唇瓣紧抿成一条直线，精致如洋娃娃般的眉眼竟然染上一抹清冷明艳的意味。

到了现在，她还能欺骗自己这是两个人吗？

温喻千无视闺密疯了一般的样子，双眸冷静地低垂着，深吸一口气，慎重地打开了手机微信页面。

她发给商珩的表情包上写着"我在学习"四个黑色大字。

秦眠在寝室气得跺脚捶桌，俨然已经疯掉了，清纯的脸上满是绝望。

"呜呜呜我失恋了，这个叫金主的小妖精到底是谁？为什么我男神提到她的时候一脸宠溺？"

温喻千正盯着手机屏幕若有所思，冷不丁被秦眠一抱，耳边顷刻间满是她的魔音。

温喻千紧抿红唇，拍了拍秦眠的肩膀，眼睫低垂，生怕被秦眠发现她口中的小妖精或许就是自己……

没过几分钟。

温喻千便不得不接受现实她就是秦眠口中的小妖精。

她的视线紧紧追着平板电脑。虽然台下粉丝们的情绪不稳，但是综艺直播还在继续。

主持人见过太多风浪，亲自给商大人通讯录上这位昵称为"A金主"的朋友打了电话。

谁都不知道温喻千此时的心情，她握着手机的手掌心都冒出了冷汗，沾湿了冰凉的机身。

心脏不安地跳动，完全冷静不下来。

就在这时，手机铃声响起。温喻千猛地低头，屏幕上浮现两个大字：晏清。

温喻千整个人如同静止了一般，脸色难看，握手机一动不动，呼吸仿佛都停滞了。

停滞过后。

温喻千猝然睁大眼睛，洁白的牙齿紧咬着下唇，瞳仁漆黑，宛若闪烁着火光，又惊又怒。

居然真的是他！

那个娱乐圈顶流，全球女性最想嫁的男人，那个全世界拥有"老婆"最多的男人商珩。

温喻千死死地盯着屏幕，眼眶瞪得都泛红了。他明明是商珩，为什么一直在她面前骗她？

还装穷，还骗她的钱。

这个男人怎么这么坏？！

温喻千越想，眼睛越红。

直播中，铃声响了几秒，温喻千的手机持续振动了几秒。

秦眠沉浸在偶像的盛世美颜与他有小妖精的悲痛之中无法自拔，见温喻千一直不接电话，戳了戳她："谁呀，快接电话，吵到我听商大人的声音了。"

"骚扰电话。"

温喻千闭了闭眼睛，强行让自己的目光从手机屏幕移到面前的电脑直播上。她咬了咬下唇，深吸一口气，缓缓摁灭手机。

下一秒，她听到电脑里传出主持人的声音："居然挂断了，商大人的'金主'看样子很忙哦。"

而后，她便听到熟悉却又陌生的清冽男声响起："我说过，她在学习，没时间。"

秦眠猛地捶了一下桌子："呜呜呜——我男神绝对在外面有小妖精了！"

他说这话的时候，语气宠溺得要命。

尤其是那个眼神，简直深邃得迷死人。

然而他现在估计满脑子都是这个叫金主的小妖精。

温喻千不想再看到这个又坏又讨厌的大骗子，垂着头，将刚刚拨过来的手机号拉黑，然后一脸冷漠地从椅子上站起来，一言不发地爬到床上去。

她把整张脸埋在被窝里，不想听那个大骗子的声音。

然而秦眠一惊一乍的声音不断响起

"又打了一遍，别接，别接。

"哈哈哈您所拨打的电话正在通话中，商大人不会是被拉黑了吧。

"不对，我偶像被人拉黑我怎么能高兴呢？

"哎呀，幸好没接，要是接通后这小妖精跟我男神秀个恩爱什么的，我怕自己会气昏过去。"

…………

温喻千捧起蓬松柔软的大枕头把耳朵也给堵住，整张脸埋在如云朵般柔软的枕头里，想隔绝关于那个大骗子的任何消息，满脑子都是她被骗了钱，还险些被骗了色。

幸好她聪明，不然她就不是一个干净纯洁的小仙女了。

就算如此，她还是被这个除了脸一无是处的大骗子骗了钱。

此时，坐在隔壁床上戴着耳机看直播的江初初低垂的眼中有情绪涌动。

江初初看了温喻千一眼，抿着唇瓣，轻声道："千千，你别蒙着脸睡觉，会憋到的。"

第四章
多 重 人 格

　　节目一结束，商珩含着微笑的唇顷刻间抿平，从台上到台下，他都没有放下手机。

　　此时无论他拨几次电话过去，那边都是无人接通的状态。

　　商珩修长的脖颈低垂着，点开绿色的软件图标，长指在屏幕上打了几个字发送过去。

　　这行字前面瞬间浮现一个红色的感叹号。

　　早在台上她不接电话，后来又打不通时，商珩心里就有预感，此时见她连他的微信都拉黑了，也并不觉得这是巧合。

　　偏偏这个时候拉黑。

　　那么只有一种可能性她看到直播，以为被骗了，所以生气了。

　　商珩长指抵着额头，揉了揉发疼的额角。

　　哄女孩子这件事，他还真不会。

　　这时，微博上已经掀起了一片腥风血雨。

　　"商珩金主""商珩疑似被金主拉黑"两个词条快速往上攀爬，直播结束刚刚半个小时，就已经荣登热搜第一位和第二位。

　　第二个词条，是现场粉丝爆料。

　　主持人打第一个电话时，那边是直接挂断的，说明对方并不想接商珩的电话。

主持人打第二个电话时，通话先是顿了一下，然后才说"正在通话中"，无法接通。

一般只有手机号被拉黑了，通话的时候才会停顿一下，再智能语音提示。

嗅觉灵敏的粉丝们基本还原了台上打电话的真实过程。

一亿粉丝顿时崩溃，泪流满面。

"老公，对方不是你的女朋友，对吗？只要你说，我们就信。"

"怎么会有女人舍得拉黑商大人，所以绝对不是女朋友，应该是好朋友觉得好玩吧？"

"楼上说得对！"

"求商大人出来澄清。"

"澄清什么？商珩怕不是真的背后有金主吧，粉丝们真好骗。"

"女粉智商感人，这明显是节目失误，爆出商珩的金主了，只好自导自演什么拉黑打不通的戏码。"

"楼上对家粉丝请圆润地滚出我们商大人的微博。"

"当我们一亿粉丝是假的吗？兄弟姐妹们，上！"

…………

秦眠忙着跟黑粉吵架，居然有人说商大人真的有金主。

商大人凭借实力登上娱乐圈巅峰，需要什么金主？！

你家偶像十八线才需要金主！

真当"商家军"是闹着玩的，不骂死他们才怪。

温喻千缩在床帐里，瞥了一眼忙得热火朝天的秦眠，撇撇嘴，这个大骗子有什么好护着的！活该被骂。

温喻千气呼呼地点了点被她拉黑的电话号码。

就在她对着手机生气的时候，本来正安静地敲键盘的秦眠突然尖叫道："啊啊啊！我老公发微博了！失恋了，这次是真的失恋了。这跟公开恋情有什么区别？"

吓得温喻千小手一哆嗦，险些不小心拨了电话过去，幸好及时收了手。

她探出一个小脑袋："你一惊一乍的干吗呀？"

"我老公公开跟小妖精的恋情了，我能不激动吗？"秦眠卑微地抹了一把不存在的眼泪，再次咬牙切齿道，"真想知道这个小妖精是谁。"

温喻千抿了抿红艳艳的唇瓣，睫毛上下抖了几下，默默地将脑袋缩回去。她明明不想关注那个大骗子，但是身体却很诚实地下载了微博。

根本不用搜索，七个热门话题，商珩独占前三。

其中最新上升为第一位的"商珩微博公开恋情"后面跟着一个"爆"字。

难怪她刚才连微博都打不开。

温喻千点开后，第一眼便看到了商珩的那条微博。

商珩 V："怎么哄女孩子？"

温喻千紧抿着双唇，耳畔除了自己的心跳声，听不到任何声音，甚至连秦眠的尖叫声都听不见了。

她脑海中不受控地浮现出男人用磁性低沉的语调说出这句话的场景。

"嗯……"

温喻千手指蜷了一下，指甲狠狠掐入柔软细嫩的掌心，才迫使她清醒过来。

不行，不行，她怎么能被这个大骗子随便一句话就撩到，一点都不心动！

哼！

他就是个骗子！

温喻千强迫自己从那条微博上移开视线，可不知怎么回事，指腹不小心点进了评论。

一点开，全是"老婆粉"哭喊着失恋要上天台的评论。

她的脸皱了皱，这个三观不正的大骗子真的太会蛊惑人心了，勾引了这么多花季少女。

果然不是好人。

拉黑他是对的。

温喻千捏了捏拳头，发誓绝对不原谅他。幸好他们以后都没机会见面了，那一百万元就当喂了狗了。

越好看的男人越有毒。

渣男！

要是他还敢出现在她面前，她一定要揍死他！

当天晚上凌晨两点，青大校园外，一辆线条流畅的黑色车子停在树下，几乎与黑暗融为一体。

"哈哈哈商晏清啊商晏清，没想到你也有今天。"

丛烈看着商珩那张冷脸，控制不住面部表情，大笑出声。

嘲笑他的机会不多，要抓紧了才行。

想到商珩半夜给他打电话让他出来接机，就是为了跑到人家学校外面吹冷风，丛烈不笑才怪。

商珩俊美的脸上一片冷漠："笑够了？"

"够了。"丛烈敛了笑，将指间的香烟伸出车窗，轻轻弹了弹烟灰，有点懒洋洋的。他半眯着眼睛，宛如一只吸完猫薄荷的大猫，在驾驶座上舒展着长腿，幽幽道，"照我说，女人这种生物，就不该惯着。现在还没结婚就爬到你头上了，等结了婚不得上天？"

商珩若有所思地瞥了一眼坐没坐相的丛烈，薄唇微启，凉凉道："这就是你相亲一百次都失败的原因？"

丛烈不以为耻，嗤笑一声："老子十年前就失去初吻了，而你初恋才刚送出去，有什么可骄傲的？

"什么是男人？不哄女人的才是真男人！

"刚成年就谈恋爱才是真男人！

"你……"

"闭嘴。"

商珩听不下去了，转而用丛烈的手机给温喻千发了一条短信。

"我在你宿舍外面。商晏清。"

丛烈摁灭了燃着的香烟，探过身去看商珩发了什么，随后眸子微敛，轻"啧"了一声："没想到你还挺会，苦肉计不学自成。"

明知道温喻千早就睡了，等到早晨醒来看见他这条短信，已经是几个小时之后了。按照小女生的心理，让人等整整一夜，第一反应都是愧疚。

带着愧疚下来见面，再大的误会也能迎刃而解。

这效果堪比床头打架床尾和。

真没看出来商珩还有这种本事。

丛烈神色肃穆，正儿八经地看向商珩，想讨教一二。

偏偏商珩已经拿着他的手机打开副驾驶座的车门，修长挺拔的身形很快消失在黑暗之中。

丛烈压低声音问："你真去啊？"

商珩背对着他扬了扬手，姿态随意优雅，完全没有一天一夜没睡觉的倦怠和狼狈。

清晨六点整。

习惯了这个时间醒，温喻千准时睁开眼睛，并且下意识地摸索手机。她原本白嫩的脸此时红润润的，睫毛迷迷糊糊地轻颤着。

打开手机后，她才蓦地反应过来，哦，已经把人拉黑了。

终于不用每天被六点整的"晨昏定省"给吵醒了。

温喻千瞥了一眼手机屏幕，便准备放下手机继续睡觉。谁知……她目光陡然顿住，被手机上的那一行陌生号码发来的消息给惊得一下子清醒了。

她猛地从床上坐起来，一脸的慌乱无措。商珩怎么过来了？他们不是都说好以后分道扬镳吗？而且他还骗了她。

重点是他一个大明星，干吗天天有事没事来大学城这种人多眼杂的地方转悠，万一被拍到怎么办？

看了一眼短信发过来的时间，温喻千转而一想，凌晨两点发的，他现在应该早就离开了吧？

这一瞬间，温喻千脑子里冒出无数个想法。

全是关于商珩的。

此时是大学校园最安静的时刻。

温喻千轻手轻脚地从床上下来，光着两条小腿，随意裹了件放到椅子上的披肩，便往阳台上跑去。

透过窗户，温喻千环顾四周，此时校园安静不已，干净的道路上没有几个学生。

这使得站在不远处高大梧桐树下的那个穿一身黑色、将脸挡得严严实实的男人格外打眼。

温喻千感觉自己的心脏骤停，不知过了几秒才缓缓恢复正常。

她讶异地看着下面，红唇微微张开，难以置信他居然真的等到现在。

温喻千脑子有点混沌，不太明白他一个大明星半夜不睡觉，跑到她宿舍楼下站几个小时到底是为什么。

瞳仁覆上一层迷茫，她扶着椅子坐下，双手紧了紧身上厚厚的披肩。

不知道坐了多久，温喻千听见外面道路上越来越多的说话声，心一紧。

万一他被发现了怎么办？

温喻千坐立不安。

耳边声音越来越杂乱，温喻千蓦地从椅子上站了起来。

为什么不去见他？见不得人的又不是她，为了那一百万，也得去见！

半个小时后。

温喻千素着一张脸，面无表情地出现在商珩面前。见男人欲摘下口罩，她冷冰冰道："不知道自己见不得人吗？跟我过来。"

商珩停下动作，黑色口罩下的薄唇无奈地弯了弯，目光落在她那张干净白皙的脸上。以前这张脸上总是带着淡淡的笑，红润的唇瓣也自带往上翘的弧度。

而现在，嘴唇紧抿成一条线，连看都不愿意看他了。

商珩见她走出去两米远，立刻迈开长腿三步并作两步跟上去，嗓音低哑有磁性："生气了？"

温喻千一直沉默地带着他走到了上次来过的小树林，然后在男人开口之前，一把攥住他的手腕，将他往树干上使劲一推，再按住。

男人的后背与树干撞在一起，发出"砰"的一声。

落叶跟着沙沙作响。

商珩感觉到自己的腕骨被一双柔软细腻的小手攥着，能感觉到她用了很大的力气。但是于他而言，跟小猫抓痒痒差不多。

他垂眸便能对上少女漆黑的瞳仁，此时仿佛闪烁着浓烈的火焰一般，越发显得那张脸精致白皙。

她怒气冲冲，不满地睨他："你过来是想干吗？"

"想哄你。"商珩看着她气呼呼的模样，站直了身子，忽然摊开手掌，上面安静地躺着一颗奶糖。

圆滚滚的，在男人修长如玉的手上，显得有点可爱。

温喻千目光凝滞了一秒，却不吃这套，上次就被他用这种方式骗过，现在怎么可能还会上当："你当我傻吗？你明明是想骗我。"

商珩眉目深敛，思索几秒，将空着的那只手掌心合拢，往卫衣口袋里一伸，而后重新拿出来摊开，掌心里又多了一颗糖。

他嗓音低哑："一颗不够，两颗好不好？"

男人说话时微微俯身，温热的呼吸若即若离。

风吹过，带着一丝凉意。温喻千下意识地松开他，迅速往后倒退几步，与他拉开距离，眼神依旧冷冷的，双唇紧抿，白皙的脸上满是不快。

"你以为我是小孩子吗？三两块糖就能哄骗住？"

他骗她的可不止这三两块糖，她那一百万能买多少糖！

温喻千越想越生气，咬牙道："你到底为什么要骗我？"

商珩见她不断往后退，二人距离越拉越远，她防备的表情清晰地浮在脸上，仿佛要跟他划清界限一般。

他薄唇微抿，不动声色地朝她走近一步，顺势摘下自己脸上的黑色口罩，露出那张俊美的脸庞。

温喻千抬头，入目的是他的下颌骨，骨相优越，极尽完美，往上便是那张精雕细琢般的俊美容颜。

这张脸被称为娱乐圈的神级颜值。

晃神间，男人已经近在咫尺，距离暧昧而危险。

温喻千下意识地想要避开他的目光，却听到男人低沉又清晰的声音响起："因为，喜欢你。"

温喻千以为自己听错了，蓦地睁大眼睛，水润干净的眸子染上迷茫又惊悚的情绪。

喜欢？

如果是还不知道晏清就是商珩的时候，他说喜欢她，温喻千还不至于这么震惊。

毕竟当初晏清在她心里就是一个需要钱的十八线男演员，只是为了钱想让她继续"包养"他。

问题是，现在站在她面前的是商珩啊。

商珩不缺钱，也不缺女人。

他到底想干吗？

温喻千刹那间对上男人深不见底的眸子，对视良久，久到她甚至忘了眨眼，眼睛酸涩不已，她才又轻又缓地眨了一下眼睛，告诉自己不要被他的美色所迷惑。

这男的从认识他开始，就惯爱勾引人。

难怪会让那么多无知少女为他沉迷。

他本质上就是个骗子！

温喻千不会隐藏自己的情绪，商珩静静地凝视她几秒，薄唇微启，不动声色地问："当初我们刚见面，你一上来就先笃定我整了容。你仔细想想，是不是这么回事？"

温喻千听着男人不疾不徐、温和清润的声音，心绪渐渐平静下来，脑海里开始回忆他们第一次见面的场景。

当时……似乎真的是她先认定的。

商珩一字一板道："我如果想骗你，怎么会用这张脸行骗？"

温喻千只要上网看一看他的视频或者仔细看看照片，就会发现，他们本就是一个人。

只是他没想到，她是真的对娱乐圈没一点兴趣。以至于拖到现在，被误会自己是故意行骗。

温喻千觉得他说的不假，但是她被骗了也是事实。

他明明有很多机会说他是商珩，为什么不说？

"算了，反正以后我们也不会有交集，就这样吧。"温喻千渐渐冷静下来，故意忽略男人告白的话，推开他，抬腿就要走。

下一秒。

她的手腕被一双微凉的手握住。

"会有交集。"

男人清越的声线中透着几分笃定。

温喻千蹙着漂亮的眉头，转过身，准备跟商珩说清楚。

这时，手机铃声突然响起。

温喻千指了指手机："我先接个电话。"

商珩从从容容地松开手，伸展长臂："请。"

"喂，妈妈？"

"千宝，结婚时间定下了，下个月十五，你做好准备。从今天开始，务必每两天去做一次保养，不准偷懒。两家都是有头有脸的人物，还有很多贵宾，可不能丢脸。"

宋女士的声音传入耳中。

因为小树林里格外安静，所以宋女士的话，旁边的商珩也能听到。

温喻千的指腹蓦地按紧了屏幕，下意识地抬头瞥了一眼商珩，却对上了他意味深长的目光。她抿了抿红唇，不愿在他面前多说："妈妈，我知道了，还有事，改天聊。"

宋女士本来还想跟她提一下未来女婿的事情，见她语气确实有点急，便说了句："行，别忘了。"

"知道了。"

挂断电话，温喻千一仰头便对上男人幽深的目光，不知道他看了多久。

她双唇微抿，努力瞪过去："看什么看，现在相信我真的要结婚了吧。你堂堂一个娱乐圈顶级流量男星，不要跟我这个无名学生浪费时间了。你'老婆'那么多，完全不缺我一个。"

商珩见温喻千因为这件事，恨不得找各种借口跟他划清关系，眼神微暗。她这么在意他骗她的事情，如果再被她知道他还瞒着他是她未婚夫这件事，依照她的暴脾气……

百分之九十九会逃婚。

权衡利弊后，商珩决定执行原计划，等尘埃落定后，她想跑也跑不了。

商珩上前几步，长指突然覆在少女纤薄圆润的肩膀上，认真地看着她："你结婚了也没关系，我愿意没名没分地跟你在一起。"

之前温喻千不知道商珩的身份也就算了，现在既然知道了，见他居然还是这种想法，觉得无比诧异。

让堂堂世界顶流男神给她当第三者？

温喻千怕自己被他的一亿粉丝给撕了。

"你别闹了……"

因为离得太近，独属于男性的气息扑面而来，让她不由得小腿发软。

温喻千只觉头疼，用力推着男人的手臂，白嫩的脸皱成一团，满脸抗拒："你可是商珩啊。"

你是商珩，怎么能有这种三观扭曲的想法？

见她挣扎得厉害，商珩蓦地握住她的手腕，将她整个人抵在树干上，薄唇微启，微凉的呼吸落在少女纤薄的脖颈处。

下一秒，她听到男人的嗓音染上了几分蛊惑的意味，在她耳畔低语："我可以演二十九种人格，无论你想要哪种类型的情人，我都可以满足你。"

"你相当于拥有了二十九个情人……"

温喻千脸上一片茫然，她睁着微微湿润的双眸仰头看他，脑子里回顾他的话，理解了好几秒才反应过来。

她的心脏骤然狂跳，瓷白的耳朵上缓慢浮上一层薄薄的红晕，清晰地感受到二人肢体接触的地方

他的掌心紧贴着她手腕的皮肤，明明掌心温度不高，偏偏让她感觉到了身处蒸笼内的热度。

"你……"温喻千漂亮的桃花眼对上男人那双明亮的眸子，红唇微张，想要说些什么。

只是她此时脑子里很乱，没有整理好情绪。

商珩不着急，修长挺拔的身材不动声色地将她纤瘦的小身板笼罩其中。

不知过了多久，温喻千看着男人俊美的脸庞，蜷着手指，指甲掐进掌心的刺疼让她的眼神渐渐扫去迷茫："你是不是熬夜熬得脑子不清醒了？"

什么二十九种人格、二十九个情人，这种话都说得出口？

这是脑子清醒的人说得出的话吗？

商珩的声音重新响起，之前那蛊惑的意味淡了几分，略微低沉："我很清醒。"

他扫过温喻千紧抿的双唇和故作镇定的脸庞，微闭双眸，轻声说道："拥有二十九个情人，你真不考虑？"

太阳渐渐跃了上来，外面学生路过或打闹或讨论的声音越来越多。

这个时候只要有学生来小树林，就会看到娱乐圈的顶级流量男神商珩正贴着一个女孩子，寸步不让。

清晨七点的阳光洒下来，给这一幕镀上了一层透明的光圈，俨然是偶像剧照进现实。

如果忽略女主角的极度不配合，画面会更加和谐。

温喻千的余光顺着外面的声音瞥了过去，心都在轻颤，生怕这个时候真的会有人进来。

她有心想跟商珩理清一下现况，却又时时刻刻怕有人闯进来。

考虑个头啊。

谁知道什么时候会冲出来一个学生或老师，她哪有心思考虑这个？

温喻千有点烦了，抬起头，眼尾一扬，不自觉地勾人心弦，只是从红唇吐出来的话毫无感情："你先回去，我考虑好了再通知你。"

她算是看明白了，但凡自己拒绝，这个男人就会跟她耗到底。

要是被人发现她跟男神商珩靠得这么近，她低调的学生生涯会彻底落下帷幕。

小树林里，晨风簌簌，吹在她微微发烫的脸颊上。

温喻千唇红齿白，双眸顾盼生辉，俨然已经恢复了原本的平静。

本来怦怦乱跳的心脏，此刻也缓缓平复下来，清亮的瞳仁看着他，等着男人回答。

时间静止几秒。

温喻千终于听到耳畔重新响起男人磁性的嗓音："那你送我出去。"

语气中隐隐透着委屈。

温喻千捏了捏拳头，重重地吐息，让自己一定要克制住，不能动手，动手会被外面的人发现。

她气不过，倏地瞪向他。

一个大男人干吗说这么委屈的话？！

温喻千打量了他一眼，商珩说的什么二十九个人格，搞不好真不是开玩笑的。

长相是神仙哥哥，声音像大狼狗，说出来的话却像是小奶狗说的。

这不是随时随地变换人格是什么！

"戴上你的帽子和口罩。"温喻千皱着脸，转身往小树林外走去。

商珩清俊的眉眼微顿，长指不动声色地钩住口罩，将那张俊美又格外瞩目的脸挡得严严实实。

他平时出门喜欢穿卫衣。

因为他的粉丝都知道，商珩最讨厌的衣服就是卫衣。

即便觉得他身形像，也绝对不会往同一个人身上考虑，这也是商珩有恃无恐只挡着脸就出门的原因。

好不容易送走这尊大佛，重新回到宿舍的温喻千觉得自己像是被小妖精吸干了阳气的书生，瘫在椅子上一动都不想动。

江初初已经早早去上课了，寝室里只有秦眠跟温喻千。

秦眠见温喻千穿成这样在外面待了这么久，皱着眉头凑过去问："你一大早穿成这样是去跟哪个野男人幽会了？"

"好呀，温小千，我就说你最近有事瞒着我。恋爱了？"

温喻千跟秦眠认识六年了，本科时就是室友，一直到现在，感情跟与江初初不一样。

她们不单单是室友，还是闺密。

温喻千思索了几秒，对上她那双质问探究的眼神，一脸淡定："我有个重大消息要告诉你，你别激动。先坐下。"

秦眠被温喻千按在椅子上，仰头看着温喻千，问："你'脱单'了？"

温喻千小脸紧绷，漆黑的眸子定定地看着她，轻缓而沉重地摇头："不是。"

秦眠咽了咽口水，心脏还真被温喻千吊了起来，紧张地看着她："你到底要说什么？能不能赶紧的……"

话音未落。

温喻千甜糯好听的声音响起："我要结婚了，你当伴娘。"

"什么？！"秦眠脑子里"嗡"的一声，愣在原地，以为自己听错了，"你说什么，再说一遍？"

结婚？

跟谁结婚？

温喻千红唇微勾，很欣赏她此时震惊的表情，心满意足地弹了弹她的脑袋："你当伴娘，惊不惊喜？刺不刺激？"

"上一句。"秦眠的声音有点轻飘飘的。

温喻千一字一字，咬字清晰："我要结婚了。"

"结……"秦眠终于听清了，大嗓门刚喊出一个字，便被一双柔软的小手捂住了嘴。

温喻千看着憋得要翻白眼的闺密，威胁道："你要敢吼得整栋楼都知道，我就捂死你。"

"嗯嗯嗯……"

窒息感袭来，秦眠赶紧摇头，眼神诚恳。当然，激动是掩盖不住的。

"母胎单身"的闺密，突然跟自己说她要结婚了，谁能不激动？

十分钟……

二十分钟……

三十分钟……

温喻千从电脑前抬起头，看了一眼坐在椅子上两只手一直发抖的闺密，纤指揉了揉眉心。

她半篇论文都要写完了，秦眠居然还没有冷静下来。

"你要是冷静下来了，就看看伴娘服吧。"

温喻千给秦眠发了个压缩文件包，然后重新将注意力集中在论文上。

如果下个月要结婚的话，根据宋女士发来的行程安排，那她最起码要请一周的假。

那她就得提前一周把论文写完。

还有两个月后的国际计算机大赛，她也得早做准备。

温喻千将自己这段时间安排得明明白白，让自己完全没有空余时间去想那位跟她的世界天差地别的大明星。

秦眠机械地打开温喻千发来的文件，里面不单单有一系列大牌高定伴娘装，还有根本请不到的设计师设计的婚纱、敬酒服等。

光新娘子那天穿的礼服就高达六套。

甚至连当晚穿的睡裙都包括在内。

难怪需要一个这么大的压缩文件包。

秦眠张了张嘴，许久才感叹道："千宝，你这是嫁入豪门了吧？"

温喻千扭头看她，脸颊旁垂下几缕乌黑的碎发，映得她那张小脸越发白皙。她红唇微启，慢悠悠道："应该也会有不少豪门贵公子参加婚礼，你到时候把握住，也能嫁入豪门。"

"妈呀！"秦眠一把搂住温喻千纤细的肩膀，"宝贝，一人得道，鸡犬升天！我要是嫁入豪门，就可以砸钱追星了。好感动，到时候我就有钱包场商大人的电影了，包一百场！还能给他砸钱买牌面，什么时代广场大屏，还有那个……"

温喻千唇瓣抽了一下，所以她嫁入豪门是为了养商珩？

商珩可真是男狐狸精！

温喻千灵光一闪，终于想起来自己忘了什么事情了。

一百万！

那张卡！

温喻千想到这里，觉得自己绝对不能不明不白就被坑一百万。

她从针织开衫内拿出手机时，手指不小心碰到了两个圆滚滚的东西。

温喻千将那两颗奶糖拿出来，摊在细白的掌心里，双眸微眯。

他这是想用两颗奶糖交换自己那张一百万的卡？

想什么好事呢！

温喻千将奶糖往桌子上一放，冷着一张脸，将他的微信从黑名单放出来，发了条消息过去。

"还钱！骗子！"

那边很快回了消息："你'包养'我的钱，我只用身体偿还。"

温喻千气得脸颊发红，堂堂娱乐圈顶流，身价不知道多少亿，居然想吞掉她的钱，太无耻了。

谁稀罕他的身体！

老男人！

温喻千余光不小心扫到闺密正在给商珩微博打卡，一把将她的手机夺过来："不准给他打卡，我讨厌他！"

她气呼呼的。

秦眠无辜地眨了眨眼睛："你怎么了？婚前恐惧症？那也不能发泄到商大人身上，他招你惹你了？"

"他欠我钱了。"温喻千咬着下唇，提到商珩便满脸嫌弃，"他还无耻、不要脸、小气、骗子……"

"停，停，停。"秦眠觉得闺密可能是魔怔了，"你瞎说什么，大白天做梦了？搞得就跟你认识商大人似的。他是全天下最优秀、最善良、最好看的男人，不准你诋毁他。"

"温小千，你是不是因为要结婚了，觉得自己得不到商大人了，因爱生恨，白日梦游了？"

温喻千见闺密不跟自己站在一边，口口声声都在夸那个坏男人，傲娇地哼了一声，转过身，屏息凝神，细长的手指无意识地用力戳着手机屏幕，仿佛戳的是那个坏男人一样。

戳完之后，温喻千才想起来，这手机是她自己的。

想到被商珩那个男狐狸精骗走的一百万，温喻千珍惜地捧着自己的手机。

没钱换新手机了。

越想越气，气得看他的微信头像都不顺眼。

温喻千刚准备重新将他拉入黑名单，让他这一辈子都在里面待着，这时，微信页面浮现一行字。

商珩："想拉黑我？"

温喻千指尖一顿，胸口被他气得发闷。

他是不是入侵自己的手机了？

不然怎么知道她在想什么。

温喻千深呼吸了一下，让自己平复下来："那一百万我就当喂狗了，你自己留着买狗粮吃吧。"

北城早高峰，丛烈的车堵在了路上。

他偏头看了一眼不紧不慢地玩着手机的商珩，想再偷看一眼他的手机。

然而商珩长指反扣手机，双眸微抬，漫不经心地看他："有事？"

前方的车排成了长队，密密麻麻的，看着便让人心情烦躁。平时丛烈去公司都是等早高峰过了才去，毕竟他耐心不足。现在为了商珩，他不但昨晚一夜睡在车里，现在还被堵在这里，要是还不能满足他的八卦之心，他怕自己回家之后会抑郁。

"说实话，你是不是认真了？"丛烈侧眸，想要跟好兄弟谈谈心。

商珩指腹慢慢摩挲着手机，深不见底的眼里现出一丝波澜。

丛烈明了："又跟你置气了？我昨晚就跟你说过，女人不能惯着。"

手中的手机陡然振动起来。

商珩瞥了一眼，沉思片刻，终于接了来自经纪人的电话。

易言觉得自己真的是脾气很好了，手下艺人一晚上不接电话，他还能这么心平气和地问："你昨晚忙什么呢，不知道网上已经乱套了吗？"

现在全网都在猜测商珩是不是有女朋友了，从一开始的情侣对戒，到昨天的直播危机，再到商珩昨晚发的那条微博，一切的一切都指向她们的商大人是要公开恋情了。

这是在为公开恋情做铺垫。

商珩云淡风轻地回道："哄女孩子去了。"

易言被他噎了一下，摊上这么一个不按套路出牌的艺人，他真是太难了。他长叹一声，放弃挣扎："你是不是真的谈恋爱了？"

"没有。"商珩慢条斯理地轻抬膝盖，神态怡然，"不过，我准备结婚了。请柬大概下周发到你手里。"

易言正在喝水，被他这突如其来的消息给震得疯狂咳嗽："喀喀喀"咳得肺都要出来了。

与此同时，正在开车的丛烈也吓得掌心一滑，险些追尾。

不同地方的二人，脑子里同时冒出来一句："什么鬼？"

丛烈紧急刹车，甚至能听到后面此起彼伏的刹车声响起。

一群被丛烈坑了的司机狂按喇叭。然而丛烈置若罔闻，他向来懒洋洋的，此时满脸惊讶："你……你刚说什么？老子怕是年纪轻轻就耳背了？"

商珩冷冷地瞥了他一眼："先下去处理事故。"

他并不想因为这么蠢的追尾上今日头条。

此时已经有人来敲车窗，丛烈本来就暴躁，听到外面又骂又敲，脾气上来了，一把打开车门："敲什么敲，老子没聋！"然后顺势将车门关上。他也知道，商珩身处娱乐圈，一言一行都在大众视线之下，不能因为他的缘故上头条。

商珩见他去处理了，漫不经心地收回视线，对电话那头的易言道："网上怎么了？"

易言先是唾弃商珩效率太高，然后才想到正事。

"如果想保护你家那位，就澄清一下。"

商珩眉眼一敛，若有所思地应了一声。

当天中午，商珩发布本月第二条微博，"商家军"狂欢了。

商珩 V："不是女朋友。"

"太感动了，商大人是属于大家的，放心了。"

"商大人注定属于世界的，而不是某一个人的。哥哥'走花路'，'商家军'永远陪着你。"

"商大人还单身！啊啊啊！"

"我想问某些人脸疼吗？"

"别提营销号，哥哥都澄清了。"

…………

微博刚发出去，一秒钟评论转发就破千，这就是娱乐圈顶流的号召力。

身边有秦眠这个商珩的死忠粉，温喻千第一时间知道了这条微博。

她看到那一排排的"哥哥走花路"，双眸里闪过一抹嫌弃，红唇微微嘟起，用自己刚注册的小号回复了一个粉丝。

还我一百万："走什么'花路'，曼珠沙华吗？"

还真有粉丝傻乎乎地问这花路好不好走，符不符合她们哥哥的气质。

看到这儿，温喻千更加确定，这些人都是被商珩那个狐狸精给蛊惑的无知少女。

令她意外的是，短短十几分钟，她这条评论居然被顶上了热门评论。

而她这条评论下，点赞最多的一条是"文化人骂人都是这么特立独行"。

下面一群人在向她讨教骂人的艺术。

温喻千嘴角抽了抽，商珩的粉丝跟他一样，都是神经病！

她一个甜美系小仙女，怎么可能会骂人？

不过这次之后，温喻千还真有点喜欢刷微博了，感觉像是打开了新世界的大门。

不知不觉，十月十五日如期而至。

商氏作为底蕴丰厚的真正的豪门世家之一，继承人的婚礼自然要做到保密而盛大，他们花大手笔买下了一座适合举办婚礼的浪漫而豪华的私人小岛。

小岛上矗立着奢华辉煌的建筑物，在碧水蓝天下闪耀着璀璨的光芒，私密性跟它的价值成正比。

这完全符合宋女士对盛大婚礼的所有要求与想象，也让她看到了未来女婿的诚意。

此时婚礼现场已经布置好了，用金线与红线编制的红毯从偌大的游轮上铺至白色的沙滩，一直延伸到建筑物内，在细碎阳光的映照下，显得华丽浪漫。

高大的建筑物内，一进中央大厅，入目的便是满满当当的花海。这里的所有花都是空运过来的，此时上面还有零星的露珠，新鲜娇艳。

粉白色的玫瑰布满整个会场，蛋糕与摆盘也是马卡龙色调，华丽繁复的水晶吊灯旋转闪耀，层层叠叠的灯光不断变幻，绚丽奢靡。

最显眼的便是沿着中央大厅往上的金色旋转楼梯，左右旋转，届时两位新人会从这个旋转楼梯上走下来，互相对彼此宣誓，在亲人的见证下结为夫妻。

此时因为还没有到开场时间，整个大厅除了服务生与礼仪小姐，没有其他人。

婚礼现场出乎温喻千的意料，她没想到对方居然如此重视这场婚礼。

还是她见识太少，没见过这么盛大的婚礼。

温喻千此时坐在新娘休息室内，任由化妆师的巧手为她打扮。

温喻千皮肤白皙，五官精致，被化妆师调侃："温小姐是我见过最美丽的新娘了。"

这位化妆师是国内顶尖化妆师之一，对亚洲人的妆容极为精通，作为温喻千这天婚礼妆容的主化妆师。

被调侃的温喻千，冷白色的肌肤上没有丝毫红晕，依旧通透莹润。她纤长的睫毛轻轻颤动，声音婉转澄净，唇瓣弯起一个弧度，礼貌道："谢谢。"

化妆师笑问："是紧张吗？应该紧张的，毕竟一辈子只有一次。"

透过清晰干净的化妆镜，温喻千能看到自己此时的面容。化妆师正在给她画眉毛，眉尾微微扬起弧度，眼底毫无新娘的羞涩和欣喜。

她平静得跟做计算机实验一样，心如止水。

紧张吗？

似乎并没有。

她以为自己就算是看到了未来老公，也绝对不会有任何激动的情绪。然而令她没想到的是……

很快，她就发现自己根本没有想象中那么冷静。

新娘化妆室兼休息室十分宽敞，装修低调奢华。据说随便挂在墙壁上的一幅画都价值千万，她未来夫家的雄厚财力可见一斑。

结婚前一小时，温喻千终于开始好奇夫家是哪家了。她清亮的瞳仁对着那幅拍出天价的真画，渐渐失神。

敲门声陡然响起。

咚咚咚——

连续三声，每一声都敲在温喻千的心上。

温喻千与化妆师们齐齐看向门口。

半晌，两米多高的华丽房门被缓缓推开，露出一张明媚动人的脸："千宝，你猜我刚才看到了谁？！"

已经化好妆打扮好的秦眠惊喜地提着浅粉色的伴娘裙兴高采烈地冲进来。

看到是秦眠的一刹那，温喻千悬起的心一下子落回原地。

只是心刚落回去，温喻千澄澈干净的眸子里便浮上一层迷惘，细白柔软的手指微握成拳，指尖蜷着。

她在紧张什么？

怕看到谁？

未来老公吗？

可她之前明明认为自己对于嫁给谁都是心如止水的，怎么临到关头了，竟然有一点点后悔与害怕？

后悔没有跟宋女士问清楚男方到底是什么样子的人。

担心等在婚礼现场见到他的时候，不知道用什么表情来面对。

害怕婚后生活。

事到临头，那一阵敲门声响起的时候，温喻千发现自己并没有想象中那么冷静。

"千宝，你有没有听我说话？"秦眠见她表情恍惚，抬手在她面前晃了晃，"我遇到楚江渊了！他还跟我聊天了呢，说新郎特别帅！"

秦眠知道闺密连未来老公的真面目都没有见过，便早早地化好妆出去打听。新郎本人没看到，倒是看到了娱乐圈鼎鼎有名的一线男演员楚江渊。

楚江渊与她偶像商珩是圈内好友，因此，秦眠爱屋及乌，对这位也抱有谜之好感。

她一眼便认出了楚江渊，要签名的同时，也没有忘记帮闺密旁敲侧击。

秦眠此时一脸求夸奖的表情："我都没有被楚男神的美色迷惑，还惦记着你，感不感动？"

温喻千被秦眠丰富的肢体语言逗笑，本来紧张的情绪也舒缓了几分，有心情跟她开玩笑了。

她举起纤细莹白的手臂，无辜地歪头："不敢动，不敢动。"

不单单是看惯了温喻千这张杀伤力极强的脸的秦眠，就连旁边那群化妆师也都被新娘子的歪头给惊艳到了。

漂亮的女明星他们见得多了，但是漂亮精致得跟洋娃娃似的，每一寸肌肤及五官都精致完美的女生，他们真是第一次见。

秦眠抱着温喻千纤细的手臂，看着妆容已经准备好的闺密，有点舍不得："千崽，'妈妈'舍不得你嫁人。不过，既然楚男神说新郎很帅，'妈妈'也就放心了，配得上我家崽崽就好。"

想到楚江渊的颜值，能被这位说很帅的，那肯定不会是什么歪瓜裂枣。

有钱，长得好看，够了。

至于才华、智商什么的，她家千宝有的是，千宝的老公有没有无所谓。

温喻千听着秦眠在她耳边絮絮叨叨，脸上没有显现任何不耐烦，依旧朝她勾唇笑，漂亮的眸子弯成月牙状。

画了内眼线与眼影的桃花眼微微上扬，眼尾贴着亮晶晶的雪花亮片，离得近了才能看清楚，干净又迷离。

尤其是用这双眼睛看人的时候，简直能让人心肝都融化掉。

"温小姐真的不考虑去娱乐圈发展吗？"化妆师看着温喻千这毫无瑕疵的面部肌肤，忍不住问道。这么好的底子，不去娱乐圈发展真的太可惜了。

没等温喻千回答，秦眠一听便炸毛了："那怎么行！我们家千宝以后是要为国家研究院添砖加瓦的建设人才，怎么能靠脸吃饭？"

之后半个小时，完全是秦眠在跟这群化妆师普及温喻千在计算机领域取得的成绩。

最后她总结发言："我们家千宝是要在计算机领域发光发热的。"

至于娱乐圈，秦眠追星，她很清楚里头水有多深，千宝那么单纯，怎么能去那里？

没错，在秦眠心里，温喻千就是个宝宝。

不然她干吗天天自称妈妈，把闺密当女儿来养。

温喻千在另外两位女化妆师的帮助下，走到用屏风隔断的里侧换上婚纱。

婚纱是白色 V 领鱼尾刺绣样式的，露出一截细腻精致的锁骨。刺绣是用浅金色的金线绣成的一朵朵的花瓣，环绕在胸口至裙摆中下方，呈渐变状。层层叠叠的裙摆看起来很轻盈，细腰不盈一握，走路的时候裙摆轻微晃动，宛如花开。

乌黑的长发被简单地绾起，露出雪白的耳垂，佩戴上精心挑选的钻石链条耳环，垂落在锁骨两侧。

她就那么静静地走出来，便足以夺走所有人的眼球。

盛装打扮的温喻千真的太美了。

外面几位女士感觉自己的眼睛都要被闪瞎了。

尤其是秦眠，樱桃小嘴张着，不断感叹："太美了。"

秦眠觉得，闺密这颜值只有商大人才能配得上，真是便宜她老公了。

可惜归可惜。

秦眠拿着长长的头纱，在化妆师的指导下，亲自给她戴上。

透明的白色头纱落在莹润光滑的肩头，仿佛给她整个人笼上了一层神秘的面纱。

温喻千睫毛低垂，静静地站在原地，任由秦眠动作。

手里还被塞了一束还挂着露珠的栀子花捧花。

她的皮肤清透冷白，不知道是花朵更白一点，还是她的肌肤更白一点。

手腕上只戴着一串与钻石耳坠配套的钻石手链，系着一根栀子花式样的绢花丝带，简单大方，却不失华贵。

偌大的落地镜清晰地映出温喻千此时的模样。

她真的要嫁人了。

"来了，来了，新郎来了！"

突然，外面传来一道清亮的女声，说话的语气里带着惊艳。

温喻千提着裙摆，细瘦的肩膀一转，扭头看向门口。

经过秦眠之前突然出现之后，温喻千这次格外坦然，没有特别的情绪。直到……她看到站在门口那个西装挺拔、面容俊美的男人。

怎么是他？

温喻千看到男人的一瞬间，脑子里冒出来无数个猜测，但都被她压了下去。

男人穿着她之前从未见过的工整服帖的黑色西装，衬衣雪白，手腕处微微露出一截袖口，与她身上这套钻石珠宝同出一个系列的钻石袖扣熠熠生辉。

平时他去学校找她，都是穿黑色的卫衣，没有变过。

他徐徐走来时，宛如老电影慢动作回放一般。温喻千漆黑的瞳仁缓慢地染上一层惊讶，瞳仁里映出男人此时的模样。

她红唇张了张，脑海中浮现出之前秦眠说的楚江渊也在这里。

难道他——

"你是来婚礼上表演的吗？"

温喻千下意识地张了张唇。

商珩修长的手上戴了一副白色的丝缎手套，优雅清贵。他缓缓抬手："你们先出去。"

宛如大提琴般低沉的声音响起，让整个新娘休息室的人恍然惊醒，迅速往外撤退。

温喻千见所有人听话地往外走时，眼波流转，心中有了答案。

她漂亮的眉头蹙起，眼神清冷地盯着商珩。

秦眠整个人呆站在原地，完全没想到自己第一次见到偶像的真人，会是在这种情况下。

她刚才离门口近，清晰地听到了那句"新郎来了"。

随商珩一同过来的，还有几个西装革履的贵公子模样的人物，但是唯独商珩一人走向了温喻千。

秦眠觉得自己的心都要跳出来了，呆滞地看着偶像走向闺密。

嗓子里那声尖叫被狠狠地压住，没有在偶像面前丢脸，当然，作为闺密唯一的伴娘，她要克制自己！

这里面所有人，秦眠就认识之前见过的楚江渊。

见楚江渊朝她走来，秦眠看向穿着铁灰色西装、英俊平静的男人，张了张嘴，喃喃问："商……商大人是新郎？"

楚江渊垂眸看着穿着樱粉色伴娘裙，身姿曼妙婀娜，表情却活泼天真的秦眠，嗓音温润好听，如潺潺清泉，沁人心脾。

他道："是，所以我们出去，不要打扰他们。"

说着，他绅士地朝秦眠伸出手臂。

秦眠整个人恍恍惚惚，意识像被控制住了一般，顺从地挽住男人看似清瘦实则肌肉紧绷的手臂。隔着西装，她甚至能感受到他肌肤的温度。

她就这么一脸蒙地被楚江渊带出了新娘化妆间。

一声轻微的关门声响起。

偌大且华丽的新娘化妆间只剩下站在落地镜旁的二人。

温喻千眼珠子一眨不眨地盯着商珩，指甲几乎陷进捧花之中，几片花瓣凌乱落地。

温喻千不傻，化妆师与工作人员们离开前的那些动作与调侃，她都看在眼里。如果商珩不是新郎，他们怎么会这么正大光明地让他们同处一个空间。

而且之前她也隐约听到了"新郎"二字。

温喻千逻辑推理能力很强，只是她在生活当中比较神经大条，但这并不代表她可以被人随便戏要。

她很快便整理好了思路，商珩就是她要嫁的人。也就是说，从一开始，商珩就认识她，知道结婚对象是他。一开始，他就是在戏弄她。

透过清晰的镜子，商珩能看到温喻千纤薄娇润的美背，往上是紧绷的圆润肩头，他神色微沉："我不是来表演的，我是"

温喻千听后闭了闭眼睛，她没有生气，也没有愤怒，更没有发脾气，就那么静静地看着他，红唇微启，缓缓说道："我不想知道你来干什么，新郎呢？"

商珩来之前在路上想过她会是什么反应，可无论哪种猜测，都不是现在这个样子。

她纤细的身子紧绷着。

男人的视线落在少女修短合度的曼妙身材上，妩媚中带着洁白的鱼尾婚纱穿在她身上，仿佛天生为她存在的一般，每一处都贴合她的身段。

头纱从乌黑的发顶渐渐往下，垂落至明亮的地面上，飘逸摇曳，美如画卷，挡住后脊的一片雪白春色。

这套婚纱都是经商珩过目后，才被送到温喻千面前的，他比谁都清楚这套婚纱的构造。

包括腰间那暗链。

商珩的双眸幽深，穿着西装裤的笔直长腿往前一迈。

二人离得更近了。

听到她近乎冷漠的声音，商珩眉毛深敛，嗓音清润："你不希望是我吗？"

温喻千了然，果然是他。

少女的红唇蓦地勾起一个嘲讽的弧度，在商珩的目光下，抬手将捧花摔到男人怀里，一字一字，声音清晰而冷静地说："不希望。"

她的瞳仁里满满都是陌生和冷然，甚至连愤怒都没有。

这让商珩隐隐不安。

捧花摔进他怀中，商珩接住。只是因为新娘子的动作实在是过于用力，导致几朵栀子花被摔了出来，零落地撒在地板上。

温喻千抬手推开挡在她面前的男人，拎着裙摆便要往外走。

商珩下意识地握住她纤细的手腕："你要去哪儿？"

只是他没碰到她的手腕，反而不小心钩到了她手腕上系着的栀子花丝带。

温喻千转过身，抬手将绢花丝带也扯下来，丢到商珩身上。她漂亮的桃花眼里闪烁着怒火："这婚我不结了！你自己去结吧。"

第五章

男 狐 狸 精

　　温喻千从小到大没被人这么骗过，她完全不想听商珩的解释。

　　他能有什么理由？还不是恶趣味，想要看她知道真相时傻傻的样子。

　　现在看到了，游戏结束了。

　　什么全球女性最想嫁的男人，她嫁猫嫁狗都不要嫁给他。

　　骗子！都是骗人的！

　　说什么要给她当情人，为她当第三者；说什么不介意她结婚；说什么……这一切的一切都是他故意的，亏她还想要帮他树立正确的三观，没想到一切都是她自作多情，人家背地里不知道怎么笑话她蠢呢。

　　温喻千趁商珩捡绢花丝带时跑到了门口，房门没有关上，她艰难地伸出纤细的手臂将门推开，无视门口的保镖与侍者，提着长长的裙摆，踩着高跟鞋与他们擦肩而过。

　　听到背后传来男人的脚步声。

　　温喻千从走变为跑，头发上长长的头纱飘逸好看，但此时却特别束手束脚。

　　温喻千一转身，就能看到男人高大的身影。她咬着下唇，不顾已经化好的唇妆，一把扯下头纱，往身后丢去。

　　她的余光瞥到男人顺势接住头纱，唇间勾出一抹冷笑。

　　一出门，便是明亮奢靡的大厅。温喻千看到两旁有旋转楼梯，身后男人追了出来，她情急之下，抬腿就往旋转楼梯上跑。

她一边跑，一边将身上的首饰一一扯下来往后丢，以拖延他追上来的时间。

身后穿着西装的清俊男人跟在她身后，不紧不慢地把她丢了的东西捡来。

踏上旋转楼梯后，温喻千站在台阶上，看着男人这副气定神闲的样子，一时之间气不过，只想脱下高跟鞋，砸死那个坏男人。

下一秒，她将耳坠、手链、项链全部解下来，劈头盖脸地往商珩脸上丢去。

新郎和新娘在婚礼大厅展开追逐战。

不远处，大厅内的侍应生与礼仪小姐看到这般场景，惊慌失措道："快去找商先生他们过来！"

这边，温喻千刚踏上二楼，正在考虑该往哪个方向跑的时候，就被男人堵在一个无人的角落。

商珩修长结实的手臂牢牢将她堵在角落。

温喻千毫无防备，光裸的后脊紧贴在冰凉光滑的墙壁上，纤薄的肩膀被男人紧紧握住，两人近在咫尺。

温喻千跑了这么长时间，呼吸急促，睫毛上下颤动，不知不觉间，他们的呼吸缠绕在一起，只要一抬头，他们的唇瓣就会碰上。

她甚至能清晰地感受到男人呼吸时，微烫的气息萦绕在她的唇间。

二楼花纹华丽繁复的柱子挡住了外面的窥视。头顶的壁灯折射出昏黄柔静的光线，将这一处角落照亮，让他们可以清晰地看到彼此的表情。

他声音沉静地指出："这里的安保堪比皇宫内部，你逃不了婚的。"

温喻千双手狠狠抵着他的胸膛，被他的话噎了一下，双眸微眯，卷长的眼睫抬起，掩不住她眉目之间的陌生和冷淡："你这是骗婚。"

温喻千强忍着胸口上升的怒气，商珩这个坏男人真有把死人气活的本事。

商珩抬头看了一眼大厅内的钟表，时针即将指向十一点。

他压低了嗓音，让自己看起来温和一点："我不是刻意瞒着你。你想，如果我那天先坦白自己是商珩，再跟你坦白你的结婚对象是我，你会怎样？"

温喻千对上男人深邃温沉的目光，眼睫眨动，抿着红唇，很是不满："这还用说，当然是退婚了。谁要跟一个满嘴胡说八道的骗子结婚。"

她又不是有病态欠虐综合征。

商珩轻叹一口气，循循善诱："你看，我也猜到你会退婚，只好出此下策。"

"什么上策下策，你别偷换概念，你就是骗婚。"温喻千可没有那么好糊弄，这个男人每说一句话，就挖一个坑。

温喻千没什么耐心，见这男人胸口跟石头似的，推都推不动，放弃地倚着墙壁，双手抱胸，警惕地睨着他："反正这婚我不结了，你爱找谁找谁去。"

男人眉心微微隆起，用长指无奈地揉了揉额角，动之以情，晓之以理："你撂挑子很简单，但两家今日邀请的宾客呢？"

温喻千不怕他，红唇一张一合，讽刺的话一句接一句："你可是全球少女最想嫁的男人，从现场未婚且没有男朋友的少女里随便选一个，想必她们很愿意嫁给商大人。"

商珩幽深的目光静静地看着她："千宝，你不是那种会胡闹的孩子。"

"谁准你叫我小名的！"听到他用低沉的嗓音喊着自己的小名，温喻千顷刻间头皮发麻。

他们又不熟，这个大骗子叫得这么亲热做什么！

搞得好像他们有什么亲密关系似的。

温喻千冷着脸打量他，如果不是他之前骗过自己好几次，其实嫁给他也没什么问题。毕竟这张脸真的好看，摆在家里当花瓶也是赏心悦目的。

偏偏这个男人一肚子坏水，跟这种人相处太累了，要时时刻刻防备他会不会挖坑让她跳。

谁知道结了婚之后会不会被他坑得血本无归，想到至今都没有要回来的一百万元，温喻千捏了捏拳头。

柱子后面，商珩的父母与宋女士被侍应生着急地喊过来时，看到的便是这个画面。

一身西装、高大挺拔的清贵男子背对着他们，将一个女孩子抵在墙壁上，修长的指间有钻石细碎的光芒闪过。白色的头纱散落一地，一端搭在男人工整的西装上。从后面看，隐约能看到少女赤着的双脚。

二人离得很近，不知道在干什么。

几位长辈对视一眼，随后商夫人开口道："晏清与千千都是聪明的孩子，不会胡闹，让他们两个人单独聊聊。"

宋女士听侍应生说自家女儿不想结婚，本想上前去收拾这个小浑蛋一顿。

可一听到亲家母这话，宋女士顿住脚步，表情犹疑不定，最后想到商珩答应过她的话，点头道："好。"

随着时间的推移，大厅里的客人渐渐多了起来。

秦眠站在一楼大厅的吊灯下，眼睛死死盯着二楼那根偌大的白色柱子，她是刚才那场追逐战的目击者之一。

见到偶像的激动心情与偶像即将成为闺密的老公的激动相比，简直不堪一击。四舍五入，她跟商大人也是亲朋好友的关系了！简直是"追星狗"的人生巅峰。

她就想问，还有谁？！

楚江渊莞尔一笑，看着秦眠脸上的表情一会儿一个变化，觉得她很有意思。尤其是了解到她是商珩的粉丝后，便问道："你不知道商珩是新郎？"

秦眠正欢欣雀跃地想着等会儿婚礼结束去找偶像要亲笔签名，突然听到耳边传来男性好听悠扬的声音，愣了几秒，眨巴着眼睛看向他："楚先生，您是在跟我说话吗？"

"这附近除了你，还有别人吗？"楚江渊作势轻抬下巴，眸子里迅速闪过一抹惊恐，"你后面有人。"

天天抱着鬼片看的秦眠完全没被吓到，反而被他逗笑了："您的演技可真好。"

楚江渊好看的薄唇勾起一个弧度，毫不尴尬："过奖。"

对上男人那张英俊出色的脸，秦眠晃了晃神，嗯……楚男神这颜值也很能打，都三十六岁的老男人了，脸上居然没有皱纹。

而且还温文尔雅，散发着成熟迷人的气质。

果然，男神只能跟男神做朋友。

秦眠被楚江渊的男色迷住的时候，心中依旧清醒，知道男神诚可贵，但是只能看，不能撩。她思索过后，偷偷看了一眼不远处的伴郎，不知道那位是不是单身。

时间一分一秒过去。

温喻千与商珩依旧在僵持。

他们身处旋转楼梯上方，能清晰地听到下面宾客的说话声。人越来越多，而且有好几个都是温喻千曾经在财经杂志或电视台上看到过的人物。

她虽然内心不情愿，但她不是真的不懂事的人。如果这次真的任性不结婚，那到时候不只商家的人难做，宋女士更难做了。

只涂了一层薄薄的睫毛膏的眼睫抖动着，看得出她此时心中的犹疑不定。

下面有客人路过楼梯护栏，小声私语

"为什么时间到了仪式还没有开始？"

"已经超过十分钟了。"

有人调侃："该不会是两位都逃婚了吧。"

来小岛参加婚礼的大部分都是双方的亲友，关系自然亲厚，什么都敢说。

至于其他宾客，都是事先签了保密协议才能乘坐私人飞机过来，私密性极强。

大家都理解，毕竟男方是娱乐圈顶流，且还有一层神秘身份不能曝光。

温喻千听着下面的那些说话声，深吸一口气："先结婚。"

三个字，仿佛用尽了全身的力气。

商珩动作轻缓，拿起手腕上的头纱，温柔地给她重新戴上。

见她没有拒绝，男人目光微顿，抬手将口袋里的手链、项链和耳坠取出来，不疾不徐地——为她重新佩戴上，动作从容不迫，这种精细的活儿做得气定神闲，仿佛什么事情都难不倒他。

温喻千任由他伺候，跟老佛爷似的，他让伸手就伸手，他让转身就转身，总之心安理得地接受。

要不是因为他，自己也不会弄得这么狼狈，当然要他来善后了。

他用修长的手指替她将顺了有点散乱的发丝，嗓音微压："很美。"他的长指不经意拂过温喻千的脸颊时，被她拍开了手。

温喻千伸手拢了拢散乱在鬓间的发丝，下巴微抬，骄矜地看着他："别以为这件事就这么完了，等婚礼结束，咱们再算总账！"

欠她的钱，骗她的感情，还坑她结婚，他们一笔一笔地算清楚。

商珩垂眸深深地看着她，没有回答她的话，反而单膝跪地，拿出背后那两只被她丢掉的水晶婚鞋，目光专注地握住她纤细的脚踝，慢条斯理地将鞋子给她穿上。

温热的长指搭在微凉的脚踝处，仿若点燃了一簇簇火焰。

很快，温喻千重新恢复至之前那光彩照人的模样，她居高临下地看着单膝跪地的男人，红唇轻抿。

当《婚礼进行曲》响起的时候，温喻千挽着男人的手臂，缓慢优雅地从旋转楼梯上下来，一步一步，顺着花瓣铺就的红毯走向宾客。

温喻千觉得自己脑子很清醒，她甚至能清楚地看到秦眠跟一个长得很帅的男人离得很近，她正感动得哭，那男人在安慰她。她也能看清宋女士欣慰的眼神与泛红的眼眶，以及宋女士身旁那两位，她的公婆。

可是她又觉得自己脑子不清醒，甚至听不清《婚礼进行曲》是什么时候开始，又是什么时候结束的。

直到男人撩起她面前的白纱，温凉的薄唇印在她的嘴角。温度转瞬即逝，温喻千脑子"嗡"的一声，瞬间清醒过来，下意识地迅速将手推向他的胸膛。

下一刻，小手却被一双铁钳似的大手迅速箍住。男人顺势将她拥入怀中，身上好闻的香水味清冽蛊惑，密密麻麻地朝她涌来："这是仪式过程。"

耳边响起男人低沉的声音。

温喻千一下子僵住了身体。

她的手指蜷着，差一点，就差一点，她就在这么多人面前丢脸了！

唇间属于男人的气息久久挥散不去。

"啊！"

"亲一个，再亲一个！"

下面传来年轻男女的惊呼声和嬉闹声，本来有些严肃的氛围顷刻间活泼起来。

温喻千清晰地听到男人拿着话筒说道："她会害羞。"

本来完全不害羞的温喻千在听到这话后，配合地用手捂住脸，故作害羞，聊表敬意。

婚礼三天都要在这座小岛上度过。

洞房花烛夜自然也不例外。

敬酒完毕，温喻千便回到了早已准备好的婚房中。

婚房靠近海边，透过宽大的落地窗，能清晰地看到外面白色的沙滩、蔚蓝的海水，以及黄昏落日。

落地窗映出她此时的模样，婚礼仪式结束后，温喻千便换了一袭酒红色的简约优雅的敬酒裙。裙子十分贴合她的身材，甚至比婚纱还要显身材，身姿纤细，玲珑曼妙，不多一分也不少一分，精致得恰到好处。

温喻千的目光落在白色的房门上，犹疑几秒后，毫不犹豫地将房门反锁，并且用椅子牢牢地抵在门后。

她这才拍拍手，心里略松一口气。

至于商珩——

这里房间那么多，全是他家的，总有地方睡觉。

她拧了一下门把手试了一下，发现很牢固，这才放心地去浴室洗澡。

一身酒气，她受不了就这样去睡觉。

干净明亮的浴室内，瓷白的墙壁上挂着一件正红色的丝质吊带睡裙。不暴露，但是衬着她洁白莹润的皮肤，却撩人得要命。

睡裙是秦眠帮她选的，温喻千平时就爱穿这种质地的睡裙，格外舒适。不过她倒是第一次穿这么鲜艳的颜色，站在浴室内的镜子前，红唇乌发，红裙雪肤，还挺让人难为情的。

温喻千照镜子时，双唇轻轻抿了一下，镜子里的人也做了同样的动作。

一个小时后，天色黑了下来。

不少长辈下午就离开小岛了，此时留在岛上的，大部分都是年轻人。

小岛的沙滩上热闹非凡，温喻千坐在床边，透过落地窗，能将外面的一切收入眼底。夜色越浓，她心里就越不安。

生怕商珩突然……

没等她想下去，突然，房门被敲响了。

温喻千一下子攥紧了手指，深吸一口气，一步步走到房门口："谁？"

"是我。"

男人低沉有磁性的嗓音缓缓传了进来，似乎是喝了酒的缘故，声音里隐隐染上几分沙哑性感的意味。

温喻千小心翼翼地贴近门板，听着外面的声音，似乎没有别人，于是理直气壮道："我不喜欢跟别人一起睡觉，你去别的房间睡吧。"

商珩知道她还在气头上，依旧温柔耐心地说："先开门，我们谈谈。"

"明早再谈，我今天困了。"温喻千才不傻，大半夜放一个男狐狸精进来，这不是摆明了要被他勾引吗？

于是她斩钉截铁地拒绝了他的提议。

话落，温喻千故意重重地往床边走去，暗示自己的决心，让他别白费心机。

隔着一扇厚重的门板，商珩修长劲瘦的身体靠在门边的墙壁上，漫不经心地从口袋里拿出一把备用钥匙。

刚准备插进去，他又停下了手上的动作。

沉吟几秒，他终于转身离开。

再给她一点时间。

深夜十一点，三楼酒吧吧台。

"哈哈哈，所以你大半夜被老婆赶出来了？"

丛烈出去玩了一圈，听说商珩在这里，便跑来看热闹。

作为兄弟团里唯一被选中当伴郎的丛烈感觉自己身价倍增，连胆子都跟着肥了，给商珩出主意："女人嘛，床头打架床尾和，你不是有备用钥匙吗？直接上。"

商珩晃着透明的酒杯，光线打在他棱角分明的俊美脸庞上，眉目深敛，没有半点新郎官该有的春风得意。

酒吧的光线昏暗迷离，商珩没受到任何影响，不紧不慢地拿出手机，打开微信页面。

这段时间，他每天六点整的早安问候一直没有断过，而她每天也会回复一句。

"还钱！"

商珩不厌其烦地翻着他们二人简单且重复的对话。

明明是一样的对话，他愣是从这天早晨的聊天记录翻到了一个月以前。

至于旁边丛烈嘈杂的声音，商珩只当没听到。

直到身边多了一个人。

"这么晚还出来喝酒？新婚之夜感觉怎么样？"

楚江渊让酒保给他倒了一杯酒后，朝商珩举杯。

"恭喜你。"

商珩进入娱乐圈之后，朋友寥寥无几，楚江渊就是其中一个。

一听楚江渊这话，商珩握着手机的手指微微顿住，缓缓抬头，漆黑幽暗的双眸睨着他，语调中透着几分冷然："才十一点。"

聪明人都能听懂商珩的言外之意，才十一点，他这是看不起谁，这么早就结束新婚夜？

楚江渊英俊沉静的脸上难得显出愣怔的表情，既然新婚夜没有结束，他出来喝什么酒？

娇妻在怀，也不像是商业联姻，正常男人能干出这种事？

丛烈点了一支烟，神色肆意慵散地吞云吐雾，见楚江渊一脸莫名其妙，用手拍了拍他的肩膀："他被老婆赶出来了，你这不是火上浇油吗？"

楚江渊笑出声，修长的手指抵着眉梢，有点意外："没想到你也有今天。"

他的目光扫过商珩那张令所有女人为之疯狂的脸，倒是没想到商太太长得跟洋娃娃似的，这性格倒是火暴。

如果之前跟商珩在婚礼前的你追我赶尚算是小情侣之间的情趣，那这大婚之夜不让老公进门可不是情趣，而是脾气了。

见他娶了这么一个暴脾气的小娇妻，楚江渊不禁感叹一声："你……任重道远。"

"来，来，来，咱们今晚陪着失意的新郎官不醉不归。"

"哦，也可以让他喝酒壮胆！"

丛烈亲自给几个好兄弟倒酒，他们鲜少有这么齐整地聚在一起的时候。也就是商珩的面子大，这次能聚了。

其他人被丛烈最后那句话给逗笑了："原来咱们商大人也需要喝酒壮胆，来，来，来，兄弟们奉陪到底。"

商珩一脸冷漠地看着这群人，反手拍了张图片给新晋商太太发过去。

温喻千早早地便睡着了，凌晨就被宋女士逮到私人飞机上，先后做了美容、美体、美发等一整套，从头发武装到脚趾，白天还要化妆，化完妆她又跑了那么长一段路，现在已经筋疲力尽。

再加上喝了些酒，温喻千在确定那个男狐狸精已经离开后，便放心地睡着了。

早晨，懒洋洋的光透过落地窗的窗帘缝隙，洒在偌大的床上。

被子上还有绣着金线的"喜"字，俨然是一张婚床。此时婚床上只蜷着一个小小的身影，并没有想象中夫妻相拥的画面，而是温喻千独自睡着。

酒红色的枕头衬得那张小脸越发白嫩，鼻尖精致，睫毛浓密，红唇微微嘟着，唇珠漂亮性感，让人想一亲芳泽。

空气中弥漫着淡淡的柑橘香水的味道，甜丝丝的。

室内宁静而安逸。

突然，一阵疯狂的敲门声响起。

温喻千猛地从床上坐起来，挣扎着睁开双眼，发现天居然亮了。

她睡眼惺忪，脑子还在发蒙。

没等她缓过神来，外面又是一阵急促的敲门声："千宝，千宝！快开门，我需要你。"

温喻千揉了揉耳朵，先是胆战心惊地看着房门，后来听到是秦眠的声音，终于迟钝地反应过来，赤着脚踩在柔软的地毯上向外走去。

"怎么了？"温喻千一开门便被秦眠紧紧地抱住，猝不及防的拥抱让她呼吸一窒，"你……"

想搞谋杀吗？

"啊，千崽崽，我干坏事了。"秦眠趴在温喻千肩膀上哭，当然，一边哭一边也没忘记把房门关上。

等关门之后，她突然反应过来，越过温喻千纤细的肩膀往里看："不对，我偶像是不是也在这里？"

她刚才一觉醒来看到那个场景之后，脑子里已经完全装不下别的东西，这会儿才想起，这不单单是她家崽崽的房间，还是商大人的房间。

"没事，他不在这里睡。"温喻千很坦然，看着秦眠这副衣衫凌乱的模样，眉毛轻蹙，"倒是你，做了什么坏事，这么紧张？"

秦眠听到她男神不在，这才松了口气。

松了口气之后，她便感觉小腿打战，被温喻千扶到了沙发上。

温喻千坐在她对面，上下打量闺密，见她一直捂着脸，便说："说吧。"

拉开窗帘，阳光直射进来，温喻千这才看清她细白的脖颈上有或轻或重的红色痕迹，心一沉："你发生什么事了？"

秦眠听她这么直接地发问，肩膀僵了僵。

昨晚，秦眠在沙滩上跟一群年轻人玩得太起劲儿，喝了不少酒。半夜三更实在是晕得受不了了，她才迷迷糊糊往自己房间里走，没想到中途撞上了楚江渊。

她隐约记得自己晕乎乎地夸他长得好看，然后……然后再次醒来就是早晨在床上，他们都没穿衣服。

秦眠趁着楚江渊还没有醒来，直奔温喻千这里求助。

几分钟后，温喻千终于知道了事情的来龙去脉，见秦眠捂着脸一副羞耻至极的样子，她轻揽着她的肩膀，问道："你准备怎么办？"

秦眠脸上满是内疚与羞愧："我……我也不知道……"

温喻千很是冷静地给她分析："两个方案，要么谈个恋爱，要么你当是酒后发生了让自己愉悦的事情。当年你不是说过，就要找最帅的吗？楚江渊当年连续六年被评为娱乐圈最有魅力的男明星，他火的时候，商珩还不知道在哪里玩泥巴呢。"

"不准你侮辱我偶像！"秦眠终于打起精神，一听到偶像被温喻千侮辱，甚至顾不得自己失身，问道，"对了，你不是跟我偶像结婚了吗，他人呢？"

她视线移了移，落在干净的床铺上，一眼就能看出来，这床绝对不是新婚小夫妻天雷勾地火后的床单。

太干净了。

她目光挑剔地看着大床，一脸心事重重："崽崽，你跟商大人之间是不是有什么矛盾？"

温喻千看着她皮肤上那青青紫紫的吻痕，气定神闲地岔开话题："你先去收拾一下自己。"

被温喻千用这种眼神看着，秦眠终于察觉到了什么不妥，一低头

"妈呀！"

随后她连滚带爬地从沙发上站起来，直奔浴室。

几分钟后，房门又被敲响了。温喻千沉吟几秒，余光瞥了一眼刚刚开了花洒的浴室，打开了房门。

门外站着两个男人。

都是娱乐圈顶级男神，不过一个年轻俊美，一个成熟有魅力。

温喻千认出其中一个就是秦眠口中的楚江渊。她能认出楚江渊，纯属意外。这位是童星出道，拍了几年电视剧后便隐退读书，直到大学毕业，才又重新出现在荧屏上。而童星楚江渊是她外婆喜欢的小演员，每次温喻千去外婆家的时候，外婆都会拿着楚江渊的照片跟她讲他演技有多么好。

昨天敬酒的时候，她还特意多看了他一眼。

此时楚江渊看起来也不太整洁，衬衣扣子都被扯掉了，头发微乱，不过不难看，反而有种凌乱的性感。

楚江渊身边站着商珩，商珩也是一早被楚江渊敲门敲醒的。

当得知他跟自家太太的闺密发生了关系后，商珩的表情有些难看。

他睡谁不好，居然睡了他太太的闺密。

商珩的头更疼了。

商珩垂眸看着自己穿着吊带睡裙的太太，见她的肩膀上只披了一条披肩，两条细白的小腿光溜溜地露在外面，便不动声色地挪了挪，挡住了楚江渊的视线。

他薄唇微启，刚准备开口，便被楚江渊按住了手臂，男人的嗓音沙哑醇厚："商太太，不好意思，打扰了，我能跟秦眠谈谈吗？"

温喻千无视商珩，越过他的肩膀，用眼神打量了一下这个跟闺密发生过关系的男人。

还算可以，知道交代。

于是她颔首应了一声："那你进来吧。"

她打开了房门，眼见商珩也要跟进来，双手抱胸，冷冷地看着他："让你进来了吗？"

商珩见楚江渊已经进去，再看太太这副表情，目光一沉，动作迅速，干脆利索地弯腰将她打横抱起来："我不进去。"

话音一落，他不顾温喻千的挣扎，迅速抱着怀中的少女往隔壁客房走去。

温喻千气得心梗了一下，用拳头捶他的手臂，狠狠地磨牙："放我下来，强盗！"

"我要是强盗，昨晚你能睡这么好？"商珩云淡风轻地垂眸看她，薄唇微启，"这层楼所有房间的备用钥匙都在我这里。"

温喻千蓦地睁大眼睛，红润的唇瓣微颤，后怕地攥紧他的衬衣："你……你……你……"

新房距离商珩昨晚睡的客房只有一墙之隔，商珩三两步便进了客房。

"吧嗒"一声，房门被锁上了。

温喻千被商珩放到大床上，男人的长指抵着她的肩膀，身子缓缓俯下，与她对视良久。

独属于男性的气息清透浓烈，大概是被楚江渊叫走得仓促，男人衣领处的扣子都没有扣好。之前扣得一丝不苟的衬衣解开了两粒扣子，露出一截白皙修长的脖颈，俯身时，温喻千能清晰地看到他轻滚的喉结。

清晰又性感，不自觉地撩动心弦。

果然是男狐狸精。

温喻千艰难地移开视线："你想干吗？我不放心秦眠。"

商珩在距离她将近十厘米的地方停住："楚江渊不会欺负她，我们谈谈。"

"那你先松开我。"温喻千想到秦眠对楚江渊似乎有点意思，便没有去当电灯泡。

她眯着眼睛看向商珩，刚好她也想跟他说清楚。反正他们还没有领证，这次婚礼结束，便桥归桥，路归路。

温喻千的想法都在脸上写着呢，商珩缓缓松开她。

经过刚才一系列的动作，温喻千身上的披肩已经散乱开，露出里面的吊带睡裙，大片大片白皙的皮肤映入商珩的眼帘。红色裙子衬着雪白的皮肤，让人完全移不开视线，他目光一沉，觉得自己的自制力越来越强了。

新婚夜娇妻在旁，他没有进婚房也就算了，大清早是男人自制力最薄弱的时候，太太就在方寸之地，他还能放她起来，这都能写进"史上最强柳下惠"的历史了。

温喻千一下从床上坐起来，卷着自己身上的披肩，一脸防备地盯着他，红唇微启："商珩，这婚不算数。"

商珩眼睛低垂，掩住了眸底的几分幽光，嗓音不疾不徐："嗯，不算。"

温喻千有点不敢相信，商珩这个精明得跟狐狸似的男人会这么好说话？

她紧了紧身上裹着的披肩，双唇微动，准备乘胜追击。

突然，商珩抬起头，朝她伸出一只白净修长的手，笑得格外好看："只要你跟我去个地方，这婚就不算。"

温喻千清亮明澈的眸中顿时闪过一抹警觉，她缩着纤细的身子往后退了退，躲开商珩的手："我不去。你又想坑我。"

见她有了戒心，商珩略有些苦恼，是之前逗得太狠了吗？

温喻千寸步不让，就是不跟他过去，二人僵持不下。

他思索了几秒："我昨晚给你发了微信消息，你看了吗？"

温喻千当然没看，她昨晚早早就睡了，这天又早早地被秦眠吵醒，哪来的时间看手机？

见她摇头，商珩只好拿出手机给助理打了个电话，让他把自己的电脑和投影仪拿过来。

温喻千不知道商珩葫芦里卖的什么药，她整个人霸占了客房的大床，把商珩赶到一旁的沙发上去。

等助理的这段时间，温喻千有些担心闺密，想打个电话问问她，又想到自己没带手机过来，只能气呼呼地跟商珩大眼瞪小眼。

商珩依旧是那副慢条斯理的模样，他正在煮茶，姿态闲适安逸，仿佛什么都引不起他的情绪波动一般。

察觉温喻千的目光，商珩微微抬头："喝一杯吗？"

温喻千扭头拒绝："不！"

白岸捧着商珩要的东西过来，安装投影仪时，他的余光不小心看到了盘腿坐在床上，面容粉若桃花，精致如洋娃娃的少女，心中感叹，难怪之前那么多身材妖娆、长相美艳的女人夜半来敲门想和商老师共度良宵，商老师都能面不改色地把人丢出去。

有商太太珠玉在前，其他人确实都成了庸脂俗粉。

商珩淡淡地瞥他一眼，白岸瞬间汗毛直竖，赶紧手脚麻利地把设备调试好。

等投影仪投射到雪白的墙壁上后，商珩才让白岸离开。

白岸头也不回地转身就跑，仿佛身后有鬼在追他。

温喻千将他们二人的互动看在眼里，指尖把玩着披肩上垂下来的流苏，幽幽地想，电视里的男明星果然都是人设，都是假的，什么优雅贵公子，明明就是一只连助理都害怕他的腹黑狐狸。

心疼他的助理，不知道被商珩这狐狸精坑过多少次。

这边，商珩轻敲了几下电脑键盘，半面墙壁上立刻投射出股票大盘的影像。

这投影仪质量十分好，投射在墙壁上，清清楚楚，明明白白，红红绿绿，弯弯绕绕，煞是好看。

然而……温喻千双唇轻抿，莫名其妙地看向商珩。

她盘在床上就能看清楚那明显就是股票流水图，商珩有毛病吗，给她看这个干吗？

商珩接下来的话，让温喻千粉润的脸刹那间苍白如纸。

"这是岳母公司的股票，确定与商氏联姻后，本来下跌到谷底的股票一路向上，短短一个月便达到了一个小高峰。如果这时宣布两家联姻不算数……"

商珩没有将那个残忍的结果说出来，只是用鼠标点了一下一个月前宋氏的股票。

温喻千顺着商珩的指示，看向那股票折线图。

原本是一片刺目的绿色，按照商珩说的时间段，股票从谷底往上爬，虽然还不能与宋氏高峰期相比，但比起之前不断往下滑的趋势要好很多。

商珩见她小脸发白，嗓音低沉磁性："千宝，你还小，不知道联姻并不是两个人的事情，而是两家公司的事情。或许你的一念之差，将会导致宋氏上万员工失业。"

温喻千裹在披风下的手紧握成拳，低垂着眼睫，脑子里一片混乱。

商珩不动声色地看着她，关闭股票大盘，然后点进一个私人账号。

他长指覆在温喻千的肩膀上，将她精致的下颌抬起来，让她重新看向墙壁："看这里。"

温喻千顺着他手指的方向，双眸像是覆上了一层薄薄的水汽。

然而在看到账号后面那好几个零之后，她的神情陡然凝住。

这是什么东西？

账号是她的？

可是她没有炒股啊。

商珩薄唇微扬，嗓音轻轻柔柔："当初你给我的那一百万，我全部帮你买了宋氏的股票，现在已经翻了十几倍。"

"有没有高兴些？"

自从婚礼结束，温喻千一想到商珩在婚礼第二天打了她一棍子又给了她一颗甜枣，情绪就不是很好。

婚礼一结束，温喻千就直飞国外，参加国际计算机赛事。

温喻千在 F 国待了两个星期。

这两个星期里，商珩依旧延续结婚前的做法，每天早晨发一条微信消息，只不过微信消息从早安问候变成了股票截图。

看到自己后台的金额不断增加，温喻千简直痛并快乐着，不知道该如何面对商珩这棵大型摇钱树。

对着摇钱树冷声冷气、讽刺嫌弃，她真的做不到啊。

想想看，正常人或许能抵抗得了美色的诱惑，但能抵抗得了金钱的魅力吗？重点是这钱还是属于你的。

"温学姐，老师叫我们回去后去开会，等结束后先不要提前回酒店。"温喻千的直系学弟，之前帮她处理过论坛的学生会会长何羡川，见她吃饭时还走神，忍不住开口提醒道。

来参加国际比赛的全是青大计算机系的高才生，何羡川作为领导能力最强的学生会会长，也是领队，自然要照顾好学弟学妹们，自然也包括温喻千这个年纪小但年级高的学姐。

前天结束初赛，明天进入复赛，今晚何羡川经过老师们的同意后，便带着几个学弟学妹和温喻千出来吃饭。

他不小心瞥到温喻千似乎在看股票走势图，有点惊奇。

温喻千听到学弟清朗的声音后，刹那间回过神来："谢谢学弟，我知道了。"

何羡川好奇地指着她的手机："学姐也买股票吗？我最近也在买，可以一起交流吗？"

温喻千白皙的脸上浮上一层尴尬："我不懂这个。"

何羡川觉得学姐这么聪明，一定是在谦虚："你放心，就算跟着你买亏了，我也不会怪到你身上。难道你还不相信我的人品吗？"

然而温喻千是真的什么都不懂。

不过她能看到股票代码，最后实在被何羡川缠得紧了，只好将商珩给她买的公司的代码告诉他。

她牙齿轻咬着下唇，有点纠结："这家公司跟我有点渊源，学弟……"

"熟人好办事呀，跟着你买果然没错。"何羡川立刻回道，秀气如兰的五官带着一抹笑，让人如沐春风。

在他们不远处，一个研一的学妹拉着她身边的男生激动地说道："何会长跟学姐也太般配了吧，会长一直超级照顾学姐！"她一边说，一边还拿出手机拍了张二人的侧影照。

旁边的男生看着女生的操作，凉凉道："别把你粉圈那套拿到学校里。"

"你不懂！"董玥给在昏暗的环境下拍的照片加了个滤镜后才发到微博

上，越看越觉得这张照片拍得好看，"给长得好看的人拍照，我都有种自己拍照技术特别好的错觉了。"

男生一言难尽，对女生的想法完全不理解。

尤其是她不吃饭，一整晚都盯着那张照片偷笑。

本人就在眼前，她干吗盯着照片笑，有毒……

然而令董玥都没想到的是，自己一个粉丝数不到一千，而且是学校校友和学生会干事的微博账号，居然因为这一条微博而被粉丝数百万的大V转发，甚至上了热搜。

她发完微博就跟何羡川他们一块儿去开会了。

会议开到凌晨，第二天没睡多久，董玥便直奔赛场参赛。

谁能想到，在短短的一夜之间，那条微博就火了呢？

在参赛之前，老师为了让这群计算机系的学霸能专心于赛事，别半夜玩手机，白天没精神，在开会之前就顺道将他们的手机都收走了。

第二天上午，F国计算机国际大赛团体赛拉开帷幕。

与此同时。

远在国内的某大型颁奖典礼上，商珩压轴走完了红毯。他穿着双排扣的墨蓝色西装外套，外面还套了一件黑色呢子大衣，宽肩窄腰，风姿卓绝，完全没有因为比其他男明星多穿了一件衣服走红毯就显得厚重，反而更显得挺拔清俊。

商珩刚在第一排坐下，易言便悄悄走过来，将他的手机递来，压低了声音在他耳边道："你太太上热搜了，要压下去吗？"

说这话的时候，易言意味深长地看了看商珩做了发型后俊美逼人的黑色短发，总觉得这上面有一顶绿帽子在迎风飘摇。

好绿！

好绿啊！

商珩漫不经心地接过手机，不经意间接触到自家经纪人怪异的眼神，眉心微皱："哪个？"

温喻千不是在国外比赛吗？怎么会上国内的热搜？

难道比赛赢了？

想到她参加的那个国际计算机比赛，商珩薄唇微微勾起。她那么聪明，赢了也不奇怪，赢了上热搜更不奇怪，毕竟国内计算机领域人才相较于其他领域略显凋零，尤其是可以拿到国际级比赛冠军的人，更是少之又少。

商珩听易言说温喻千上热搜后，第一反应便是她比赛赢了。

注意到易言意味深长的目光后，商珩神色沉敛："有话就说，支支吾吾的，年底奖金不想要了？"

易言没看商珩的表情，给他打开了热搜第十的词条青大高颜值学霸情侣，太秀了。

一打开词条，便是一个几百万粉丝的大 V 转发的微博。

转发的原始微博来自认证为青大在读研究生的女学生。

董玥今天论文写了吗："啊啊啊本系颜值就靠学姐跟会长撑起来了，好配。"

照片上，昏黄迷离的灯光打在两个高颜值少男少女的侧脸上，他们离得很近，似乎在说话。

作为媒体人，易言自然知道这个微博会被大 V 转发的原因。

原因有两点，一个高颜值名校学霸，一个就是高颜值情侣。

董玥作为学生会的干事，她的微博有不少学生会的同校学生关注，此时见她火了，不少学生留言。

"学姐，你们参加的 F 国国际计算机大赛结束了吗？"

"妈呀，温学姐跟何学长不愧是咱们计算机系的颜值担当。"

"我们青大的宝藏女神和宝藏男神终于火了，流下欣慰的泪水。"

相较于董玥微博下大部分的学生评论，那个转发她微博的大 V 微博下就热闹多了。

大家都觉得这对学霸很般配，认定他们就是情侣。

在网络上，给营销号一张照片，他们能写出一整部充斥着爱恨情仇的大戏。

商珩淡定地一下一下刷着手机，眉眼沉静安逸，几乎快把词条下的评论看完了。

易言刚想问他准备怎么办，下一秒，却见商珩指尖漫不经心地点了一下，吓得易言的冷汗瞬间冒了出来，拼命夺过他的手机："你干了什么？！"

易言这一嗓子险些喊出去，幸好颁奖典礼还没有开始，场内一阵喧闹。

看着易言这不冷静的模样，商珩淡淡地睨了他一眼："你最近情绪不太稳定。病了？"

"你才有病。"易言无视商珩的毒舌，拿着他的手机，一脸绝望。

迟了，取消不了了，肯定被粉丝截图了。

所以他到底为什么要点赞这个营销号的微博呢？

给自己的绿帽子添砖加瓦？

"热搜要压吗？"易言摊上这种任性的艺人，也只能靠着公司强大的公关团队扭转乾坤了。

这种没有事业心的艺人，到底是怎么做到如日中天的？

商珩长指把玩着手机，沉吟片刻，刚准备开口，掌中的手机蓦地振动了一下。

商珩瞥了一眼屏幕上来自国外的来电显示，本来漫不经心的表情瞬间冷凝下来。

手指滑动，接通。

电话那头传来一道轻淡的男声："哥哥，嫂子的热搜看到了吗？你可真狠，商家的家事，你何必要牵扯人家一个女孩子？瞧瞧人家跟小伙子多般配，学霸情侣，听着就罗曼蒂克。"

颁奖典礼从开始到结束，足足持续了四个小时。

这四个小时里，商珩从接了那通电话开始，一直缄默不语。

看得不远处的易言心惊胆战，一边关注商珩，一边还得跟公司那边的公关部交流公关问题。

毕竟身为顶级流量明星，一个点赞都能引起争论。

而他此时点赞这个"情侣学霸"的词条，下面便涌入不少他的粉丝。

"原来男明星也粉CP？"

"真不愧是我家哥哥，粉的CP都这么有格调。"

"那当然，咱们商大人也是青大毕业的。说起来，这两位跟哥哥还是校友。"

这个评论是公关部派来的水军，解释商珩点赞是因为看到了青大校友。

不愧是全娱乐圈最牛的公关部，不过十几分钟的时间，舆论瞬间扭转。

众人从议论商珩粉学霸CP到认为他只是因为这两个人是校友，是母校的学弟学妹们才会关注、点赞，再到称赞商珩关注母校建设和一些公益方面的贡献。

"原来哥哥毕业这么多年还依旧关注母校，太暖了吧。"

"商大人去年还给母校捐了三栋楼！"

"妈呀，我怎么不知道这件事。哥哥做好事真的从来都不说，只是默默地做。"

"是这样的，哥哥出道这些年给贫困山区捐过多少钱，估计他自己都数不清，每次都是几百万、上千万地捐。"

"不愧是我们家偶像，正能量……"

商珩一般拿的都是最后一个奖项，属于重量级的奖项。

这次自然也不例外。

他神色怠懒地坐在沙发上，刚才那通电话对他造成的影响很大。他沉默了将近三个小时，才慢吞吞地打开手机，给温喻千发了个表情包，然后便将手机收了起来。

他修长的手指抵在额角，手臂伸展，靠在沙发扶手上，神情倦怠慵懒，眼尾低垂，挡住了眸底幽色。

他脑海中浮现出刚才电话里的对话，薄唇又轻又缓地勾起一个冷漠的弧度。

一个小时后。

台上颁奖嘉宾激动地宣布："本届飞玉奖最佳男主演的获得者是演员商珩。请商珩上台领奖并发表获奖感言。"

镜头切到商珩俊美的脸庞上。

商珩淡定地站起身，理了一下精致的袖扣，长腿轻抬，缓步走向舞台。

领奖台上灯光璀璨，华光耀眼，站上这所有演员心之所向的领奖台，商珩早就习惯了。

他薄唇微启，刚想说话。

突然，头顶璀璨的灯光闪了闪，刹那间，华丽却沉重的顶灯以肉眼可见的速度往下坠，领奖台上刹那间黑了一片。

"啊！"

尖叫声蓦地响彻整个颁奖现场。

温喻千比赛结束后，才从老师那边拿到了自己的手机。

比赛结果没有当场出，所以大家比完赛之后，便各自回酒店了。

温喻千一边开机，一边按了一下电梯的上升键。

第一条消息便是商珩发来的那个表情包。

温喻千的红唇微勾了勾："好端端的一个男明星，年纪轻轻就病得不轻。"

她天天在外面打比赛，哪有时间给他戴绿帽子。

指尖顿在那个表情包上，赫然是一个戴着绿帽子的小人在跪地痛哭。

"戏真多。"

温喻千小声念叨，便准备关了手机。

有事没事便来一出戏，真不愧是拥有二十九个人格的男人，随时随地都能转变风格，让她猝不及防。

谁知还没来得及动作，秦眠的电话就打来了。

"啊啊啊千崽！你居然给我男神戴绿帽子，何羡川那个小屁孩哪里比得上我男神有魅力、有男人味！你瞎了吗？"

温喻千刚接起电话，就听到秦眠噼里啪啦说了一通。

她脑海中浮现出商珩那个绿帽子的表情包，眉头轻蹙，突然有种不祥的预感："我刚比赛完，发生什么了，绿帽子是怎么回事？"

秦眠顿了好几秒，灵光一闪，突然想起来，她跟温喻千有小半天的时差。

秦眠一口气把微博上的事情跟温喻千说清楚，然后道："千崽，不是我说你，都是已婚少女了，就有点已婚少女的样子。到处招猫逗狗的，不像话。你看我男神为了刷存在感，都点赞了。"

"他还点赞？"温喻千一口气没上来，忽然怀疑这个热度这么高，搞不好就是商珩在推波助澜。

"我跟你说，我男神这是在向你撒娇，向你求哄，求亲亲抱抱举高高。

"他傲娇了！就是要让你知道。所以他才点赞的！"

秦眠觉得自己绝对猜中了偶像的心思，逻辑十分缜密地给温喻千分析了一通。

温喻千听得头疼："好了，好了，我知道了。"

"千崽，你不爱我了，都不想听我讲话了？"秦眠委屈道，"我要去找楚叔叔玩，不跟你玩了。"

这段时间，她跟楚江渊确定了恋爱关系，整个人更有少女心了，动不动就跟温喻千撒娇、卖萌、"喂狗粮"。

温喻千："我怕你电话费花太多，毕竟跨国呢。"

秦眠笑眯眯："我家楚叔叔给我冲了一万块话费，让我随便跟他打电话。"

温喻千："……"

这口"狗粮"吃得难受

被秦眠缠着聊了五六分钟后，温喻千才挂断电话。一挂断电话，她就打开微博看了一眼。

"青大情侣学霸"的热搜还挂在上面，温喻千坐在沙发上，垂着眼帘，一下一下刷着微博。

刚刷了几分钟，外面响起敲门声。

想到那个原始发帖人，温喻千睁大清亮的双眸，不紧不慢地从沙发上坐起来，开了门。

门外站着两个人，一个是一脸紧张愧疚的学妹董玥，一个是她的直系学弟，也是另外一个当事人，何羡川。

董玥一看到温喻千那张精致的脸，一下子就哭了出来。

"学姐，对不起，对不起，我闯祸了。"她大大的眼睛里满是愧疚，"对不起，真的对不起。"

她不断地跟温喻千鞠躬："我当时就是觉得拍你们好看，没想到会造成这么大的影响。真的对不起。"

何羡川看着哭得凄惨的同学，叹了口气，说道："现在不是哭的时候，想想怎么解决吧。我倒是无所谓，坏了学姐的声誉就不好了。"

其实温喻千对这条热搜没什么感觉，而且照片上只有她跟何羡川的侧脸，这不过是营销号故意炒作而已。

董玥自始至终都没有说过他们两个人是情侣关系。

温喻千拍了拍董玥的肩膀，嗓音轻柔："你发条微博澄清一下就好。"

这件事情其实很简单，他们只是学生而已，要不是后来商珩点了个赞，根本不会获得这么大的关注，原发微博的董玥发一条澄清微博即可。

温喻千略一沉吟，继续道："既然有了这个热搜，就不要浪费，你澄清的时候，顺便把我们正在参加比赛的事情说一下。"

现在很少有人愿意了解他们这个专业，总觉得这条路很难，不愿意走上继续研究的路，导致他们研究生以上的专业级学生越来越少，可以参加比赛的更少。如果这样的引导能让更多年轻人、更多孩子了解这个专业，继而喜欢上它，也算是好事一桩。

何羡川的眼睛立刻亮了，看向温喻千的眼神中带着崇敬："学姐，你未免也太聪明了。"

果然，他跟师姐之间的差距大不是没有道理的。

他就没想到还能这样干。

温喻千意味深长地看着两个学弟学妹，红唇勾勒出一个弧度："有人给我们送热度，我们岂有不收的道理。"

很快，董玥根据温喻千说的，发了一条新微博。

董玥今天论文写了吗 V："昨晚发了微博，手机就被老师收走了，因为今天有比赛，刚刚才看到微博热搜。没想到随手拍的学姐跟会长的照片会上热搜，受宠若惊的同时又很内疚给学姐和会长造成了困扰。事情是这样的，我们正在参加 F 国的国际计算机大赛，学姐跟会长是在讨论今天参赛的内容。他们不是情侣，画重点，不是情侣。两位真的只是学姐跟学弟的关系，大家不要再传谣了。学姐说了，既然上了热搜，不上白不上，我给大家科普一下我们计算机系以及这个国际大赛好了，希望有更多的人喜欢这个专业。"

送走董玥跟何羡川这两个迷弟迷妹之后，温喻千准备去洗个澡放松一下。

在人这么多的比赛赛场上，来的都是各国的计算机顶尖高手，温喻千也不轻松。

酒店的浴室是磨砂玻璃的，密闭性并不是很好。不过花洒的水流尚算温和，细细密密的热水从温喻千曲线曼妙的身体上滑下来，一路滑落至脚掌。

半个小时后，温喻千裹着自带的浴巾，披散着湿漉漉的长发从浴室里走出来，脸被水汽蒸得粉润透亮。

她正弯腰在抽屉里找吹风机，就在这时，搁在桌上的手机突然响了起来。

是商珩的经纪人来电。

当初离开小岛的时候，易言便厚着脸皮跟温喻千交换了手机号。

温喻千抿了抿湿润的红唇，随意用毛巾擦了几下头发与手指后，这才点了接通，按了免提。

那边迅速传来易言低哑又紧张的声音："温小姐，商珩受了重伤，得做手术，需要家属签字，您能回来一趟吗？"

重伤？手术？

温喻千还带着水珠的睫毛缓缓抖了抖。

第六章

所谓肖想

温喻千想到商珩两个小时之前发来的那个表情包，他不是去参加颁奖典礼了吗？又不是去干什么危险的事情，短短时间内他做了什么，居然受了重伤？

被商珩坑了好几次的温喻千觉得他又在玩什么装受重伤的把戏，脸上表情平静，红唇勾了勾，淡淡地应了一句："哦，我没时间。"

易言完全没想到温喻千居然会这么果断地拒绝，嘴里没点燃的香烟瞬间掉了下来："温……"

话未落音，又听到了温喻千那依旧清冷平静的声音："精神分裂症不需要动手术，如果没事，再见。"

"不是，他没有精神病，他真重伤了，是腿……"

嘟嘟嘟——

易言瞪着手机，完全不敢相信，长得那么甜软，精致得跟洋娃娃似的少女，狠起来居然这么狠。商珩腿都受伤了，她居然还能讽刺他有精神分裂症。

商珩到底对人家做了什么坏事，让她这么……果决？

透过 VIP 病房门的缝隙，看着躺在里面，腿部还有头部缠了绷带的男人，他深深地叹了口气。

这时，之前在台上为商珩颁奖的女嘉宾原穗，在助理的搀扶下，红着眼眶走了过来："易哥，商老师怎么样了？如果不是因为我，商老师怎么会遭这么大的罪。"

易言看着女人哭哭啼啼，头疼道："无论当时站在那里的人是谁，商珩都不会见死不救。所以，与你无关，你别哭了。"

"不管怎么说，他都救了我，能让我进去看看吗？"原穗是娱乐圈一线女演员，拿过两次含金量很高的影后，是娱乐圈少有的走演技派的小花。尤其是一双水雾朦胧像是会说话的眼睛，被国内时尚杂志评为娱乐圈最美的眼睛。

易言现在被这双眼睛看着，心里烦躁得很。尤其是想到商珩那位太太果决地挂断电话，便压低了嗓音，带着几分沉郁道："原小姐，如果你真心想感谢商珩，就别来添乱了。万一被媒体拍到，谁负责？"

之前颁奖现场不单单有嘉宾，还有观众、媒体，消息根本封锁不了太长时间，总会有胆子大的，想吃这第一口肉，不管不顾地爆出来。

而此时，医院楼下估计已经围了很多媒体记者。

原穗这么哭哭啼啼地过来，不知道的还以为她跟商珩有什么关系呢。

媒体那边惯会捕风捉影，为了流量，根本不会管事情的真实度。

偏偏原穗听不进去，死死地站在商珩的病房门口，一定要等他醒来。

就在易言考虑要不要动用保镖时，白岸脸色很差地拿着平板电脑走过来："易哥，不好了，媒体爆出去了。"

"颁奖典礼上商珩上演史诗级浪漫，英雄救美，双腿被吊灯砸伤，疑似截肢。"

爆料的媒体不单单将之前颁奖典礼上的照片发了上去，而且还有原穗来医院时红着眼眶的照片。

下面有营销号转发：英雄救美，美人以身相许，值不值？

甚至还发起了投票。

商珩的微博下面一片混乱，粉丝们看到照片之后，简直快疯了。

那么多血。

那么大的吊灯。

易言登了微博好几次才登进去。

如他所料，短短几分钟时间，这件事已经上了热搜。

前七个热搜都是商珩的词条。

"商珩截肢""商珩英雄救美""商珩原穗""商珩颁奖典礼被吊灯砸伤"……

整个微博热搜像是被商珩承包了一样，之前商珩点赞青大学霸情侣的词条被压在了最后面。

"易哥，我们要撤掉热搜吗？"白岸没管原穗跟她的助理，旁若无人地直接问道。

他现在看这个女人很不顺眼。

易言沉吟几秒，正准备与公关部联系。这时，商珩那个向来神出鬼没的保镖队长褚谦突然出现，他穿着黑色西装，一身肃杀之气，冷冷道："不用撤，一切等晏清少爷醒来再说。"

"不用撤？那要澄清吗？让粉丝不要担心？"白岸下意识地问道。

白岸很少见到这个保镖队长，但是每次见都觉得这个人很可怕，只听商老师的话，也不知道商老师从哪里请来的。

褚谦却看向易言，说道："不必。有热搜，太太才会相信。"

易言一下子明白了褚谦的意思，他是想要让温喻千相信商珩是真的受伤了，解除误会。

啧，他一个冷硬的保镖干吗做这种牵红线的事情，真的太……不符合本人气质了。

这难道就是现实版的反差萌？

褚谦萌不萌不知道，但是温喻千是真的有点蒙。

她挂断跟易言的通话之后，便直接关了机。她是下午睡下的，回国定的是清晨四点半的飞机。所以半夜醒来后，大家都在忙着收拾东西回国。

昨天接到通知，温喻千跟何羡川的队伍提前进了全球总决赛，决赛时间是明年的三月份。

F国，半夜两点，温喻千拎着行李箱去楼下集合时，听两三个女生在议论什么。旁边还有好几个眼眶红红的，仿佛哭了一晚上。

起初温喻千还以为她们是因为昨天比赛输了才哭，后来隐约听到她们提到了"商珩""被砸伤""截肢"的字眼，眉毛轻蹙："董玥，你过来一下。"

"温学姐？"董玥连忙小跑过来，"有事吗？"

她的眼睛里也有红血丝，仿佛昨晚一夜没睡。

她哪能睡着？昨晚跟她睡一个房间的女生是商珩的女友粉，哭了一晚上呢。

温喻千干脆直接问道："你们说商珩怎么了？"

"昨天国内微博都爆了，您不知道吗？"董玥并不觉得温喻千问起商珩有什么奇怪的，毕竟商珩是国民级的顶流明星。

然后她便将颁奖典礼上的事情说了一遍，作为青大的高才生，董玥的逻辑能力很强，三言两语便将昨晚多家媒体报道的事情说得清清楚楚。

她最后道："商大人的公司到现在都没有出来澄清，估计是真的。而且有一家媒体发出了当时的视频，他确实被砸了，而且流了很多血。"

看着董玥手机里的那个视频，温喻千扶着行李箱拉杆的手紧紧蜷着，指甲几乎嵌进了柔软的掌心。

他真的受重伤了？

等董玥离开之后，温喻千纤薄的后背紧紧贴着酒店大堂冰凉的圆柱，仿佛只有这样才能让她脑子清醒。

虽然她讨厌商珩经常坑她，可……她也并没有任何恨不得他去死的想法。

想到昨天她对易言说的话，温喻千开始反思自己是不是太过分了。

他伤得那么重，做手术需要家属签字，而她却毫不犹豫地挂断电话，并且还讽刺了他。

温喻千睫毛轻颤，打开了睡觉前被她关了的手机。

秦眠的微信和电话一下子涌了出来，还有宋女士的，只是没有商珩的。

平时商珩都会给她发股票截图，昨天没有发。

温喻千打开跟秦眠的对话框

"你老公受伤了！

"天哪，看起来好危险。

"你什么时候比赛结束？还没有结束吗？

隔了几个小时——

"我缠着楚叔叔一起去看他了，商大人好可怜，真的太惨了。

"啊啊啊我就知道原穗没安好心。

"商大人干吗要救她？！自己伤成这样，心疼死了！"

后面还附了几张照片。

温喻千点了那几张照片，全是商珩苍白着脸躺在病床上的照片。

雪白的绷带衬得他那张俊美的容颜上多了几分明显的羸弱之色，看起来确实伤得很严重，全身上下就上半身没有包绷带。

在这几张照片里，白色的病房内唯一一抹亮色就是坐在病床旁边那个穿着明黄色 V 领毛衣的年轻女人。

温喻千的目光落在那个女人身上，从照片上看，仿佛他们才是小夫妻似的，年轻温柔的妻子在照顾重伤在床的丈夫。

温喻千殷红的唇瓣抿了抿，本来愧疚的表情微微收了一瞬。

险些忘了，他是因为英雄救美受伤的，搞不好商珩心里美得很，她干吗要自作多情感到愧疚？

现在美女在怀，用得着她这个挂名老婆吗？

话虽如此，但温喻千的身体却很诚实。

十多个小时后。

国内上午九点，北城最大的私立医院。

温喻千提着银白色的行李箱，从贵宾通道直接进了商珩的 VIP 病房那层楼。

此时，整层楼都安安静静的，温喻千脚上高跟鞋的声音便显得格外清晰。

上楼时，温喻千目光微凝。这层楼有点奇怪，似乎没有人。

这时，一道人影突然出现在她面前："太太，晏清少爷的病房在尽头。"

温喻千下意识地往后退了一步，看清楚了面前五官冷硬的男人。

听到他的称呼，便知这是商氏派给商珩的人。

她精致的下巴微点："他怎么样了？"

褚谦声音一板一眼，没什么情绪起伏："晏清少爷不太好，之前昏迷过去，因为没有家属签字，所以只能把他强行叫醒，签了手术同意书，这才做了手术。手术结束后一直在昏睡。"

"到了，您请。"说着，他便亲自为温喻千打开了病房门。

温喻千刚想问里面有没有人照顾，自己会不会打扰到他，下一秒，便听到里面传来一道温柔似水且带着哭腔的女声："商老师，您可算是醒了，真把我吓坏了。"

温喻千脚步顿在门口，偏头看了一眼立在门外的褚谦："我是不是打扰到你家少爷了？"

褚谦："……"

没等褚谦开口，病房内传来一道沙哑又虚弱的嗓音："进来。"

温喻千站在门口，清澈明亮的双眸移向病床上说话的男人。

商珩不知什么时候已经睁开眼睛，带着红血丝的眼睛定定地凝视着她。

…………

空气一度稀薄。

温喻千面上情绪平稳，目光却在打量。

跟秦眠发给她的照片一样，雪白的病房，雪白的床铺，以及病床上皮肤苍白的男人。

他仿佛一夜之间清瘦了许多，从被子里露出一截青白的腕骨，长指按在床铺上，试图靠自己起身。

原穗听到商珩的声音后，下意识地看向门口，一下子愣住了。

门口站着的少女穿了件简单的英伦风双排扣外套，小腿纤细笔直，皮肤白皙，五官精致，特别显小。

"你是……商老师的妹妹吗？"

话音未落，余光瞥见商珩想要坐起身来，原穗连忙上前去扶他："商老师，您慢些。"

商珩躲开她的搀扶，眉心紧蹙，语调含着冷意："不必。褚谦，送客。"

温喻千差点以为商珩这句"送客"是要送她呢。

谁知下一秒，这男人远远地朝她伸出手："妹妹，还不过来。"

…………

妹妹？都伤成这样了，还不忘占她便宜！

这男人受个伤，跟变了个人似的，难怪说自己有二十九种人格，这性情真是阴晴不定。

原穗尴尬地顿在原地，她也没想到，商珩一醒来，第一件事就是让她走。她定了定神后，努力让自己的脸上保持温顺娴雅。

"商老师，我只是想照顾你，毕竟你救了我。"说话时，原穗眨着大眼睛，脸颊泛着一抹红晕，"我可以当你的腿，直到你痊愈。"

"来了。"这边，温喻千推着自己的行李箱，一步一步走进来。

见他对原穗这视而不见的模样，就知道他并非她想的那般，美女环绕，特别舒服地养伤。

商珩见温喻千没有转身走人，神色舒缓了几分，这才将视线落在原穗身上。

号称全球女性的梦中情人的商大人，微启淡色的薄唇，嗓音清贵矜雅，说出来的话却扎心不已："原小姐误会了。别说是人，就算当初在我面前的是猫或者狗，我也不会见死不救。"

麻药的药劲过了没多久，他说话很慢，但足够人听清楚。

原穗的表情越来越僵硬，脸色越来越苍白，最后从那双漂亮的大眼睛里一滴滴地流出泪来。

梨花带雨，堪称哭戏范本。

温喻千走到床边，恰好看到了原穗的哭容，心中感叹，不愧是女演员，哭起来跟普通人都不一样，还要控制面部表情，跟表演似的。

人家不用她报救命之恩，这有什么好哭的？

温喻千不明白这些感性的演员的想法。

她刚走到床边，之前还一副贞洁烈男的样子，不允许其他女人碰的商珩，立刻伸出修长白净的手指握住了温喻千的手腕。

"坐这里。比赛累吗？"

温喻千："……"

原穗被商珩的话和这差别对待给刺激得浑身颤抖，她紧咬着下唇，转身仓皇地向外跑去。

"关门。"商珩冷静地朝门口的褚谦说道。

温喻千的目光落在男人筋骨分明的手背上，发现原本毫无瑕疵的手背上多了几块瘀青。

大概是倒在台上时碰撞造成的。

温喻千想起看到的那个视频，抿了抿双唇，跟商珩说话的声音软和了几分："你怎么样了？"

没等商珩开口，这时，在里间开完会的易言拿着手机走出来，嘴上说着风凉话："轻微脑震荡，脑子没事，就腿残了。"

残了？

"真要截肢吗？"温喻千心里"咯噔"一下，想掀开他盖在腿上的被子看一眼。

"没有，粉碎性骨折，得好好养着。估计半年都不能工作了。商大人这伤伤得真值，一下子多了半年的假期。"

易言想想就气得不行，但他又能理解商珩的做法。如果真让原穗在他面前脑浆四溢，到时候只会引起更大的恐慌。

再说了，谁都无法眼睁睁地看着一个生命在面前消逝而无动于衷。

商珩不想提这个，他睨着易言："谁让她过来的？"

易言摊手："她自己非要在这里待着，赶不走也骂不走，我当然要废物利用了。"

刚好他有个会议要开，便在里面的休息室开会，让原穗看着昏睡的商珩。不过外面的病房里要是有什么风吹草动，他也都能第一时间发现。

易言眼看着商珩的神色越来越冷，反应过来："既然你太太来了，那我先回公司一趟。"

因为上次那个电话，温喻千对易言有点愧疚。

"上次的电话，对不起，我以为……"

"我都懂，没事。"易言浑不在意地朝她摆摆手，大气一笑，"走了。"

既然商珩的目的达到了，他也该去解决网上的谣言了。

温喻千还捏着商珩的被角，没有来得及掀开，一双大手已经覆在她的手背上，缓慢地收紧，让她借着自己的力气将被子掀开。随后，商珩温声道："上来再睡一会儿。"

温喻千看着他空出来那一块位置，差点没忍住就上去了。

她在飞机上待了十几个小时，根本没睡好，还没有倒过时差来。

理智还是打败了本能，温喻千果断拒绝："我不困！"

他们又不是真正的夫妻，怎么能在睡一张床上？

"我困，你陪我睡一会儿。"商珩见她拒绝，突然低垂下眼睫，压低了声音，幽幽道，"我都伤成这样，动都动不了，你还怕我对你做什么吗？"

商珩轻飘飘的话语，温喻千看向他那双伤腿，小声地嘟囔了一句："没害怕……"

气氛逐渐沉默。

片刻后，商珩慢慢将被子拉上去，语气里透着几分难以察觉的委屈："那你一定是嫌弃我残了。唉。"

他沉重地叹息一声，用被子把自己的脸蒙起来，艰难地想要转身。

隔着薄薄的病号服，能隐约看到男人清瘦优美的后背。

温喻千莫名其妙地看着他，怎么突然就有小情绪了。

几分钟后，商珩听到床边有布料摩擦的声音，他在被子里缓缓抿平嘴唇。

下一刻，床的另一边往下压了压，一道清幽的香气蓦地钻入他的鼻腔之中。商珩克制地闭了闭眼睛。

温喻千扫了一眼病床，毕竟是 VIP 病房，床有普通病床两张那么大，而且是拼合在一起的，就算要推到手术室，也可以直接拆开，只推另外一边，拼合起来，又比双人床稍微小一点。

不过倒也足够温喻千躺上去，她并没有霸占商珩的枕头，只是靠在床头。

少女清甜好听的嗓音响起："好了，我陪你，你睡吧。"

或许是因为她身上丝丝缕缕的清甜香气催眠，又或者是他的麻药药劲还没有过，商珩闭上眼睛后，很快又睡了过去。

他睡觉时呼吸均匀，呼吸声很轻，薄唇抿着，姿势很标准，即便因为受了伤，腿部略有些僵硬，也依旧赏心悦目。

温喻千静静地看了他一会儿，不知不觉眼皮也有点沉重。

十一点半。

白岸来送午餐，一推门，便看到受了伤的商老师靠在床上，指腹慢慢摩挲着睡在他怀中的少女的脸颊，私底下向来薄凉冷淡的眉眼此时有了温度。

他心中乍然一惊，随后缓过神来，轻手轻脚地走过去。

"您该用午餐了。"

易哥提醒过他，这天要送两份午餐过来。

商珩的视线终于从怀中少女精致的眉眼上移开，落在白岸送来的两份餐食上。

其中一份明显是病号餐，另外一份则比较丰盛，有糖醋小排、红烧鱼，还有三个素菜，荤素搭配，色香味俱全，看着便让人很有胃口。

只是商珩的视线落在红烧鱼上，久久没有移开。

白岸以为他送的午餐有什么不对，心有余悸地咽了咽口水，等着商珩的指示。

果然。

下一秒，男人嗓音冷淡："她不喜欢香菜。"

白岸："……"

温喻千闻到饭菜的香气后，睫毛颤了颤，慢慢醒来，眼底覆上一层水汽，雾蒙蒙的。她摇了摇头，让自己清醒。

"醒了？"

男人低沉好听的声音蓦地传入耳中。

温喻千满脸错愕，倏然发现自己的手居然紧紧拽着男人的病号服。她僵硬地松开手，一脸迷茫："我睡着了？"

她视线呆滞地从男人的俊脸转移到不远处蹲在病床旁可怜巴巴地挑着香菜的白岸身上，惊讶地揉了揉额角："他在做什么？"

"挑香菜。"商珩不紧不慢地牵过她的手，替她揉着僵硬的指尖。

对于温喻千一觉睡醒后反应迟钝这个小习惯，商珩很满意。

等她发觉自己的指尖开始发热了，脑子才渐渐清醒过来。

这时，白岸已经将香菜挑出来，将餐盒摆到小桌上。

温喻千看着他将挑好香菜的红烧鱼摆到自己面前，有些惊讶地眨眼："白助理，你怎么知道我不吃香菜呀？"

居然还提前挑好了？

白助理心情复杂，他要是知道的话，就不用在这里挑香菜了。他心中叹息，嘴上却没忘记往自己的艺人脸上贴金："是商老师说您不吃香菜的。"

说完，白助理便功成身退地退出病房。

温喻千向来不太会隐藏情绪，正要说话。

商珩亲自递给她一双筷子："你是我太太，我知道你不喜欢什么很奇怪吗？我还知道你喜欢什么呢。"

温喻千抿了抿双唇，她从来没有跟商珩提过她的喜好，只是跟他吃了几次饭，没想到他居然就记住了。

而她，并不知道商珩喜欢吃什么和不喜欢吃什么。

商珩薄唇轻启，幽深的双眼里透着温柔和包容："你吃过午餐之后就回家休息吧，这里有护工。你在这里休息不好。"

温喻千心里更愧疚了："我……怎么也算是你太太，总不能真让护工照顾你吧。"

说"太太"这个词的时候，温喻千的耳垂浮上了一层薄薄的红晕。

有点不好意思。

商珩狭长的眼尾低垂，挡住了眸底的神色，温声问道："你愿意照顾我？"

商珩跟他们家联姻，她已经占便宜了，现在他受这么重的伤，她都不愿意照顾的话，未免也太没有良心了。

作为善良的小仙女，温喻千精致的下巴轻点了一下，漂亮的眉眼朝他看过去，说："愿意的。"

在医院照顾他出院也就两个星期而已，并且她最近也不忙。

商珩缓缓抬起头，薄唇含笑："那等出院以后，你就搬去我那边吧，方便照顾我。"

下午时分,浓墨般的乌云刹那间铺满整个天空,本来高挂的太阳不知所终,乌云沉沉,仿佛下一秒就要从空中坠下来。街上没多少行人,阵阵狂风卷着落叶,空间仿佛扭曲了一般。

就在这暴雨将至的天气中，商珩工作室在微博上发了一条声明。

"请各大媒体停止发布不实言论，商珩身体很好，没有毁容，没有截肢，只是伤筋动骨一百天，需要疗养一段时间才能复出拍戏。如果再有不实传言，我们将追究其法律责任。"

同一时间，飞玉奖官方转发商珩工作室的微博，表示会负一切责任，幸好商大人平安无事，天佑商大人。

大部分参加颁奖礼的嘉宾也闻风而动，开始转发"天佑商大人"。

短时间内，"天佑商大人"成为微博的热门词汇。

令人惊奇的是，被商珩救了的那位女明星，直到工作室发布声明两个小时后都没有公开感谢商珩。

不少人开始阴谋论。

病房内。

温喻千因为白天被商珩骗去同居，这会儿不想让养伤的他好过。

雨水拍打着玻璃，声音又急又重。

温喻千想走也走不了，干脆顺势盘腿坐在他眼皮子底下，一边吃白岸给她买的零食，一边给商珩读微博上那些阴谋论的留言。

温喻千清亮绵甜的声线传遍整个病房。

"我有个大胆的猜测，商大人是不是剃头挑子一头热，人家原穗根本不搭理他。"

"没想到商大人也有今天，什么全球女性最想嫁的男人，'翻车'了吧，哈哈哈。"

商珩听着温喻千毫无感情的"哈哈哈"，薄唇忍不住微微勾了勾。

温喻千瞄了商珩听到这话居然还笑，怀疑这些评论不够劲爆。

细白的指腹慢悠悠地翻着评论，突然，她眼睛一亮："原穗现在一定很害怕，怕商珩挟恩逼婚，难怪不敢有什么回应，心疼原穗。"

念完这条评论后，温喻千抬起睫毛，若有所思地打量着面前的男人："他们这么说你，你不生气吗？"

商珩俊美的脸上依旧带笑，他躺在病床上，麻药药劲过了之后，虽然身上的纱布还没拆，但单从精神状态上看，真看不出他是个病人。

心理素质真的太好了。

听到温喻千疑惑的问话，商珩从容且大度："习惯了。"

明明语气很平静，可不知道为什么，温喻千竟然听出了几分心酸的意思。这是被污蔑了多少次，才能有这样的心境啊。

她看商珩的眼神重新转变为可怜，拍了拍他的肩膀，感叹道："娱乐圈也不好混啊。"

商珩语调温和低沉，磁性清冷的嗓音在雨水声中缓缓压低，极具蛊惑性："幸好有你愿意照顾我。"

温喻千与男人那幽静的目光对视良久，默默偏过头去。

我其实也并没有很愿意。

市中心原穗的高级公寓内。

"原穗，你脑子是不是进水了？

"商珩救了你，你怎么回事？

"连条微博都不发，是不是想跟商珩作对？

"你知道跟他作对的那些明星的下场吗，要不要我给你列举一下？那些粉丝不知道，你身为圈内人，难道也不知道什么人能得罪，什么人不该得罪吗？"

经纪人恨铁不成钢地劈头盖脸就是一顿骂。

原穗窝在沙发上，整个人浑浑噩噩的，满脑子都是商珩那句话。他说无论是谁他都会救，根本不是因为她。

她喜欢了商珩这么多年，甚至为了他进入演艺圈，为了他拼命磨炼演技，就是希望有朝一日能够跟他并肩。这次的颁奖典礼，她耗尽了人脉与财力，就是为了能够亲手给他颁一个奖杯，当着所有人的面告诉他，自己是他的粉丝。

可是，那场灾难来得猝不及防，就在她绝望的时候，又是这一束光重新照亮了她，给了她新的生命。

她不甘心。

看着她之前用小号发的商珩对她挟恩逼婚，这是她梦寐以求的，做梦都希望是真的。

经纪人见她一言不发，只是抱着手机。

"你到底想怎么样？"

原穗的眼神终于有了波动："我想跟他炒 CP。"

经纪人："……"

"那你想吧。"经纪人已经不想吐槽了，陷入单恋中的女人真的无可救药。

不管原穗到底想要做什么，经纪人直接收缴了她的手机："从今天开始，你老老实实在家休息一段时间，我会告诉粉丝，你也受伤了。就这样！小天，看好她。"

说完，经纪人毫不留恋地转身走人。

原穗呆呆地看着经纪人离开的背影，僵硬地垂下头，看着自己银粉色的指甲，久久没有动弹。

半小时后，原穗在微博上发布了一篇声明，是她的公关组亲自拟定的感谢声明，催人泪下。粉丝们既心疼原穗，又感激商珩。

商珩的名字足足在微博热搜上挂了将近半个月，才消停下来。

两个星期后，即便再不情愿，等商珩真的准备出院时，温喻千还是硬着头皮回寝室收拾东西了。

青大研究生寝室。

"啊，商大人效率真高，你还没毕业就拐你结婚，一结婚就同居，下一步要干吗？生孩子？"

秦眠坐在她身边的椅子上，看着温喻千有条不紊地收拾行李，不但不帮忙，还笑眯眯地说着风凉话。

"什么效率高，还不是因为他会坑蒙拐骗。"温喻千打量着自己喜欢穿的丝质绸缎吊带睡裙，她喜欢穿这种睡裙睡觉，但现在她要跟一个男人住在一起，穿这种睡裙肯定不行，太暴露了。

她一想到自己以后不能穿喜欢的睡裙了，说话时带着点咬牙切齿的意思。

偏偏秦眠感受不到温喻千的怒气，听完，她捧着脸道："我男神怎么这么腹黑呀？腹黑贵公子系，想想就让人心动。"

"你家楚叔叔已经不让你心动了吗？"温喻千瞥了她一眼，看到她还在给商珩打榜，无言以对，"你天天给别的男人打榜，楚老师就不吃醋？"

秦眠想到她的楚叔叔，以手托腮，笑得甜甜蜜蜜："楚叔叔是成熟男人，才不会有幼稚小男生的那种吃醋行为呢。"

秦眠的眼角眉梢都透着春意，看样子这恋爱谈得很愉快。

温喻千敛眉思考了几秒，楚江渊除了年纪比秦眠大些，其他方面真的无可挑剔，简直是完美男友。

再说了，只要秦眠觉得开心就好。

商珩的别墅距离青大很近，如果搬过去的话，来学校走近路，甚至不需要半个小时。

温喻千与秦眠提着她的行李箱下楼时，一道清朗的男声响起："学姐！"

温喻千下意识地回头，入目的便是何羡川那张生气勃勃的俊脸。

对于何羡川这个学弟，温喻千是很欣赏的，毕竟是自己带出来的，而且他真的很有潜力，也足够热爱计算机。

她弯了弯红唇："何学弟，有事吗？"

何羡川怕追不上温喻千，是跑过来的。他白净的额头上布满了密密麻麻的汗珠，嘴里急促地呼出白气。

"学姐，这个是老师让我给你的，恭喜我们成功入围明年的总决赛，让我们搞理科的也去受受艺术熏陶，免得思维僵化了。"

"噗……"秦眠没忍住笑出了声，"陈教授真会玩。"

让搞计算机的去接受艺术熏陶。

秦眠笑得何羡川有点尴尬，他手指搓了搓那两张美术展的票，坚持说完："学姐一定要去，老师下节课可能会提问。"

说完，他直接将两张票一起塞到温喻千的手中："两位学姐，下次见。"

"你去不去？"温喻千倒是习惯了导师的出其不意，朝着秦眠晃了晃手中的票，说道，"有时间陪我一起吗？"

秦眠看了一眼时间，摇摇头："可能去不了，我那天要去苏城约会。"

苏城是楚江渊最近拍戏的地方，他那天有一天的休息时间，秦眠怕他来回路上浪费时间，所以决定亲自"杀"过去！

秦眠"嘿嘿"一笑，戳了戳温喻千的手臂："你可以让商大人陪你一起呀。你们是不是还没有出去约会过？这可是个好机会。"

温喻千黑漆漆的瞳仁看着她，红唇轻启："让一个伤了腿脚的人陪我去看展览，你还是人吗？"

秦眠："……"

哦，忘了她家偶像最近刚出院。

哎呀，可惜了！

作为自家偶像与闺密的钢铁CP粉，秦眠一颗心简直痛不欲生。

都结婚同居了，居然还没有约会过！

商珩出院之后的第一件事，就是准备与温喻千培养感情。

自从他住院之后，培养感情的进度一下停止了。

恰好这日丛烈接他出院，见商珩脸上并无出院的愉悦，立即反应过来："你不会是不高兴人家小姑娘没来接你出院吧？"

商珩漫不经心地瞥了他一眼，修长的手指把玩着之前温喻千留下来的一个小小的掌心玩偶。

丛烈嗤笑了一声："你可真是越来越幼稚了，跟个清纯小奶狗似的。婚都结了，还把人拐到医院陪了你这么长时间，你们居然还停留在拉拉小手的状态。"

他睨着商珩的长腿，意味深长："你真的只是残了一条腿？"

这么好的谈情说爱的机会，他居然跟女孩子天天在医院玩玩偶？

如果是他，早就将对方拿下了。

丛烈对于男女关系向来简单粗暴，且因为他出手大方，和则聚，不和则散，分手费上也向来舍得，这么多年，他从来没"翻过车"。

在他眼里，男女之情就那么回事，所以他看不上商珩磨磨唧唧的，跟小孩玩过家家似的。

"在你眼里，对女人只有性。"商珩嗓音淡漠，"但对她，提性，太亵渎。"

"喷，假正经。"丛烈的长指夹着香烟，英俊的面容上带着散漫之意，"说得就跟你不想亵渎一样。男欢女爱，天经地义。"

见商珩脸上的表情微冷，丛烈立刻换了话题："如果你想慢慢来，可以和她先谈个恋爱。"

商珩的指腹按了按掌心圆滚滚的小黄鸭，看着它弹起来，又按下去，乐此不疲。

"洗耳恭听。"

丛烈兴趣上来了："谈恋爱这种事，你请教我，算是找对人了。普通人谈恋爱就是约会，例如吃饭、逛街、看电影；有钱人谈恋爱也离不了约会，不过约会的同时，一定要记得三大定律，砸钱，砸钱，砸钱！没有女孩子不喜欢收礼物，也没有女孩子不喜欢男人为她包场。"

送礼物？

商珩的长指若有似无地抵在玩偶柔软的肚子上，敛眉深思送她什么好。

钻石？衣服？包？手表？

他想了一遍，最后决定找外援。

商珩拿起手机，漫不经心地给易言发了条微信消息："找几本时尚杂志过来。"

易言："你准备转行做设计？"

商珩还真认真考虑了一下："倒也不是不可以。"

易言险些给他"跪"了。

好好当个靠脸靠演技吃饭的男演员不行吗？怎么短短半个月时间，他又想做别的了！

那复出怎么办？过几天还准备给他安排不需要用腿的行程呢。

大概是猜到了易言的想法，商珩气定神闲地补了一句："我最近很忙，别给我安排行程。"

易言："您老天天在家窝着，能忙什么？！"

商珩回："追老婆迫在眉睫。"

婚都结了一个多月了，还没领上证，万一人家看到外面的花花世界，想跑怎么办？

商珩摩挲着自己线条优美的下巴，若有所思。

温喻千到商珩的住处时，落日余晖正笼罩着整栋别墅。

与她家的别墅不一样，商珩的别墅从外面看很低调，看着不大，然而一进去之后，才知道什么叫低调的奢华。

无论是装修还是摆件，都在低调中透着"我很有钱"的味道。

例如门口玄关柜子上那个摆件。

温喻千记得自己曾在跟宋女士去拍卖会的时候见过它，当初这个古董属相摆件拍出了将近八百万的高价。现在就这么被随随便便地放在玄关处，也是够奢侈的了。

温喻千穿过走廊，入目的便是偌大的客厅。此时客厅的灯没有开太多，只在沙发处开了一盏落地的台灯，足够照亮坐在沙发上的男人。

此时男人手中捧着一本时尚杂志，好像在做笔记。

温喻千疑惑地走过来："你看这个做什么？"

少女淡淡的香气萦绕在鼻尖，商珩仿佛大梦初醒般，摘下耳机，偏头看向不知何时走到他身后的少女。

"你回来了。"男人的嗓音清冽温淡，说话的语气再自然不过。

仿佛她每天都回来一样。

温喻千忍不住愣怔半响。

直到被男人拉到沙发上坐下，膝盖上摊开一本杂志后，她才猛然惊醒。

"这是？"

被男人握住的手腕带着若有似无的温热，大概是因为不适应别墅的恒温系统，她居然在临近冬天的季节觉得身上隐隐发烫。

尤其是被鬓间碎发挡住的薄薄的耳垂，她能清晰地感觉到温度的上升，无意识地伸出手想要扇扇风，驱走这诡异的热度。

这男人离她太近了！

温喻千往右边坐了坐，试图拉开他们的距离。

偏偏男人恍若未觉，在她动作的时候，俊美如画的五官凑到她面前，气定神闲地掀开她膝盖上的那本杂志："看杂志，你喜欢哪个系列？"

修长匀称的手指轻点杂志上的图片，目光不动声色地从她白玉似的耳朵上移开。

顺着他手指示意的方向，温喻千看清了他白皙指腹下的杂志内容。

虽然温喻千平时沉迷于学术，非必要时刻，都是泡在学校的计算机室里，但作为从小在豪门长大的名媛，她对时尚的敏感度像是与生俱来的一般。

商珩指的是 G 家今年冬季即将发售的新品，蓝风铃系列。

除了冬装之外，还有配饰与包包。

温喻千许久没看这种时尚杂志了，乍一看，还真被这眼花缭乱的东西给吸引住了。

如同丛烈所说的那样，没有女人不爱这种精致的东西。

商珩若有所思地看着温喻千的侧脸，记录下她目光停留时间最长的页码。直到该用晚餐了，温喻千才将注意力从杂志上抽离出来。

她蓦地反应过来，从这天开始，她要和商珩一起住了。

不过……

瞥了一眼自己依旧放在客厅的行李箱，她看向商珩："我住哪儿？"

"二楼第一个房间。"商珩漫不经心地回道，"你先去洗个澡，等会儿再吃晚餐。"

家里没有用人，温喻千怀疑地看向商珩那条残了的大长腿："谁做？"

商珩触及她不信任的眼神，蓦地一笑："你如果想吃我做的，也不是不可以。不过……"

见温喻千的心思摆在脸上，他话锋一转："我特意在私家厨房订了菜，放心吧，不会饿到你。"

温喻千上了二楼之后，小嘴还在嘟囔：这男狐狸精就爱逗她。

不就吃饭吗？戏还这么多。

她真以为商珩一个"残疾人"要给她下厨呢。

推开商珩说的那个房间，淡淡的薄荷味顿时侵入鼻腔，温喻千瞬间便察觉到了不对劲。

这里……像是有人住。

虽然房间内简洁、大气、干净，但黑胡桃木做的茶几上还摆着薄薄的笔记本电脑，并没有合上。

浅灰色的沙发上随意搭着一件衬衣，像是刚换下来的。

唯独灰白色的大床，整整齐齐，像是没有睡过人。

然而当温喻千咬着下唇，深吸一口气，打开衣柜时……

里面果然如她所想的那样，摆放着各式各样的男士衣物。不用说，下面的抽屉里怕是商珩的贴身衣服了。

商珩居然让自己住在他的卧室！

温喻千强迫自己冷静下来，商珩这个狐狸精，到底是想要让她来照顾他，还是想干坏事？

同居就同居，谁说要同床了？！

她是来照顾人的，又不是来陪他睡觉的。

温喻千紧紧握住行李箱的拉杆，转身就要往外走。

刚转身，她脚步倏地顿住，目光落在不知何时上楼的商珩身上。他坐在轮椅上，正等在门口。

温喻千的睫毛上下轻颤了一下。

他倒是会物尽其用。

难怪之前看到楼梯边的栏杆上多装了一样东西，估计是可以直接让轮椅上来的装置。

商珩坐在银色的特制轮椅上，两条长腿悠闲地放到上面，长指转动轮椅，慢慢朝她靠近。

"不想住这个房间？"

没等温喻千开口，商珩便缓缓说道，只是语调里带着几分苦恼："如果不想住这间，那去隔壁吧。还有一个客房。"

温喻千没想到商珩这么好说话，用怀疑的眼神注视他："可以吗？"

她的语气中带着错愕，仿佛不相信这话是他说出来的。

商珩十分善解人意："自然。"

这么好说话？

那一开始干吗让她来这个房间，多此一举。

温喻千拖着行李箱去隔壁时，还能感觉到身后的男人并没有移开目光。

温喻千在隔壁客房的浴室洗完澡后，换上了行李箱最上面放着的柔软家居服，清清爽爽地下楼。

她并没有注意到行李箱下面被多塞了好几件吊带真丝绸缎睡裙，她特意带的长袖长裤款睡衣已不见踪影。

晚餐已经摆好了，商珩坐在餐桌边等她，碗筷也细心地替她摆好，甚至连椅子都提前拉了出来，方便她坐下。

要不是他腿上那明显的夹板，温喻千都以为自己才是需要被照顾的病人。

白色的桌布上还有一束粉白色的鲜花，让温喻千一下子想到了他们结婚那天那个粉白色的童话世界。

她略略晃神，便听到男人好听的嗓音响起："等会儿要不要看电影？"

"看电影？"温喻千的第一反应就是要出去看电影，她瞄了一眼商珩的那条伤腿，这人是不是忘记自己现在还有腿伤？

单单看上半身，绝对看不出商珩受过伤。他身形笔挺，坐得很直，用餐姿势一如既往地优雅从容。

"有家庭影院，不用出门。"

温喻千双唇轻抿，脸上表情复杂。

这男人怎么知道她心里在想什么？他怕是成精了吧。

商珩不动声色地看了她一眼，见小姑娘没拒绝，心里缓缓松了一口气。

晚上八点。

温喻千亲自推着商珩的轮椅，二人一起去了一楼的小型家庭影院。

里面准备齐全，还有个冰箱，里面放着各种饮料与零食。

温喻千刚进来就喜欢上了这个地方，惊喜道："居然还有爆米花！"

商珩看着她跑到爆米花机器那边，漫不经心地推动轮椅走近："想吃可以现做，很简单。"

没想到男人做爆米花也能这么帅！

温喻千没忍住，在商珩动手的时候，悄悄拿出手机给他拍了张背影照。

这个房间的灯光相较于其他房间暗了许多，拍出来的照片却很有大片的质感。男人侧脸白皙俊美，即便在黑暗中也格外扎眼。

照片上，冷白的皮肤与昏暗的环境形成明暗对比，随便一拍就是大片。

温喻千很满意自己拍的这张照片，但最满意的还是男人很快就将热乎乎的爆米花递到她手里。

纸袋装的爆米花，隔着薄薄的纸袋，能感觉到热乎乎的温度。

手腕一沉，温喻千连忙捧起来，手机却不小心掉到了商珩手中。

那张照片被他看得清清楚楚。

温喻千抱着爆米花，轻咳一声，朝他无辜地勾起红唇："你好看才拍的。"

商珩从善如流地颔首，承认自己好看，并且十分顺手地将这张照片给温喻千设成了屏保："既然我这么好看，那就每天都看。"

温喻千眼睁睁地看着他的动作："……"

"你先去选电影。"商珩把玩着她的手机，指骨轻敲轮椅扶手，带着点漫不经心的意味。

温喻千想着自己手机里也没有什么秘密，便随他拿去设置了，到时候她再换回来就是。

商珩见她穿着一身白色的家居服，家居服是质地轻薄的真丝材质，越发显得她骨架纤细。弯腰找电影的时候，单薄的布料勾勒出她曼妙性感的身材，并不像她外表看起来那样纤瘦，而是该瘦的地方瘦，该丰满的地方是丰满的。不然怎么会有这么漂亮的曲线弧度？

商珩只是轻飘飘地扫了一眼，便很快收回了视线。

长指握住手机，指腹触碰到光滑的屏幕，细腻得像手机主人身上透亮莹润的皮肤。

刹那间，温喻千突然回眸，微卷的乌发轻扫过她的脸颊，露出那张精致小巧的脸。她疑惑地举着可放映的带子："怎么都是关于残疾人的？"

商珩触及她那干净的目光，双眸微闭了一下。

半晌后，他才轻启薄唇："丛烈送来的，他想让我学习一下他们的精神品质，担心我半年没法走路，会抑郁。"

他坐在黑暗的角落，磁性的嗓音不知何时染上了几分沉哑的意味，格外撩人。

温喻千揉了揉发痒的耳朵，腹诽道："这狐狸精哪里是会抑郁的人？"

不过……她瞄了一眼他的长腿，当这么长时间的瘸子，像他这种优秀又骄傲的人，也不是不可能抑郁。她的脑子里瞬间闪过不少想法，最后选了一部男主自小光环萦绕，突遭车祸被截肢，然后凭借自己强大的意志力重获新生的电影。

毕竟，丛烈是商珩的朋友，应该是最了解商珩的人。既然丛烈觉得商珩可能会抑郁，那说明他抑郁的可能性不低。

不怕一万，就怕万一。

远在几十千米外过夜生活的丛少爷，刚准备与今晚的女伴接吻，却突然有了打喷嚏的冲动。幸好他及时忍住，才没有让自己的男神形象毁于一旦。

他轻捏高挺的鼻梁，疑惑道："谁在背后念叨我？"

温喻千选定后，便扶着商珩从轮椅上起来，一起坐到了家庭影院内唯一的长沙发上。

灯光暗了下来，本来是白墙的屏幕上出现了电影开始的绿色画面。

温喻千一只手抱着爆米花，一只手拿着冰可乐，瞬间就有了在电影院的感觉。

温喻千看电影的时候很专注，细白的手指还捏着一颗米黄色的爆米花，却久久没有动作。

没想到她连这种电影都能看得进去。

商珩淡淡地瞥了一眼幕布上那个从病床上醒来后因发现自己被截肢而歇斯底里的男主角。

巧的是，这个男主角是楚江渊。

他的演技是真的很好，很容易把人的情绪带进去。

商珩侧眸看着温喻千慢吞吞地准备将那颗爆米花塞入嘴里。

可电影又来了一个小高潮。

她瞬间屏息凝神，又把那颗爆米花忘记了。

经电影幕布的光线一照，温喻千唇红齿白，精致漂亮，而这会儿这种姿势，让她漂亮中带着可爱呆萌。

商珩想到之前她偷拍自己理直气壮的架势，蓦地微勾薄唇，不动声色地拿出手机，给她的侧脸也拍了一张。

因为没有开闪光灯，所以照片中她的面容有点模糊。仔细看，能看得出是个漂亮的女孩子，离远了就看不太出来了。

商珩很是自然地把这张照片换成了屏保。

之前他用的屏保是手机自带的，当初在机场不小心被粉丝拍到，粉丝还在微博上调侃他是老干部风格。

哪有当红年轻男明星的手机屏保是用出厂模式的。

男人满意地用指腹摩挲了一下屏幕上女孩子的侧脸。

粉丝再也没机会说他是老干部了。

温喻千并不知道商珩的一系列动作，她平时就是一个很容易专注的人，做研究的时候是这样，写代码的时候是这样，看电影的时候也是这样。

只要专注起来，她根本意识不到四周发生的事情。

此时，电影正放到男主角在半夜醒来。身处漆黑的环境，他艰难地坐起身，想要打开一旁的灯，谁知腿却突然抽疼起来。

一阵混乱后，男主角整个人狼狈地摔倒在床下，绝望而无助。他想喊人，可自尊心作祟，他不想让别人觉得他是个废人，于是他手扶着床边，想让自己坐起来，却发现腰部根本使不上力气。

四周寂静一片，宛如男主角的心境一般凉得彻底。

温喻千看着电影里的画面，屏息凝神，生怕错过一丝一毫男主角的情绪变化。她下意识地探了探身子，却没有注意到左手拿着的可乐快要洒出来了。

商珩看她这么入迷，可乐摇摇欲坠，便伸出手想要帮她扶一下。

下一秒，电影里传出一声嘶吼。

温喻千手中的可乐握得很紧，男人想要抽出去时，恰好那声嘶吼响起，吓得她倏然站起身来。

可乐瞬间洒到了她领口上。

"咝，好凉……"

温喻千感觉到胸前一凉，惊呼一声，注意力终于从电影里抽离出来，她下意识地看向自己白色的真丝家居服，领口处一片湿漉漉。

她蒙了。

温喻千的真丝家居服很轻薄，领口不大，被可乐打湿以后，布料贴在了皮肤上。

商珩难得也有点反应迟钝。

他没想到温喻千反应会这么大，目光落在她领口处，透明的布料印出里面黑色的内衣轮廓。他双眸深敛，压住喉咙的沙哑，移开了视线："先擦一下。"

说着，他又抽出几张纸巾，想给她擦拭脖颈与领口。

他的动作绅士至极，甚至没有碰到她的半寸肌肤。

温喻千的耳边还能听到电影中男主角的独白，但她所有的注意力都被面前温柔地替她擦拭可乐污渍的男人吸引住了。

因为她是站着的，商珩是坐着的，所以他需要伸长手臂才能够到她的领口处。

修长白净的手指隔着薄薄的纸巾，微凉的温度传递到温喻千的身上，令她不由自主地颤抖了一下。

商珩低哑磁性的嗓音响起："冷吗？"

身上泼了这么多可乐，是会凉的。

他的目光艰难地从她紧贴在皮肤上的 V 领处移开，脑海中却缓缓浮现她弯腰拿碟片的画面。

细腰丰臀，每一处都恰到好处。

商珩白天还能理所当然地跟丛烈说，他肖想的从来不是她的身体。

但是……

他缓缓地闭上眼睛，再次睁开时，眼神终于恢复了清明。

入目的便是少女那双盛满了怀疑的眸子，他薄唇微颤，轻声问："怎么这么看着我？"

第七章
美 色 暴 击

此时电影里是黑夜，因此整个影院的光线都暗了下来。

温喻千并不知道自己领口处的状态，她刚才瞄了一眼，只是被可乐打湿了而已，等会儿换下来就行。

重点是，商珩干吗一副她很"辣眼睛"的样子？！

还闭眼？！

温喻千透过电影昏暗的光线，隐约看到了商珩刚才闭眼睁眼的全过程。她细白的牙齿紧咬下唇，气不过道："你泼了我一身可乐，还嫌弃我？我很丑吗？你闭什么眼睛？"

死亡三连问……

商珩被温喻千问住了，本来他就因为鼻翼间萦绕的馨香而思维僵硬，此时她燃着熊熊火光的眸子紧盯着他，一副势必让他给出个答案的样子，不禁长指轻抵额角，想要移开视线，免得自己脑子转不动。

偏偏温喻千正在气头上，这男人泼了她一身可乐，还嫌弃她"辣眼睛"，谁能忍？

在他偏头的时候，她迅速捧住他的下巴："不准移开视线，看着我说！"

温喻千蓦地弯下腰，她要看着商珩的眼睛，免得他忽悠她，等他解释干吗要泼她可乐。

入目的就是雪白与墨黑的对比，温喻千的皮肤白皙细腻，真丝家居服贴在她这般盈透的肌肤上，黑色的内衣轮廓清晰地落入眼帘。

商珩："……"

突如其来的春光，亲还是不亲？

商珩撑在沙发上的拳头微微收紧，强行控制住自己的反应，这次亲了，就不会有下次了。

而且，他今晚的目的不是这个。

商珩浓密漆黑的睫毛缓缓抬起，视线落在温喻千的脸上。她此时眉眼灼灼，紧盯着他。

商珩深吸一口气："刚才可乐要洒了，我想帮你扶一下。"

温喻千见他目光真诚，只是眼底深处的幽暗让她不理解，但并非心虚。

她思索了几秒，意识到好像是这么回事。

看电影的时候，她也感觉到虎口凉凉的，他估计没骗她。

既然人家是好心，温喻千正想松手，下一秒，却听到了男人依旧低沉磁性的嗓音，隐隐带着几分喑哑："不看你是因为……你家居服透了。"

透了，透了，透了……

客房浴室内，温喻千站在花洒下，温热的水流冲刷着她身上的可乐渍，很快，肌肤便重新恢复白皙干净。可乐的味道被清新的沐浴露的味道覆盖。湿漉漉的长发披散在线条性感优美的后脊处，小小的腰窝若隐若现。

只不过她没有想象中的那么淡定，脸像是要被蒸熟了似的，要不是怕感冒，她真的很想冲冷水清醒清醒。

一想到商珩的那句话，温喻千就完全无法淡定

人家绅士地避开视线，她居然还强迫他看。

天哪……

想到刚才洗澡前照镜子时看到的自己那春光乍泄的模样……温喻千越洗越热，突然原地蹲下，无声尖叫。

她怎么会做出那么蠢的事情？

商珩绝对都看到了！他心里不知道会怎么想她。

足足在浴室里待了半个小时，温喻千才浑身红通通地走出浴室，白净盈

透的脸颊晕染上一层红色，双眸流转间，水波荡漾，仿佛做了什么坏事似的。

她裹着浴巾，想从行李箱里找自己的睡衣。

"咦？去哪儿了？"

温喻千翻了翻放睡衣的袋子，发现居然一件都没有。

难道她记错地方了？

一分钟后，温喻千一言难尽地看着自己行李箱里那一袋子真丝吊带睡裙。

肯定是秦眠那个小浑蛋干的！

温喻千气不过，也不管现在是什么时间、秦眠到底在干吗，直接十几条微信消息发过去。

秦眠没有回复，这天送走了温喻千之后，她直接"杀"到了苏城。

这个点，不知道她是忙着谈恋爱，还是忙着干什么，完全改变了熬夜少女时刻不离手机的状态。

温喻千戳着手机，哼了一声。

画个圈圈诅咒她明天起不了床！

不过想到她又不跟商珩睡在一起，穿什么都无所谓了。

温喻千换上干净的睡裙，舒舒服服地躺进柔软的被窝里。

灯光暗下来之后，温喻千翻来覆去怎么都睡不着，脑海中不知道为什么总是会想到电影里的场景。

男主角半夜自己一个人起床开灯，然后摔倒在床下，整整一个晚上都没有人发现。以前他是天之骄子，一夜之间变成了一个需要别人照顾的人，自尊心作祟，不愿意让别人帮忙，不愿意让别人看到他的惨状，忍了一晚上。地板阴湿，第二天被人发现时，他下半身已经彻底僵硬，最后落下了病根。

脑子里的情节不断变换，不知道什么时候起，男主角的面容竟然变成了商珩的。

他半夜无人照顾，一个人躺在冰冷的地板上整整一夜……

温喻千猛地从床上坐起来，大口大口地喘着气，被子从她纤细莹润的肩膀滑落，团在腰间。

漆黑的房间内，空气中弥漫着淡淡的沐浴露的味道，温喻千的眼神中布满了担忧。

咚——

隔壁传来一声细微的声响，让温喻千的心脏蓦地攥紧。

她下意识地竖起耳朵，想要听隔壁发生了什么事情，却什么也没听到。她瞬间"脑补"出商珩躺在冰冷的地面上孤独无助的模样，终于坐不住了。

她不是关心商珩，她就是关心病号而已。

都怪她太善良了。

温喻千出门的时候，不断地安慰自己，她作为善良的小仙女，怎么能见死不救呢？

站在商珩的房间门口，温喻千抱着枕头，给自己做了无数的心理暗示。

"商珩，你睡了吗？"

温喻千敲了敲门，将耳朵凑近门板。

里面过了好几秒才传出一道略显沉哑的声音："还没有。"

"我可以进来吗？"

"可以。"

得到肯定的回答之后，温喻千才推门而入。

主卧灯光明亮，商珩显然还没有休息。

温喻千环顾四周，并没有在床上看到他的身影，一步步走进来："商珩，你在哪儿？"

"浴室。"

话音一落，又是一声声响，吓得温喻千小脸一白，迅速冲进浴室："商珩！"

浴室厚重的磨砂玻璃门被突然推开，里面的男人正艰难地扶着洗手台，大概是听到了声音，下意识地转身看过来。

他身上挂着一件松松垮垮的黑色睡袍。

睡袍是绸缎质地的，很丝滑，腰带系得同样松垮，隐隐露出壁垒分明的腹肌。大概是刚洗过澡的缘故，肌肉上还有水珠滑过。

男人没有穿拖鞋，纯白冰冷的瓷砖地面上，他单脚赤着脚踩在地面上，露出来的脚背筋骨匀称。因为久不见阳光，他的足部皮肤相较于手臂而言，白了一个度。

大概是听到了温喻千的惊呼声，男人修长的脖颈转动细微的弧度。他看向门口，露出那张俊美如画的脸庞，眼角眉梢还沾着几滴水珠，此时漆黑的瞳仁对上她受到惊吓的眼神。

这画面，温喻千仿佛在哪里见过一样。

漂亮的眸子里闪过一抹疑惑，温喻千蓦地灵光一闪。

这场景她之前做梦梦到过！

天哪，真实的场景比梦境更具冲击力。

温喻千双眸微微睁大，透着几分不可思议又惊艳的情绪。

对视几秒钟后，温喻千先是被这突然的男色给冲击到了，而后脑子终于清醒过来，快走两步上前，厉声呵斥："你疯了！谁让你自己洗澡的？！"

主卧的色调除了黑白灰之外，没有其他颜色，在炽亮的灯光下显得格外清冷空旷。

此时，房间内却因为有了女孩的说话声，而多了几分温情暖意。

只不过这个女孩很暴躁，她动作粗暴地扶着商珩，将他丢到大床上之后，便开始骂道："你脑子里都是水吗？腿脚不便，洗澡的时候不能喊我一声吗？万一摔了怎么办？"

商珩靠在床头，明亮的光线照在他白皙的额头上，睫毛的阴影落下，他整个人情绪低落又孤寂："不想麻烦别人。"

"我又不是别人。"温喻千没意识到自己的话有多么亲密，跟叙述论文一样，说道，"你可以麻烦我的。"

毕竟他们现在是夫妻，如果她在这种时候不照顾商珩的话，谁还能照顾他？

想到商珩腿断了半个月，商家父母都没来看过他一次，温喻千觉得他更可怜了。

说着，温喻千也不管商珩是怎么想的，直接抱着自己的被子爬上床，顺便把大灯关了，只留下一盏夜灯。

光线昏暗，商珩的床很大，就算是他们两个人躺着，也不显得狭窄。

"你要睡在这里？"

几秒钟后，男人低沉的嗓音突然响起。

温喻千已经把自己的枕头、被子整理好了，小手抓着被沿，偏头看向他，理直气壮道："我来照顾你，免得你晚上摔到地上都没人知道。"

商珩抿着薄唇，犹豫不定。

对上男人犹豫的神色，温喻千清澈明亮的眸子微眯，眸中含着火花道："怎么，你不愿意我睡在这里？"

商珩轻叹一声，掌心贴在她纤细的肩膀上："怎么会呢！我巴不得你一直睡在我身边。"

"好好说话。"温喻千蓬松微卷的长发挡住了泛红的耳垂，她本来气呼呼的声音倏地软了下来。

说话就说话，干吗还动手动脚的。

温喻千抬手的时候，忘记了自己身上穿的是吊带睡裙，来得匆忙，她没有穿内衣。

她上身纤瘦窈窕，睡裙没有那么贴身，随着她大幅度地拍他手背的动作，香槟色的真丝睡裙微微下滑，漂亮白皙的弧度从睡裙领口处展露了几分。

商珩幽深的双眸低敛，呼吸凝了一秒，故作无意地移开视线。

他缓缓开口，把接下来的话说完整："毕竟我们还没有领证，睡在一起不太好。"

时间太晚了，温喻千洗完澡后便有些昏昏欲睡，更何况此时只是开了一盏昏黄的壁灯，极具催眠效果。

她听着眼前的男人矫情的话语，没好气道："你一个男人磨磨唧唧做什么？大不了明天就去领证。"

婚礼都举行了，还缺那本证书吗？

在温喻千的理解中，相较于领证，婚礼更像是结婚的证明，至于那本证书，并不是很重要。

要不是商珩提起来，她都忘了这件事。

说着，她不管商珩还想说什么，伸出雪白纤细的手臂："关灯，睡觉。"

啪——

温喻千把灯关了以后，整个房间陷入一片黑暗。

灯光暗下来，商珩最后看到的便是那一截雪白的手腕。

温喻千睡觉很老实，柔软蓬松的被子下只露出一张雪白的小脸，乌黑的长发散在雪色的枕头上，更显得那张小脸精致白皙，红唇微微嘟着，润泽又漂亮。

四周一片漆黑静谧，静得能听到彼此细微的呼吸声。

卧室中清冷的气息被少女身上香甜的沐浴露和身体乳的味道完全覆盖。

温喻千早就困了，灯一关，她便陷入半睡的状态之中。

快要睡着时，温喻千突然感觉一股强势气息逼近。

她睫毛轻轻颤抖了几下，还未睁开眼睛，唇上便覆上一个柔软干燥的东西。

温喻千一下子就惊醒了，蓦地睁开眼睛。黑暗中，月光顺着半开的窗帘照射进来，打在她身前的男人那张俊美的脸庞上。

与往日的温沉清淡不同，今晚他的视线格外幽暗深沉。

漆黑的瞳孔里有情绪翻涌。

怦怦怦——

温喻千能听到自己的心脏一下一下地跳动。

他的长指覆在她的眼睛上，薄唇微动："闭眼。"

他的嗓音暗哑，说话时，温喻千仿佛感觉到有细小的电流，顺着他们紧贴的唇，传递到她的心尖。

男人的薄唇在她紧闭的双唇上轻轻厮磨着，没有试图侵入，像是安抚，又像是情人间的缱绻。

温喻千不自觉地闭上眼睛，睫毛一颤一颤的，勾得男人掌心发痒。

不知道什么时候，男人的大手伸进被子里，与她十指相扣。

粗粝干燥的指腹以同样的力道与她柔软细腻的小手厮磨。

十指连心，大概是这动作实在是太过亲昵，让温喻千终于从温柔乡中抽离出来。在商珩时轻时重的折磨下，她偏过头，本就绵软的嗓音此时软得跟甜水似的："别亲了。"

声音像是从鼻腔中发出来的，酥酥麻麻，带着点鼻音，像极了撒娇。

发现自己声音很奇怪，温喻千白皙的脸上慢慢地覆上一层红晕。

商珩低沉好听的笑声从喉间发出来。

因为温喻千的躲避，他将脸埋进她纤细的脖颈处，笑的时候，喉结紧贴着她脆弱的脖颈，笑声仿佛顺着脉搏，一直传到大脑皮层。

温喻千的双手没有力气，只能任由男人在耳边低笑。

她总觉得这男人在坏笑。

跟狐狸刚刚偷吃了一只小绵羊似的。

她为什么会有这种想法？她又不是小绵羊！

温喻千睁着漂亮清澈的眼睛，看着灰白相间的天花板，脑子里嗡嗡的。

她不明白，自己为什么没有第一时间推开他。

"这是我的初吻。"

就在温喻千脑子转不过弯来的时候，男人低沉的嗓音突然在她耳边响起，让她好不容易平复下来的情绪再次躁动。

她一脸羞耻，却也不傻。这种时候，她当然不敢招惹他。

且不说男人的生理反应，就说他那条断腿，万一再给他弄折了另一条，她就得伺候他到地老天荒了。

温喻千细白的牙齿咬着泛红的唇："你想说什么？"

说得就跟这不是她的初吻似的，这也是她的初吻。

"你先起来再说。"

男人的侵略性太强，温喻千觉得这样她脑子转不动，万一又被他坑了怎么办？

商珩终于慢条斯理地从她身上挪开，就着清凌凌的月光，一字一字地说道："你要对我负责。"

"妈呀，我要死了，我男神太撩了吧，对他负责，呜呜呜！"

一大清早，温喻千整个人情绪非常低沉地坐在床上，细软的小手握着手机，听着那边秦眠的尖叫声。

昨晚她给秦眠发了十几条微信消息，秦眠早晨才看到。

一个电话打来，秦眠听着温喻千吐槽昨晚商珩坑了她的事，觉得自己少女心都要炸了。

温喻千揉了揉被她叫得有些发麻的耳朵，小脸一沉："哪里撩了？分明就是他……"

"哎呀，千崽崽，别说你没被撩到，你们昨晚是不是睡在一起了？"秦眠"嘿嘿"一笑，迅速打断她的话，"你要是不喜欢商大人亲你，按照你的脾气，早就一脚踹上去了，管他是断了一条腿还是三条腿呢。"

温喻千："……"

她眼底浮上一层迷茫，是这样吗？

秦眠继续道："喜欢上商大人一点都不羞耻，你想想看，全球几千万女性都喜欢的男人，昨晚居然被你亲了。这种概率，跟天上掉馅饼有什么区别？

而且还是黄金镶钻的超级大馅饼。你不把握住，你就是个大傻子！"

温喻千听到她这个比喻，红唇微微扯动一下，瞬间"脑补"出黄金镶钻大馅饼长着商珩那张脸的样子，没忍住，"扑哧"一声笑出来。

下一秒，她却听到那边传来轻哼声。

声音很小，但温喻千还是听到了："秦眠，你怎么了？"

苏城总统套间内。

偌大的床上，腹肌轮廓优越的男人从背后抱住床上身材完美的少女，修长的手指隔着薄薄的真丝睡袍，轻覆在她细细的后腰上，动作越发肆意。

男人刚刚洗过澡，衣服微微有些潮湿，此时贴着她纤薄的后背，她几乎能感觉到他的线条轮廓。

秦眠听到温喻千怀疑的声音后，立刻扭头瞪了男人一眼，语气有些不耐烦："我在打电话，等等不行吗？"

非要现在撩拨她，气死人了！

楚江渊对上她含着水雾、媚眼横飞的眸子，握着她的手覆在自己身上："等不了了。"

"嗯——千崽，我还有事，先挂了。"

"老男人，都一晚上了，精力怎么还这么旺盛！"

楚江渊将她抱到旁边的贵妃椅上，垂下双眸，长指摩挲着她细腻光滑的脸，对上她那双永远都闪着光的眼睛，心动不已。

好像只有这个时候，他才能感觉到她的存在。

楚江渊不知道应该用什么方式对她好，让她舍不得离开自己。

她那么热情如火，那么年轻，而他已经三十多岁了。

男人握住她纤细的脚踝，缓缓地俯下身。

此时，还坐在商珩床上的温喻千迟钝了好几分钟，才终于明白过来。

亏她昨晚还为楚江渊演的那部残疾人的电影流了不少眼泪。

人家却正和她的亲亲闺密谈情说爱。

温喻千突然蹙起眉头，秦眠跟楚江渊在一起，也不知道楚江渊能不能保护好她。毕竟跟娱乐圈的男演员谈恋爱，并不是一件简单的事情，而且他们还要偷偷摸摸的。

一想到谈恋爱都见不得人，温喻千就心疼闺密。

"你在想什么？"

商珩推着轮椅进来的时候，就看到温喻千蹙着眉头，坐在床上发呆。

他清俊的脸庞上染了一抹暗色，难道是后悔昨晚答应跟他领证了？

温喻千听到商珩的声音，将手从脸上放下来，下意识地偏头看向门口，回道："没想什么。"

看清楚男人今日的打扮后，她眸中闪过一抹惊艳。

商珩穿了一件合身的白衬衣，宽肩窄腰，下半身也换上了西装裤，衬得腿笔直修长，禁欲感十足。

他的长臂覆在轮椅扶手上，钻石袖扣若隐若现，乌黑的短发也被他弄了好看的发型，露出白净利落的额头，鼻梁高挺，五官轮廓精致，气质清贵矜雅。

这男的打扮得这么好看，想干吗？

"那就换衣服吧。"

说着，商珩推着轮椅，将膝盖上搁着的礼盒递给床上的温喻千。

她一脸蒙地打开系着粉蓝色蝴蝶结的礼盒。

纤白的小手将里面那件衣服提起来，是一件跟商珩身上的衬衫同色系的衬衫裙，扣子与商珩衬衣上的钻石袖扣也是同系列的，简单中带着贵气。

温喻千眸中带着迷茫："你这是要干吗？"

突然送她情侣装，还打扮得人模人样的，总不能是去约会吧？

他一个腿脚不便人士，约什么会？

商珩见她果然忘了，语调染上几分凉意："我们说好今天去领证的。你得了我的初吻，不想负责？"

男人整个人气压很低，看向她的眼神像是在看一个负心汉。

温喻千对上他的视线，瞬间脑补出一个商珩模样的 Q 版小人含着眼泪咬着小手帕哭哭啼啼的样子。

她被萌得心肝都在颤抖，想立刻答应他所有的请求。

然而理智还是回归了，她将衬衫裙重新放了回去，朝商珩无辜地笑："我昨晚没过脑子，忘记今天是周末了。下周一再说吧。我今天还有个画展要去，你自己在家不要乱跑，知道吗？"

说着，温喻千下床走向浴室。

"周末也没关系。"商珩刚想说可以找人通融一下，却被一双柔软的小手堵了浴室门口。温喻千素着脸，依旧精致漂亮，只是眼神严肃地看着他："身为公众人物，更要以身作则，万一以后被人扒出来你连领证都走后门怎么办？婚都结了，只是一本证而已，既然我都答应你了，也不差这一天两天。"

她低垂睫毛，目光与男人对视，见他俊美的脸庞上透着满满的不情愿，红润的嘴唇微勾起一个弧度，慢条斯理道："你要是不想周一去，那等你腿好了再说吧。"

温喻千有点嫌弃地看着他那条为了别的女人骨折的腿，一想到以后每次看到结婚证都会想到那位女士，她不容商珩拒绝，"砰"的一声把浴室门关上了。

商珩："……"

他用带着薄茧的长指轻抚下巴，总觉得自己被温喻千摆了一道。

温喻千洗脸的时候，看着镜子里映出自己此时的模样，跟之前好像没有什么变化，但唇瓣似乎比以前更红了一点。

柔软白皙的指腹摩挲着唇瓣，总感觉上面似乎还有男人的气息萦绕。

她的指尖顿在了嘴角。

难道真如秦眠所说的那样，她昨晚没有拒绝他，并不是因为好心，而是不想拒绝吗？

这时，浴室门陡然被敲响。

一下，两下，三下。

之后是男人低沉的嗓音："我选择周一。"

不知为何，温喻千竟然听出了几分委屈的意思，红唇抿了起来，漂亮的瞳仁染上笑意。

这时，她搁在床头柜上的手机响了起来。

商珩推着轮椅，气定神闲地将她的手机拿起来，目光不经意地扫过来电显示——何羡川。

男人的长指倏然收紧，是上次跟她一起上热搜的那位青大学生会会长。

因为那次热搜，商珩从医院醒来之后，便让人调查了这个人。

商珩薄唇冷冷地抿平。

他们般配吗？一点都不。

"我的手机响了吗？"温喻千从浴室里探出脑袋，看着商珩手里拿着她的手机。

"嗯。"商珩的眸色刹那间恢复正常，慢条斯理地推着轮椅朝浴室去。

温喻千此时脸还湿漉漉的，她擦干净手指后，接过了商珩手上的手机。

见她如此迫不及待，商珩双眸微敛，静静地移开了视线。

"喂，学弟？"

温喻千没注意到商珩的小情绪，拿着手机重新进入浴室，并随手把门关上。

浴室门不隔音，在外面能听到里面的说话声，夹杂着水龙头流出来的细微水声。

温喻千的说话声一句句传到外面，染上了朦胧感。

"好，那我们画展门口见。"

她这天本来就是要去看画展的，毕竟也算是课程的一部分。

何羡川跟董玥他们都去的话，温喻千想着跟他们一起也无妨，反正她也没有人陪。

上午十点。

温喻千化了精致的淡妆，难得周末，她换了件大衣，配长筒马丁靴，小腿纤细笔直，大衣勾勒出她窄窄的肩膀，身材窈窕曼妙。

商珩推着轮椅，慢悠悠地跟在她身后，也不说话，就那么静静地看着她。

温喻千直到准备出门的时候，才转身看了他一眼："中午你继续叫餐，不行的话，叫白助理或者易先生过来陪你。"

余光不经意扫过男人那条搭在轮椅踏板上的长腿，温喻千眉头轻蹙："在家里不要到处乱动，免得摔了。手机放在边上，有事就给我打电话。"

温喻千觉得自己跟嘱咐小孩子似的，明明这男人比她还要大四五岁呢。

偏偏这男人低垂着眼睫，幽幽道："你走吧，让我自生自灭。"

温喻千："……"

她红唇抽了抽，这男人又想干吗？都伤成这样了，还天天有事没事来一出戏，当真是把他当初承诺过的二十九种人格一一给她来一遍。

她的眼神落在男人那沉默的俊脸上——今天是哪种人格？

温喻千的脑子里闪过无数关于商珩的情绪变化的念头，最后双手抱胸，靠在玄关门上："说吧，你到底想干吗？"

"我想跟你一起去。"商珩将长指抵在线条清晰优美的下巴上，幽深的双眸微眯，定定地看着她。

温喻千有些头疼，眼看时间要来不及了。

对上男人那双幽深的双眸，温喻千先是愣怔几秒，然后突然神使鬼差地俯身捧起商珩的下巴，往他额头上亲了一口："别闹了，我很快就回来。"

他一个大明星，出现在画展那种人多眼杂的地方，是生怕别人认不出来吗？

之前易言可是交代过的，商珩得在家里乖乖养伤，不能去人多的地方，免得被发现了。

亲的时候，温喻千很淡定，亲完之后她迅速转身，不给商珩说话的机会。

"砰"的一声，房门被紧紧关上，只留下坐在银色轮椅上难得目光愣怔的男人。

他本来覆在下巴上的长指缓慢地移到额头，少女清淡缭绕的香气仿佛还近在咫尺，她柔软的唇瓣触感也没有消失。

本来紧抿的薄唇徐徐勾起。

温喻千出了门，热得发烫的脸被冷风一吹，热意终于消散几分。

啊啊啊！

她心中的小人儿在狂跺脚。

为什么要亲他？

为了让他闭嘴吗？

一定是这样的！不然她干吗亲他？瞧，她现在不是轻松地出门了吗？

温喻千捏着拳头，不断地给自己心理暗示，她绝对不是因为美色，她不是那种能被美色轻易迷惑的女人，她只是想让那个能表演二十九种人格戏很多的男人闭嘴而已。

不然这么磨磨蹭蹭的，不知道她什么时候才能出门。

只是……

美术馆外面。

何羡川跟董玥已经等在门口了。

看到温喻千，董玥第一句话就是："学姐，你今天用的什么腮红，好自然，好漂亮！"

温喻千的脸突然更红了。

她根本没有用腮红！

明明脸颊很热，温喻千却一本正经地回答："N·L家的，很好看，你可以试试。"

董玥说道："啊，我知道这个颜色，没想到上脸这么自然，跟天生的一样！"

温喻千内心有多尴尬，表情就有多淡定："我们先进场吧，外面冷。"

"对，对，对，学姐先请。"董玥立刻把手机收回去，她刚准备去官网下单，加入购物车之后，她迅速跑到温喻千身边，"学姐，你今天的口红也超好看，是什么色号？"

"学姐，你的衣服……"

他们来看的画展是联合画展，里面有不少大师的作品，也有年轻画家的作品。

何羡川看着董玥在温喻千身边吵吵闹闹，终于看不过去了："学姐，我们分开看吧，安静一点。"

董玥被带走好几秒后才反应过来："你嫌我吵？！"

温喻千看着他们在消失在走廊处的背影，忍不住轻笑出声。

董玥这个姑娘可真有活力，跟秦眠似的。

如果她们认识的话，或许会成为好朋友。

温喻千沿着走廊一幅幅地驻足观看画作，不过引起她兴趣的并不是很多。作为一个计算机系的学生，温喻千的艺术鉴赏水平当然没有她在专业方面的水平高。只是她从小跟着宋女士出入拍卖会，也见过不少大师的作品。

画展会场很空旷，没有开空调，加上本就是冷色调、注重线条感的展览现场设计，使得整个会场显得很冷清。

大概是时间原因，来看画展的人不多，馆内显得有些寂寥。

温喻千缓缓走着，目光突然被尽头的一幅画吸引住了，并深感震撼。

从温暖到寒冷，从阳光普照到黑暗无边，冲击力极强的画面居然完整地呈现在一幅并不大的画作上。

温喻千看着这幅画，仿佛能看到画家的心境。

她（他）经历了什么？

"你喜欢这幅画吗？"

突然，一道好听的声音从她背后传来。

温喻千听到突然响起的女声，下意识地转过身。

一位穿着一套杏色小香风套装、看起来大概三十岁的女性，此时正目光清冷地望向墙壁上那幅画。

温喻千狐疑地看着她，却也知道她问的是自己，于是认真地回："喜欢，这幅画的作者一定是个有故事的人。"不然画不出这种光明与黑暗相辅相成的作品。

"过誉了。"

模样清冷的女性突然朝温喻千露出一个微笑，宛如冰雪融化一般，展露几分清丽之色。

她朝温喻千伸出手："你好，我叫裴锦书，是这幅画的作者。谢谢你喜欢我的画，很高兴认识你。"

温喻千的眼底闪过一抹讶异，她完全没想到这幅画会是一位女性画家画的，而且还是这么年轻的女画家。

"你好，我叫温喻千。裴小姐很有才华。"温喻千握住她的手，她的手指纤长，没有肉感，握上去完全是冰凉的。

不知道是因为在这里待得太久了，还是本身体温就低。

温喻千看着她脸上淡淡的笑容，不知为何，这抹微笑在脑海中渐渐与画中那温暖、光明的太阳重叠了。

裴锦书走近那幅画，清瘦苍白的手指轻抚那幅画中色调光明的部分，嗓音中透着怀念的意味："这是我跟我老公初见的地方。在华大校园门口，我不小心撞到了他的行李箱，腿受伤了，他把我抱到了学校医务室，一来二去，我们就认识了。"

温喻千顺着她手指的方向，看到了偏意象派手法的华大校门。

听着她怀念的语气，温喻千第一反应就是：难道她老公去世了？

然后便听到她继续道："这里是我们第一次约会的地方，是一大片薰衣草田，在这里，他跟我表白了。

"这里，是我们结婚的地方。

"这里，是我们第一次亲吻和发生关系的地方。"

果然是艺术家，说话都这么直白。

"真没想到，我们结婚居然已经快十年了。"

听到她最后的感叹，温喻千心中了然，果然是一个有故事的女性，难怪能画出这样的作品。

不过，她这幅画是用来纪念她丈夫的？

温喻千犹豫半晌，还是将这个问题问出了口。

裴锦书却抿唇笑了："没有，只是他的工作越来越忙，我们仿佛已经很久很久没有见面了。不过他对我很好，很爱我。"

温喻千的目光落在她略显清冷的眉梢，在提到她丈夫时，她眼底的清冷之色完全融化了。

她确实很爱她的丈夫。

余光不经意瞥到那幅画下方的黑暗冷色调，温喻千微微眯起双眸，敛住了眼底的疑惑之色。

"啊，不小心跟温小姐说了这么多话，是我太唐突了。"裴锦书从自己的思绪中抽离出来之后，才恍然意识到自己做了什么。她居然跟一个只见过一次面的人说了这么多有关她的私事。

大概是这个女孩子给她的感觉很干净温暖吧，让她不由自主地放下戒备。

"没关系，我很乐意当裴女士的倾听者。"温喻千在得知裴锦书已婚之后，便改口了，不再叫她裴小姐，"这是我的荣幸。"

裴锦书微微一笑："我年纪比你虚长几岁，如果不介意的话，你可以叫我一声裴姐姐。我可以喊你的名字吗？"

出门后，温喻千的手机微信联系人里多了一位画家姐姐。

她跟裴锦书聊得很愉快，虽然她们年龄相差了十多岁，可聊起天来，却丝毫没有代沟。她谈吐大气，很有才华，无论什么话题都接得上来，并且能举一反三。

甚至她们喜欢的作家和设计师都是同一个。

温喻千回到商珩的别墅时，脸上都带着浅浅的笑意。

她是跟裴锦书一起吃了午餐才回来的。

直到快要到别墅时，她才想起来，自己这天似乎没有接到商珩的电话，也不知道他自己在家行不行。

想到这里，温喻千加快了脚步。

而此时，别墅二楼的落地窗前，商珩坐在轮椅上，透过玻璃，清晰地看到走进来的纤细身影。

她的脸被乌黑的发丝映衬得格外娇小精致。

商珩能清晰地看到她此时红唇勾勒出的笑意，那么甜美……

跟那个何羡川出门，就这么开心吗？

商珩眼底覆上一层薄薄的暗色。

"我回来了，你有没有乖乖待在家里？"

很快，楼下传来少女清亮悠扬的声音。

温喻千一进门，就看到客厅空荡荡的，没什么人气。

除了客厅的茶几上多了几个精致的盒子，其他地方跟她离开时并没有什么区别。

温喻千眨了眨眼睛，有些狐疑地提高了音量："小晏先生，你在吗？"

自从知道商珩的真实身份之后，她再也没有提过这个称呼。

现在突然这么叫他，是因为温喻千想到了她上午离开时，贸贸然强吻了商珩一下，心里有点虚。

没几秒钟，她就听到了轮椅的响动，下意识地仰头，便看到二楼坐在轮椅上正居高临下看着她的男人。温喻千双眸弯弯："商珩。"

看到他好好的，温喻千莫名松了口气。

"你没有让易先生或者白岸来照顾你吗？"温喻千环顾四周，并没有发现第三个人，她一边往楼上走，一边问道。

商珩幽深的双眸就那么静静地凝视着她，听到她的话之后，动作缓慢地摇头。

"你怎么不说话？"温喻千觉得他奇奇怪怪的，眉头轻蹙，问道，"生我气了？"

还是说，这又是在表演另外一个人格？

她一步一步走近男人，想要看清楚他的表情，免得自己胡乱猜测："我给你买了蛋糕当下午茶。要不要吃一点，很甜的。"

"甜吗？"终于，男人低哑的嗓音响起。

温喻千先是愣怔了几秒，才反应过来，这个声音是他发出的。

"你……"嗓子怎么这么哑？

话还没有说完，温喻千便感觉自己的手腕一紧，下一刻，她整个人便被拦腰抱了起来。

"嗯……"

温喻千惊呼一声，发现自己坐在了商珩的腿上。

商珩一只手扣住她的细腰，另一只手推着轮椅往主卧内走去。

温喻千蒙了，扭头看向自己坐着的人肉坐垫，清澈见底的眸子里满满都是迷茫："商珩，你想干吗？"

目光落在男人紧绷的下颌线上，温喻千的智商终于在线了，他这是生气了。

她权衡几秒，腰间箍着的手臂极为用力，如果她强行挣脱，肯定挣脱不开。

漂亮的睫毛上下抖动几下，温喻千跟早晨那样捧起男人的下巴，让他看着自己："商珩，你为什么生气？

"因为我不带你出去？

"那还不是因为我担心你出门不小心被人撞到，腿会受到二次伤害。

"别生气了。"

温喻千的声音甜甜的，让人想要一辈子都听下去。

然而商珩却没有这么好应付。

他对上她的视线，与她对视良久，终于回道："我中午没吃饭。

"也没喝水。

"你不给我打电话。

"你就是这样照顾病人的？"

温喻千越听越觉得自己不是个人，居然自己出去玩，把一个病人丢在家里，没吃没喝还不关心他。

真是太不应该了!

她有些羞愧:"对不起。"

商珩一副很大度的样子,声音低沉喑哑:"没关系。"

说着,男人重新推动轮椅进了主卧。

下午三点的阳光暖融融的,从落地窗照进来,将整个房间照得很温暖。

温喻千因为愧疚,便没有挣扎,反而乖乖地扶着男人的肩膀,免得自己乱动,不小心伤到他的腿。

她的身子往他怀里缩,离他受伤的腿远远的,却没注意到男人因为她一直往怀中挪动而渐渐抿紧的双唇。

"这是什么?"

温喻千讶异的声音响起,让男人慢慢回神。想到自己之前准备的东西,商珩轻轻吐息,让自己快速冷静下来。

昨晚他们躺过的那张浅灰色的大床上,此时摆满了礼品盒。

从大到小摆起来,堆得满满当当,大概有几十个盒子。

礼品盒的颜色很少女,粉粉嫩嫩的,每个盒子都有缎带绑着,一看就是礼物。

"送给你的。"商珩松开了钳制着她细腰的手,温热的掌心覆在她身上贴身的黑色内搭针织裙上,推了推她,"去看看。"

温喻千慢慢睁大眼睛,她头一次收到这么多礼物。

她没有着急去拆礼物,而是用复杂且内疚的眼神看着男人。

她把他一个人丢在家里没吃没喝,这男人居然还给她准备了这么多礼物。

对上男人那双清透好看的眸子,温喻千心里的愧疚达到了顶峰。

商珩像是没有看到她的眼神一样,推着轮椅往床边挪了挪,拿起一个很小的盒子递给她:"看看喜不喜欢。"

温喻千的目光落在商珩那双白净修长的手上,过了一会儿,才打开跟她掌心大小差不多的礼盒。

打开的一瞬间,里面折射出来的光芒,让温喻千的眼睛下意识地闭了闭。

这是……钻石手链。

等温喻千看清楚之后,商珩从她手里将这个礼盒抽出来,然后将另外一个递上去:"打开这个。"

温喻千不是没见过世面的人，她也有钻石手链，但这是第一次有男人送她首饰。

她还没有反应过来，手里就又被塞了新的礼盒。

打开后，她眼里闪过惊艳之色居然是一套粉钻皇冠。

温喻千的脑子里浮现后面跟了无数个零的数字，然后咬了咬下唇，看向商珩："这些都是给我的吗？"

商珩没有回答她的问题，宛如一个机器人似的，将礼盒一个一个递给她，只说一句话："拆开。"

温喻千每拆开一个礼盒，都会愣上一瞬。

限量版衣服、高跟鞋，收藏级别的包包，钻石、翡翠等各种首饰无数……

商珩这几十个礼盒中完全是女性梦寐以求的礼物。

看得出来，他费了不少心思。

最后是一个很大的盒子，里面装的是昨天商珩看的那本时尚杂志里的整套蓝风铃系列。

商珩低哑的嗓音不疾不徐地响起："这些都是给你的。"

气氛凝滞……

几分钟后，温喻千张了张红唇，良久才缓缓吐出一句："对不起。"

下午四点半，温喻千像只勤快的小蜜蜂一样，在厨房里飞来飞去。

自打她学会了做饭，这还是她第一次做给一个男人吃。

而且还是心甘情愿做给他吃的。

想到他一整天没吃饭也没喝水，却帮她准备这么多礼物，看着那满满一床精心准备的礼物，温喻千觉得自己要是再饿着他，简直就是个白眼儿狼。

商珩被温喻千扶着坐在餐桌前，他面前摆着瓷盘，里面装着一块草莓慕斯蛋糕，看着就让人很有胃口。

他慢条斯理地把玩着手机，隔着厨房的玻璃门，他拍了一张照片，又拍了餐桌上的草莓蛋糕，还特别细心地加了滤镜，让草莓看起来鲜艳欲滴。

前一张他发给了丛烈："我太太为我下厨了。"

没等丛烈回复，他便退出了微信，打开微博，将后面那张加了滤镜的蛋糕照片发到了微博上。

商珩 V：“很甜。”

受伤以后，商珩就再也没有发过微博，此时这条微博一发出来，粉丝们都快疯了

“老公！你诈尸了？！”

“哥哥，你终于来了，惊喜，哭。”

“老公，你的伤好了吗？”

“我老公终于发微博了。”

“等一等，只有我发现老公这条微博很有少女心吗？”

“哒——突然有种不祥的预感。”

“不知道为什么，我的第六感告诉我，这个少女心的蛋糕跟上次商大人参加节目时爆出来的‘金主’有关。”

“同楼上。”

“+100000。”

“老公，你不会真的恋爱了吧？”

“对比以前的微博，最近老公真的有点不正常。”

“啊啊啊！不要啊！老公你被哪个小妖精迷住了，呜呜呜。”

…………

商珩漫不经心地刷了刷热门评论，双眸微沉，有点不满意。

怎么没人问他什么甜呢？

这届粉丝真不行，抓重点的能力太差。

他的重点是照片吗？明明就是那两个字。

就在这时，他突然看到一条评论格外清新脱俗，薄唇终于勾起一个弧度。

嗯，这上亿粉丝里终于有一个抓到重点了。

商大人我宣你：“嘿嘿，是人甜还是草莓甜？”

商珩刚准备给这条评论点个赞，下一秒，经纪人的电话便疯狂来袭。

他懒洋洋地接起来：“有事？”

言外之意就是没事别打扰他养伤。

说话时，商珩的长指抵着额角，目光漫不经心地看着温喻千纤细的背影，此时她正在做第三个菜。

“你能不能按捺一下，别发这种微博！”

易言看着本来已经准备休假的公关部,因为商珩这条微博重新回来加班,头疼不已。

他以为商珩休假时会老老实实的,才敢给忙了一年的公关部放假,没想到……是他太天真了。

商珩不紧不慢地说:"我们要领证了。"

"嗯?"易言一脸蒙,到嘴边的话戛然而止,变成了,"你们还没领证?"结婚这么长时间了,居然连证都没有领?!

商珩只当没听到易言的话,继续通知他:"我不准备隐婚,这对她不公平。所以,我现在在微博上发的任何一条微博,都是在让粉丝们做好心理准备。"

以免他突然爆出结婚,会引起粉丝们的抵触。他倒是无所谓, 只担心会影响温喻千。

毕竟——

想到自己那群粉丝,商珩幽深的眸子里泛起了波澜。

商珩都这样说了,易言只能舍命陪君子,大不了就不放假了。

"记得给我们加年终奖。"

眼看温喻千端着菜从厨房出来,商珩没了跟他打电话的兴趣:"我要吃饭了。"

随后,他补了一句:"我太太做的。"

易言:"……"

他想要奖金,不想要"狗粮"!

商珩心满意足地挂断电话,看向端上来的几道菜。

温喻千已经吃过了,便坐在商珩对面陪着他吃,不过没怎么动面前的米饭。

见他什么都吃,唯独没动那盘红烧鱼。

她问道:"你不喜欢吃鱼,还是对鱼过敏?"

商珩俊美的脸庞染上一抹暗色:"小时候被鱼刺卡过喉咙,所以就不吃了。"

温喻千见他的目光从那盘红烧鱼上扫过,明明是喜欢吃的,却因为鱼刺——

想到商珩为她做的,温喻千抱着报答他的想法,用干净的筷子夹了一整块鱼腹肉，放到瓷盘里，慢慢地细心挑刺。

检查了好几遍，雪白的鱼肉里终于一点刺都没有了，温喻千白净的额头上也渗出晶莹的汗珠。

她轻吁一口气，抬起细细的手腕，给鱼肉浇了点汁水上去，才推给对面的男人。

她双眸弯弯，像极了月牙："吃吧，现在没有刺了。"

商珩的目光从她那张漂亮的脸上，缓缓落在她还抵着的瓷盘上。

瓷白的皮肤几乎跟白瓷盘子融为一体。

商珩眼眸低敛，让人看不清他的神色。

他看着盘子好一会儿，薄唇微启，才缓缓吐出一句话："谢谢。"

而后他嗓音一顿，语调略微低哑："从来没人给我挑过鱼刺，他们以为我不喜欢吃鱼。"

听着他失落的声音，虽然看不清楚他的表情，但温喻千觉得他一定很伤心。她站起身来，隔着桌子拍了拍他的肩膀："以后我都给你挑刺。"

商珩蓦地抬起头，眼里仿佛有星光闪过。

温喻千对上男人那双灿若繁星的漆黑眸子，心跳倏地停了几秒。

她立刻躲开男人的视线，脸上带着明显的不安："我要去写论文了，你吃完之后放在这里就行，一会儿我来收拾。"

看着温喻千仿佛逃遁一般的背影，商珩的眸光渐渐转暗，手指骨漫不经心地轻轻敲了敲桌面，若有所思。

恰好，丛烈的微信消息发了过来。

"不就做个饭吗？我还有美女亲手喂，你有吗？"

丛烈一连发了好几张照片，不同风格的美女喂他吃东西，或清纯，或美艳。

照片上，英俊的男人眉眼慵懒，嘴唇微微张开，任由美女靠在他怀中给他喂东西吃。

商珩嗤笑了一声，拍了一张面前尚未动过的干净鱼肉。

"我太太给我挑刺，怕我卡了喉咙。"

丛烈："你今年三岁吗？吃个鱼还挑刺？"

商珩："我太太过分爱我。"

丛烈："我觉得过分的是你！"

丛烈在这方面第一次输给商珩，他一气之下在朋友圈把商珩给曝光了："商晏清娇气死了，吃个鱼都要别人挑刺！"

他的朋友圈里基本都是豪门圈的人，大部分都知道商晏清是谁，却不知娱乐圈顶流商珩与底蕴显赫的顶尖豪门继承人商晏清是同一个人。

商晏清在圈中很神秘，从未公开亮相过。唯一一次亮相，还是在他的婚礼上。

当初邀请的宾客都是签了保密协议的，自然无人敢将他的身份传出去。

此时丛烈的这条朋友圈一出，大家简直要笑死了，纷纷评论他怕是得了癔症。

丛烈本想泄愤，现在更是一肚子气了。

夜幕已至，透过主卧窗帘大开的落地窗，可以清晰地看到外面苍凉的月光，莫名让人感觉到一阵凉意袭来。

温喻千从浴室出来，便看到穿着睡袍的男人坐在轮椅上，背对着她看外面的月光。

男人宽肩窄腰，完全就是衣架子，就算披个麻袋，都能穿出时尚感。更别提他身上现在穿着惯常穿的黑色睡袍，睡袍将他流畅的肌肉线条完全展示了出来。

大概是听到了温喻千的声音，男人慢慢转过身来。

他黑色的碎发柔软地贴在额角，挡住了他锋利的眉宇，整个人显得很温柔。

等温喻千从直观的美色冲击中回过神来时，男人已近在咫尺。

呼吸缠绕，商珩握住了她垂下的手："该睡觉了。"

明明他才是坐在轮椅上的，偏偏温喻千却挣脱不开他，只能任由他带着自己上床。

灯光暗下来后，商珩突然问她："要亲吗？"

温喻千脑子里的旖旎一下子就消散得无影无踪。

"不亲！"

她果断地偏过头，背对着他，不想跟他说话。哪有人这个时候还要问一问的。

商珩的长指覆在她圆润的肩头，强迫她面对自己。

今晚的月光很亮，而且落地窗没有拉上窗帘，透过冰凉的光线，他们能清晰地看到彼此的表情。

温喻千错愕地睁着双眸："你想……"

商珩的长指突然抵在她柔软的唇珠上，轻轻地"嘘"了一声。

吓得温喻千下意识地闭上了红唇。

谁知他用带着薄茧的指腹慢慢地磨着她的唇珠，动作很轻，却扰得温喻千心肝都在颤抖，不知道他到底想要做什么。

白天吃饭的时候还好好的，怎么一关上灯，这男人就跟换了个人似的，这么磨人？

对上商珩那双漆黑如墨的眸子，温喻千看不清他的情绪，直觉告诉她，这个男人很危险。

"我今晚的人格是醋海翻涌的丈夫。"男人低哑的嗓音在她耳边慢慢响起。

温喻千："……"

什么鬼？

"商太太，你今天跟哪个男人约会了？嗯？"

男人的长指擦过她的唇珠，缓缓往下，虎口擦过她纤细羸弱的脖颈。

他薄唇覆在她的耳侧，语调沉沉，带着质问。

温喻千："……"

这是来真的，还是角色扮演？

商珩到底想干吗？

"没跟男人约会。"温喻千感觉到男人的危险，乖巧地回答，想赶紧结束这什么醋海翻涌的丈夫人格，"今天是跟一个画家姐姐吃的饭。"

商珩想到何羡川那通电话，薄唇微启："不是何羡川吗？"

"你怎么知道何羡川？"温喻千诧异地看向商珩，脑子快速运转，"你调查我，还是跟踪我？"

商珩蓦地低笑一声："我在你身上装了跟踪监控设备。"

温喻千："……"

呸。

还装跟踪设备，他怎么不上天呢？

果然，这人是逗她的。

大半夜玩这个有意思吗？

温喻千拍开他微凉的手指："走开，走开，我要睡觉了。"

商珩却顺着她的姿势，从背后将她纤细的身子搂入怀中："别乱动，我的腿……"

"你"温喻千气得想踹他，却又在听到他后面那句话时按捺住了。

不能殴打病人，不能殴打病人。

商珩见她僵硬的小身板终于放松下来，轻轻拍着她的后脊哄道："早点睡吧，明天还要领证。"

想到温喻千白天没有跟别的男人单独吃饭，商珩心满意足地敛了之前的深沉，露出温柔的浅笑。

见他恢复正常，温喻千悬着的心终于放了下来。

妈呀，什么他有二十九种人格就能拥有二十九种不同风格的情人，每天都能享受新情趣。真是谁用谁知道，她现在每天只觉得心惊胆战。

临睡前，温喻千突然想起来，商珩好像还是没说他是怎么知道何羡川的。

她睁开眼睛想要问他，却看到男人眼睫垂着，呼吸均匀，俨然已经睡着了。

温喻千轻哼一声："猪！"

第八章

误会解除

第二天一早。

清晨的阳光照进卧室，初冬难得有这样的好天气，这天是个领证的好日子。

低调简约的主卧本来十分安静，突然，一道女声响彻整个房间。

"商珩，这是什么东西？！"

温喻千站在床边，也不管此时床上的男人在被子下面是个什么样子，一把将被子掀开，举着手里的东西一下子扔到男人身上，向来漂亮精致的脸上此时满是气急败坏和被欺骗了的屈辱感。

他怎么可以这样？！

灰白色的大床上，双眸紧闭的男人终于睁开双眼。

他拿起砸到胸口上的那个红色本本，从大床上坐了起来。

本就被掀开一半的被子顺着商珩起身的动作滑至腰腹，露出一截结实优美的腹肌。

然而现在温喻千没有欣赏美色的心情，她气得眼睛发红。

她昨晚睡得早，本来想这天早点把论文写完，然后抽出上午的时间去领证，再顺便带着商珩在外面吃个饭。毕竟他好久都没有出门了，她想带他出去散散心。

她早早便起床去书房写论文，免得打扰到商珩。谁知打印机没墨了，找墨水时，她无意中发现他书房抽屉里居然有一张结婚证件照，女主角却不是她。

照片上，商珩与一个长相清丽纤细的女人靠在一起，他们穿着同款白色衬衣，连嘴角的弧度都一模一样。

背后写着拍照时间是三年前。

"你结过婚，为什么不告诉我？"

温喻千一想到在结婚证件照上看到的亲密地靠在一起的二人，心就跟被一双手揪住了一般，疼得她眼眶泛红，却哭不出来。

　　商珩看着那张早就被他遗忘了的结婚证件照，见她攥着拳头站在床边怒气冲冲，伸手想要握住她的手，却被她躲了过去。她清亮的眸子此时冷冷地睨着他，再也没有昨日下厨和为他挑鱼刺时的温柔，满身都是刺。

　　她的红唇一张一合，吐出冰冷嘲讽的话："别碰我。骗子，以后别出现在我面前。"

　　温喻千蜷着手指，看着男人那张俊美清俊的脸庞，心底涌出一股痛恨。

　　他在结婚之前隐瞒自己的身份也就算了，毕竟他是公众人物，或许有自己的苦衷。可现在他居然隐瞒自己已婚，让她被动地当了"第三者"。她就算再没皮没脸，也不会嫁给一个结过婚的男人。

　　温喻千终于没忍住，扬手就是一巴掌。

　　掌风袭来，商珩眸色一沉，瞬间握住她纤细的手腕："在法庭上，即使证据确凿，也会给犯人一个解释的机会，你连解释的机会都不给我就定罪？"

　　手腕被男人箍住，温喻千挣脱不开。她紧咬着下唇，几乎要把细嫩的嘴唇咬出血来。

　　"别伤害自己。"

　　商珩虽然坐在床上，但手上的力气还是很大。他一只手控制着她的身体，一只手轻轻覆在她的唇上。

　　下一刻，一股刺痛从他的食指蔓延开来。

　　温喻千狠狠地咬上了他的手指，丝毫不留情。

　　尖锐的小虎牙刺穿了他的皮肤，她甚至能感觉到唇齿间那淡淡的血腥味，却依旧觉得不解气。他骗了自己这么多次，谁知道这次是不是骗她的。

　　结婚照都摆在面前了，他还想怎么骗她？

　　温喻千漂亮的眼睛里满是嘲讽，见他不反抗，她狠狠地松开他的手指，嫌弃道："脏。"

　　"商珩，你真脏。"

　　任凭谁被这么说，都会生气，更何况是有起床气的商珩。温喻千平白无故上来就劈头盖脸对他一顿骂，咬了他之后还嫌他脏。

　　商珩面上的表情也跟着冷了下来："单凭这个东西就要给我定罪？"

　　本来好端端的，她突然冒出来，往他面前丢下这么一张照片，不听解释就要给他定罪。商珩的眼神骤然冷下来，用还冒着血珠的手指捏住温喻千纤细的下巴："你是为了不跟我领证，故意的？"

温喻千被迫对上他的视线。

此时，男人瞳仁漆黑如墨，盛满了怒气。不知道为什么，温喻千总觉得这个样子的商珩才是真正的商珩。

什么二十九种人格，都是他为了隐藏本性故意骗她的。

这个男人果然满口谎言！现在居然还倒打一耙。

温喻千与他对视良久，蓦地气得笑出声："商珩，你还有脸生气？是我骗婚吗？是我重婚或者二婚吗？你有什么好气的？你骗了我这么多，还想让我跟你领证，你想的可真美，比路边的野花还要美。"

平时温喻千看着一副与世无争的模样，真气急了，说出的话能气死人。

例如现在，商珩已经快要被她气死了。

还拿他跟路边的野花相比较，商珩在温喻千嫌弃的眼神下，倏地按住她的后脑勺，狠狠地覆上她的唇。

与上次辗转厮磨的温柔不同，这次这个吻，带着势如破竹的戾气，甚至是怒气。

男人身上还穿着真丝睡袍，此时腰带早就不知道哪儿去了，松松垮垮地挂在男人宽阔的肩膀上，随着他的动作摇摇坠坠，几欲滑到床上。

温喻千被他突然的动作给弄蒙了，清亮的眼睛睁得大大的，难以置信地看着男人近在咫尺的浓密睫毛与高挺鼻梁："嗯——"

你疯了！

商珩完全不给她说话的机会，并且在她想咬人的时候，像早有预料一般，直接躲开了。

二人跟追逐战一样，她进他退，她退他进。

最后闹得温喻千精疲力竭，余光不经意瞥到男人被被子盖着的伤腿，终于反应过来。

"哒……你想谋杀亲夫吗？"

男人腿上一痛，终于松开搂住她的手。因为刚才的亲吻，他的嗓音染上了几分嘶哑。

温喻千捂着自己湿润泛红的唇瓣连忙往后退："你就算瘸了也是自找的，

谁让你强吻我的！"

虽然刚才踢了商珩的伤腿一脚，但她也被他吃尽了"豆腐"。这会儿她觉得自己口腔内全是他的气息。

一想到他的嘴唇亲过别人，现在又亲她，温喻千脸上的表情就越来越难看。

她第一次发现，自己居然有情感洁癖。只要一想到结婚证件照上那个秀美纤细的女人跟商珩有过更亲密的关系，而现在商珩居然用这张亲过别人的嘴亲她，她就忍不住。

商珩缓缓吐息，强行压下心中翻涌的情绪与腿上那尖锐的刺痛感。

一想到她不愿意跟自己领证，商珩便脑子发晕，她这一脚倒是让他冷静下来。

此时看到她脸上那毫不掩饰的嫌弃，以及恨不得立刻去刷牙漱口，洗干净属于他的气息的样子，商珩向来沉稳从容的心绪又开始激动起来。

"不准用嫌弃的眼神看我。"

"你管天管地还管我什么眼神？"温喻千觉得这个时候的商珩简直不可理喻。

他这是被自己拆穿真面目，恼羞成怒了？

一个骗婚造假的男人，欺骗她也就算了，还欺骗全世界的粉丝，他就是个无耻小人。

温喻千在心里把商珩骂了无数遍。

商珩却当着她的面拿出手机，拨通了一个电话。

温喻千就算想走也走不了，因为这个男人打电话的时候，死死地抓着她的手腕："留下来听。"

说话间，他点了免提，随后将手机往床上一丢，便专心致志地禁锢住温喻千，免得她又踢他的伤腿。

"是晏清吗？"

就在温喻千想破口大骂这个禁锢住她的男人时，手机里传出一道如清泉般和缓柔静的女声。

听着这道声音，似乎连心都宁静了。

温喻千深吸一口气，下意识地又想咬下唇，却被商珩眼明手快地制止了。

男人没有急着回答，反而在温喻千耳边压低了嗓音："别咬，会留下印子。"

"要你管。"温喻千强压住愤怒，往后扬了扬脖子，不想让商珩离她这么近。

此时她坐在床边，被商珩两只铁钳似的手臂箍住了上半身，半靠在他的怀中，两条小细腿垂在床沿，完全失去了行动力。

"晏清，你在吗？"那边的女声见许久没人说话，疑惑地问了一句。

商珩终于开口了："君简姐，我有事需要你帮忙。"

姐？

温喻千身子蓦地挺直了，不再挣扎。

他叫他老婆或者前妻姐？

这是什么情趣？

想到这个男人提到的二十九种人格，温喻千脑子里闪过一个想法。

然而下一秒，声音柔和好听的女人立刻道："你上次帮了我那么大的忙，我还没感谢你呢，现在你若有难处，尽管说就是。"

商珩隔着温喻千身上薄薄的睡裙，用长指掐了掐她的细腰。

温喻千疼得倒吸了一口冷气，圆溜溜的眼睛怒瞪着身后那个男人。他居然趁机掐她，他还是男人吗？

她不想再听他们"夫妻俩"叙话，毫不客气地反手掐了回去，对他一字一字无声道："放开我。"

商珩面色微沉，却一声不吭地将她抱得更紧，嗓音一如既往沉静冷冽："上次那张结婚证件照被我太太看到了，劳烦你解释一下。"

"啊，你结婚了？"女人先是震惊了几秒，随即反应过来，"弟妹在旁边吗？我可以亲自跟她解释。"

"你说就可以了。"商珩见温喻千眼睛瞪得溜圆，一副气炸了的样子，便没强迫她接电话。

程君简的嗓音潺潺如水，光听她的声音，便知她是个性子很安静的女人。

她说："弟妹，你别误会晏清，他只是好心帮助我们母女罢了，如果不是他出手，我们母女恐怕要死在程家了。"

温喻千还真知道启城程家的事情。程家女儿以教养严苛闻名，据说，程家女儿从小便要接受礼仪教养，往豪门名媛的方向培养，而且是豪门典范。因此，程家女儿成年以后都是千家求。

但程君简却未婚先孕。当初若非商珩出手，程君简怕是要一尸两命了。

毕竟，程家绝不允许这种子孙败坏程家门风。

直到挂断与程君简的电话，温喻千都觉得难以置信。

她看着那被随便丢在床上的结婚证件照，觉得照片上的两个人格外刺眼。她别扭地移开视线："就算你是为了帮忙，我也不想跟你领证了。"

一想到他跟别的女人领过证，温喻千心里就硌硬得不行。

说完，她静静地仰头看向商珩："商珩，你给我松手。"

现在温喻千的脑子无比清醒，程家与商家住对门，两家来往甚多，商珩与程君简算是从小一起长大，少男少女间要说没点情愫，她才不信呢。

温喻千的情绪向来摆在脸上，她这是在嫌弃他？

商珩对上她那双清澈见底的眸子，握住她的手，忽然笑了。

"你不会以为我真的跟她领过证吧？"

"你想说这结婚照是假的？"温喻千捡起那红色的结婚证件照，朝商珩晃了晃，眼里闪过一抹嘲讽。

商珩也不急着解释，往床头一仰，还顺势在自己腰后塞了个靠枕，让自己靠得舒服一点，然后气定神闲地看着冷静下来的温喻千。

"嫌弃我？"

"对。"温喻千站在床边，看着躺在床上眉眼懒散的男人，居高临下地睨着他。

她心里清楚，介意他跟别的女人领过证是一回事，她更介意的是他跟程家女有过一段过去。

豪门圈中，没有男人不想娶程家女儿，只有程家看不看得上。

"那真巧，我完全就是为了温小姐而存在的。从身到心，都是纯洁的。"商珩握住她柔软纤白的小手，静静地看着她，终于不再逗她了，"那张结婚证件照确实是假的，毕竟程家也没有胆子检查我商珩的结婚证。"

"如果你想看看真正的结婚证件照什么样子，我们现在就可以去。"商珩轻轻挠了挠她的掌心，"等到了民政局，你可以顺便查一下，我是不是初婚。"

见温喻千依旧高兴不起来，商珩眉心轻蹙，用额头抵着她的额头："你到底在想什么？告诉我。"

男人嗓音低沉清冽，语调中透着几分蛊惑。

温喻千轻轻闭了闭双眸，不想让商珩看到她的情绪："没有。"

如果被他发现她介意的是他跟程君简的过去，那岂不是证明她对他有想法？要是被商珩知道她的心思，那她岂不是要被他拿捏住了？

经过这次，温喻千即便再不愿意相信，也不得不承认，她是有点喜欢商珩的，不然她不会这么难受。

她大可以直接撂挑子走人，或者当无事发生，问都不问。毕竟他们本来就是商业联姻，他之前结过婚又怎样，即便他现在在外面养了女人，她内心也毫无波澜。

没有感情的话，一切都无所谓。

但是她却气急败坏地把人给弄醒，让他解释。

温喻千现在脑子越清醒，心就越乱，只想一个人安静一下。

偏偏商珩不给她机会，他神色微敛，看着温喻千的眼睛，总觉得如果他不说清楚，或许真的就要失去她了，之前的一切就全白费了。

他重重地吐息，再次睁开眼睛时，已下定决心。

商珩强势地握着她的手，掌心用力收紧，声音沉郁了许多："程君简的孩子，是我大哥的遗腹子，是他唯一的血脉。当时如果我不出手，这个孩子就会被打掉。"

温喻千完全没想到居然是这个原因，她仰头看向商珩，卷长的睫毛轻颤一下："你不是为了程小姐……"

"从小到大，我只把她当成姐姐而已，她比我大三岁。"商珩用食指指腹慢吞吞地厮磨着温喻千嫩生生的脸颊，覆在她耳边低声道，"我只喜欢比我小五岁以上的姑娘。"

从那天起，温喻千虽然还是跟商珩在一个屋檐下，也偶尔亲手做饭给他吃，却没有再去主卧陪他。

青大校外咖啡馆内。

"天哪，电影都不敢这么拍。"

秦眠喝了口咖啡，听温喻千说这几天发生的事情，险些没被咖啡呛死。

男神居然疑似有婚史，妈呀！

对上秦眠那双大大的杏眼，温喻千用勺子缓缓搅动咖啡："我一想到他差点跟别人领过结婚证，就不想看到他。"

"你就是在逃避。"秦眠一针见血道，"这件事，商大人其实没有做错，只是你突然认清了自己的心，想逃避而已。

"既然结婚证件照是假的，商大人也忘记了这张照片，说明他根本不在意那个女人。

"他要是在意那个女人，当初为什么不顺势跟她真领证？

"商大人在意的肯定只是他大哥的血脉而已。"

秦眠家中虽然不是豪门，但按照她看的小说与对豪门闺密的了解："你们豪门不是看重血脉吗？商家是豪门中的豪门，那可是他大哥唯一的血脉呢。"

这就是温喻千奇怪的点。她疑惑地蹙了蹙眉："可如果是他大哥的血脉，那他大哥当初为什么不直接把程小姐娶回家呢？"

商家与程家皆是顶尖豪门，他们为什么不直接结婚，反而要未婚先孕？

这点温喻千想不通，而且商珩也没跟她解释，只说是他大哥跟程君简的私事。

"既然是商家老大与那个程家女儿的事情，你就别想太多了，反正跟你老公无关。"

秦眠理直气壮，她偶像没有骗婚，反而心地善良，为了拯救大哥的遗腹子，献出自己的清誉，多么伟大啊！

不过，秦眠转念一想，要是自家楚叔叔跟别的女人领过证，就算是假的，她也受不了。

想到这里，秦眠作为墙头草，又觉得闺密确实该生气。

可她刚想跟温喻千同仇敌忾，忍住心疼，骂一骂自家偶像，温喻千却转移了话题。

虽然秦眠很崇拜商珩，但那也是建立在商珩没有对不起温喻千的前提下的。

"倒是你，跟你家楚叔叔怎么样了？"

"嘿嘿嘿我家楚叔叔可乖了。"秦眠提到楚江渊，眼睛立刻就亮了，俨然是陷入爱情的小女人。

楚江渊对她百依百顺，有求必应。

"男人年纪大些没关系，会宠女朋友就行。"秦眠弯着眼睛，笑得甜甜蜜蜜，"他除了天天拍戏太忙之外，没有其他毛病。"

秦眠想到这里，幽幽地叹息一声："也不知道我们什么时候才能结束异地恋。"

说到这里，她羡慕地看着温喻千："你看你多幸福，你老公这半年都在家里陪着你，别身在福中不知福了。"

　　温喻千想到家里那个，特别认真地思考道：是不是距离才能产生美？

　　这时，秦眠的手机铃声突然响起。

　　"楚叔叔，想我了吗？"

　　温喻千听到秦眠娇气的声音，差点没忍住一杯咖啡泼上去。

　　恋爱中的女人都这么做作的吗？！

　　"我家楚叔叔来了。"秦眠挂断电话之后，犹疑不定地看着温喻千，"要不你跟我一起？"

　　"去当'电灯泡'吗？"温喻千朝她挥了挥手，"你去约会吧，毕竟他出来一次不容易。"

　　秦眠越听越觉得不对劲，什么叫他们家楚叔叔出来一次不容易？

　　秦眠已经走出十米远了，扭头想要回去找温喻千算账。

　　这个心机小毒舌，果然不会这么轻易放她走。

　　却见本来她坐的位子已经被一个穿着藕荷色长裙的女人占了。隐约只能看到那个女人的侧脸，清冷无瑕，此时正朝着温喻千浅浅一笑，不知道在说什么。

　　好有气质的女人。

　　秦眠顿住脚步，见有外人在，便没再过去，重新转身往路边走去。

　　此时，路边高大的梧桐树阴影下停着一辆极为低调的黑色豪车。

　　裴锦书早早地便看到了温喻千，只是碍于她身边还有人，便没有上前打招呼。正准备离开咖啡馆时，却见她旁边的友人离开，于是朝她走了过来。

　　温喻千也没想到会在这里看到裴锦书："好巧。"

　　裴锦书朝她笑了笑："确实很巧。"

　　温喻千重新点了一壶水果茶，亲自给裴锦书倒了一杯，清亮的橘色茶水冒着雾气。

　　看到裴锦书之后，温喻千觉得整个空间都静谧了。

　　这个小姐姐就是有这种气质。

　　"刚才那个是你的闺密吗？"裴锦书突然问道，"她长得很漂亮，性格看起来也很好，我最羡慕这种女孩子了。"

　　"羡慕？"温喻千疑惑地看着裴锦书，完全想象不到裴锦书如果是秦眠那种明艳活泼的性子会是什么样。

像裴锦书这种成熟、有气质、有底蕴的女性，才是所有女孩子最想变成的样子吧。

裴锦书朝她笑了笑："我跟我先生从校园时代便在一起，他最喜欢我开怀无忧地笑，可每次我都放不开。"

温喻千见她陷入怀念，也起了几分好奇心："裴姐姐，你与你先生在一起很多年了吧，不腻吗？"

她现在正在考虑，要不要跟商珩保持距离以产生美？

"不腻啊，我们谈恋爱四年，一毕业就结婚了，现在结婚都快十年了。"裴锦书提到她先生的时候，眼底闪烁的光芒就跟刚才秦眠提到楚江渊的时候一模一样。

难道这才是爱一个人应该有的情绪？

温喻千双唇轻轻地抿了抿。

她突然也想尝试一下这种感觉是什么样的。

不过这个念头只是一闪而逝，快到她没有抓住。

裴锦书笑起来的时候，唇瓣轻轻翘着，很优雅，也很放松："因为我怕疼，不想生孩子，为了我，他结婚后便结扎了。他们家三代单传，他却毫不犹豫。"

温喻千不知为何，看着裴锦书眼底的光，脑海中却总是浮现出那片黑暗。

这难道就是真正的画家吗？

明明是一个幸福的小女人，却能画出与心境完全不同的画风。

"裴姐姐的先生真是难得的好男人，现在很难找到愿意为妻子做到这种地步的男人了。"温喻千觉得，就算是商珩，天天嘴上说着喜欢她，也不可能为她做到这样。

裴锦书却轻叹一声："只是他最近拍戏越来越忙，也不知道有没有好好照顾自己的身体。"

"拍戏？"温喻千因为身边有做演员这个职业的人，所以对拍戏很敏锐，下意识地问道。

裴锦书没有隐瞒温喻千的意思，既然不小心说漏嘴了，她便坦诚地看着温喻千，轻声说："嗯，我先生是个演员，平时在剧组拍戏比较忙。"

温喻千跟裴锦书没有聊太久，便被导师喊去了学校，为明年的计算机大赛做准备。

虽然距离决赛还有四五个月的时间，但毕竟赛事重要，关系到国家荣誉。

只要涉及她喜欢的计算机专业，其他一切外界的事情，温喻千都不放在心上。

训练室是陈教授特意批出来的，供温喻千和何羡川使用。

明年的决赛，他们两个一组。

"你们两个人好好配合，明年争取拿个世界冠军回来。"陈教授看着自己这两位爱徒，向来严厉的神色也缓和不少，忍不住感叹，要是他教的所有学生都跟他们两个人一样聪明该多好。

何羡川也是天才班出来的，年纪跟温喻千一样大，不过比她低一届。如果当初温喻千提前大学毕业的话，或许得低好几届。

温喻千当初为了让母校多拿几个世界级冠军，即使学分修完了，也没有申请提前毕业。

她现在研二，明年研三，明年的比赛应该是她参加的最后一届了。

所以，为了有个完美的落幕，温喻千不但自己天天泡在训练室，还带着何羡川跟她一起训练。

何羡川与温喻千合作两年多了，早就习惯了学姐这种强度的训练模式，平时看着娇娇柔柔的一个女孩子，真到了关键时刻，比谁都能静下心来。

去年临近比赛时，温喻千连续三天三夜都没睡觉，连何羡川这个年轻力壮、精力旺盛的大男人都熬不住了，人家愣是脑子清醒，完全不困。

本来何羡川对这个学姐还有点想法，但自从去年那次比赛过后，他深深地明白，温学姐就是神，他这种普通人根本降不住。

去年比赛结束后那一个月，何羡川看到温喻千都有种被训练支配的恐惧感。

温喻千见对面的键盘声消失了，忍不住蹙眉抬头看了他一眼："走神了？"

"没有，没有！"何羡川立刻将脑子里乱七八糟的想法甩出去，重新看向屏幕上新出来的优化应用，试图让自己跟上学姐的节奏。

温喻千的嗓音在空旷的训练室显得清冷寂寥："别走神。"

"是！"

夜幕再一次降临。

北城私密性极强的云端会馆。

商珩独自一人坐在沙发上，昏暗的光线打在他俊美精致的脸上，越发显得沉敛冷冽。

不远处是喝酒玩牌的喧闹声，只有他这里冷冷清清的。他的长指搭着酒杯，面无表情，一杯接一杯地喝，仿佛喝水似的。

"你来这里是喝闷酒的？"

丛烈与傅岐缘一左一右坐到他身边，目光落在他那条伤腿上："你伤还没有痊愈就喝酒？"

即便他们再胡闹，也知道受伤不能喝酒。

商珩往沙发靠背上一倚，神色慵懒倦怠："不喝酒睡不着。"

"嫂子知道你这样吗？"傅岐缘没好气地将他手里的酒杯夺走，他是外科医生，见不得病人这么祸害自己身体。

商珩白皙修长的手指搭在眼睛上，嗓音透着喑哑："她一星期没回家了。"

"嗯？"

"什么？！"

"所以你就出来买醉，你还是男人吗？"丛烈大笑出声，"你……你是商晏清吗？"

前几天还发微信消息跟他秀恩爱，这才几天，老婆就离家出走一星期了。

"你太太上次不还亲自下厨给你做饭吗？还挑刺呢。去哪儿了？厌烦你了？"

丛烈想到商珩吃个鱼都要让人家给挑刺，"啧"了一声："就你那矫情样，不走才怪。"

商珩缓缓挪开手指，目光冷冷地睨着他。

丛烈瞥了一眼商珩那条腿，觉得就算商晏清这次跟他翻脸，也打不过他，于是更加嚣张："你看我，你太太能回来吗？做男人，不能这么矫情。该厉就得厉。"

为避免商珩腿好了之后报复，丛烈立刻转了话锋："兄弟有个好主意，立刻就能让你太太回家。"

傅岐缘嫌弃地白了他一眼："你别给晏清出馊主意了，人家娶个太太不容易。"

当初一个个地给他们打电话，不让他们跟温喻千相亲，自己反倒跑过去献殷勤，晏清这得多喜欢温喻千，才能这么放得下身段。

"嫂子为什么离家出走？"作为医生，傅岐缘第一反应便是从根源上找解决方案。

"谁说她离家出走了？"商珩漫不经心地从傅岐缘手里抽出酒杯，透明的酒水摇晃几下，稳稳地落了回去。

商珩长指把玩着酒杯，淡淡道："她在学校训练。"

丛烈与傅岐缘对视一眼，从彼此眼中看到了同样的无奈："既然嫂子是有正事，那你一副颓靡不振、借酒浇愁的模样是想怎样？"

商珩薄唇微启，将最后那半杯喝完后，才懒洋洋地开口："她是在躲我。"

别墅距离青大那么近，她晚上回宿舍休息与回家休息路程差不多，但偏偏一星期不见人影，这不是躲着他是什么？

"为什么躲你？"傅岐缘不解地看着他。

商珩看着正在喝酒的丛烈，突然开口："她以为我结过婚。"

"噗……"

"喀喀喀！"正在喝酒的丛烈被商珩的话惊得将酒喷了出来，呛得疯狂咳嗽。

旁边的傅岐缘心有余悸："……"

商晏清还是商晏清，腿虽然残了，但脑子还好好的，报复人完全用不着动手。

丛烈觉得自己肺都要咳出来了："商晏清，算你狠。"

商珩慢条斯理地拿起酒瓶，亲自为他倒了一杯："慢点喝。"

丛烈："……"

旁边的傅岐缘看着他们俩，突然灵光一闪："我有办法了。"

"缘儿啊，你别出馊主意。"丛烈将手搭在傅岐缘的肩膀上，"咱们不管这个'黑心芝麻汤圆'了，走，哥哥带你去找妹子玩。"

傅岐缘推开他的"狼爪"："我有洁癖，离我远点。"

他说完，随即看向商珩："晏清，你想让嫂子立刻来见你吗？"

商珩给了他一个冷冷的眼神。

傅岐缘扬起嘴角，凑到商珩耳边，低声说了几句。

商珩本来漫不经心的表情渐渐变得严肃起来。

晚上十一点，温喻千看着已经完全测试好的应用，抿了一整天的唇瓣终于放松下来，露出一个满意的微笑。

终于完成了。

何羡川还没有离开，正在穿衣服。他看到温喻千的手机闪烁，扬声道："学姐，你的手机闪了好久了。"

"嗯？"

温喻千收拾好东西，这才走向何羡川。

她的手机在大衣里，大衣斜斜地挂在衣架上，此时手机露出一个角，屏幕确实在不停闪烁。

因为她开了静音，所以并不知道这手机到底闪了多久了。

"学姐，我送你回去吧，已经很晚了。"何羡川见温喻千接起了电话，只说了这句便戛然而止。

温喻千看着屏幕上的陌生号码，思索几秒，还是接通了。

"你好。"

"嫂子吗？"那边传来一道清朗如玉的男声，嗓音极为好听，是温喻千之前没有听过的。

男声继续道："我是晏清的朋友，傅岐缘。之前在你们婚礼上，我们见过的。晏清喝醉了，你有时间来接他吗？"

"喝醉？"温喻千本来还在思考傅岐缘是谁，谁知下一秒就听到他说商珩喝醉了。

能知道商晏清这个名字的，不是亲朋就是好友，温喻千没怀疑他的身份，想到商珩喝了酒，还喝醉了，心头的怒气立刻涌了上来："地址发我一下。"

对于这个跟商珩一起喝酒的朋友，温喻千也没有什么好印象了。

明知道他是病人，还约着一起喝酒，不是狐朋狗友是什么？

傅岐缘意识到温喻千误会了，却也没解释，毕竟她觉得他们越不靠谱，才越有可能来接晏清回家。

"我加嫂子微信，把地址发给你。"

"好。"

温喻千干脆利索地挂断了与傅岐缘的通话后，看向旁边一脸震惊的何羡川，这才想到，何羡川还不知道她结婚了。

室内安静，刚才的对话，何羡川估计都听到了。

"学姐，你……你……你'脱单'了？！"

何羡川"你"了很久，才震惊地吐出最后三个字。

温喻千："……"

现在的年轻人好像都喜欢"嫂子嫂子"地叫，没结婚也这么叫。

何羡川第一反应是她"脱单"了而不是结婚了，倒也正常。

她没否认，朝他微微颔首："我还有急事，你锁门吧。明天见，别迟到。"

"学姐，你要去哪儿？我送你吧。"何羡川连忙锁了门，跟在她身后。

温喻千弯唇一笑："不用，我开车过去。"

她的车一直停在学校的停车场，偶尔才会开一次，眼下倒是派上了用场。

何羡川还是坚持把温喻千送到了车上，这才离开。

其实十一点并不算很晚，温喻千上车之后便打开了微信，通过了傅岐缘的添加好友请求。

看着他发过来的地址，她漂亮的眸子里泛上了一层薄薄的凉色。腿伤了还能去会馆玩，看样子她不在的这段时间，商珩的夜生活十分丰富。想到这儿，温喻千纤细的手指蓦地攥紧了方向盘，突然有种直接掉头回去的冲动。

然而下一秒，傅岐缘发来的一条视频让她打消了这心思。

视频中，男人孤孤单单地缩在沙发上，大长腿无处安放，只能委屈地缩在沙发外侧，眼睛紧闭，长指搭在额头上，似乎想要挡住头顶昏暗的光线。

光线下，他面色苍白，薄唇紧抿，仿佛很难受的样子。

不远处的玻璃茶几上摆着七八个空掉的酒瓶。

她深吸一口气，瞳仁漆黑如墨，像是在酝酿着什么。

十分钟后。

会馆至尊 VIP 包间内。

"把这些全倒了。"

从烈指挥着众人把一瓶瓶的高级白酒、红酒全部倒进了马桶，只留下空瓶放到茶几上。

之前傅岐缘拍照的时候，还是八九瓶，被从烈这么一弄，又多了五六瓶，整个茶几都要摆满了。

侍应生心疼道："从少，是不是太浪费了？"

这些酒一瓶少则上万，有的甚至十几万，就这么倒掉了？

丛烈霸气道："老子有钱。"

撑完侍应生，丛烈还觉得不够，拿起半酒瓶就要往商珩身上倒，一本正经且很认真。

"你身上酒气不够重，再来点。"

商珩本来干净整齐的衬衣领口，瞬间被酒水淋透，紧贴着他薄薄的肌肉。他深暗的眸子微眯，睨着丛烈："你确定？"

四周弥漫着重重的酒香气，商珩不像是喝醉了酒，更像是在酒里洗了个澡。

温喻千推门而入的时候，包间内一群人齐刷刷地看了过去。

会馆包间内散发着浓重的酒气，重得温喻千的眉心都跟着跳了一下，这群人到底是在喝酒，还是在泡酒澡？

她穿过烟雾缭绕的空间，想要尽快找到商珩的身影。

包间地板是实木的，温喻千穿着雪地靴踩在上面，没有发出一点声音。

整个包厢也因为她的突然闯入而陷入一片寂静。

温喻千淡淡地扫了他们一眼："你们继续，我找人。"

"嫂子是来找商大人的吧？商大人在里面，您请，您请！"一个穿着碎花衬衫，看着就不怎么正经的高大男人谄媚地朝温喻千笑道，还打算送温喻千进去。

包间很大，前面有三层阶梯，上去之后，是另外一个空间。

里面的酒气更加浓重。

碎花衬衫男："嫂子喜欢喝什么？"

越往里走，温喻千的眉毛蹙得越紧，只是伸手不打笑脸人，她客气而疏离地摇头："谢谢，不用。"

"嫂子，小心台阶。"

越过台阶后，是另外一个空间。

里面铺着厚厚的地毯，柔软舒适，灯光比外面更加昏暗。而温喻千一眼便看到了躺在酒红色皮质沙发上的熟悉身影。

长腿委屈地缩在沙发外面，那条还包得严严实实的伤腿格外醒目，比之前她在视频上看到的还要狼狈。

他脸朝外，薄唇紧抿着，不知道是汗水还是酒水沾湿了他脖颈下方的领口，向来一丝不苟的领口此时解开了三颗扣子，露出白皙匀称的肌肉与精致性感的锁骨。水珠还挂在上面，被灯光一照，隐隐泛着光。

商珩身边的两个单人沙发上各坐了一个人。其中一个是温喻千熟悉的丛烈，还有一个长相清俊白净的男人，温喻千也觉得很眼熟，只是不记得在哪里见过。

傅岐缘看到温喻千后，起身迎上来："嫂子，晚上好。这么晚了还劳烦你走一趟。"

温喻千终于想起来了，这个刚才给她打电话的男人，就是上次商业宴会上说他家猫结婚，要准备结婚仪式，所以先走一步的那个傅家少爷。

再看丛烈，温喻千终于反应了过来，他们两个人跟商珩早就认识。

也就是说，那次宋女士带她去商业聚会上相亲，他们难道都是被商珩支走的？

温喻千蓦地笑了一声，漂亮的眸子弯成月牙状。她虽然个子比傅岐缘矮了一个头，但气势完全不输他们。她往后退了两步，慢悠悠地看着他："你家猫结完婚了？"

傅岐缘："……"

万万没想到，她居然还记得那么久远的事情，他自己都快忘了。

他轻咳一声，迅速转移话题："嫂子，你快看看晏清吧，他喝醉了，谁都不让碰。我们怕他伤到腿，也不敢动他。"说着，便迅速扯着丛烈离开，给他们两个人留出空间。

丛烈本来想留下看戏的，尽管主动降低了自己的存在感，但还是被傅岐缘给拖走了。

温喻千环顾四周，除了茶几上那些空酒瓶之外，地方倒也干净。她慢悠悠地走向沙发，瓷白的脸颊在昏暗中依旧盈透如玉，她不客气地踢了踢男人的伤腿："装什么，起来！"

丛烈跟傅岐缘还没走远，二人听到动静之后，回头看了一眼，然后迅速加快了脚步。

商晏清的太太果然跟商晏清一样暴躁！

不敢看！不敢看！

幸好商晏清腿伤了，要是腿好好的，这个时候不得跪个搓衣板什么的啊。

丛烈与傅岐缘对视一眼，从彼此眼中看到了同样的情绪。

这边，温喻千见他不动弹，只是眉心微微蹙了蹙，仿佛被踢疼了一样，却没醒来，深深感叹：不愧是顶级演员，这种演技，细节表演得都这么到位。

温喻千毫不心疼，伸出手拽了拽男人的领口："再装我就走了。"

因为她的动作，本就开了三颗扣子的衬衣一下子松散开，露出半边肩膀。

男人肩膀宽阔，因为很少露于人前，所以肩膀上的皮肤偏白，快跟温喻千的手一个色了。

温喻千被这突如其来的一幕弄得红唇一抽，余光不经意瞥到右边的装饰镜，镜子里映出了他们此时的模样，她跟个强抢"良家妇男"的恶霸似的。

温喻千眼皮一抽，瞬间松开他的领子。

然而

下一刻，她的手腕被反握住，脚下一轻，整个人被拉到了沙发上，直接压在了男人的胸腔处。

他的手臂还紧紧箍着她细细的腰肢。

温喻千疼得倒吸了一口冷气："商珩！"

鼻翼间满是男人身上浓烈的酒气，温喻千的脸瞬间皱成一团，抗拒地推着他的胸腔，咬牙切齿。

她不擅长喝酒，光是嗅着这四周浓重的酒气都快要醉了。

大概是听到了温喻千的声音，商珩微微睁开眼，嗓音沙哑："你放开我。"

"啊？"

她低头看着自己被他紧紧箍住的细腰，以为自己眼瞎了。到底谁放开谁？还能这么倒打一耙？

借酒逞凶，还是借酒装疯？

温喻千推不动他，细腻透白的皮肤因为用力的缘故，而泛上了一抹红晕。

她咬着牙，一字一字："商珩，你瞪大眼睛看清楚，谁放开谁？你给我放手！"

然而男人置若罔闻，愣是沉浸在自己的情绪之中。他一边箍着她的细腰，一边语调低沉狠戾："只有我太太能抱我，再不松手，别怪我不客气。"

说话间，他箍着温喻千腰肢的手越发收紧。

温喻千被他勒得脸红红的，险些喘不过气了。

她红唇微微张开，大口地喘着气。

男人的手指顺着她的细腰渐渐爬到了后背，食指与拇指捏住了她脆弱的后颈。

温喻千瞳仁倏地放大。

这男人，居然，居然捏她那里。

"说，你是谁，谁让你来勾引我的？"男人薄薄的唇瓣擦过她的耳垂，嗓音中透着沉沉的戾气。

温喻千快要被他气死了。

这男人是真的喝醉了，还是有精神病？谁勾引他了？！他瞎了吗？

正常人能干出这种事？

温喻千后悔了，非常后悔，她不知道自己到底为什么要突然好心来接这个男人，他这种人怎么可能让自己出事？

现在出事的是她好吗！

她好不容易把自己的手从他怀里抽出来，狠狠掐住他的耳朵："商珩，再装模作样，我就……我就……"

温喻千想了好几秒，都想不到要怎么威胁他。

几秒钟后，她突然脱口而出："再不松手，我以后都不回家了！"

说完之后，她又觉得自己可笑，商珩怎么可能怕这种威胁。

然而

商珩缓缓松开了牵制着她细腰的手，俊美的脸庞整个埋在她颈窝处，还很不要脸地蹭了蹭："嗯，是商太太。是你……"

温喻千忍了忍，将到嘴边的脏话咽了下去。

他满身都是酒气，把她身上也弄得全是酒味，温喻千感觉太阳穴一抽一抽地疼。这个男人还想把身上的酒蹭到她身上，是不是故意的！

"松手，回家。"温喻千从那面装饰镜里看到自己此时头发散乱，小脸泛红，眼尾湿润，连衣服都被商珩蹭开了的狼狈模样。

不知道的还以为他们在这里做了什么坏事。

温喻千本来怀疑商珩是装醉，但现在看他这么折腾，更像是真的醉了。

整个人瘫软无力，如果是演的，那他的演技真是

温喻千其实还有一个办法验证他是不是装醉，不过她扫了一眼他的腰腹，因为刚才的折腾，他衬衣上移了几寸，露出了一截结实匀称的腹肌。

扫过他的腹肌，温喻千很快便移开视线。

算了，管他是不是装醉，把他弄回家就行。

温喻千整理了一下身上的衣服，轻咳一声，把丛烈他们喊过来，指着商珩："麻烦你们把他送到车上。"

丛烈为难道："晏清不准我们碰，不如嫂子你架着他，我们给你打下手？"

温喻千："……"

她看了一眼商珩那高大挺拔的身躯，再看看自己的小身板，以为自己听错了。

她架着他？

用命架吗？

温喻千面带微笑："他不准你们碰，你们就踹他的腿。"

丛烈和傅岐缘："……"

还是女人狠。

商珩的别墅内。

温喻千把人直接丢到了沙发上，然后转身上楼，完全没准备管他。

骨头没长好就去喝酒，厉害得很，既然这么厉害，在沙发上睡一晚上应该也不会有什么问题。

身上都是烟酒的味道，温喻千嫌弃不已，一进浴室就迫不及待地先洗了一遍。觉得身上的味道终于散了几分，她这才长舒一口气，将自己泡到浴缸中，长长地喟叹一声。

商珩惯会享受，主卧的按摩浴缸功能齐全，是现在市面上最豪华的那种，可以容纳三个人一起泡澡。

之前温喻千没泡过这个浴缸，要不是感觉包间里与商珩身上浓烈的酒气快要渗透进她的皮肤中，她也不会来泡澡。

毕竟她总觉得在商珩家没有什么安全感。

现在商珩烂醉如泥，还腿脚不便，温喻千完全不怕。

浴室内温暖而明亮，还散发着淡淡的沐浴露的香气，完全将酒气给覆盖住了。

此时，客厅一片黑暗，只有从打开的落地窗窗帘缝隙射进来一抹冰冷的月光，刚好落在客厅中央的真皮沙发上。

本来应该躺在沙发上的男人，不知道什么时候，已经从沙发上坐了起来。

大概是酒精的缘故，男人黑如点墨的双眸此时隐隐泛着红血丝，仿佛点燃了一簇簇火焰一般。

面部的皮肤在冷调的月光下显得苍白如纸，偏偏薄唇却被酒水浸润得殷红湿润。

他将长指抵着额角，靠在沙发上缓了好一会儿，才慢慢地从沙发上站了起来。

没错——是站起来。

商珩走路很慢，却一步步走得很稳。他坐回了沙发旁边的轮椅上，然后动作略显生硬地转动轮椅，往楼上而去。

相较于一楼的漆黑静谧，二楼主卧微微泄出来的暖黄光线与淅沥的水声，让整个别墅有了生气。

商珩掌心覆在门板上，缓缓推开了房门。

离得越近，水声越发清晰。

商珩没有发出任何声响，看着反锁的浴室门，慢条斯理地从梳妆台抽屉里拿出了一把钥匙。

温喻千泡澡的时候，还打开智能语音系统，放了一首音乐。

伴随着水声，音乐清透悦耳，静静地在耳边流淌。

她仰躺在浴缸内，白皙的脸被热气蒸得泛起红晕，睫毛微微闭着，热气凝结成水珠，挂在她的睫毛上，摇摇欲坠。忽而几滴跌落在她脸上，顺着脸庞滑了下去。

下一秒，温喻千蓦地睁开眼睛，盈满水雾的眸子瞬间放大："商珩，谁让你进来的？！"

温喻千难以置信地看着浴室大开的门。

衬衣凌乱的男人漫不经心地坐在轮椅上，此时正微微垂着双眸，没有看她。

隔着重重雾气，温喻千隐约能看清男人此时的模样。她气得咬牙切齿，奈何身上没穿衣服，只能缩进满是泡泡的浴缸里，伸出一截手臂，指着门口，疾言厉色道："出去！"

本来低垂着眉眼的男人，缓缓抬起头。

"嗯？"

男人嗓音低沉，语气迷茫。他此时歪了歪头，似乎在疑惑她的话是什么意思。

因为房门开着，浴室内的热气很快散去。

温喻千能清晰地看到男人此时的面部表情，他漆黑的瞳仁里像是覆上了一层天然雾气，眼神迷离且疑惑。

他微微张着薄唇，嗓音无辜，却犹带男人的暗哑性感："我也想洗澡。"

说话间，他的长指抵在自己的胸口处，艰难地解着扣子。

他本来领口处就已经解开三粒扣子，再解下去，上半身就赤裸了。

温喻千本来心里又慌又气，接触到商珩的眼神之后，她终于反应过来，他是真的醉了。

本来散发着淡淡的沐浴露清香的浴室又被男人身上的酒气填满了。

温喻千身下是微热的洗澡水，鼻尖萦绕着醉人的酒气，感觉自己整个人都昏昏然。

"你，先，别动！"温喻千咬了咬舌尖，让自己保持清醒。

虽然是个醉鬼，但也是个男人。

"我想洗澡。"男人泛着红血丝的眼睛闪着光，向来冷静温沉的男人，此时仿佛一个茫然无措的孩子，白净的长指顿在腰腹处，看向温喻千，一副委屈巴巴的样子。

温喻千对上这种眼神，简直无法生气。

"你先转过身，我先穿上衣服。"

"我想洗澡。"男人重复这四个字，站在原地不动弹，眼神直直地看着她。

温喻千细长的手臂环住胸口，紧咬下唇，好不容易才一字一字道："你转身，我帮你洗。"

先哄他转身再说。

然而男人却一本正经地点头："拉钩，不准骗我。"

"拉钩？"

温喻千一口贝齿都要被咬碎了。

这狗男人脑子里都是些什么东西，没看她什么都没穿吗，怎么跟他拉钩？

而且他今年三岁吗，还拉钩？

男人说"拉钩"的时候，还推着轮椅，慢吞吞地往浴缸旁挪。

"停！"

温喻千觉得自己所有的耐心都用在这天晚上了。

等明天商珩醒过来，她绝对要教训他一顿。

真的太气人了。

温喻千气得胸口起伏不已，面前的水面上都漾起浅浅的波澜。

她深吸一口气，轻轻吐息，慢慢地让自己靠近浴缸边缘，朝距离她不到一米远的男人伸出一条纤细的手臂。她整个身子都埋在池水中，只露出这条雪白的手臂。

小指轻轻钩起，脸上压抑着心慌意乱的情绪："快点。"

商珩垂眸看着温喻千那还滚落着水珠的雪白手臂，敛了眼底深色，慢慢地将自己的手指钩了上去。

她的手指柔软细腻，让人握住便不想松开。

从商珩的角度，能看到浴缸内白色的泡沫中温喻千精致漂亮的脸，她此时眼底压抑着火光，估计已经气得不行了。

商珩权衡利弊，覆在轮椅上的那只手掌缓缓放松，听话地转过身。

耳边听着细微的水声从浴缸内响起，他双眸微闭，脑海中浮现温喻千纤薄圆润的肩头，喉结克制地滚动几下，本来放松的长指不受控地重新握紧了轮椅扶手。

温喻千心惊胆战地看着门口男人宽阔的肩膀，极具威慑力，她迅速起身将挂在旁边的浴巾往自己身上一挡，这才有了安全感。

她将身上裹紧了之后，直接推着轮椅，把人推了出去。

"不准进来！不然不给你洗了。"

门口的男人隐隐约约说了句什么，温喻千没有听清楚，她"砰"的一声将浴室门重新关上，并且反锁了两下，这才用后背抵着浴室门，心有余悸地靠着门缓缓蹲下。

手指隔着薄薄的浴巾捂住胸口，她能听到自己的心跳声，一下一下，快得仿佛心脏要从嗓子眼里跳出来似的。

怦怦怦——

过了许久，温喻千才让自己的脑子逐渐冷静下来。

她刚才锁了门的，商珩是怎么进来的？

她一边观察着外面的动静，一边迅速用花洒把自己身上冲了一遍，穿上睡裙，这才有了安全感。

等她推开浴室门的时候，男人依旧静静地坐在那里，俊美脸庞上的表情依旧迷茫懵懂。

见她走出来，男人朝她伸出一只手："洗澡。"

对上他那双眼睛，温喻千完全猜不透他到底是不是装的。

最好不是装的，不然

温喻千眸色微深，把他从轮椅上扶下来："洗，洗，洗，急什么？"

她试探着踹了商珩的小腿一脚。

"疼吗？"

商珩一动不动，线条流畅优美的下颌轻抬起，仿佛不明白温喻千为什么要踹他，只是重复一句话："洗澡。"像是很嫌弃自己身上的酒气一般。

温喻千见他感觉不到痛，眉尖轻蹙，抬手便将他衬衫上剩下的两颗纽扣解开，露出一身结实匀称的肌肉。

商珩看着清瘦，实际上身材很有料。

温喻千的目光落在他的腰带处，正思考要不要给他脱剩下的衣服时，男人已经按开了腰带的开关，示意她帮忙脱下来。

温喻千对上男人如同孩童般无辜纯净的眼神，简直没办法把他当成一个成年的男性。

然而离得近了，那种独属于成年男人的气息扑面而来。

她去拿花洒，说："你自己来。"

调好水温后，温喻千看到商珩连贴身的衣物都要往下脱，立刻惊道："停，可以了！"

男人强健优美的身材，性感撩人，简直让人欲罢不能。腰腹边缘，黑色的裤带紧扣着人鱼线。

温喻千抿了抿双唇，这男人的身材，未免也太完美了。

这还是温喻千第一次如此清晰地看到商珩的身材，她觉得，这种身材，不去当模特真的太可惜了，得让全世界的人欣赏到这种绝世美色才行。

"商珩，我觉得你可以去拍内衣广告。"温喻千一本正经地给他提议。

少女柔软的指腹隔着毛巾擦在他的后脊上，商珩肌肉紧绷，嗓音却与之前没什么两样："不给别人看。"

"那你想给谁看？"

给他洗了好几分钟了，男人依旧老老实实地任由她搓背，温喻千本来悬着的心渐渐放松下来。

如果商珩真的没喝醉，他之前闯进来的时候，自己没穿衣服，他想做什么早就做了。

温喻千警惕性降低了几分，下意识地问。

商珩语调认真："只给我太太一个人看。"

温喻千手抖了一下，蓦地垂眸看向不知何时扭过头来的男人。

若不是他的眼神依旧覆着一层薄雾，混混沌沌的，不像是清醒过来的样子，温喻千真以为他刚才是酒醒了。

她的心乱了。

商珩是真的喜欢她吗？

温喻千的手在他后背上顿了好久，直到毛巾冷却了，冰冷地贴着她的手指时，她才反应过来，迅速给他擦了擦脖颈、后背和胸口等位置，剩下的让他自己擦。

商珩老实地接过她递过来的毛巾，自己擦了擦剩下的位置，只是动作看起来很迟钝。

商珩的腿已经养了一个多月了，平时是可以拄着拐杖走路的，但偏偏商珩就是喜欢用轮椅，从来不走路。

第九章

乘 胜 追 击

温喻千静静地看着他，随即将洗得干干净净的男人扶到床上。

经过床头，她瞄到自己的手机亮了一下。

这么晚了，谁会给她发消息？

难道是训练有什么突发问题？

想到这天优化的那个应用，温喻千擦了擦手指，转而拿起手机。

是晚上刚加的那个傅岐缘给她发了微信消息。

温喻千看着手机屏幕思索了几秒，还是点开了消息。

傅岐缘："嫂子，我为上次那件事情向你道歉。

"当初晏清突然打电话过来，我从来没有见过他那么紧张的样子，他是怕失去你，才把我们全都喊走的。

"你想象一下，晏清坐在宴会厅外面的台阶上，挨个给我们四个人打电话。"

温喻千看着傅岐缘连着发来三条很长的消息，指尖覆在屏幕上，久久没有动。

直到他发来下一句："他是真的喜欢你，无论他做了什么，都是因为喜欢。"

温喻千眼睫终于颤动几下，蓦地抿唇。商晏清这个不近人情的男人，居然还有这么真诚的朋友。

不过……

温喻千在傅岐缘最后发来的那句话上停顿了好几秒，脑子里骤然灵光一闪，漂亮的眸子微微眯起，故作无意地瞥了一眼靠在床上正眼巴巴看着她的男人，心里有了主意。

他不是喜欢装醉吗？那就让他装个够。

温喻千拿着手机推开主卧的门。

床上的男人立刻问："你去哪儿？"

语气可怜巴巴的，仿佛温喻千要抛弃他似的。

温喻千转头看向他，笑得温柔又娴静："我去做个醒酒汤，免得你晚上睡不好。"

云端会馆。

包间内彻夜通明，此时丛烈他们还没有结束，正在兴头上。

丛烈看到傅岐缘走到阳台边上玩手机，于是端着一杯威士忌跟了过去。

恰好看到傅岐缘正在发的微信消息。

丛烈抬头看了看傅岐缘的脸，又看了一眼他发的微信消息，端着酒默默后退了几步，然后一脸正义："傅岐缘，你好大的胆子，居然背叛商晏清！快点收买我，不然我就给他打电话告状了。"

傅岐缘发完最后一条，气定神闲地睨了他一眼："蠢。"

说完，傅岐缘将手机一收，抬手拿上挂着的外套便要往外走："明天还有手术，我先走了。"

"哎，你别急啊。"丛烈连忙追过去，见他居然这么淡定，好奇心瞬间被激发出来，转而将酒杯往桌上一放，对着其他人道，"你们继续，今天记在我账上。"

"傅哥、烈哥，别急呀，咱们不是说好了等会儿去续摊吗？"

穿花衬衫的年轻男人站起来送他们。

"不了。"丛烈追着傅岐缘往外跑，他太想知道怎么回事了。

傅岐缘背着商晏清跟嫂子告状，这种事不像是他平时的作风啊。

傅岐缘平时可是与世无争、云淡风轻的性格，难得会做多余的事情。

见丛烈追到自己车边，赖着不走。

傅岐缘终于降下车窗，看着他，淡定道："做好人好事。"

丛烈看着跑远的车子，双手环胸靠在自己的车上，"啧"了一声，傅岐缘绝对是看热闹不嫌事大。

还好意思说做好人好事。

不过……

沉吟几秒，丛烈还挺认同傅岐缘的做法，商晏清这效率真是太低了，不推他一把，搞不好他还得在原地打转。

此时，商珩别墅的客厅内。

一丝光线从厨房透了出来，几分钟后，厨房的门被打开，穿着真丝睡裙的温喻千从厨房里走出来。

她手中端着个小托盘，上面放着一个玻璃杯，里面是满满一杯柠檬汁。

温喻千直接将柠檬汁挤出来，倒进杯子里，为此还把家里所有的柠檬都用光了。

温喻千身子纤细，壁灯浅淡的光打在她身上，墙壁上映出她长长的影子。她垂眸看着颜色漂亮的柠檬汁，红唇微微扬起。

不是醉了吗？那就好好醒一醒。

"小晏先生，喝点醒酒汤醒醒酒。"

温喻千重新回到卧室时，商珩依旧保持之前的姿势，眼神紧盯着门口。在看到她进来时，男人的瞳仁瞬间亮了一下。

对上他的视线，温喻千抓着托盘的手指慢慢收紧。

当然，她没有因此而准备放过他，她坐在床边，亲自将柠檬汁递过去。

"喝了就舒服了。"

温喻千的声音温柔轻软，她捧着玻璃杯靠近他，跟他说话时，仿佛情人间的呢喃。

商珩的目光从她精致的侧脸落在她白净的手指端着的玻璃杯上，瞳孔收缩几秒。

他还没靠太近，就嗅到了酸涩的味道。

商珩："……"

他看了一眼柠檬汁，而后抬头看向温喻千那张无辜温柔的脸，莫名有种自己已经被看穿的错觉。

"怎么，不想喝？"温喻千细软的手指搭在他肩膀上，隔着薄薄的真丝睡袍，他能清晰地感觉到她掌心的温热与柔软。

她轻声教诲道："乖，不喝不行的，晚上会头疼，你喝了那么多酒呢。"

她边说边端起玻璃杯亲自递到商珩的唇边，嗓音甜美动人："我喂你呀。"

商珩双眸一沉，蓦地圈住了温喻千细细的手腕，顺着她的手，当真张开了嘴。

温喻千眼睛一亮，迅速往他嘴里灌进去，玻璃杯里的柠檬汁瞬间少了一半。

得逞后，温喻千想撤退，没想到手腕被男人的大手牢牢握住，她手中的玻璃杯也被顺势接过去，搁在了床头。

突然，商珩俯身，将温喻千重重地压在床上，随即一个吻落了下来，让温喻千猝不及防。

温喻千现在浑身无力，根本推不动他沉重的身子，想要掐他耳朵，却发现自己的两只手都被他握住了。她推了好一会儿，就是推不动，额角都渗出了晶莹剔透的汗珠，她感觉自己这个澡算是白洗了。

好累。

耳边是男人均匀的呼吸声，她这么折腾，他都一动不动，俨然一副睡着了的样子。

你叫不醒一个装睡的人。

温喻千气得闭上眼睛，任由他趴在自己身上，想要缓一缓，然后再弄"死"他。

没想到她这么一闭上眼睛，居然睡着了。

不知道过了多久，商珩缓缓抬起身子，看着温喻千，思索良久。

想到她第二天醒来的场景，商珩抵着额角苦笑。

不过，她是怎么发现他装醉的？

当天晚上，商珩去厨房猛喝了三瓶矿泉水，都没有彻底压下口中的酸涩。

商珩考虑了一晚上，最后在清晨六点钟，温喻千还没有睡醒之前，亲切友好地致电了岳母大人。

临近腊月，北城的初雪今年来得特别早。

明明凌晨还没有下雪的意思，清晨醒来，外面已经覆上了一层松软的雪花。

商珩的别墅是在青大附近，十分静谧，此时覆上了一层浅浅的雪花，更显得寂静安稳。

然而，一道女人脆生生的吼声传遍了整个别墅。

外面一阵风吹过，覆在树上的雪瞬间飘落到地面上，仿佛是被吼声震下来的。

温喻千睁开眼睛，没有看到商珩的身影，想到昨晚，她气呼呼地往楼下跑。

她就不信，一个断了腿的人还能跑远了不成。

没来得及穿拖鞋，她赤着脚"噔噔噔"地往楼下跑："商晏清！你给我滚出来！"

下一刻，温喻千及时刹住，难以置信地看着客厅里出现的人，蒙了："……"

宋女士优雅地坐在沙发上，喝着女婿亲手给她泡的茶。

听到女儿那震天响的吼声，她扭头看了一眼从楼上跑下来的温喻千，目光落在她踩在冰冷地板上的雪白圆润的脚上，眉心轻蹙："嫁了人就没规矩了？回去把拖鞋穿上。"

温喻千紧握楼梯扶手，缓了好久才反应过来，红唇张了张："妈，您怎么过来了？"

"妈妈就不能来看看你们？"宋女士放下手中的茶杯，语调轻缓，一举一动都符合名媛贵妇的礼仪标准。

"当然能。"温喻千偷偷瞪了一眼正闲适地煮茶的男人。

肯定是他搞的鬼。

商珩抬头，对上温喻千的眼神，朝她露出一个宠溺的微笑。

"你瞪晏清做什么，还不快去穿鞋！"宋女士将他们小两口的眉眼官司收入眼底，没好气道。

"是，是，是。"温喻千只好收回目光，行为符合宋女士要求的温文优雅，然后转身之后，小脸却气鼓鼓的。

回到房间，温喻千并没急着下楼，而是给商珩发了一条微信消息。

"你还敢把我妈叫来？！"

楼下的商珩不经意扫了一眼闪烁的手机屏幕，薄唇微微抿了抿。

宋女士何等眼尖，一眼便看出商珩的表情："是千宝？"

商珩听到岳母的话，淡淡一笑："嗯，她找不到拖鞋了，我去看看。"

"你腿都伤成这样了，还得伺候她？让她自己找。"宋女士从小就不娇惯女儿，现在女儿嫁人了连拖鞋都得让人伺候着穿，以后要是没人伺候了怎么办，不活了吗？

商珩沉吟半晌，嗓音温和："没关系。"

宋女士觉得这个女婿哪里都好，就是有些太娇惯她女儿了。

听说上次商珩在各大拍卖会上高价拍了不少藏品，什么首饰、包包的，闹得很大，说是为了哄太太用的。

宋女士本就准备过来说一说他们，一直没抽出空来，这天早上女婿一说让人来接她，宋女士便毫不犹豫地推了工作来了。

"先不管她，你跟妈说说，到底怎么回事？"

商珩开口道："最近千宝天天在学校熬夜通宵，我担心她，便出此下策想让她回家休息。"

他将昨晚喝酒的事情告诉了宋女士。

宋女士听到女婿自己受了这么严重的伤，还不惜用喝酒来逼女儿回家好好休息，心中轻叹，这个女婿没选错。

商珩见岳母表情柔和："千宝性子固执，还得劳您出马，让她顾及学业的同时，也要注意身体。"

宋女士对着他笑得亲切："你对千宝的心，妈都看在眼里。她确实也该调养身体了，毕竟你们结婚之后，孩子的事情也该提上日程了。"

温喻千坐在床边，两条小细腿晃了晃，手机毫无动静。

两分钟过去。

她红唇抿了抿，有些不耐烦。刚才在楼下，她明明看到商珩的手机就摆在他眼皮子底下。

只要她发微信消息，他肯定就能看到，他肯定是故意不回复她。

温喻千深吸一口气，白皙的小脸一冷，倏然站起来。

不管是不是商珩把宋女士叫来的，她都不能让他们两个人单独待在一起，不然还不知道商珩背地里说她什么呢。

等到温喻千再次下楼的时候，便看到自家母亲跟那个男人相谈甚欢，漂亮的脸上表情一僵，心里突然有种不祥的预感。

宋女士什么时候这么将情绪表现在脸上过？

温喻千快速挤过去，靠着宋女士，眨了眨眼睛，问："你们在聊什么这么开心？"

说话时，温喻千偷偷地瞪了商珩一眼。

一看到他，温喻千就觉得满嘴都是柠檬汁的味道。

宋女士看着她穿好的拖鞋，脸和头发也干净整洁，终于满意了："闲谈而已。听说你最近很忙？"

"你告状了。"温喻千一听宋女士这话，第一反应就是看向商珩，清亮的眸子微眯，还没来得及说第二句，手背便被宋女士拍了一下。

宋女士没好气道："晏清这是关心你。"

温喻千小声嘟囔："什么关心，明显就是不安好心。"

昨晚这个男人趁机占她便宜，想想就生气。

温喻千的心思向来是藏不住的，连商珩都能看得出来，宋女士更是看得清清楚楚。

商珩神色坦然地起身："你还没有吃早餐，我去给你做。"随即推着轮椅便往厨房走去。

"你看晏清对你多好，人家坐着轮椅呢，还给你做饭。"宋女士看着商珩的背影，越看越心满意足。

这样的女婿，出身好，长得好，而且对女儿还好，重点是洁身自好，也不在外面拈花惹草，谁不喜欢？也就自家女儿，身在福中不知福。

温喻千轻哼一声："假惺惺。"

"再乱说。"宋女士敲了敲她的脑袋，然后压低声音，"晏清家的情况你是知道的，他下面还有一个弟弟，听说也准备结婚了。你们打算什么时候要个孩子？总不能哥哥的孩子比弟弟的孩子要小吧？"

温喻千一听，头皮都麻了："妈，你说什么呢，我还是个孩子呢，你居然想让我生孩子！"

"你都二十多岁了，说自己是孩子，不害臊吗？巨婴。"宋女士没忍住，嫌弃地点了点她，"你别不爱听，妈这可是为了你好。结了婚当然要生孩子了，不生孩子为什么联姻？"

宋女士说得理直气壮，温喻千险些就被她这种奇怪的理论给说服了。

不过他们又没有领证，根本不算结婚。

温喻千腹诽，但她不敢说出来，免得宋女士催她跟商珩领证。

先应付过去再说，等宋女士走了之后，她再跟商珩算账。

"嗯，妈，我知道了，你放心吧，我肯定生。"温喻千一脸诚恳，恨不得用全身的力气来表达自己的真诚与乖巧。

宋女士多了解自家女儿呀，见她答应了，朝她一笑："很好，不愧是妈的好女儿。既然这样，那就签字吧。"

宋女士神色坦然地拿起桌面上倒扣的薄纸。

温喻千纤瘦的小身板一僵。

当她看到纸上的约法三章后，僵得更厉害了。

一、从今天开始到明年三月份为备孕期。

二、不能熬夜，不能住校，不能过度玩手机，不能……

三、备孕期间务必听晏清的话。

前两条也就算了，最后那条是什么鬼！

什么叫听商珩的话，谁知道他会不会把她卖了。

温喻千眼巴巴地看着自家母亲："您这是要卖女儿吧？"

宋女士淡定道："我这是为了你好。"

就女儿这忙碌起来就忘记吃饭和睡觉的脾性，宋女士觉得还是把她交给晏清比较安全可靠一些。

要不是这次亲眼所见，宋女士还不知道平时女儿在家里是这么作威作福的。

宋女士威胁道："你要是不答应，我从今天开始就住在这里了。亲自盯着你吃饭、睡觉。既然晏清管不住你，你妈我总能管得住。"

厨房内，商珩神态自若地打开一直挂在轮椅上的折叠拐杖，给温喻千热了牛奶，顺便做了三明治，随即慵懒地靠在厨房的墙壁上，拿出手机。

易言已经放完假回来了，第一件事就是给歇了一个多月的某位即将过气的男艺人打来电话："商大人，属下求求您了，该营业了！你看看有哪个当红艺人十天半个月都不露面的，怎么着也该发条微博表示一下吧？您的粉丝们都要'爬墙'了！"

商珩不疾不徐道："不是你让我不要乱发微博吗？"

易言放弃挣扎："你发吧，我们公关部随时待命。"

他都这么久没出现了，无论发什么，估计都会上热搜。

所以易言已经准备好了，只要不公开恋情，不公开结婚，不公开生孩子，他都能接受。

"不过，你说话怎么怪怪的？"

易言跟在商珩身边的时间很长，对他极为了解，突然发现他这天说话的声音有些沙哑，下意识地问了一句。

商珩："哦，没什么。"

易言这才放心了："没事就好。"

没等他说完，下一秒

商珩继续道："昨晚被太太罚喝了一杯纯柠檬汁而已。"

易言："噗……"

简直要疯。

纯柠檬汁？！

之前参加节目，易言尝过柠檬挤出来的汁，那味道……

咝——

一听到"柠檬汁"这三个字，易言整张脸都皱到了一起，口腔开始自动分泌口水。

商太太这种惩罚方式真是异于常人。

沉默几秒，易言长叹一声："珩儿啊，千万不要得罪女人。"

商珩："怎么哄？"

想到约法三章的内容，商珩现在只能确定商太太不会离家出走，但是如果她一直置气……

"你每天说一句'老婆，我爱你'；每天送一样可心的礼物；还有亲热方面……"易言说到这里时，突然顿了一下，"不好意思，忘记你腿断了。"

"不对，腿断了也可以有'幸福生活'，某些方面学会示弱更有助于哄太太开心。"

商珩越听，面色越冷峻，前面还好，后面说的这都是些什么？

跟丛烈一样，张嘴闭嘴就是"幸福生活"。

他薄唇微启，冷冷地吐出两个字："猥琐。"

易言握着手机翻了个白眼："这是成年人的爱情，没有性，哪有爱？"

易言此话一出，商珩双眸微敛，果断挂断电话："这么闲。"

随即商珩便发了条微博，给这位清闲的经纪人找了点工作做。

商珩 V："做早餐。"

照片上，是商珩做的加了心形煎蛋的三明治。

一瞬间，千万粉丝在线哭泣

"我老公终于发微博了，老公还没有忘了我们，感动死了。"

"妈呀，我老公好甜，做个煎蛋都这么甜。"

"老公喂我，喂我，喂我！"

"男神，求自拍，以前的照片已经被我'舔'完了。"

"求同款煎蛋神器，我要跟我老公吃同款煎蛋。"

"同款爱心煎蛋，了解一下。"

"老公，你是不是恋爱了？为什么最近这么甜？"

"楼上别胡说，男神乃我们全部粉丝的'公共财产'，谈恋爱是什么？不存在的！"

"没有小妖精可以独占男神，老公是大家的。"

"附议。"

商珩做好早餐的时间，"商珩心形煎蛋"的热搜已经安排上了。

外面，温喻千在宋女士的压迫下，心不甘情不愿地签订了"丧权辱国"的条约。至此，她看商珩越来越不顺眼。

宋女士满意地拍了拍女儿的肩膀："行了，你去帮一下晏清，他腿不方便。"

宋女士知道商珩并非逞强之人，因此他说要去做早餐时，并未阻拦。

她原以为他只是倒个牛奶、热个吐司之类的，目的是为了给她们母女俩说话的空间。没想到，他居然真的动手做了。

这边，温喻千早就想跟商珩单独说话了。

此时宋女士一松口，温喻千立刻从沙发上站起来："好！"

看着温喻千迫不及待的背影，宋女士额角微微抽疼。这熊孩子，到底是去帮忙的还是去报仇的？

"不准欺负晏清！"

温喻千只当没听到母亲的话。

竟敢唆使宋女士签什么约法三章，不用说，绝对是出自这个男人的手笔。

商珩真的太可恶了，坑人的大骗子！

一进厨房，便看到商珩拄着拐杖的样子，他正在用手背试牛奶的温度，筋络分明的手背贴在玻璃杯的杯壁上，手背的颜色几乎与牛奶的颜色融为一体，看着白净如玉。

温喻千晃了一下神，很快便收回视线："商珩！"

大抵是听到了温喻千的声音，商珩慢条斯理地转过身，露出清俊淡漠的面庞，薄唇微微翘着，柔和了清冷的眉目，显得温沉雅致："饿了吗？可以吃了。"

说着，他便单手端着三明治递到温喻千面前。

温喻千随手推开盘子，眉头紧蹙："商晏清，你到底想做什么？欺负我是不是很好玩？"

听到温喻千的质问，商珩的目光落在她湿润的唇瓣上，随后双眸克制地移开。

他清润的嗓音染上几分沉哑："对不起，昨晚是我失控了。"

温喻千本以为他会否认，没想到他居然直接承认并且道歉了，把她后面的话全噎了回去。

她漆黑透亮的双眸灼灼地看着他，半晌没有想到后面要说什么，心被他气得发紧。

温喻千深吸一口气，好不容易让自己平静下来，双手抱胸，抬起下巴冷睨着他："道歉有用吗？有用的话，我把你另一条腿也打断，然后跟你真诚地道歉。"

说话时，温喻千瞄了一眼他另一条支着的长腿。

商珩突然轻咳一声。

温喻千皱了皱鼻子，冷笑："又要装可怜？"

"你要打断谁的腿？"

下一秒，宋女士阴森的声音从她身后传来。温喻千纤瘦的身板蓦地僵了一下，然后咬牙切齿地瞪着商珩。

他肯定是故意的！

宋女士在她身后，他为什么不提醒！

商珩表示自己很冤枉，他提醒过的，只不过被当成装可怜而已。

温喻千面对商珩时冷冰冰的脸，转身的时候立刻变成乖巧的模样："妈，你说什么，我没听清。"

她白净的脸上表情十分无辜。

商珩见宋女士要揪温喻千的耳朵，生怕温喻千玉白柔软的耳朵被揪坏，不动声色地挡在她面前，朝宋女士温和地开口："千宝跟我闹着玩呢，岳母大人莫要当真。"

宋女士看了一眼商珩，又看了一眼躲在他身后的女儿："你就惯着她吧，迟早踩到你头顶上。"

她看了一眼腕表："行了，我还有会要开，千宝，记得妈跟你说的话。"

温喻千一听母亲终于要走了，立刻伸出脑袋，双眸弯弯："恭送母亲！"

"小混账。"宋女士没好气地点了点温喻千的脑袋，而后将一张薄薄的纸递给商珩，嘱咐道："千宝就交给你了，不要太惯着她。下午我让人送备孕的东西过来，你记得盯着她一点。"

"岳母放心。"商珩修长的手指接过薄纸，嗓音清润好听。

温喻千的眼睛瞥向那张"卖身契"，准备等宋女士一走，就抢过来撕了。

一个腿脚不便的，还能抢得过她不成？

这个时候，温喻千完全不记得昨晚自己是怎么被一个腿脚不便的人按在床上的。

好不容易送走了宋女士，温喻千还没来得及松口气，便见商珩朝她晃了晃手中那张"卖身契"。

温喻千听到男人含着笑意的嗓音："想要吗？是不是想抢？"

她一口气还没上来，又被他噎到了。

她还没来得及动手呢，这男人怎么知道她的想法？！

商珩指着还冒着热气的牛奶："先吃早餐。"

"吃了早餐你就给我？"温喻千很不喜欢这种被人威胁的感觉。

商珩轻轻颔首，不疾不徐道："对。给你，你要什么都给你。"

温喻千觉得这个男人绕了这么大一圈，就是想用这张"卖身契"胁迫她听话，怎么可能这么轻而易举地给她！

不过——

摸了摸空空的肚子，温喻千坐在餐桌前，用餐姿势一如既往地优雅好看，只不过心里还惦记着那张"卖身契"。

她吃一口，就看一眼坐在对面的男人。

男人薄唇微启，气定神闲地看她："不合胃口？"

温喻千重新垂眸看向面前卖相精致的三明治，还摆了盘，口感也很好。

只是直到她将整个三明治吃完了，都不知道里面的煎蛋是心形的。

看着她吃早餐的男人抽了张纸巾递给她，动作自然流畅，仿佛做了无数遍一样。

当初温喻千就是被商珩这有眼力见的样子给蒙骗的，还想用钱"包养"他，现在想想，她可真是天真。

这个男人一直在骗她，嘴里没有一句实话。

现在说要给她"卖身契"，肯定也是骗她的，不知道还挖了什么坑在等着她跳呢。

想到这里，温喻千没有接他递过来的纸巾，反而自己抽了一张擦了擦红唇，便要起身。

"不要了？"男人也不觉得尴尬，将捏着白色纸巾的长指收回来，转而将那张薄薄的张推到已经站起身的温喻千面前，"给你。"

温喻千蒙了一瞬，而后反应过来，看着桌上那张纸，确实是她刚才签过字的约法三章。她将掌心贴在冰凉的纸上，垂眸看向依旧坐得优雅清贵的男人："你想要从我这里得到什么？"

商珩神色微沉，说话时却带着淡淡的笑意："想哄你高兴，算吗？"

温喻千细白的手指缓缓握紧，没有说话。

与男人对视时，她能清晰地看到他的眼神，深邃认真。

青大计算机训练室。

何羡川看到学姐已经是这天第二次发呆了。

从他开始跟学姐组队训练，就没见学姐在训练过程中走神过，这天真是开了眼界。

"学姐，你是不是有什么心事？"

何羡川洗了一下手，思索片刻，走到温喻千面前坐下，嗓音温润如水。

他皮相不错，个子清瘦挺拔，还是学生会会长，无论是长相还是成绩，在青大算是校草学霸级别的人物，全校师生基本上没有不认识他的。

一般女生被这样的男生这么看着，一定会害羞。

然而温喻千听到何羡川的声音后，下意识地抬头看向他，目光落在他一张一合的唇瓣上，脑子里却浮现出商珩的薄唇。他唇瓣的颜色并不是大多数男性的那种浅淡，反而有些偏红色，说话时薄唇微启，让人移不开视线。

他的唇瓣偏凉，可每次亲过她之后，微凉的唇便很快会变热，摩挲着她的……

温喻千蓦地捂住眼睛，整个人趴在桌上，无声哀号。

她为什么会想到这个？！

她白皙的脸已经红成一片，连带着耳朵都红了。

何羡川看着学姐红红的耳朵，整个人都不好了。

学姐为什么看着他脸红？

何羡川小心脏一抖，学姐她不会是，不会是……

"学姐，我……我……我……"

何羡川想到某种可能性，轮廓优美的脸庞也跟着红了，手足无措地看着趴在桌上的少女："学姐，你没事吧？"

温喻千现在满脑子都是商珩薄薄的唇瓣，他特别喜欢在她耳边说话，薄唇擦着耳垂，柔软干燥的触感令她的心跳越来越快。

她想控制自己脑子里不要想这种东西，但是真的控制不住。

温喻千觉得自己完了，肯定是因为早晨吃了商珩做的三明治，被下了蛊，不然她怎么一整天都想着他，还想到这么色的事情。

计算机训练室的墙壁有一面是玻璃的，路过走廊时，可以清晰地看到里面的场景。

此时，走廊外，江初初站在门口，若有所思地看着里面。

"初初，你也是来这里找千宝的吗？"秦眠过来找温喻千吃午餐的时候，恰好看到江初初的侧脸，便上前拍了她后背一巴掌。

自从上次江初初的闺密欺负了温喻千后，虽然事情并非江初初干的，但秦眠跟江初初的关系还是不如之前了，平时住一间寝室，也是各自做各自的事情，甚至都很少一起吃饭。

江初初乍一听到秦眠的话，吓得脸色一白，眼神有些慌乱，但只是一瞬间，便恢复如常："我路过，教授找我有事，看到千千，准备去打个招呼，不过她好像很忙的样子。我就先走了。"

秦眠看着江初初匆匆离开的背影，眼角微微上挑，总觉得她怪怪的。

她转而走到江初初离开前的位置，透过玻璃墙看向里面，惊了一下。

温小千这是在干吗？！

给她家男神戴绿帽子吗？

何羡川这个清汤寡水的小白莲哪里比得上她风华绝代的偶像！

看着温喻千趴在电脑旁，而何羡川手足无措，俊脸绯红，她不用看就知道，这两个人绝对有问题。

想到这里，秦眠深吸一口气，气沉丹田，大喊一声："温小千，你给老娘出来！"

温喻千跟何羡川齐齐被秦眠这一声吼给吓到了。

不单单是他们两个，就连隔壁物理研究室的门也被打开了。

穿着白大褂的男人站在门口，眼神很是冷冽。

秦眠不经意地看向隔壁："看什么看，没见过我这样的大美女？"

那个男人冷冷地扫她一眼，毫无感情道："同学，这里不得喧哗。"

砰——

教室门重重关上。

"嘿，我这暴脾气。"秦眠捋了捋袖子，明艳张扬的脸上染上几分怒意，准备去敲门。

他刚才那是什么眼神？嫌弃她？

"眠眠，走了。"温喻千生怕秦眠去打架，一把挽住她的手臂，"我饿了。"

旁人不知道，她最清楚，隔壁那位可是他们青大的"吉祥物"，史上最年轻的物理系教授，拿奖拿到手软，校长好不容易才把他留下的。要是秦眠把人打出个三长两短来，可怎么跟校长交代。

看到温喻千，秦眠才想起来，对，偶像要紧。

她睨了一眼走出来锁门的何羡川，看他的眼神宛如看一个挖墙脚的第三者："何羡川，作为青大学生会会长，你三观应该没问题吧？"

何羡川："……"

他疑惑地看向秦眠："秦学姐，你想说什么？"

秦眠一把搂住温喻千纤细的肩膀，语重心长地对他道："以后离有夫之妇远一些。"

温喻千头疼，没好气地拍开她的手："眠眠，你瞎说什么呢。"

没看到脸皮薄的何学弟脸都红成什么样了吗？

"何学弟，她今天没吃药，你就当没听到。下午见。"

温喻千只要脑子里不想商珩，整个人就会变得很正常。她拖着死活不走要给何羡川上政治课的秦眠，迅速离开。

吃饭的时候。

秦眠终于明白了："所以你脸红不是因为何羡川跟你表白，而是想到了我男神性感、迷人、有魅力的薄唇？"

嘴就嘴，为什么要加这么多形容词？

温喻千对上秦眠那张明艳娇媚的脸，颇为无语："你好好说话。"

"我哪句说错了？"秦眠无辜地看着她，恍然大悟，"你别得了便宜还卖乖，你知道商大人那张薄唇多贵吗？

"当初有个超级富婆出一千万，要一亲商大人芳泽。

"你亲了这么多次，你算算你占了多大便宜！"

温喻千被秦眠这个逻辑震得反应慢了几秒，红唇微微张着，不敢相信地看着秦眠："照你这个逻辑，我还得感恩戴德呗？"

"那可不，不是什么女人都能随随便便亲我偶像的。"秦眠给温喻千夹了一筷子菜，突然"嘿嘿"一笑，"我男神吻技怎么样？肯定很好，不然怎么会让你训练的时候都念念不忘。"

温喻千没好气地白了她一眼，拒不承认："谁对他的吻技念念不忘！差得不行。"

"吻技不好，这说明我男神是初吻。"秦眠说到这里，"哪像我们家楚叔叔，吻技娴熟，一看就知道是有经历的男人。"

其实秦眠也知道，楚江渊都三十多岁了，不可能一直单身，尤其是像他这么优秀的男人。不过她不介意，只要他跟她在一起的时候是干干净净的就行。

她知道楚江渊是爱她的，这就够了。

一个男人爱不爱你，身为女人，是可以轻而易举地感觉到的。

温喻千见秦眠本来高涨的情绪突然低迷："楚江渊都多大年纪了，他要是没点经历，你就该担心他是不是有什么问题了。"

秦眠的脸色顷刻间由阴转晴，笑眯眯地点头："这倒也是。对了，我给你看点东西。"

秦眠向来是情绪来得快，去得也快，她拿出手机给温喻千看："你是不是没有看过商大人发的微博？"

跟温喻千认识这么多年，秦眠很了解她，只要开始训练，她脑子里除了训练，基本上就没有什么别的事情。

"我男神真的太甜了，每条微博都是关于你的。

"他可真是爱惨你了。

"你这女人，运气怎么这么好！"

听着秦眠在耳边念念叨叨，温喻千顺着她手指的地方，看到了商珩早晨发的微博。

照片里的三明治，温喻千十分眼熟，只是这三明治是摊开的，里面煎得焦黄好看的心形煎蛋温喻千早上却没有注意到。

她回忆了一下，早晨那个三明治里面确实有煎蛋，但是谁吃三明治的时候还会扒开看看里面的蛋是什么形状的。

商珩一天天的哪来这么多小心思。

温喻千心中吐槽，手却顺着微博往上滑。

不看不知道，一看，温喻千愣住了，他的每一条微博，似乎都是关于她的。

商珩 V："很甜。"

商珩 V："不是女朋友。"

商珩 V："小姑娘怎么哄？"

他注册微博这么多年，发的微博条数寥寥无几，但是自从认识她之后，他的每一条微博都是关于她的。

温喻千白皙柔软的指腹微微顿住，愣怔地看了微博好一会儿，心中不断反问自己。

商珩真的喜欢她吗？

那她呢，喜欢商珩吗？

温喻千捂住心跳突然乱了节奏的胸口，漆黑的瞳仁里布满迷茫，这是喜欢吗？

秦眠笃定地告诉她："是。"

这就是喜欢!

不喜欢为什么脑子里会一直想他?不喜欢为什么看到别的男人会想到他?不喜欢为什么一想到他就会心跳加速?不喜欢昨晚为什么一听到他喝醉了会连夜开车去接他……

一切的一切,都让温喻千清晰地认识到,她对商珩,大概是有些喜欢的。

温喻千的手指不自觉地上下滑动商珩的微博,双唇紧抿,过了好一会儿才轻轻吐出一句话:"可是,我没觉得他喜欢我啊。"

"这还不喜欢吗?"秦眠看着商珩发的那些微博,"喜欢一个人,会恨不得全世界都知道他的喜欢。"

"你的第六感告诉你,楚江渊爱你。但我的第六感告诉我,商珩并没有他表现出来的那么喜欢我。"

温喻千想通之后,整个人便冷静下来了。

她不是那种会为情所困的人,一旦知道自己内心真实的想法之后,她就会付诸行动。

因此,没等秦眠开口,她便勾了勾唇,笑起来的时候眼尾上扬:"不喜欢也没关系,迟早会喜欢的。"

秦眠激情鼓掌:"不愧是我们家小仙女!"

"放学别走,我送你一样宝贝,男神也会在你面前俯首称臣!"秦眠偷偷在温喻千耳边说,"这是我新买的,本来打算当圣诞礼物送你的,现在提前给你,祝你早日拿下男神。"

温喻千:"……"

对上秦眠那贼兮兮的眼神,温喻千对这份礼物的期待值并不是很高。

拿下商珩什么的,她得从长计议,这男人精得很,但凡她表现得明显一些,商珩绝对会蹬鼻子上脸。

温喻千脑海中突然浮现出早晨母亲临走前留下的那张约法三章的纸。

搞不好这是个好机会。

温喻千轻抚自己精致的下巴,若有所思。

晚上六点。

温喻千这次没有熬夜训练，按时回家了。

只是让她没想到的是，家里居然多了两个人。

看着客厅里忙碌着倒水的温婉如水的女人，温喻千眉毛轻蹙，要不是沙发上坐着那个熟悉的男人，她都以为自己走错门了。

"这就是弟妹吧，长得跟洋娃娃似的，真漂亮。"女人主动跟温喻千打招呼，"你好，我是程君简。"

程君简？

温喻千沉默了几秒，终于想起来她是谁。

是结婚证件照上的那个女人。

温喻千的视线在女人身上扫过，静静打量了她几秒，随后，白皙的脸上闪过一抹疏离的微笑："你好，我是温喻千。"

她倒是跟结婚证件照上没有什么两样。

一想到结婚证，温喻千心里便堵得慌。

程君简面上依旧温柔似水，偏头看向沙发那边："圆圆，跟阿姨问好。"

此时，一个大概两岁的小姑娘扎着两条稀疏的小辫子，坐在商珩的膝盖上，朝她笑得又甜又萌。

"阿姨，你好。"

孩子说话甜糯含糊，却也能听得出说的是什么。

温喻千的目光落在商珩抱着的那个大眼睛的小姑娘身上，双唇抿了抿，有些不高兴。

家里来人了，商珩不能提前跟她说一声吗！

"弟妹，快坐吧，听晏清说你平时要训练，很累吧？我做了杧果慕斯，你要不要吃一点？"程君简见温喻千站在原地不动，主动开口道。

顺着她手指的方向，温喻千看到本来空荡荡的茶几上此时摆着几个卖相极好的杧果慕斯。

装慕斯的盘子还是温喻千之前买来准备做茶点的。

不知道的，还以为他们才是一家三口，而自己是客人呢。

温喻千感觉到了程君简的客气，睫毛上下抖动几下："谢谢。"

商珩见自家太太情绪不高，俊美的脸庞上浮上一抹沉郁："过来坐。"说话时，他还朝温喻千伸出一只手，"君简姐是下午来的，我给你发了微信消息，你看到了吗？"

温喻千没有去商珩身边，反而就近在单人沙发上落座，纤细白嫩的手指轻抚裙摆上并不存在的折痕，红唇微张，慢悠悠地开口："训练的时候我向来关机，你不记得了吗？"

说话时，温喻千似笑非笑地看着商珩。

不知为何，商珩看到温喻千这个笑容，眼神暗了一瞬。

下一秒，他怀中的小女孩突然仰头看他："小爸爸，这个阿姨好漂亮啊！"

爸爸？

温喻千一听这个称呼，瞳孔骤然收缩。

商珩薄唇勾起一个弧度，疼爱地用手指轻弹圆圆的小脑袋："这是你婶婶，我是你叔叔，不能随便乱叫。"

"不是叔叔，是小爸爸。"圆圆睁着圆溜溜的眼睛，抱着商珩的手臂，眼眶里瞬间盛满泪水，"呜呜呜是小爸爸……"

程君简立刻从商珩怀中把孩子抱起来："乖，不哭了，不哭了。"

商珩见自己把小孩子弄哭了，也没什么愧疚感。

辈分不能乱，即便他大哥去世了，他也不能给圆圆当爸爸。

程君简好不容易把圆圆哄睡了，这才抱歉地看着温喻千："弟妹，真是不好意思，孩子太任性了。"

温喻千轻轻地摇摇头："没关系，小孩子嘛，随便乱叫很正常。"

"我这次过来是想亲自给弟妹你道个歉的。"程君简面上满是愧疚，"如果因为之前晏清帮了我们母女，而让你们的感情出现问题，那我可真是千古罪人。

"我是把晏清当弟弟看的。可就算是亲弟弟，也断然不该影响到人家家庭。

"看到你们夫妻俩没受影响，我也就安心了。"

程君简当面解释了那张结婚证件照的事情，态度诚恳，满脸愧疚。

听得温喻千都觉得自己是不是想太多了，对商珩太霸道，居然连哥哥的女儿都不想让他抱。

外面天色早就暗了下来，温喻千看了一眼落地窗外已经升起的月亮，温声开口："程姐姐，留下来吃晚餐吧。"

"不用了，不用了，已经打扰晏清一下午了，现在就不打扰你们休息了。"程君简已经穿好了外套，把孩子包得严严实实便要出门。

商珩淡淡道："让司机送你们。"

等程君简离开后，温喻千才冷冷地开口："便宜爸爸当得舒服吗？小爸爸？"

商珩见她一副兴师问罪的架势，面上带着几分无奈："你要是不喜欢她们母女，以后不让她们过来了。"

"你这话是什么意思？什么叫我不喜欢？难道你喜欢？"

温喻千清澈的双眸微眯，连续三个问题，个个致命。

商珩："……"

"我没有这个意思。"

温喻千冷哼一声，清冷的眸子睨着他："那你是什么意思？不想当爸爸的意思？"

在明亮璀璨的光线下，整个客厅都亮若白昼，几乎能将温喻千脸上所有的情绪照得无所遁形。

商珩静静地看着她，视线落在她瓷白如玉的脸上，突然道："你吃醋了。"

男人嗓音温雅笃定，隐隐带着几分若有似无的笑。

温喻千面上毫无表情，内心已经开始骂了。

这男人为什么这么敏锐，她表现得这么明显吗？

她内心疯狂"刷屏"，觉得自己那点小心思根本藏不住，很生气。

温喻千细白的手蜷着，最后握成拳头，有些绝望地想，难道她真要被商珩捏得死死的吗？

不行，绝对不行。

看着温喻千脸上的表情变来变去，商珩以为她下一秒就要生气了，刚准备开口哄一哄。

谁知下一秒，她突然用纤细白嫩的手指撩了撩鬓间垂落的碎发，朝他勾起了红唇，笑得风情万种，说话时的声音软糯甜腻："对呀，我是吃醋了呢。"

商珩目光陡然一沉，只觉后背有冷风拂过。

温喻千这么好面子，非但没否认，还承认了？

对上她那双波光潋滟的桃花眸，他向来沉静从容的心骤然顿了一秒。

直到她一步步缓缓走过来时，商珩才冷静下来，狭长深邃的双眸里含着一如从前的温沉："醋不好吃，想吃糖吗？"

说着，商珩俯身从茶几上拿起一块粽子糖。

只是没等他直起腰，温喻千柔软的身子就像是没有骨头似的，趴上了他宽阔结实的后背。

隔着薄薄的衣服布料，二人能清晰地感受到彼此的体温。

啪——

男人指尖捻着的粽子糖从茶几跌落至地上，发出细微的声响。

声音不大，在空旷的客厅却清晰至极。

温喻千感觉到身下男人肌肉的紧绷，双唇愉快地扬着，有种扳回一局的快感。

她乘胜追击，细软的手指慢条斯理地在男人的肩胛骨上画圈圈。

因为是在家里，男人身上只穿了家居服，家居服质地轻薄，手指触上去的时候，能透过布料感觉到他肌肉的僵硬。

一下一下，指腹如羽毛一般，撩着他的神经。

商珩素来冷静自持，尤其是在男女感情方面，只略一顿过后，便继续俯身，捡起地上的糖，然后随意地搁在茶几上，才缓缓偏头看向趴在背后的女人。

深暗的双眸对上小姑娘那荡漾着水波的眸子，长指蓦地攥住了她的手腕。

随即，二人的位置发生了改变。

温喻千整个人被抱坐在男人的腿上，但她丝毫没有慌乱，反而从善如流地搂住男人修长的脖颈，细腻精致的脸往他的脖颈处一贴，拖长了语调："商大人想要对小女子做什么坏事呀？"

温喻千的身子娇软曼妙，紧贴着他，若不是商珩犹记得几分钟前那致命三连问，还真以为她是在撒娇呢。

抱着软乎乎的太太，商珩难得生不出什么旖旎之心，面部表情反而颇为沉重："商太太，我错了。"

"错哪儿了？"温喻千不紧不慢地拨弄着他的耳朵。

男人面容清俊冷峻，偏偏这耳朵却很柔软，温喻千一开始只是想戏弄他，但是玩到后面，指腹揉捏着他的耳垂，竟然觉得很有意思。

商珩在她手指触到自己耳朵的一刹那，肌肉瞬间绷得更紧了。

他轻轻吐息，清冽的嗓音染上几分低哑："哪里都错了。乖，松手。"

他的长指握住她纤细的腰，掌心隔着针织裙紧贴在她的后腰上，热度源源不断地从掌心传递到温喻千身上。

男人磁性沙哑的嗓音在耳边响起，温喻千强行按下想要揉一揉耳朵的冲动，红唇覆在他的耳畔，呵气如兰，丝丝缕缕的幽香无孔不入："你不喜欢我这样吗？"

商珩的双眸微微合起来，身体的自然反应瞒不过坐在他腿上的温喻千。

见他整个人紧绷得如离弦之箭，温喻千点到为止，觉得这天的刺激差不多了，便用柔软的小手拍了拍他的手背："不喜欢就算了，松手。"

男人的手背筋骨明晰，洁白如玉，这一个多月，商珩甚少出门，皮肤更是比受伤前白了一个度。

此时被温喻千拍一下，手背已经浮上浅浅的红色印子。

温喻千"啧"了一声。

一个男人手背这么嫩吗？

商珩却没有按照温喻千说的放开她，反而收紧手臂，微微仰头与她对视，薄唇突然勾起一抹弧度。

温喻千心中警铃大作。

这个男人又在打什么坏主意？

商珩将她的身子往自己怀中搂："你惹起的火，不该负责？"

"你不是不喜欢吗？"温喻千丝毫不抗拒商珩的逼近，目光落在他微张的薄唇上。在他的眼神下，主动缠住他的脖颈，凑近他的薄唇。

她向来是喜欢什么就去争取，毫无顾忌。

在她心里，商珩就是她的人，她想做什么就做什么。

现在，她想要亲他，也这么做了。

商珩完全没有料到温喻千会这么主动，直到感觉到她清甜的气息，才渐渐回过神来。

"你……"

"别说话，吻我。"温喻千贴着他的薄唇，语调极为霸道。

细白的小手捧着男人坚实的下巴，一字一字，不允许他拒绝。

"秦眠，你真该看看你男神的蠢样子，你肯定会脱粉。"

晚上十点，温喻千洗完澡，敷着面膜仰躺在卧室露台的贵妃椅上，跟秦眠视频。

秦眠看着温喻千得意的模样，有种自家崽子长大了，会拱别人家白菜了的欣慰感。

"崽呀，你终于长大了。"她随即问，"你对我偶像做了什么？"

温喻千红唇弯弯，想到之前商珩那副想做什么，又碍于自己腿脚不便，啥都做不了的憋屈样子，心里十分愉快。

"也没做什么，就捏了捏他的耳朵，在他怀里蹭了几下，最后强吻了他。"

"啊！那我男神没化身为狼？"秦眠在视频中都能看到闺密曼妙性感的身材，商大人亲自感受了一番，居然什么都没干？

温喻千穿着一件雾霾粉的真丝睡裙，露出大片雪白的肌肤，脖颈纤细修长，完美无瑕，呼吸的时候，漂亮的半圆弧度春光无限。

秦眠觉得自己作为女人，都快要狼性大发了，而闺密的脖颈却干干净净的。这么性感漂亮的女人在面前，男神都能坐怀不乱，果然，传闻中的不近女色是真的。

温喻千拉平脸上的面膜，看着秦眠震惊的表情，嗤笑一声："他敢？"

伤筋动骨一百天，商珩粉碎性骨折的位置虽然好得快，但直到现在也不过才过去一多半的时间，他要想当狼，也得看看瘸腿狼能干什么大事。

温喻千丝毫不惧，所以她撩拨商珩时，根本不怕自己会栽。

秦眠突然道："男神要是不敢，那你怎么把他搞到手？你不是想让他喜欢你吗？"

温喻千："……"

她沉浸在第一次让商珩手足无措的快感中，忘记自己要干的正事了。

哦，对，她的目的不是让商珩手足无措，是要让商珩喜欢她。

想到之前商珩去客房时那种隐忍的表情，温喻千突然头大："完了，我好像做错事了。"

这事真不怪她，一进门就看到自己刚确定喜欢上的男人抱着别的女人的孩子，还被那个孩子叫爸爸，她能不生气吗？

重点是这个女人还曾经和商珩出现在一张结婚证件照上。

而她都没跟商珩拍过这种照片。

想到这里，温喻千就很不高兴，眉头紧蹙。

她脸上的表情变了又变。

秦眠的声音很快让温喻千恢复清醒："放学以后，把我给你的那个神器用起来呀，择日不如撞日，你今晚就去，绝对让我男神从禁欲系变成饿狼系。"

一想到秦眠给的那玩意儿，温喻千便头皮发麻："我不穿，太羞耻了。"

这不明摆着去勾引他吗！

"什么羞耻，这是情趣。"秦眠试图说服温喻千，"你们结婚都半年了，居然还能盖着棉被纯聊天，你觉得这正常吗？这不正常啊！"

温喻千撕下脸上的面膜，若有所思。

秦眠不提，她都快忘了。距离婚礼到现在，他们结婚半年了，商珩居然提都没提过夫妻生活，他不是喜欢她吗？

而且商珩的身体应该没毛病，今晚吃饭前，她验证过了。

温喻千想到商珩那隐忍的模样，可偏偏除了亲她，他并没有做别的，甚至今晚还主动去客房睡，不禁开始怀疑。

挂断与秦眠的视频之后，温喻千思索几秒，洗干净脸上残余的精华后，看着镜子里唇红齿白、眉眼精致的女人，缓慢地眨了眨眼。

镜子里，女人跟着她一起眨眼，水波潋滟。

她的两只纤细的手撑在瓷白的洗手台上，俯身贴近镜子的时候，雪白的肌肤、优越的身材一览无余。

她的身材和长相，应该都没有问题吧。

从小被夸赞着长大的温喻千，对自己的容貌还是很有信心的。

难道他是嫌弃她胸小，身材不够火辣吗？

记得秦眠曾经说过，商珩喜欢的是人间富贵花类型的，长相美艳，身材火辣的那种。

所以他之前只是男性正常的生理反应，并不是被她撩到了？

想到这种可能性，温喻千湿润的红唇紧抿成一条线。

与此同时，隔壁客房浴室内，花洒的水声已经响了半个小时了。

浴室内水雾蒸腾，隐约能看到肌肉壁垒分明、身形修长挺拔的男人靠在冰凉的瓷砖墙壁上，水流哗啦啦地从他头顶倾泻而下。

男人乌黑的碎发贴在白净的额角，同样修长白皙的手指抵着墙壁，低沉而性感的呼吸声越发急促。

忽然，花洒的水流速越发快起来，水珠溅在肌理匀称的男性躯体上，溅起细碎的水花。

不知道过了多久，男人终于从浴室走出来，俊美的脸庞上透着又欲又撩的侵略性。他只在腰间围了雪白的浴巾，胸口肌肉随着他的呼吸起伏不定。

头上的水珠从发梢滚落到他结实的手臂上，有的顺着脖颈从喉结滑落，随即滚到胸膛，直至没入腹间的浴巾阻隔处。

商珩的眼神幽暗深沉，随意用毛巾擦了两下碎发，走到不远处的小吧台，拿出醒好的红酒，仰头喝了一口，喉结滚动。

冰凉的酒水刺激着味蕾，让他混沌的脑子清醒不少。

忽然，门外传来敲门声。

一下……

两下……

三下……

商珩搭在酒杯上的长指倏地顿住。

第十章
箭 在 弦 上

客房大门被打开。

走廊光线昏暗，客房内却亮如白昼。

男人个子高，立在门口时，修长挺拔的身影一下子便挡住了室内大片的光线，只有丝缕光线从角落倾泻而出，隐隐照亮门口方寸之地。

商珩缓缓垂眸，忽地胸口一窒。

入目的便是温喻千圆润雪白的肩头，她穿着一身雾霾粉的吊带睡裙，露出在灯光下白得反光的细腿，精致的锁骨上细细的带子脆弱不堪，仿佛一碰就会断掉一般。

此时她细细的小腿并拢，双手抱着枕头，正仰着头，眼睛水汪汪地看着他，红唇微启，吐出软糯清甜的嗓音："我一个人睡害怕。"

向来天不怕地不怕的温喻千突然示弱，这么可怜巴巴地站在门口仰望着他。

任商珩再铁石心肠，也做不到把人关在门外。

他打开房门，嗓音低沉磁性："进来吧。"

温喻千偏了一下头，黑暗中，她的红唇勾起得意的弧度。

客房灯火通明，等进了房间以后，她一下子就可以将所有的东西尽收眼底。

客房装修得并不单调，反而比主卧多了一个小小的吧台。此时大理石台面上放着细颈的醒酒器，里面还有不少红酒，旁边有一个空荡荡的红酒杯，杯底有淡淡的酒红色。

温喻千看向男人，瞳仁里闪过一抹不赞成："你在喝酒？"

恰好对上男人光裸的肌肉，温喻千这才看清楚，男人居然全身上下只围了一条浴巾。

即便知道自己是来做什么的，可乍一看到，她眉心还是一跳。

男人肌肉壁垒分明，尤其是那八块腹肌，性感撩人。

最下方的两块被浴巾遮挡了一半，隐隐约约，让人想深入看看那性感的肌肉。

温喻千头一次有种被美色冲昏头脑的感觉。

她抿了抿干燥的红唇，强迫自己冷静下来，她今晚可是要办大事的。

商珩垂眸看她，半晌才缓声道："喝一点点助眠，没事。"

看着商珩稳稳走向吧台的背影，温喻千终于反应过来："等一等，你的腿好了？"

刚才不是还坐在轮椅上吗，怎么这么快就好了？

温喻千一把抓住商珩的手臂，想要拦住他。

难不成这男人断腿什么的是骗她的？

谁知男人腿长，三两步便走出了她所能触及的范围。温喻千抓了个空，手挥舞间，食指不小心钩到了男人腰腹上的浴巾。

一道细微的声音响起。

"啊！"温喻千惊呼一声，迅速转身，捂住自己的眼睛，"我什么都没看到！"

白皙如玉的耳朵爬满了红晕，连带着都忘记质问商珩腿的事情了。

商珩捡起掉在地上的浴巾，看着她颤抖的肩膀，轻"啧"一声："胆子这么小？"

还敢半夜过来。

"谁胆子小了，我是怕你害羞。"温喻千听商珩居然怀疑她的胆子，作为一个经不起激将法的女人，她立刻就把手从眼睛上放了下来。

又不是她没穿衣服，她有什么好怕的！

温喻千转身："……"

却见男人下身穿着一条短款家居裤。

"你有病吗？"温喻千脸颊上的红晕迅速消失，看着商珩手上的浴巾，"穿着裤子你还裹什么浴巾？"

商珩重新给自己倒了一杯红酒，漫不经心地靠着吧台，目光扫过对面气势汹汹的温喻千，薄唇微启，不动声色道："怕色狼。"

呸。

整个别墅就他们两个人，商珩这是在怕谁呢。

难不成还怕她？

他猜到自己晚上要来找他？

温喻千的眉毛轻轻地蹙起来，不对呀，她这是临时起意，这个男人怎么可能猜到。

见他又继续喝酒，温喻千抱着柔软的枕头朝他走去："怕什么色狼？怕我吗？"

"怕你？"商珩蓦地笑了一声，幽暗的目光上下打量她，最后沉声道，"你像送上门来的小绵羊。"

男人嗓音沉哑好听，最后那句"小绵羊"略微拉长了语调，染上几分靡丽之色，让本来空荡荡的房间忽然多了迷离的暧昧。

你才是小绵羊，你全家都是小绵羊。

温喻千气得胸口起伏，单薄的真丝睡裙根本挡不住那无边春色。

完美的半弧形状随着她的呼吸不老实地乱动，从商珩的角度，能隐约看到她全身上下藏得最好的宝贝。

男人不动声色地收回了视线，只是握住酒杯的长指越发用力地收紧，连带着嗓子都开始干燥。

温喻千深吸一口气，保持头脑清醒，绝对不能被这个男人牵着鼻子走。

她目光不经意地扫过他的长腿，才反应过来："你的腿，什么时候好的？"

"洗完澡发现能走了。"商珩不轻不重地回避，重新从柜子里找出干净的高脚杯，倒了一杯酒，递给温喻千，"要助眠吗？"

温喻千看着男人递过来的红酒，红艳艳的，在玻璃杯中晃着，灯光打在上面，煞是好看，也煞是诱人。

温喻千很少喝酒，主要是她酒量不太好，不过红酒度数低，应该没关系吧。

再者，她对上男人幽暗深沉的目光，真需要喝酒壮壮胆。

温喻千走到吧台边坐下，然后轻轻地抿了一小口。

涩中能品出一点点甘甜味。

她没有多喝，白净的手撑在下巴上，看着男人俊美的侧脸："你的腿真的好了？我怎么没看到你做过复健？"

商珩的腿确实好了七八成，不过走路还是要慢一些，才不会一瘸一拐的。

他平时宁可坐轮椅，也不愿意在温喻千面前一瘸一拐的，有损形象。

商珩对上她带有几分试探和审视的眼睛，想到她的聪明劲儿，突然压低了声音，带着自嘲的意味："你最近忙，总不着家，怎么能看到我做复健？"

温喻千思索了一会儿，好像还真是。

她最近忙着训练，白天很少回家，看不到他做复健很正常。

此时看到男人低垂着眼睫，仿佛十分失落的模样，温喻千心里有些愧疚："对不起。"

"没关系。"商珩很是大气地回道，随后自然地重新给她倒了半杯红酒，"喝完就睡觉吧，太晚了，你明天不是还要去学校吗？"

"对。"

温喻千瞥了一眼干净的床，想到待会儿要做的事情，心里有些紧张。

又是半杯红酒下肚，温喻千觉得脸颊烫烫的，身上也热乎乎的，呼吸都带上了红酒的香气。

"好喝吗？"

本来离她半米远的男人，不知何时已经走到了她身后，温热的掌心毫无阻隔地贴在她圆润的肩头，源源不断地将温度传递给她。

说话时，他的薄唇擦着温喻千敏感的耳垂。

温喻千想要扭头看他，却被他牢牢禁锢住肩膀，转不了身。

她嘟起红唇，很不乐意："你干吗不让我回头？疼，松手。"

温喻千软绵绵地说疼，商珩却从身后将她拦腰抱起来，就这么将她抱到了床上。

"嗯……"

温喻千脸着床，贴着床单。床单布料并非真丝绸缎，有些粗粝感，不舒服。

她难受地蹭了一下，终于翻了个身，让自己可以看到男人的表情。

此时男人站在床边，正居高临下地看着她。因为他背对着光，温喻千看不清楚他的表情，只能感觉到他在看自己。

不知道是红酒后劲儿的缘故，还是太晚了，温喻千感觉自己眼皮子很重，仿佛下一秒就要睡过去一般。

可是……

她脑子里还想着今晚要做的事情，绝对不能半途而废。

她咬着舌尖，想让自己保持清醒。

温喻千从床上直起身子，钩住男人的小拇指，晃了晃，嗓音又甜又软："你怎么不上床？上来陪我睡觉。"

说着，温喻千往后退了一点，给商珩留出半边床的位置，还拍了拍床。

商珩头一次看不出来她到底想要做什么。

从今晚那个强吻开始，她就有些怪怪的。

她从来没有主动过，为什么突然这么主动？

不但主动亲他，现在还主动来跟他睡觉。下一步，是不是要主动……

商珩从来都是运筹帷幄，现在不清楚温喻千到底是怎么想的，并不准备继续下一步。

谁知她步步紧逼，如今居然邀请他上床。

商珩的额角已经缓缓渗出汗珠，他用隐忍的目光看着床上只穿了吊带睡裙的温喻千。

今晚这个澡，白洗了。

被她的手指钩住，商珩双眸闭了闭，掩住眼底深色，顺着她的意，平躺在床上。

客房里有淡淡的松香味，清冷寂静。

不知什么时候，卧室的灯灭了，四周漆黑一片。

商珩怀里突然钻进来一个馥郁柔软的身子，他抬手搂住，嗓子哑得不成样子："你知道自己在做什么吗？"

女人纤细的手指抚着他的下巴，带着一丝得意："当然是欺负你呀。"

曼妙婀娜的成熟女性在他怀里胡乱地挪动，商珩触手便是她身上滑腻的真丝睡裙。

真丝质地的裙子，手感跟皮肤没有太大的区别。

男人的呼吸越来越沉，脑海中浮现出之前在浴室内做的事情。

现在本人就在眼前，他能放手吗？

突然，商珩听到她委屈的声音："你为什么不亲我？是嫌弃我吗？"

说着，她抓住他的手放在自己胸口上。

漆黑的房间里，温喻千的眼睛适应了夜色，愣怔地对上男人那双幽深的眸子。

他的眼神仿佛跟以往没什么变化，却又仿佛平添了一抹暗色。

温喻千看清自己的心之后，考虑许久，才决定由被动变主动。

无论是专业，还是生活，温喻千向来喜欢主动出击。

不过——

在这种事情上，她还是第一次。

现在箭在弦上，机会难得。如果商珩拒绝她的话，温喻千觉得自己可能之后很久都不会有勇气进行下一次尝试。

商珩的眸子里刹那间掀起了浓烈的波澜，触手可及的便是少女柔软细腻的皮肤，略略一碰，便软成了水。

温喻千趴在商珩身上，双手撑在他结实的肌肉上，撑起一个小小的空间。

温暖馥郁，呼吸近在咫尺，此时她再次问道："你嫌弃我吗？还是你喜欢那种胸大腰细的？"

商珩本来已经干了的乌黑短发，此时因为额角隐忍的汗珠，重新被打湿了。

他紧抿着薄唇，呼吸间满是少女甜腻的香气，略带几分酒香。

她垂眸看他的时候，卷长的发丝垂落在男人脸侧，随着她说话，细碎的发梢撩动着男人的神经，让他有种目眩神迷的感觉。她的手又恰好抵在他的胸口处，令他窒息感丛生。

商珩不知何时攥住了她纤细的手腕，缓缓收紧，嗓音哑到极致："不嫌。"

温喻千大抵是被他的话取悦了，眼睛弯成月牙状，纤指撩开他额角的碎发，俯身在他额头上亲了一口，红唇贴着他的额头："真乖。"

随后她又在他面部其他地方亲了又亲，霸道地说道："这里、这里，都只能我亲，不可以给别人亲。"

商珩松开她的手腕，在她晃悠着想要下去时，双手掐住了她的腰肢，往自己身上压了压："只给你亲，我有什么好处？"

好处？

温喻千眨了眨眼睛，觉得自己脑子昏沉沉的，有些不够用了。

漂亮的眸子里不知何时泛上了一层波光粼粼的水色，看起来迷蒙而模糊。她顺从地坐在原地，小手托腮，若有所思地看着他："你想要什么好处？"

在她心里，她已经把商珩当成自己的私有物了，所以很大方："你想要什么，我都给你。"

"我想要这个。"

商珩握着她的细腰，一个翻身，二人的位置便交换过来。

温喻千惊呼一声，而后发现她居然躺在了床上，一双迷蒙的眼睛睁得大大的，看着悬在上方的男人的脸庞。

此时他面上的清冷已全部被夜色染成了浓烈之色。

尤其是那双眸子，像极了被暗火炙烧过一般，火舌延伸而出，一寸寸地席卷着她雪白的皮肤。

酒精的后劲儿让温喻千脑子迟钝，但她依稀记得自己的目的。

她突然伸出手臂环住男人的脖颈，探起身子，嗓音又软又撩，带着十足的蛊惑："我吗？"

商珩听到了脑中弦断的声音。

"是你。"男人替她捋顺了散乱在枕头上的乌发，动作一丝不苟，低沉的话语在她耳边炸开。

长指覆在她的脸上，抬起她精致的下颌，强迫她与自己对视，淡淡的酒香气一瞬间夺走了温喻千的呼吸。

她手腕发软，不再硬撑，软绵绵地贴着床单，目之所及，是男人越来越深的眸色。

耳边是他的嗓音，温喻千颤了颤睫毛。

不知道过了多久，温喻千感觉空气越来越稀薄，不由自主地张了张红唇，想要呼吸。

"怎么了？"他贴着她的红唇说话时，薄唇微动，带着不容忽视的粗粝感。

温喻千微微眯了眯眼睛，跟猫似的哼了一声："不舒服。"

这种姿势，她不舒服。

见她纤细的颈子悬空，商珩的低笑声从喉间溢出，沉哑放肆："这样舒服了吗？"

男人将掌心托在她的脖颈处。

温喻千舒服地蹭了一下男人的大掌，眯了眯眼睛："嗯"

被亲得湿润的红唇微微翘着，大抵是时间太长，唇珠鲜艳欲滴，引人采摘。

商珩当然不是那种会亏待自己的人，他看似温沉淡漠，对任何事情都没有太大的兴致，可骨子里却肆意妄为。

事到临头，他不会顾及后果。

他用空出来的那只手覆在温喻千的裙边，不动声色地擦过真丝布料，在最后关头问了一句："还要继续吗？"

免得她第二天起来翻脸不认人。

温喻千好不容易舒服了，这男人居然还问这种话。

她抖动长长的睫毛，漆黑的眸子里覆上了一层薄薄的水雾，红唇开开合合，一字一字地催促："还不快点！"

商珩目光深沉地看着她不耐烦的表情。

"别急，怕你疼。"

起初温喻千不信，半小时后

她泪眼汪汪地不肯继续接下来的事情。

就在此时，床头柜上的手机猝然响起铃声。

商珩的身躯骤然僵住。

手机铃声响了一遍又一遍，温喻千不高兴地抿着唇："你在干吗，还不接电话？吵死了。"

说着，她便伸手想推开他。

晚上十二点，如果没有什么重要的事情，一般人是不会在这个时候打电话来的。

理智与身体的本能拉扯着商珩的神经。

几秒钟后，他深吸一口气，终于掀开被子，探身拿起床头不断响着铃声的手机。

谁都不知道，他是做了多少心理调节，才愿意从商太太那软玉温香中起来。

起来的时候，他全身的肌肉都绷得紧紧的，仿佛下一刻就会化身为最凶猛、最野性的兽。

好不容易吃到嘴里的美味，又被迫吐出来，商珩就算是圣人，此时也该有脾气了。

她目光落在男人搭着薄被的身躯上。

肌肉匀称优美，让人移不开视线，腰线往下被被子遮挡得严严实实。温喻千睁着大大的眼睛，缓了好一会儿，才轻轻吐息。

见他打了这么久的电话，温喻千有点不高兴。

她没耐心，蹬了蹬被子，并掐着他的手指。

商珩听到对面带着哭腔的声音，脸色越来越阴沉。感觉到掌心的触感，他知道温喻千不乐意了，却只能轻轻地揉了揉她的发梢，示意她别闹。

温喻千被他揉得昏昏欲睡。

大概一分钟后，商珩终于挂断电话，将温喻千放到床上，俯身在她额头上亲了一口："我有急事要出去一趟，你早些睡觉，明天还要上课。"

"这么晚了要去哪里？"温喻千不满地看着他，"你外面的小情人叫你？"

商珩捏了捏她的脸颊，嗓音温沉低哑："别胡说，还疼吗？我回来给你买药膏。"

本来温喻千还想闹他，结果猝不及防听到他后面那句话，纤细的身子猛地僵住，随即卷走了所有的被子，将自己的头埋进去。

讨厌死了。

哪有这么问的！

烦死他了。

看着她逃避的模样，商珩忍不住低笑一声。

他三两下穿好衣服，临走前看了看床上那个还维持着之前模样的小鼓包，深暗的双眸含着半分浅笑。

就这么害羞啊。

这么害羞还敢半夜抱着枕头来找他？

男人的脚步声越来越远。

嘎吱——

关门声轻轻地响起，随后整个卧室陷入一片安静之中。

空气中弥漫着荷尔蒙的气息，丝丝缕缕的，似乎要从她的肌肤钻入心尖。

"呼——"

温喻千猛地将蒙在头上的被子往上一甩，从柔软的床上坐起来，大口大口地喘着气。

被子里满满的都是他们两个人的味道，暧昧且浓烈，让她不受控地脸红心跳。

男人走了，整个房间仿佛都冷了下来，刚才的一切如同一场梦。温喻千坐在床上，垂眸愣怔地看着自己的手指。

手指略有些僵硬，大概是刚才与男人十指交扣的时间太长了吧。

身上有汗，很不舒服。

她摸索着想要打开灯，完全没想到，明明已经走了的男人会折回来。

温喻千打开了卧室的灯，而且是最亮的顶灯。她总觉得身体不对劲，便掀开被子。

一看到床单上的痕迹，她猛地将被子重新盖上，掩耳盗铃般地捂住了脸，他们居然真的……

如果没有那通电话的话，温喻千懵懵懂懂地想到最后那突然的一下，细白的牙齿咬着殷红的唇瓣。

商珩算是她的了吗？

温喻千很不确定，她将自己团起来，纤细的手臂抱着膝盖，脸埋在双膝之间。

小小的一团，看着极为可怜。

商珩重新推门进来时，看到的便是这个画面。他覆在门板上的长指缓缓收紧，有些庆幸。

幸好他折回来看了一眼，不然也不知道温喻千会在床上哭多久。

陷入自己思绪中的温喻千并没有听到这轻微的开门声，商珩走近了，她还依旧保持着原本的姿势。

她还没来得及穿衣服，纤细白嫩的胳膊就这么暴露于空气之中，在灯光下，显得瓷白羸弱。

单薄的后脊也露出来大半，蝴蝶骨优美，划出漂亮的阴影。

而此时白嫩的皮肤上，一个个红色印子张牙舞爪地彰显着它们的存在。

商珩脑海中浮现出之前感受到的触感与温度，喉结滚动了一下，长指覆在小姑娘的肩头，另一只手将她抱着的被子往上扯了扯，想帮她挡住裸露的皮肤。

毕竟，这个房间里有些凉。

因为他突兀的动作，温喻千被吓了一跳，身子倏然颤抖一下，下意识地抬头，显露出受到惊吓的慌乱神色。

入目的便是男人那双幽静温柔的眸子。

商珩看着她如小兽般惊慌的样子，压低了嗓音，像是生怕再次吓到她一样："别怕，是我。"

说话时，他隔着被子轻轻拍着她的后背，想让她冷静下来。

温喻千长舒一口气，没好气地推开男人的手臂："你吓死我了。不是走了吗，怎么又回来了？"

商珩这才看清楚她白白净净的脸，没有哭过的痕迹，只是眼眶红红的。

温喻千向来绵软的声音带着些沙沙的哑意，大概是之前哭得太惨了。

商珩刚才都走出别墅了，不知道为什么，总觉得心里不安稳，怕她偷偷哭，这才先去买了药膏，然后回来看一眼。

此时看着温喻千这张眉眼灼灼的脸，商珩觉得自己真的想太多了。

余光不经意落在床单上的痕迹上，商珩将她抱入怀里："先去洗个澡。"

他说着，将她连着被子一同抱起来。

温喻千猝不及防，只能伸手搂住男人的脖颈，让自己保持平衡，表情有些蒙："你不是有急事吗？"

怎么现在还有心情给她洗澡？

虽然不知道商珩接的是谁的电话，但他脸上那一闪而逝的担心不似作假。

她隐约听到了商珩与那个人打电话的内容，似乎是什么人生病了。

商珩垂眸看着温喻千疑惑的表情，脑海中浮现出她因为程君简而吃醋的模样，缓缓开口道："圆圆突发高烧，哭着要找我。"

温喻千蓦地攥紧了男人的领口，睫毛低垂，挡住了所有情绪。她应了一声，没有说话。

他换了一件黑色卫衣，布料摩擦着她细腻的肌肤，带起一片绯色印子。

她的皮肤太娇嫩了，只是这样抱着都能磨出印子。

商珩隔着被子轻拍她的后背，嗓音低沉："你不希望我去，我就不去。"

"那是你女儿，我不让你去，我成什么人了？"温喻千语气淡淡的，还带着一丝不高兴的意味，然后便松开环抱他的手臂，"你放我下来，我自己能洗。"

她的声音很冷，偏偏还染着几分沙哑，莫名让商珩心动。

比起软绵绵的模样，这个样子的她。让商珩更不想走了，他越发抱紧怀中的人儿："你让我去，我还偏不去了。"

男人向来沉稳，此时却带着几分肆意，一副"我就不去，你能奈我何"的模样。

温喻千勾了勾红唇，她刚才在床上坐着，不动不知道，此时挣扎一下才发现，疼得厉害。

大概是扯到伤口了。

温喻千脸上向来藏不住事，商珩一见她皱眉，就知道她怎么了。

"别乱动，疼的还是你。"

温喻千没好气地瞪着他，轻哼："这怪谁？"

商珩感觉她的身体终于软下来，知道她妥协了，微启薄唇，说话时带着三分笑意："怪我。"

"那你负责吗？"温喻千重新将手臂挂在商珩的脖颈上，与他对视良久。

她能清晰地从男人漆黑的瞳仁中看到自己的身影，她此时光着肩膀，明明应该处于弱势，可她偏偏不甘示弱，傲娇地看着他俊美的脸庞，不肯率先移开视线。

商珩脑海中浮现出灰白色床单上那一抹红色，眼神暗了暗，没有吭声。

待久到温喻千以为他想不认账了，男人才微启薄唇，缓缓开口："我也是第一次。"

温喻千蒙了："啊？"

所以呢？

"你也要对我负责。"商珩完全不觉得自己是第一次是一件丢脸的事情，不过最令他不悦的是，第一次他什么都没做成。

白白让温喻千疼了一次。

他觉得下次她可能还得再疼一次。

但是商珩只能在心里想想，并不打算告诉她，免得她有阴影。

温喻千："……"

这男人怎么这样？

出招完全没有任何逻辑，让人防不胜防。

商珩亲自给她洗得干干净净后，又准备亲手给她上药。

温喻千红着脸夺过药膏："我自己来！"

之前是在被子里，光线昏暗，什么都看不清楚。而现在，浴室里的灯光比卧室的还要亮堂，她怎么能让商珩给她上药？想想都羞耻。

"你不许偷看。"

商珩见她是真的不愿让自己帮忙，才缓慢起身："好，我不看。"

说着，他离开了浴室，还顺手把浴室门关上，给她留下单独的空间。

商珩站在浴室门口，从卫衣口袋里拿出手机拨了出去："白岸，到了吗？"

此时白岸正开车带程君简母女俩去医院。

车后座上，小女孩轻轻的哭泣声让人心疼不已。白岸从后视镜看了一眼，道："快要到了，不过……珩哥，圆圆挺严重的，你什么时候过来？"

白岸是知道圆圆的存在的，毕竟商珩每年生日都会给圆圆寄礼物，只不过礼物都是他这个助理选的。

旁边的程君简声音有些疲倦："白助理，晏清忙，就别打扰他了。圆圆只是烧糊涂了，等退了烧就好了。"

程君简顿了一下："晏清自己腿都没好，你跟他说，让他别过来了。"

白岸觉得程君简真的太善解人意了，女儿病成这样，还能为商珩考虑。

商珩也听到了程君简的话，眉心轻拢。

圆圆是他哥哥唯一的孩子，他难道还能真的不管？

"我半个小时后到医院。"

商珩不容置喙地挂断电话。

"你去吧。"

挂断电话，商珩便听到身后传来一道清软的嗓音。

洗过澡后，温喻千的脸色好看了不少，身上清清爽爽的，倒是觉得商珩有些碍眼了："快走吧，我要睡觉了。"

说完，她便甩了甩吹干的蓬松长发，娉娉婷婷地朝门外走去。

这张床不能睡了，她要回主卧去。

外面的灯不知道是什么时候关的。

温喻千就算听不到外面的声音，也知道商珩这次是真的离开了。

所以他回来只是为了给她送药的。

明明应该高兴的，毕竟在他心里，自己相较于那对母女而言更重要一些，可温喻千完全高兴不起来。

她现在暴躁得只想打人。

温喻千不高兴了，那谁都别想高兴，例如某个罪魁祸首之一。

"秦眠，出来陪我喝酒！"

半夜，秦眠睡在自家楚叔叔怀里，接到温喻千的电话时还有些蒙，好一会儿才反应过来："你说什么？这个时候你不应该在我男神怀里吗？怎么还有心思喝酒？我男神不行？还能治吗？"

楚江渊看着在自己怀里扑腾着聊别的男人的明艳女人，欲望居高不下。

秦眠躲开了，还用水眸瞪他："哎呀，我忙着呢，你自己玩。"

说着，秦眠把一个枕头塞到楚江渊怀里，然后便拿着手机一溜烟地跑到露台去打电话。

楚江渊看着秦眠连衣服都没穿就往外跑，忍不住扶额。

男人的嗓音清越宠溺："你先把衣服穿上。"

"你别管我！"

房间内漆黑一片，倒是不用担心会被人看到。

楚江渊轻轻吐息，重新躺回床上。不知何时，他淡色的薄唇已经抿平，没了方才宠溺的笑意。

温喻千不想跟秦眠提那对母女的事情，便顺着她的猜测，诋毁那个男人："没错，他哪里都不行，建议你趁早换个偶像。"

秦眠震惊了。

出去喝酒是不可能的。

但是秦眠大半夜硬是要楚江渊把她送到了温喻千家里。

她怕闺密半夜做傻事，受这么大刺激，万一自己跑出去买醉怎么办？

毕竟恋爱中的女人，脑子里都缺根弦。

楚江渊只能听从自家小女朋友的吩咐，亲自送她过来。

凌晨两点。

商珩的别墅门口。

一辆银灰色的车子停在路边，只是里面的人迟迟没有下车。

车子一停下，秦眠便要开车门下去，没想到没有成功。她扭头看向驾驶座上的男人："你还没解锁呢。"

看着秦眠一副迫不及待的模样，楚江渊突然凑近她，指尖轻轻触碰她的脸颊。

她的皮肤莹润，胶原蛋白满满，且大晚上出门，没有化妆，脸上毫无脂粉味，干干净净的。

此时她用那双无辜的眸子看向他，仿佛眼里满满都是他一个人。

楚江渊从来没有感受过这种浓烈的感情，直到遇上秦眠，他才觉得自己重新回到了少年时代，那个可以肆意放纵的年纪。

秦眠对上楚江渊那双深情的眸子，眨了眨眼睛，突然伸手抱住他："楚叔叔，你是不是舍不得我呀？我就是去陪陪千崽，白天就会回去的。"

楚江渊解开安全带，抱住她。

男人将轮廓分明的脸埋进少女柔软的颈窝，声音带着几分沉闷："嗯，舍不得。"

他不知道要怎么对她好，才能让她永远都不离开他。

秦眠看着老男人撒娇，身子骨都要软了。

她拍了拍男人宽阔的肩膀："哎呀，干吗搞得这么依依不舍的，我就是去闺密家聊聊天而已。你早些回去休息。"

楚江渊用指腹轻抚她的唇瓣，然后覆上薄唇，缓缓地摩挲她红润的嘴唇："宝贝，你会一直在我身边吗？"

秦眠觉得这天的他格外脆弱，便任由他亲吻自己的脸颊，还没有忘记哄他："你瞎想什么呢？怎么搞得跟我要出轨似的。"

"好了，去吧。"楚江渊身形略僵了一瞬，最后在她红唇上温柔地亲了一口，然后才打开车锁。

"那我走了。"秦眠即使没有化妆，也完全掩不住自身的明艳动人，外面披着长至脚踝的白色羽绒服，露出一张白净的脸，此时弯着眼睛，站在车旁朝里面的男人挥了挥手。

楚江渊的嗓音低沉好听："早晨我来接你。"

"知道了！"

秦眠拉长了语调，有些无奈，老男人怎么这么黏人。

温喻千站在落地窗旁，看着闺密穿得跟贞子似的，跟她家老男人依依不舍，睫毛上下抖动几秒，随后收回视线，目光落在露台小茶几上已经准备好的红酒上。

之前在客房喝的那两杯红酒，勾起了温喻千的酒瘾，口感清甜，带着些苦涩，之后便开始混混沌沌。这种感觉，温喻千觉得很有意思。

她看了一眼手机屏幕显示的时间。

快两点了。

反正也睡不着了，喝了酒之后说不定能睡着。

商珩不是说红酒助眠吗？

温喻千本来只想先喝一点点，等着秦眠，却没想到她在车里待了那么长时间。

秦眠进来的时候，便看到茶几上已经空了一半多的红酒瓶。

秦眠惊呆了："这都是你喝的？"

温喻千睁开那双喝了红酒之后朦胧潋滟的双眸，睫毛轻颤，朝秦眠点了点头，承认了。

她红艳艳的唇瓣上还沾染了几滴暗红色的酒渍，在昏黄的光线下极为诱人。

她换了黑色的吊带长裙，白皙莹润的肩头披着同色系的披风，纤瘦的身子歪在茶几上，一双莹润雪白的小腿顺着开衩的地方露出来，随意地交叠在长毛地毯上，媚眼如丝地笑着。

秦眠默默咽了口口水，先拿出手机拍了张照片。

她总算明白温喻千为什么直接把别墅密码告诉她，让她自己进来了。合着这么一会儿，她先自己喝上了。

别墅恒温，秦眠脱掉身上的大衣，往温喻千身边一坐，夺过她手里的酒杯："千崽，你说实话，今晚到底怎么了？商珩去哪儿了？"

离得近了，秦眠才看到温喻千脖颈往下连绵不断的吻痕，眉毛轻蹙。

她在路上的时候想了好久，总觉得就算商大人身体不行，千崽也不可能这么失落。

温喻千柔弱无骨地靠在秦眠身上："眠眠，我感觉我被他骗了。"

还是骗心骗身的那种。

自从那次以后，商珩好像再也没有提过去领结婚证的事情，温喻千很怀疑，商珩之前表现得那么想要跟她领证是故意的。

而那对母女，才是他真正的妻女。

那商珩真的结过婚。

"什么？！"

秦眠觉得温喻千可能是醉得不轻，这想象力简直出众。

温喻千缓缓合上眼，靠在秦眠怀里，死死抱住不松开。

"眠眠，我真的很不高兴，就算让他负责了又怎样，他根本就不喜欢我。"

"可我觉得商大人是喜欢你的。"秦眠以前特别确定商珩喜欢温喻千，还是特别喜欢的那种，不过现在她有些不确定了。

温喻千不知什么时候已经睡着了，看着她睫毛上挂着晶莹的泪珠，秦眠心疼死了。

北城私立医院。

商珩站在走廊的窗口，指间夹着一支点燃的香烟，目光沉沉地看着一片漆黑的外面，脑海中浮现温喻千失落的模样，双眸微微闭了闭。

"医院不能抽烟。"一道清淡的男声传来。

傅岐缘从商珩手中拿走香烟，随手丢到垃圾桶内。

他这天晚上值班，得知商珩在这儿，便过来了："你不是还要备孕吗？备孕不能吸烟。"

商珩凉凉地应了一声。傅岐缘穿着白大褂，懒洋洋地靠着墙壁问："圆圆怎么样了？"

傅岐缘刚从儿童病房过来："退烧了，程君简在照顾。"

顿了一下，傅岐缘突然问道："程君简这次回来想做什么？她一个弱女子，还带着个孩子，不怕程家把她抓回去？"

"程君简可不是什么弱女子。"商珩意味不明地笑了一声，只是眸子里没有半点笑意。

若是弱女子，怎么可能在那种环境下，还能把孩子生下来。

傅岐缘俊眉微扬："哦？那她的目的是什么？"

商珩偏头看向外面零星闪烁的星子，眼底似乎比外面的夜幕还要漆黑浓郁。不知过了多久，他嗓音薄凉："她想要什么不重要，重要的是她能好好抚养商家血脉。"

只要程君简不去肖想那些不属于她的东西，商珩为了商家血脉，自然不会薄待她。

毕竟，商家血脉

商珩双眸微眯，透过透明的玻璃看到了朝他们走来的程君简。

"晏清、傅医生，今天真的太谢谢你们了。"程君简眼眶还是红红的，眉宇之间满是疲倦，女儿高烧不退，她是真的害怕。

傅岐缘嗓音温柔悦耳："程小姐不必客气，这是我们应该做的。毕竟商大哥就圆圆这么一个女儿。你以后来医院可以直接找我。"

程君简见傅岐缘这么热心，面上带着真诚的感激："这会不会太麻烦你？"

傅岐缘微微一笑："不会。"

商珩看了一眼腕表，淡声道："既然圆圆没事，那我就先走了。家里还有个'小孩子'得哄。"

程君简张了张嘴，想问他要不要去看圆圆一眼。但她欲言又止，最后恢复了往日温婉的表情："好。"

傅岐缘被商珩酸得不行，还家里有个"小孩子"，这年头的夫妻都这么腻歪吗？

"得了，你快回去吧，免得你家里的'小孩子'闹腾。"傅岐缘的话里带着调侃的意味。

偏偏商珩面色沉静，完全不尴尬："那我先走一步了。"话音微顿，"明天我再来看圆圆。"

男人离开的背影毫不留恋，挺拔修长的影子倒映在白色的墙壁上，冰冷漠然。

程君简静静地看着他离开，面上温婉的笑容未变。

傅岐缘短暂地扫了她一眼，便收回视线："晏清很喜欢小嫂子，我认识他这么久，从来没见过他这个样子。"

程君简轻笑："我也是，总算有人能治得了他了。"

回到病房后，程君简看着说梦话还在喊爸爸的女儿，心跟被针扎了似的。

她上前握住女儿小小的手："妈妈在这儿呢，圆圆好好睡。"

圆圆迷迷糊糊地睁开眼睛，不断地看向程君简身后："小爸爸呢？妈妈，我要小爸爸。"

之前商珩来看过她，把她哄睡了才走的。

此时圆圆一醒来就要找商珩，找不到就哭。

看着女儿红得跟小兔子似的眼睛，程君简压下想要给商珩打电话的冲动，将圆圆抱在怀中哄："乖，不哭了，不哭了，小爸爸说明天再来看圆圆。哭得跟小兔子似的，小爸爸就不喜欢你了。"

圆圆一听小爸爸不喜欢她了，连忙擦眼泪："妈妈，我不哭，小爸爸喜欢我。"

程君简在她额头上亲了一口："对，晏清爸爸喜欢圆圆。现在你乖乖闭上眼睛，等明天醒来，晏清爸爸就在你面前了。"

圆圆紧紧闭上眼睛，乖乖道："好。"

因为发烧的缘故，她的脸还是红红的，格外招人心疼。

清晨四点半，商珩才到家，只是没想到会在家门口看到一辆熟悉的车子。

商珩脚步微顿，上前敲了敲车窗："你怎么在这里？"

车窗降下，露出一张戴着黑色口罩的俊脸。楚江渊眼睛里满是血丝，看起来一夜未睡，嗓音沙哑："你还好意思问我，眠眠半夜三更出门去陪你太太。"

商珩打开车门坐了进去。

听到秦眠在他家，他也不着急了，淡淡地瞥了一眼楚江渊："你准备什么时候跟秦眠坦白？"

楚江渊眼底闪过一抹痛苦之色："她不答应。"

商珩眉心紧蹙，没有回答他的话，沉吟几秒，还是把楚江渊叫下车来，随他一起进门，顺便让他把秦眠带走。

家里两个女人，他自己上去算什么。

一进入别墅，淡淡的酒香扑面而来。

她们到底喝了多少酒，才能让这么大的客厅里都弥漫着酒气？

一缕昏黄的光线从关了一半窗帘的露台透进来。

哗啦——

商珩拉开窗帘，昏黄的光线下，两个姑娘东倒西歪地趴在茶几上。

秦眠还好，里面穿着毛线裙。

而温喻千两条雪白的大腿都露出来了，压在灰色的地毯上，格外显眼。

身上那披肩还不如不披，此时沉甸甸地拽着吊带长裙，整个圆润的肩头都暴露于空气中。

露台比室内冷得多，商珩在楚江渊进来之前，迅速用披肩将她裹住。指尖碰到她的肌肤时，发现冰冰凉凉的，不知道在这里吹了多久的冷风。

商珩的表情一下子沉了下来。

楚江渊是在商珩身后进来的，一进来便看到自家小女朋友那放荡不羁的睡姿，无奈地将她搁在一旁的羽绒服取来，给她穿上："眠眠，我们回家了，伸开手臂。"

秦眠感觉到一股熟悉的气息，迷迷糊糊睁开眼睛，便看到了楚江渊。她搂住他的脖颈，好让他可以顺利给自己披上外套。

"你怎么来了？千崽呢？"

秦眠想到闺密，挣扎着想要让自己保持清醒，扭头却看到偶像无比心疼地抱着闺密。

因为商珩是侧对着他们的，所以秦眠只能看到他俊美的侧脸。他的睫毛很长，低垂着看向他怀中的少女。

他将温喻千抱起来的动作虽然急促，却温柔到极致。

秦眠喝得不多，只不过是太困了，此时看到男神，便清醒多了。她脑海中翻来覆去就一个想法：千宝肯定搞错了，商大人这副模样，如果不是真的喜欢，难不成还时时刻刻在演戏？这里又没有观众，他演给谁看呢？

眼见着楚江渊要把她带走，秦眠立刻扯住他的衣袖："哎，别着急，我有话想跟商大人说。"

楚江渊只好搂着她，知道她没有喝多，放心不少，任由她拿自己壮胆，去拦住抱着温喻千要离开的商珩。

商珩脚步微顿，知道秦眠是温喻千的朋友。他眸色沉敛，保持礼貌："秦小姐想说什么？"

怀中的人儿已经开始不耐烦地在他的颈窝处蹭来蹭去。

商珩知道这个姿势让她不舒服，便顺势将她竖抱起来，像是抱孩子似的。也幸好商珩个子高，温喻千在他怀里窝着，跟个小孩子一样。

看着商珩的一系列动作，秦眠觉得自己其实可以不用问了。但她还是不放心，轻声开口："商大人，您喜欢千宝吗？就是男人对女人的那种喜欢。"

商珩的眼神沉了一瞬。

楚江渊也忍不住皱眉，握了握女朋友的手，他没想到秦眠会问商珩这个问题。

他尚算了解商珩，这个男人最不喜欢旁人插手他的私事了。

楚江渊刚不动声色地挡住鲁莽的小女朋友，却没想到商珩居然沉静地回答了她的问题："不喜欢为什么要娶她？"

他还有一句话没说，那就是费尽心机地想娶她。

不过他没必要跟她闺密说这么多，淡淡地说完，便看向楚江渊："一楼有客房，二位随意。"

说完，他轻轻拍了拍怀里睡得不安稳的温喻千，在荧屏中清贵矜雅的男人，此时嗓音里带着宠溺的磁性："乖，带你回床上去睡。"

秦眠在原地愣了大半天，终于反应过来，然后原地跳了两下，一把攥住楚江渊的手臂，整个人激动极了："啊，我男神真的太宠了。妈呀，甜死了。"

楚江渊捏住她的下巴，对上她激动的眼神，语气中带着危险的意味："谁是你男神？"

秦眠激动完，终于想起来自己现在是有男朋友的人，而且男朋友还是个霸道老男人，求生欲爆棚，立刻扑上去，在楚江渊的下巴上亲了一口："你，你，你，你是我男神！"

知道商珩是喜欢温喻千的，秦眠就放心了，也有心思哄自家老男人了。

楚江渊完全受不了她这样撒娇，弯腰将她抱起："回家。"

在别人家里做那种事情，他过不去心里那关。

秦眠在他怀里笑得肆意，等到了车里才突然想起来："你怎么还没走？是不是一直在车里等我？"

楚江渊没有回答。

见他默认，秦眠眉毛轻蹙："你是不是傻，我都说了要明天白天才回去，你为什么不回家休息？"

他昨天才拍完戏回来呢。

楚江渊沉默片刻，才缓缓开口："想早些看到你。"

"傻子。"

秦眠嘴上骂他，手却不自觉地握紧了他的袖扣。

这个老男人真的好傻，可她越来越喜欢他了怎么办？

楚江渊还没有发动车子，秦眠靠在他肩膀上，轻声道："你干吗这么傻？"

又不是什么冲动的小年轻了。

楚江渊嗓音很低，像是从很远的地方飘过来似的："不知道要怎么对你好，才能让你永远都离不开我。"

所以，他只能在任何可以对她好的事情上，尽量宠她，爱她。

"你不用这样。"秦眠顺着他的手腕，柔软的小手与他十指相扣，缓缓收紧，"我现在就离不开你了。"

楚江渊张了张薄唇："就算……"

话到嘴边，他却说不出口。

因为他了解秦眠，知道这件事后她会毫不犹豫地离开他。

"就算什么？"秦眠奇怪地看着楚江渊。

怎么说话只说一半呢？

对上秦眠清澈的双眸，楚江渊缓缓吐息："没什么。"

总觉得他这不是没什么的表情。

不过见男人不愿意再说，秦眠倒也没有追根究底，只以为他是拍戏压力太大了。

车子很快消失在别墅门口。

翌日一早，外面不知何时下起了零星的雪，透白的光穿过别墅主卧的大落地窗，让本来昏暗的卧室亮堂起来。

温喻千缓缓睁开疲倦的眼睛，太阳穴处带着宿醉后的痛楚。

她想要坐起来，谁知腰间的酸痛让她一下子倒回床上。幸而枕头柔软，这要是倒在地上，绝对脑震荡。

下一刻，涨疼的太阳穴被一双温热的大手覆上，指腹轻轻按揉着。

温喻千纤瘦的身子一下子僵住，独属于男人的熟悉气息争先恐后地涌来。

男人一边为她揉按太阳穴，一边俯身在她耳边低声询问："还有哪里不舒服？"

她瞳孔没什么神采，目光淡淡地从已经大开的窗户看向外面飘飘洒洒的雪花。

他们住的地方，对面没有建筑，不需要担心开着窗户会泄露隐私。

"没有了。"

温喻千拂开他的手，语调轻轻浅浅的，没什么情绪。

商珩顺势将人搂入怀中，长指理着她乌黑蓬松的长发，嗓音温淡："既然没事了，那该我了。"

温喻千睫毛微颤，刚要说话。随即，她身子翻转，整个人趴在了男人的腿上。

这个姿势让温喻千难以置信地睁大了双眸："商珩，你……你……"

温喻千的身子本来就因为宿醉没什么力气，此时只能任由男人揉圆搓扁，气得她一双漂亮的桃花眼红得不成样子。

大概是昨晚哭过，此时眼皮微微肿着，本来明显的双眼皮，因为肿而变成了浅浅一条线，不过并不影响她的颜值，只是看着可怜巴巴的。

商珩隔着她身上黑色的睡裙，手掌悬空，看似狠狠地拍下去，实则落在她身上时却没了力道。男人嗓音沉静冷冽："以后还喝不喝这么多酒了？"

谁都不知道他昨晚看到茶几上那两个空了的酒瓶，以及倒在地毯上的温喻千时，是一种什么心情。

万一她喝醉了跑出去呢？

万一秦眠不在呢？

万一她越喝越多呢？

无数个万一在商珩脑海中飘过。

温喻千不疼，但是她觉着羞耻呀，怎么可以打她这里？！她又不是小孩子了。

她本来没哭，后来被他打哭了。

"你出轨还欺负我！"

温喻千说话带着哭腔，含混不清。

商珩倒是听懂了她的话，将她从腿上抱起来，抬起她的下巴："谁出轨了？

不是你让我去看圆圆的吗？只要你说一声不愿意让我去，我怎么舍得离开你半步？"

偏偏她昨晚一副无所谓的样子。

"你吃醋了就说，不高兴就说，不希望看到程君简就告诉我。"商珩长指抬着她的下巴，指腹慢慢擦过她脸颊的泪水，对上那双雾蒙蒙的桃花眼，忍不住轻叹一声，"你能不能多给我一些信任？"

温喻千想要推开他的手，结果扑了个空。

她不高兴地继续哭，都哭成了小花猫。她打着哭嗝说："谁让你不值得相信的，你又没有给我安全感。"

"怎样才算给你安全感？"商珩见她哭得厉害，终于退步了，把她搂在怀里哄，"好了，不哭了。"

温喻千趴在他怀里，毫不客气地用他的睡衣擦眼泪："以后你什么都听我的，钱也要给我管，没有我的同意，哪里都不准去。"

她奶凶奶凶地下命令。

商珩哭笑不得："好，你说什么我都答应，只要你别哭了。"

"我不相信你。"温喻千眼眶还红着，鼻音浓重，"你得写份保证书给我。"

商珩退无可退，她说什么都只能举手投降，生怕自己一不答应，她能哭到虚脱。

"好，我写。"

温喻千这才心满意足。

第十一章

他 的 惊 喜

　　商珩去浴室拿温毛巾准备给温喻千擦脸的时候，温喻千睁着肿成核桃的眼睛，偷偷摸摸地从枕头下摸出手机，给演员闺密姜宁发了条微信消息。

　　"宁宁，醉酒哭戏作战成功，果然还是你最有经验。"

　　那边很快回复："低调，低调，现在可以开启下一步计划了。抱得美男归就在眼前，温小千，冲啊！"

　　商珩没关浴室门，温喻千坐在床上，隐约能听到水声。

　　温喻千偷偷看了一眼浴室，见他没有要出来的意思，迅速转过身，继续跟姜宁聊天。

　　没错，昨晚温喻千跟秦眠挂断视频后，便跟已婚的闺密姜宁讨教如何驯服男人，还安排了一系列的计划。

　　从昨晚踏入客房开始，她的眼泪有的是出于真情实感，有的则是她假装的。例如这次。

　　姜宁说过，哭是女人最大的武器，会哭的孩子有奶吃。

　　当然，怎么哭，什么时机哭，哭的时候要说什么，都得事先计划好。

　　商珩拿着温热的毛巾出来时，便看到温喻千坐在床上，还在抽抽搭搭的。

　　他长腿一迈，三两步走过去，轻轻托起她的脸，先用柔软温热的毛巾给她擦了擦脸上的泪痕，然后又换了冷毛巾，嗓音低润温柔："还哭，都哭成小花猫了。"

温喻千本来肿痛的眼睛被一片柔软的冰凉覆盖，瞬间舒服了许多，纤瘦的肩膀瑟缩了一下。

她不需要商珩动手，便乖乖地抬头，任由男人帮她冷敷。

白色毛巾下，她舒服得眯了眯眼睛。

从商珩的角度看，温喻千的脸小小的，被毛巾遮住眼睛后，只露出精致的下巴与殷红的唇瓣。

大概是刚喝过水的缘故，她的唇瓣润润的，此时乖巧地抬着下巴，仿佛在向他索吻一般。

商珩的目光不经意地扫过她扬起的脖颈，雪白的肌肤上痕迹斑斑，他难得生出几分怜香惜玉的心思。

"好了没呀？"温喻千说话时，声音中还带着沙沙的哑意，大概是哭坏了嗓子。

商珩思索着待会儿给她冲杯蜂蜜水。

"还疼吗？"

商珩将变得温热的毛巾收起来，垂眸仔细端详。她的眼睛虽然还有些泛红，但没有之前肿得那么厉害了。

"不疼了。"温喻千被冷毛巾浸得湿润的睫毛抖了抖，清亮的眸子无辜地看着他。

商珩对上她清亮明澈的眼睛，指尖轻轻碰了碰她的眼尾。她的眼尾微微泛红，像是晕染了漂亮的眼影。他微弯身子，薄唇贴在她的耳侧："那里呢？"

那里是哪里？

温喻千顿了几秒，脸上瞬间涌上绯色，一把推开商珩："要你管。"

"还不快去写保证书！"

见她力气这么大，商珩满意地勾唇，反握住她的手："先吃早餐，我等会儿就写。"

"不许骗人。"温喻千不太相信地看着他，这男人惯会骗人，谁知道是不是缓兵之计。

他平时到底做了什么，让她这么不信任他？

商珩的长指抵了抵发疼的额角："你吃早餐，我当着你的面写。"

"这还差不多。"

温喻千终于满意了。

商珩一夜未睡，早就把早餐做好，就等着她起床直接吃了。

从微波炉中拿出做好的早餐，商珩将一个个小盘子摆到温喻千面前，甚至还有一碗燕窝粥。

看着冒着热气的早点，温喻千的心情略显复杂。

"你什么时候做的？"

商珩没有着急用餐，反而从书房拿来一张白纸与一支钢笔，在温喻千对面坐下。

听到她的话后，他不疾不徐地抬头："一个小时前。"

"没凉吧？"男人白皙的手背轻覆在瓷碗的外壁，感觉到温度适中后，说，"快吃吧，昨晚你没怎么吃晚餐，又喝了那么多酒。"

想到温喻千昨晚喝了那么多酒，商珩思索着要不要把家里的酒全都送人，以免她染上喝酒的坏习惯。

等温喻千吃完早餐后，男人将压在掌心下的保证书缓缓推到她面前。

"还有这个。"商珩不知什么时候从书房带出来一个牛皮纸袋。

"这里面是我所有的不动产与银行卡，是我这些年在娱乐圈的所有资产。

"至于商氏那一部分，有专门的理财专家负责，过些日子，我让他过来一趟。

"以后这些都是你的。"

这么重要的东西，你用牛皮纸袋装？！

温喻千还以为商珩是故意糊弄她的，便打开纸袋，里面是用绸带系起来的一沓沓房产证，每一沓都是不同国家的。还有几张薄薄的卡片，甚至还有几张全球限量的黑卡。

而且这还只是他在娱乐圈挣的钱。

商氏的分红才是大头。

商珩居然将这些全都给她！

温喻千几乎觉得商珩对她是真心的了，不然他怎么会这么放心地把这么重要的东西给她？

"真的给我保管？不怕我给你挥霍了？"温喻千朝他晃了晃手中的黑卡。她平时是懒得花钱，但是女人真花起钱来，黑卡都能刷爆了。

"我的钱，不给你花给谁花？"商珩很坦然，"不然我赚这么多钱做什么？"

她要是真的愿意花，商珩还高兴呢，就怕她不愿意花。

之前他给她买的首饰，从来没见她戴过，让商珩觉得自己这个老公毫无用武之地。

"别后悔。"

"绝不后悔。"

自从那天开始，夫妻二人的感情升温了不少。

一直到圣诞节那天。

晚上七点，温喻千训练结束之后，一摸手机，便看到了几条微信消息。

商珩："我在你学校门口。在计算机训练室楼下。"

后面还跟了个"乖巧等老婆"的表情包。

看着商珩最后那个表情包，温喻千没忍住，轻轻地笑出了声。

何羡川穿好大衣，奇怪地看向温喻千："学姐，你笑什么？"

因为温喻千是背对着他的，所以何羡川并没有看到她在用手机，还以为学姐是在笑话他呢。

"没什么，看到一个笑话。"温喻千将手机塞进大衣口袋，想到商珩在外面等自己，加快了速度，"学弟，记得关门，我先走了。"

"哦，学姐，今天是圣诞节，咱们系组织了聚会，要不要……"何羡川话还没有说完。

这天有他们系的聚会，本来何羡川打算叫上温喻千一起去的。

温喻千挥了挥手："我要去约会，你们玩吧。"

约会？

约会？

约会！

何羡川系大衣扣子的手指顿住，向来反应神速的某计算机系天才脑子居然迟钝了。

学姐跟谁约会？男朋友吗？

训练室的门已经关上，何羡川透过玻璃墙壁看着温喻千急匆匆离开的背影，心里突然有些空荡荡的，感觉被学姐欺骗了感情。

温喻千下楼后，才发现外面不知道什么时候已经被雪覆盖，雪早就停了。

整个青大校园都隐藏在皑皑白雪之中，大概是圣诞节的缘故，虽然冷，校园内却充满欢声笑语。

他们的训练楼是单独开辟出来的，坐落在青大校园最后面，安宁静谧，但还是能隐约听到前面不远处的铃铛声。

不远处的路边堆着一个很大的雪人，旁边是一棵松树，被打扮成了圣诞树的样子，不少学生在那边拍照。

明明相隔不远，一线之隔，却闹静两重天。

温喻千环顾四周，寻找商珩的身影。他个子高，而且出门就爱穿黑色的衣服，在雪中应该是很显眼的。

但是这次，温喻千找了半天都没有找到。

她皱了皱鼻子，这男人不会是放她鸽子了吧，还是被粉丝发现了？

温喻千刚想拿出手机给他打个电话，身后便传来一道清冽熟悉的男声："千宝，回头。"

温喻千下意识地转身。

她围着厚厚的杏色围巾，除了一双桃花眼，从鼻子往下都包得严严实实的，回头时，围巾下的红唇惊讶地张大。

本来安静的夜空，陡然之间炸开了烟花，绚烂了整个天际。一瞬间，火树银花，璀璨闪耀。

温喻千愣怔地看着黑色的天幕中那焰火凝聚成的几个闪烁的大字。

"千宝，圣诞快乐。"

短短六个字，在天空中闪烁几秒钟，便消失了。

随后又是大片大片的烟花绽放，一朵连着一朵。

温喻千的眼睛里除了站在对面那个将自己蒙得严严实实的男人，眼中再也没有其他。

耳边传来不少女生的尖叫声，一句一句地灌入她的耳中。

"妈呀，烟花，太浪漫了吧！"

"这是告白吗？我居然赶上了直播，男女主角在哪里？"

"千宝是谁？好羡慕。啊，我死了，要是有男人愿意为我这么做，我立刻嫁给他！"

他站在雪地里，穿着黑色的毛呢大衣，肩膀上还有细碎的雪花，宽肩窄腰，长腿笔直，就那么静静地看着她。

即便男人戴着口罩，温喻千依旧能看得出他此时是笑着的。

男人突然朝她伸出了手臂。

温喻千不知道怎么了，脑子一蒙，居然朝他扑了过去。

白皙的脸贴着男人冰凉的衣服，隔着口罩，温喻千感觉额头被他的唇碰了一下。

明明没有直接触碰，可偏偏就是这种若有似无的亲吻，让她的心尖都颤抖了。

她第一次理解了什么叫心里是甜的。

男人低沉又好听的嗓音不疾不徐地在她耳边响起："喜欢吗？圣诞节礼物。"

温喻千踮脚，搂住他的脖颈，他们此时站在训练楼的角落，倒也不担心会有人发现。

她仰着头，突然将男人的口罩摘下来，睫毛轻颤，红唇覆在了他的唇上。

唇瓣微凉，很快便渐渐滚烫起来。

商珩的手覆在温喻千细细的腰上，隔着她身上杏色的毛呢大衣，依旧能清晰地感受到她不盈一握的腰。

他低垂着眼睑，见温喻千不断颤抖的睫毛，紧张又热切。

突然，薄唇疼了一下。

她蹙着眉，贴着他的唇，与他对视："认真点。"

她个子不高，还穿着平底鞋，此时几乎挂在了他的脖颈上，明明娇小又娇气，偏偏一副霸道模样，商珩忍不住沉沉地笑出声。

男人笑的时候，胸口的震感温喻千都能感觉到。

她本来还想哄哄他的，没想到他居然笑话自己。

坏男人就是坏男人。

就算策划了这么浪漫的表白，他也是坏男人！

温喻千瞬间松开他的手，打算狠狠踩他一脚。

谁知没等她松手，商珩已经察觉到了，迅速握住她的手臂，让她重新挂回去，而后修长有力的手顺势托住她的两条细腿，从容地将她按进了自己怀中。

他俯身逼近她的唇，搂着她细腰的手缓缓收紧，反守为攻。

刚才被她那么一咬，加之此时略显激烈的亲吻，导致他口腔里有淡淡的血腥味萦绕，不难闻，自有一股抵死缠绵的味道。

男女力气悬殊，温喻千只能任由他亲，谁让她先主动的呢。

这个姿势也好，不用她一直抬着头。

商珩认真的结果就是抱着她亲了十多分钟，亲到温喻千感觉自己的嘴唇都要磨破了，才意犹未尽地报复了一下。

商珩心满意足地看着她殷红色的唇瓣上清晰的齿痕，指腹慢悠悠地摩挲着，不准她用手挡住："好看。"

温喻千对上商珩那双幽暗的眸子，总觉得他有些变态。

嘴唇肯定破了，哪里好看了？

他还能这样眼睛眨都不眨地说好看，变态，绝对是变态。

看着她因为亲吻而湿漉漉的眼睛，商珩俯身，还想再轻啄一口，却被一双柔软细腻的手捂住了嘴。

温喻千顺便给他把口罩也扯了上去："不亲了。不知道你见不得人啊？我们走吧。"

说着，温喻千握住男人的手指："这里人太多了，要是被发现了怎么办？"

幸好是晚上，商珩又穿了一身黑，在黑暗的角落里，倒是看不太清楚。

但他的皮肤太白了，个子又高，低着头还好，一抬头，很容易被远处眼神好的人看到。

商珩轻抚了一下自己的脸庞，抚平了口罩的边边角角，这才顺势跟着她往外走。

温喻千带着他走了两步，发现走不动了，一回头才看到他正慢条斯理地整理口罩，红唇无奈地弯了一下："你可真是麻烦，这都要弄。"

一点折痕都不许有，哪里来的精致男人。

商珩整理好后，气定神闲地反握住她的手："不麻烦。"说着，他单手给温喻千理了一下微微凌乱的发丝。

烟花不知道什么时候已经停了，可是当他们路过校园时，还能听到大家议论纷纷

"刚才到底是谁在表白呀？"

"咱们学校有叫千宝的吗？"

"好像没听说过，不过真的很浪漫。"

"羡慕千宝。"

此时，校园论坛上，已经有人将焰火凝聚成字的那一幕发到了上面，照片清晰。

下面都是在问千宝是谁的。

其中有一个计算机系的学生回帖：是不是校花？

111楼："对呀，咱们学校名字里有千字的女生不多，搞不好真的是温喻千。"

118楼："谁认识温校花？快去问一问。"

128楼："妈呀，温喻千太幸福了吧，居然有人这么浪漫地跟她告白。那烟花放了整整半个小时呢，整个青大都能看到，得花多少钱啊。"

179楼："钱不钱的不重要，重要的是你有校花那美貌吗？"

599楼："你们猜我刚才看到了什么！温校花跟一个特别高、身材特别好的男人手牵手啊！"

后面还附上了几张照片。

照片上，光线很昏暗，只能看到温喻千白皙的侧脸，与男人低垂着眉眼给她整理头发的样子。

男人戴着黑色的口罩，整个脸都笼在黑暗之中，完全看不清长相，只有他覆在少女乌发上的指骨明晰，明暗对比的光效，让他的手指略显苍白，却很好看。

整个帖子"炸"了

"啊啊啊！这双手！"

"我要是能被这双手理一下头发，我能十个月不洗头。"

"楼上油腻死了，我顶多九个月不洗头。"

"好端端的盛世美手，怎么被你这么一说，显得很油腻。"

"光看这双手，就知道这张脸多好看了。果然，美女就要配美男。"

"我女神脱单了，今晚天台见吧。"

"我一个。"

"比不过，比不过，看了看我的小胖手，深深叹口气，这位'美手男'，请对我女神好一点。"

"你们知道今晚这场烟花多少钱吗！这位到底是何方神圣？肯定不是咱们学校的。"

"捂得这么严实，难不成是男明星？"

"想什么呢，搞不好只是因为太冷了才戴口罩的。你看路上多少人戴口罩，这很正常。"

温喻千并不知道自己已经因为"千宝"这两个字被校园论坛"扒"了，连带着商珩的身份也险些被发现。

此时，她已经跟商珩一起离开了青大校园。

与此同时，秦眠恰好也偷偷摸摸地跟另外一位男明星在过圣诞节。

秦眠今晚有课，所以他们并没有去太远的地方，而是去了青大附近的一个广场看喷泉。

广场上，被 LED 灯带缠绕的拱形建筑物旁，秦眠一抬头，就看到了远处璀璨的烟花。

秦眠兴奋地挽着楚江渊的手臂："快看，快看，烟花好漂亮！"

青大那场烟花，她在这里也看得清清楚楚。

楚江渊一垂眸，便能看到秦眠亮亮的眼睛。此时他乌黑的头发上还戴着被秦眠强行夹上去的红色小鹿角，成熟中带着一点可爱。

他纵容着秦眠，若是换作以前，楚江渊根本想不到，自己会对一个女孩子纵容到这种地步。现在他却甘之如饴。

楚江渊刚想说话，刹那间，夜幕中的烟花变成了六个大字。

一旁的秦眠更兴奋了："啊！我偶像太会了！好浪漫啊！"

千宝，一看就知道是谁的手笔。

"喜欢这个吗？"楚江渊自然也看到了，他的第一反应便是失笑，没想到商珩竟然能为温喻千做到这种地步。

他低头看了一眼自家女朋友，突然感同身受，如果能让她一直这么笑着，他也愿意做一切不曾做过的事情。

男人指骨匀称的手指拂了拂头顶的鹿角，蓦地低笑出声。

秦眠用亮亮的眼睛看着他："喜欢呀。不过我更喜欢你。你什么都不做，我也喜欢。"

想到最近老男人特别没有安全感,秦眠情话一句接着一句,都不带停顿的。

嘴甜得让人想尝一尝。

当然,楚江渊不是喜欢压抑自己的人,既然想品尝一下,便付诸行动了。

只不过……

楚江渊刚要亲上去,却见不解风情的小女朋友拉着他的衣袖往花坛旁边一坐,便拿出了手机开始刷论坛。

楚江渊:"……"

论坛比他还好玩?

男朋友当然比论坛好玩了,但是秦眠担心偶像被曝光,更担心小姐妹被围观,她不带节奏,谁来带节奏?

处理完之后,收起手机,她便看到自家男朋友面无表情地坐在那里。

头顶的小鹿角配上面无表情的俊脸,还挺带感。

秦眠遵从心意地将他这个模样用手机拍下来,然后主动抱住他:"嘿嘿嘿,楚叔叔,你看,你好帅呀。你看我们多般配!连小鹿角都是一对的。"

秦眠用拨弄了一下自己脑袋上的一对红色小鹿角,又替他整理了一下:"超级可爱!"

楚江渊在她扑过来的时候,突然一把将她扛到肩膀上。

"啊!"

秦眠惊呼一声,还没反应过来,便坐到了男人的肩膀上,她整个视野都开阔了,心脏发颤:"你干吗?!"

整个人悬空,毫无安全感,她下意识地抱住了男人的头,一张小脸上是惊慌失措的表情。

"抱着我,不准玩手机了。"

楚江渊就这么握住她的两条细腿,绕着喷泉走了两圈。

秦眠本来吓得小脸发白,走了两圈之后,她突然喜欢上这种感觉,笑声不断,惹得附近不少人看他们。

有些情侣看到他们这样,也跟着学。

在娱乐圈这么多年,楚江渊当然知道如何才能最好地隐藏自己,尤其是冬天,穿得多,连身形都看不出来,更何况是脸了。

因此，就算他这么抱着秦眠去看广场上的表演，也没有人能认出他来。

秦眠玩得特别开心，小脸红扑扑的。表演结束的时候，秦眠在楚江渊耳边说："这是我过得最开心的圣诞节。"

楚江渊握住她的手，从宽大的口袋里拿出准备好的礼物，慢慢打开："这不是我最开心的一天，拥有你，才是让我最开心的。圣诞快乐，我的宝贝。"

楚江渊打开精致的礼盒，将里面光彩夺目的钻石手链戴到秦眠细细的手腕上。蓝色的星形钻石流光溢彩，比刚才的烟花还要绚烂。

秦眠的第一反应却是："这太贵了，我不能要。"

他们只是男女朋友而已，怎么能要他这么贵重的礼物。

秦眠家虽然不是豪门，但跟着豪门的闺密也见识了不少。这手链价值绝对超过百万，她怎么可以收这么贵的礼物？

楚江渊不准她取下来，顺势将她往自己怀中一带，揽住少女纤瘦的肩膀："宝贝，我赚的钱，除了给你花之外，毫无用处，你帮帮忙好不好？"

秦眠懵懵懂懂地仰头看着他，手腕上的冰凉已经渐渐被男人捂得热乎乎的。

她对上楚江渊充斥着满满深情的双眸，嘴唇微张，好半晌都说不出话来。

她觉得这个老男人真的太傻了，也不怕她是骗他的钱。

还让她帮忙花钱。

是不是傻？

他赚钱多不容易呀，天天在外面拍戏，酷暑拍严寒的戏，严寒拍酷暑的戏，日夜颠倒，忙起来一天睡不够两个小时。

秦眠刚想说话，耳边却传来男人低哑的嗓音："宝贝，我爱你。"

晚上十一点。

温喻千刚洗完澡，就接到了秦眠的电话。

"千崽，怎么办，我有种被土豪包养的感觉。他说让我帮他花钱，花钱需要帮什么忙啊？"秦眠的声音格外有穿透力。

她此时盘腿坐在宿舍的床上，要不是惦记着上课，今晚秦眠就直接跟楚江渊走了。

哎呀，她这个爱学习的好学生。

一下课，秦眠就直奔宿舍，给温喻千打电话。

温喻千洗完澡，正在床上涂身体乳，她伸出两条纤白的长腿，开了免提，吃着秦眠喂的"狗粮"，轻"啧"一声："这年头，老男人都这么会撩。"

"比不上你家男神。"秦眠提到偶像时，本来就"炸"掉的少女心再次"炸"了，"我看到烟花了，我的妈呀，简直了！你要是再说我男神不喜欢你，我可不信。这要是都不算喜欢，我直播吃香菜。"

香菜对于秦眠而言，是绝对接受不了的东西。

能说出这种话，她得多相信商珩喜欢温喻千呀。

温喻千用纤细的手指刮了一大块身体乳，在腿上来回涂抹，听到秦眠的话后，忍不住笑出声："你就不怕真的要吃。"

"不可能的，你喝醉那天晚上，我看商大人把你抱起来时的那眼神、那动作，啧……不行了，越想越心律不齐，你自己看。"

秦眠把那天偷拍的照片发给温喻千："险些忘了发给你。"

温喻千抽出纸巾擦了擦掌心残余的身体乳，这才点开微信消息。

是一张照片。

是商珩抱着她的照片，光线昏黄迷离，镜头离得不远，可以清楚地看到男人细微的表情。什么都可以骗人，唯独眼睛不会。

但——

温喻千静静地看了一会儿，半晌，说一句："他是演员。"

"温喻千，你到底为什么没安全感，怎么跟我家楚叔叔似的？"

秦眠没好气地吐槽道，她明明已经很给楚江渊安全感了。

"你没去校园论坛看吗，今天这场烟花炸了多少少女的心。唉，除了那什么之外……商大人简直完美无缺。说起来，你上次说的那个真的不能治疗吗？我听说身高都能接骨，这个不能接吗？"

秦眠深深地为闺密的夫妻生活忧心忡忡。

夫妻之间，要是这方面不和谐，很容易引起矛盾。

温喻千背对着浴室，重新在自己身上涂涂抹抹。她故意逗秦眠："要是那方面有障碍，还能治，这种本身的能力问题去哪儿治？比如一米六的男人能通过治疗变成一米九吗？不存在的。"

"唉……"

秦眠又是一声长叹："那怎么办呀？"

"没办法。"温喻千听到秦眠惆怅的语调，忍不住想笑。秦眠有时候聪明得不得了，有时候真的傻死了。

话音刚落，温喻千蓦地感觉到后背发毛，仿佛被什么盯上了一般。

温喻千僵硬地转过身，便看到不知何时站在床边，距离她不到一米的男人。

她最先看到的是男人穿着黑色宽松睡袍的腰腹，睡袍中间的带子没有系紧，因此露出大片的腹肌。

商珩的肌肉线条是很完美的那种，不夸张，足够精致。

温喻千咽了口口水，顺着腹肌缓缓往上，对上男人那双似笑非笑的眼睛。他双手抱胸，幽幽地看着她，薄唇轻启："接骨？"

一对上男人的眼神，温喻千就心虚到了极致。

妈呀，全被他听到了！

世界上最尴尬的事情，莫过于诋毁人的时候被当场抓包！

温喻千的脑子不停地转着，想着到底怎样才能逃过一劫。

偏偏免提没有关，秦眠的声音还在继续："千崽呀，就算商大人某个方面有问题，但他其他方面是完美的呀，摆在家里当个花瓶也足够赏心悦目，你说对不对？"

"对……"温喻千突然间求生欲爆棚，"对你个头，秦眠！

"你再诋毁我老公，我就跟你绝交了！

"哼，再见！"

说完，温喻千迅速挂断电话。

宿舍内，秦眠一脸蒙地看着被挂断的通话，什么鬼？

而此时别墅卧室内。

温喻千一脸无辜地仰头看着商珩，指着手机："秦眠真的好爱胡说。"

商珩微微一笑，笑得温喻千头皮都发麻了，才慢悠悠地伸出两只温热的大手，抵在小姑娘的肩膀上："千宝，你看我像这么好骗的吗？

"嗯？"

男人俯身时，头发上还没有擦干的水珠一滴滴地滚落在温喻千的颈窝。

她的皮肤本来就敏感，水珠落下，她被凉得抖了一下："嘶好凉。"

她顾左右而言他，完全不想回答商珩的话，脸上满是无辜与天真。

任谁都不舍得惩罚这么一个无辜的小可爱。

然而，商珩可不是平常人。

他慢条斯理地擦着她的颈窝，将那几滴水珠轻轻拭去，动作十分温柔，也不带任何侵略性。

温喻千却毛骨悚然，总觉得下一秒，商珩这只手就要掐住她的脖子，她就要被掐死了。

"现在知道怕了？"

商珩垂眸看着，她穿着一身灰蓝色的真丝睡裙，长指从颈窝的位置滑至她的肩膀。

纤薄的肩膀上是同色系的灰蓝色吊带，他慢条斯理地伸出两根手指，钩起了细带。

温喻千整个人愣在床上，一动都不敢动，生怕自己一动，商珩就会扑过来把她吃掉。

这种感觉实在是太过强烈，也太过让人心颤了。

温喻千做了好久的心理暗示，深吸一口气，一把抱住商珩的手腕，眼睛里憋了一汪泪水："别折磨我了，我错了还不行吗？"

"错哪儿了？"

商珩换了个姿势，依旧在原地站着，不动声色地问，目光从她水雾潋滟的眸子缓缓扫至她纤细脆弱的天鹅颈。

她想什么呢？他哪里舍得掐她的脖子，碰一下都怕留下印子。

她身上的睡裙不暴露，只不过略略露出来的雪白皮肤，足够让男人的眼神越加深沉。

作为男人，商珩更是觉得必须让她好好重新感受一下。

温喻千并不知道男人的想法，她一直仰着头看他，脖子有些酸，便垂着眼装可怜，小手钩在一起，看着十分纠结："我不该跟眠眠胡说八道。"

男人不着急："还有呢？"

温喻千声音里带着几分哭腔："我不该那么说你。呜呜呜我错了，你别折磨我了。"

男人覆在她肩膀上的长指终于松开，缓缓地捏住她的下巴，意犹未尽地亲了亲她湿润的眼睛："乖，上次太匆忙，你可能对为夫有误解，为夫不怪你。"

商珩亲完之后，便不紧不慢地拿起温喻千的手机，长按关机，顺便把床头上自己的手机也按了关机。

　　上次中途被打扰的情况，他绝对不允许出现第二次。

　　看着商珩这一系列动作，温喻千有种自己今晚要吃尽苦头的感觉。

　　她眨了眨湿润的睫毛，红唇微启："你干吗要关机？"

　　"当然是让商太太好好解除一下对我的误会了。"商珩说得正气凛然，一本正经。

　　下一秒，他便把灯关了。

　　温喻千眼前瞬间漆黑一片，她特别没有安全感，下意识地攥住一旁男人的睡袍，眼睛微眯，想让自己快速适应黑暗："怎么突然关灯？"

　　"商太太不想关灯也可以，刚好可以更直观地看清楚。"

　　商珩从背后将她按在床上。

　　温喻千猝不及防，惊呼一声："哎……"

　　你想干吗？

　　话还没说出口，红唇便被熟悉的气息侵占了。

　　小姑娘纤薄柔软的后背与男人的胸膛仿佛天生就该如此契合一样，甚至连缝隙都没有。

　　隔着薄薄的真丝布料，温喻千吓得眼睛瞬间就红了。偏偏男人不允许她哭，长指禁锢住她的下巴，令她转过身来。

　　主卧窗帘依旧开了一半，外面白雪皑皑，反射的光线透过落地窗，照亮了一大半的大床。

　　外面冰天雪地，一墙之隔的房间内温暖如春，交织着丝丝缕缕的甜香气息。

　　男人低沉的嗓音透着性感沙哑："商太太现在对我有足够了解了吗？"

　　不知过了多久，外面开始飘起了零星的雪花，一团一团的，如柳絮一般，撞到了透明的落地窗上，没有发出一丝声音。

　　"你脸皮得多厚呀，就这技术，也就哄骗一下我这个无知少女。"

　　卧室内，温喻千的声音染上了沙哑，带着哭腔也没忘记翻旧账。

　　室内光线暗淡，商珩习惯了黑暗，依稀能看到怀中的人儿漂亮的眼尾溢出来的泪珠。

他的脸贴近她的，微烫。覆在她腰间的长指慢条斯理地移到她脸上，有一下没一下地摩挲着。

此时看她一双眼睛水汪汪的，还有心思翻旧账，商珩便知道她还受得住，不然早就哭成小花猫了。

"我技术不好，才需要多练习。"商珩压低了嗓音，声线沉哑。

昨晚下了半夜的雪，不知什么时候停了。

天边泛起了鱼肚白，阳光透过落地窗，渐渐由灰暗变明亮。

温喻千觉得自己现在如同一条脱水的鱼，要斜靠在商珩身上才能坐稳。她无意识地张着湿润的红唇，任由商珩给她喂水。

目之所及，是男人精致明晰的腕骨。

都是一晚上没睡，凭什么就自己虚了？

温喻千喝过水后，终于有了力气，怒视商珩。

商珩放下玻璃杯，亲自给她套上自己昨晚穿的睡袍，横抱着她往浴室走去："今天不上课，洗完澡好好休息。"

温喻千："……"

想骂人。

她咬着下唇，气急败坏地瞪着他，仿佛下一秒就要冲上去打人。

然而商珩一捏她的手臂，温喻千就整个人都软在他怀里。

好累，好困……

商珩心满意足地亲了一口她犹染绯色的脸，才放过她。

他心无旁骛地给她洗完澡，又任劳任怨地帮着吹头发，再将人塞进已经换好床单和被套的大床上，这才哑声开口："乖，睡吧。我去做早餐。"

温喻千哼了一声，把头往旁边一偏，不看床边的男人，只露出一头蓬松卷长的发丝。

商珩倒也不生气，嘴角的弧度一直没有消失，还给她往上提了提被子，遮住乌发下隐约显露的雪白肩头。

听着脚步声越来越远，最后关门声响起，床上紧闭着双眸的温喻千睫毛轻颤了一下，然后才缓缓睁开了眼睛，只不过眼里完全没有睡意。

倒不是她不想睡，而是睡不着。

大概是累到极点之后，大脑还没有从那种兴奋中缓过来，身体疲倦，脑子却清醒不已。

她在枕头底下摸索了好久，才找出自己险些就要掉到床下的手机。

开机后，手机界面迅速跳出来好几条消息，不少同学和朋友祝她圣诞节快乐。当然，最多的还是秦眠的消息。

昨晚秦眠一晚上都没睡好，不过她脑子聪明，反应快，一看电话打不通，又想到温喻千那前后变化那么快的话，迅速反应过来，她可能是被商大人当场逮到了。

秦眠本来还担心闺密的人身安全，后来电话一直打不通，她才后知后觉地回过味来了。

温小千会不会是在玩她？

秦眠大半夜睡不着，就骚扰她家楚叔叔。

楚江渊因自家女朋友半夜不睡觉，还惦记着别的男人这件事而醋意大发，害得秦眠又是哄又是撒娇，折腾到快天亮了才睡。

睡觉之前，她用微信消息轰炸温喻千。

"温小千，你这个小骗子。哼，绝交就绝交。

"还不回消息，嘿嘿嘿，我偶像是不是很厉害呀？

"我就知道你说反话，小坏蛋。

"活该被我男神收拾。

"让你诋毁我男神。

"千崽，我可怜的千崽啊，谁让你作死呢，现世报来了吧。

"怎么还不回消息，上天了？"

温喻千看着秦眠这一条条的微信消息，双唇微抿，轻声感叹："秦小眠变了，现在说话竟然这么直白。"

不过她现在确实上天了，是累得魂都上天了。

温喻千指尖覆在屏幕上，思索了几秒，毫不犹豫地回复："上天没有，上头了。"

然后温喻千就没管秦眠了。

因为她居然看到了程君简发来的微信消息。

上次程君简加了她微信，说是有时间一起逛街，她在国内没什么朋友。

人家话都说到这个份上了，温喻千自然痛快地加了好友。不过她们从没有联系过，这还是第一次。

程君简："千千，你下午有空吗？我想给圆圆买两件过冬的衣服，可以陪我一起吗？我离开北城三年了，不太熟悉这里哪里买衣服比较好。"

温喻千摩挲着手机屏幕，若有所思地看着上面两条简单的消息。她不是喜欢逃避的人，程君简是不是她的情敌，试试不就知道了。

逃避永远解决不了任何问题。

上次半夜三更把商珩喊出去，谁知道还有没有下次。

温喻千沉吟几秒，决定单独会一会她。

温喻千："有空，到时候我去接你。"

约好时间和地点后，温喻千将手机一扔，有些疲倦。

闭上眼睛还不到一分钟，温喻千突然想到一件事，又重新把手机拿起来，点开了备忘录。

此时她满是计算机课程内容的备忘录里多了一个"小晏先生攻略计划"。

1. 哭得他心疼退步。已完成。

2. 写保证书。已完成。

3. 掌握经济大权。已完成。

4. 让他表白。尚未完成。

5. 让他吃醋。尚未完成。

6. 尚未完成。

温喻千在第 3 条与第 4 条之间多加了一条 3.5. 解决对他有想法的女人。正在进行时。

女人是很敏锐的，虽然程君简表现得跟个大姐姐似的，但温喻千总觉得她怪怪的，像是别有所求。

至于她所求是不是商珩，温喻千就不确定了。

所以，她这次就是想确定一下，如果程君简真的有其他心思，温喻千也不会客气；如果没有其他心思，只是单纯的姐姐的话

那就另当别论了。

她不是不讲道理的人，毕竟程君简生的孩子是商珩的大哥的，这件事温喻千不会不信，商珩不是会拿血脉开玩笑的人。

她之前说商珩跟程君简真的结过婚，是气话。

在确定自己喜欢商珩之后，温喻千就找人帮忙查了一下程君简是否已婚。

不查不知道，一查就发现，她确实结过婚，只是她是在国外结的婚，对象不是商珩，也不是商珩的大哥，而是一个外国人。

在她回国之前就离婚了。

那么，她一个无依无靠的离异女人，对商珩就真的没有半点心思吗？

纯粹是姐姐？

温喻千想着想着，抓着手机睡着了。

商珩做好早餐回来时，便看到她侧着脸趴在枕头上，手里还握着手机。

香槟色的手机与她白皙的小手相互映衬，煞是好看。

商珩无声地笑了笑，从她手中抽出手机，想要帮她调整一个舒服的姿势。

没想到。

下一秒，手机振动了一下，某购物平台一条消息跳出来。

"您购买的成人健康用品已发货，请注意查看签收时间……"

成人用品？

商珩薄唇紧抿，握住温喻千的手腕，用她的指纹解锁，没有看她的微信消息，只是顺势点开了悬浮在最上方的发货消息。

看到里面的女性成人用品后，他的眼神倏地沉下来。她到底对他的技术是有多不满意，第二天就去买这种东西？

他的目光落在她粉粉嫩嫩的小脸上，刚才还温柔平和的眸子里，瞬间掀起波澜。

商珩深吸一口气，长指覆在她纤薄的肩膀处，指尖钩住细细的吊带，只要略一用力，她便寸缕不着。

可脑海中浮现出上药时的场景，商珩重重地吐息，松开手，给她重新盖上了被子，没有叫她起床吃早餐。

这个小坏蛋，就该饿一饿。

商珩摩挲了一下她白嫩的脸。

她眉头一蹙，下意识地推开他的手腕，红唇微张，嘟囔道："别闹。讨厌。"

"你才是讨债鬼。"商珩没好气地用力捏了她一下。

"嗯……"

她哼了一声，张嘴要咬人。

睡着了都不忘报复人，记仇！

商珩将手机给她放到床头，这才转身离开。

床上的温喻千依旧睡得香甜，完全不知道发生了什么事情。这会儿就算把她卖掉，她估计都不知道。

商珩回到客厅后，并没有急着吃早餐，而是给丛烈打了个电话。

他立在露台前，看着外面的皑皑白雪，漫不经心地说了两句。

此时不过早晨七点，外面依旧冷冷清清的。

丛烈瞬间提高了音量："天哪，想当年你还嫌弃我们看'小电影'，现在打不'打脸'？

"哈哈哈，你也有今天。

"娶了老婆，你就跟换了个'芯'一样。

"你还能为你老婆干出什么事来？小爷我真是期待死了。"

商珩嗓音压低了几分，带着危险："少废话，半个小时内发过来。"

丛烈忍着笑："你喜欢什么类型的？

"校园风？职场风？还是……"

商珩长指抵了抵额角，言简意赅道："闭嘴。"

丛烈调侃过后，深知什么叫点到为止，迅速将几个压缩文件发了过来。

商珩按捺住浑身上下的抗拒，皱着眉头点开了第一个。

他学生时代就不喜欢看这种东西，媒体说的有句话是对的，他确实对女色淡薄寡欲，青春期都甚少有过冲动。

现在他居然为了温喻千，背离当初的脾性，打开了他曾经为之不屑的东西。

商珩看着屏幕中昏暗暧昧的环境，长指轻抚下巴，目光沉沉。当然，他愿意为她学，她也得还。

商晏清从来不做亏本的生意。

上午十点。

温喻千赤着脚踩在软绵绵的地毯上，走出了卧室。

她迷迷糊糊站在二楼栏杆旁，看着楼下的男人正坐在客厅的真皮沙发上，对着笔记本电脑敲敲打打。不知道他在做什么，旁边还支着平板电脑，正在放视频。

温喻千刚刚起床，还迷糊着，根本看不清楚视频中播放的是什么。

从她的角度，只能隐约看到男人俊美认真的侧脸。此时商珩戴着银边细框眼镜，眉心蹙着，仿佛在处理什么重大公务。

温喻千揉了揉眼睛，想要看清楚。

她使劲眨了几下眼睛，终于清醒了，见商珩还戴着蓝牙耳机，神色认真，一边看着平板上的视频，一边在电脑上记录。

温喻千悄悄下楼，没有打扰商珩。

她赤着雪白的脚，踩在同色系的地毯上，悄无声息地走到了商珩背后一米处。

商珩没有发现她。

他紧盯着平板屏幕，表情偶尔若有所思，不变的是他的眉头始终紧蹙着，没有松开过一瞬。

他到底在看什么？

温喻千没有看到文件之类的东西，奇怪地探过头，想要看清楚平板里播放的到底是什么。

入目的便是一个教室的镜头，空荡荡的课桌椅整齐地摆放着。

温喻千觉得好奇，商珩这是在看校园偶像剧吗？

刚准备开口，下一个镜头让温喻千整个人惊呆了。

什么？

这什么！

妈呀，商珩居然在看"小电影"！

耳机内的喘息声听得他神色淡淡，没有温喻千的声音婉转好听，商珩忍不住蹙眉，这就是丛烈说的质量最好的片子？

就这种质量、这种主角，真的会有人看吗？

要是丛烈知道商珩看这种片子是这种想法的话，一定会把其他真正质量低劣的放在他眼皮子底下，让他好好看看什么叫质量不好。

丛烈拿出来的，已经是最高质量的了。

商珩听着那呼吸声，不知道为什么，竟然有种近在耳边的错觉，鼻翼间萦绕着少女甜甜的清香。

像是想到了什么一般，商珩蓦地将笔记本电脑扣上，白净的长指按在银白色的电脑上，一转头，果然看到了温喻千难以置信的眼神。

他僵了几秒，瞬间便恢复坦然，慢条斯理地摘下耳机，看着她："怎么了？"

"你还好意思问怎么了？"

温喻千"噔噔噔"往后退了好几步，指着他面前还在播放视频的平板电脑："你……你……你光天化日之下，居然看这种东西。"

商珩神色坦荡，甚至还把蓝牙耳机关了。本来没有声音，此时，令人脸红心跳的声音从平板电脑中传了出来。

"你也想看？过来。"

说着，商珩拍了拍旁边空出来的沙发，俊美的脸上毫无愧疚之色，反而透着冷静自持："一起看。"

温喻千："……"

呸，谁要和你一起看了！

这男的怎么这么厚颜无耻，被抓包也就算了，居然还有脸邀请她一起看。

被抓包脸都不带红一下的。

商珩似笑非笑，从温喻千的角度，能看到他精致的脸部线条。尤其是他眼镜没有摘下来，这么一笑，颇有种斯文败类的雅痞感。

温喻千整个人都贴到了客厅的镂空隔断屏风上，咬咬牙："你整天脑子里都在想什么？"

温喻千突然对自己的审美产生了怀疑，她到底为什么会喜欢商珩这种男人？

除了脸皮比正常人厚一些，好看一些之外，商珩还有其他什么优点吗？

商珩看着她脸上变幻莫测的表情，就知道她脑子里想的是什么。他不动声色地往后一靠，幽幽道："我是为了你呀。"

"你自己满脑子'废料'，居然还好意思说是为了我？"温喻千重重地倒在他怀里。

"商太太不是觉得我做得不够好吗？为夫当然要买点东西好好学习一下。你说，这还与你无关？"商珩说话时，薄唇微微凑近她的耳朵，嗓音温沉好听，不像是信口胡说。

温喻千一听，猛地就从商珩怀里站起来。

幸好商珩躲得快，不然下巴就要遭殃了。

温喻千双唇颤抖，脸上满是愤怒："你胡说，我才没有买！没有买那种东西！"

什么成人辅助用品，她怎么可能买那种东西！

见她羞愤愈加，商珩了然一笑："嗯，不愧是演员家属，商太太的演技好得我都信了。"

要不是他亲眼所见，还真就信了她了。

他鼓了鼓掌。

温喻千气得捏了捏拳头："你胡说，我没有，我才没有！"

她本来白得几乎透明的耳朵此时红红的。

她怎么可能用那种东西！

如果不是商珩，她从来都没有过那种想法。唯一一次梦到男人，还是商珩去她寝室那次。

后来就再也没有过了。

至于成人用品，温喻千完全不了解，又怎么可能去买？肯定是商珩倒打一耙，她才不会上当呢！

见小姑娘气得快要炸毛了，商珩见好就收，把视频关了，又收起平板电脑，抱着她往餐厅走去："给你做了早餐，消消气。"

"哼，骗子！"

温喻千气鼓鼓地睨了他一眼。

直到面前摆好了精致的早餐，温喻千的气才消了一点点。

"你别以为这样我就能原谅你信口胡说，以后你再说，我就不理你了。"

"不说了。"商珩从从容容。

他不说，他直接做。

想到这天上午做的笔记，商珩很有信心。

于是，他给温喻千夹了很多好吃的："多吃点。"

温喻千总觉得商珩这话不安好心，不过她没有拒绝，谁会傻到拒绝吃的。

因为她一上午都没下床，商珩还给她炖了鸡汤，这会儿差不多快好了。

商珩将放了不少补药的鸡汤端到温喻千面前，表情温和沉雅："昨晚辛苦了，多喝点汤。"

本来温喻千正在喝水，一听到商珩提到昨晚，没忍住，呛了一下。

"你能不能别说了！"

温喻千用那双漂亮潋滟的眸子白了他一眼。

商珩总觉得这是勾引。

现在温喻千每做一个表情，商珩都能往那方面想。

他揉了揉眉梢，觉得自己可能是看了一上午片子，看得脑子不正常了。

温喻千才懒得管他想什么，吃完就走，俨然一副渣男形象。

商珩本以为她是要回去睡回笼觉，便没有阻拦。直到他在书房处理完商氏的事务，回到卧室，才发现她已经化好了精致的妆。

偌大的床上摆满了衣服，都是一整套一整套的。除了衣服，还有鞋子，每套衣服都搭配好了鞋子。

商珩见不得这么凌乱，有些头疼："这些衣服不是放在衣帽间的吗，怎么拿出来了？"

温喻千正拿着十六色的眼影盘在描眼影，瞥了他一眼，十分自然地说："衣帽间光线不好，看不清楚。"

真是理直气壮呢。

"那你折腾出来想做什么，约会？"

温喻千嗓音清亮笃定："逛街！"

商珩狭长的双眸微眯："和谁？"

他本来想着这几天正好空闲，可以好好在家陪陪温喻千。谁知她一天到晚往外跑，现在还有心情出去约会逛街。

第十二章
斯 文 败 类

商珩的腿伤好得差不多了，可以慢慢走路了，不过易言没有给他接太多活动，主要还是一些北城本地的活动。

毕竟是一线城市，还是年底，许多活动都安排在这里。

偶尔露面，倒也不影响他几个月没有作品面世。

过两天的跨年演唱会，就是商珩腿受伤后第一次露面，到时候要飞往海城现场直播。

届时复出后，他又要世界各地跑，很难空出时间跟温喻千培养感情，最起码不会像现在养伤这段时间这么空闲。

她倒好，丝毫不留恋他。

现在还打扮得这么漂亮出去逛街，之前跟他一起出门时，也没见她这么精致。

他的目光落在温喻千那红艳艳的唇瓣上，唇瓣被唇刷描出了精致的唇形。她本来唇形就完美，还有唇珠，现在特意花时间化了一下，更是让人移不开眼睛。

视线从她唇上移开，商珩若有所思。

她打扮成这样，到底是要出去逛街呢？还是去招猫逗狗、拈花惹草呢？

温喻千已经化完了妆，看着自己形状漂亮的唇瓣，颜色也格外有气势，她这才满意地准备开始挑衣服。

至于商珩刚才问的问题，她直接忽略了。

"让一下，挡着我了。"商珩恰好站在床边，温喻千要想选衣服，就得

267

越过他。

于是，商珩在被自家太太无视之后，又被她嫌挡路。

而温喻千对此毫无察觉，在商珩开口之前，她指着床上那七八套精挑细选出来的衣服，问："哪套好看？"

商珩扫了一眼，发现那些衣服基本都是同一种类型的。

攻气十足。

再搭配自家太太这妆容，这是去逛街呢，还是去捉奸的？

商珩怎么着也是娱乐圈的人，对于穿衣搭配这些也算耳濡目染，一眼便看得出她好像不是真的去逛街。

更不像是跟男的去逛。

这下商珩就放心多了，还真给温喻千选起衣服来。

"你这是选衣服还是选战袍？"商珩的长指覆在黑色的毛呢大衣上，漫不经心地略过，闲闲地问道。

"你只管选，剩下的不要你管。"温喻千见他是真的在认真给自己挑选衣服，这才满意，"你好好选，顺便把鞋子也给我选了，我去弄头发。"

温喻千摘下兔子发带，一头蓬松卷长的乌发便散落下来，像海藻般披散在圆润的肩头，挡住了性感的蝴蝶骨。

此时她身上依旧只穿着薄薄的真丝睡裙，只不过裙摆比较长，大概在小腿上方，雪白纤细的脚踝随着她的走动，刺激着人的眼球。

商珩薄唇微抿，轻叹一声。

"你得穿拖鞋。"

上次宋女士特意提过，不能让她光着脚到处晃荡，后来商珩便让人铺了地毯，方便温喻千赤着脚走路，也让她养成了在家里不穿拖鞋的坏习惯。

浴室地面又滑又凉，商珩亲自将床边那对粉蓝色的拖鞋递到温喻千脚边。

见她不动弹，男人微微抬头："想让我帮你穿？"

此时已是中午，光线明亮，将整个卧室里里外外都照得清清楚楚。

从温喻千的角度，透过男人乌黑的短发，她隐约能看到他形状优美且白皙的额头，往下是浓密的睫毛。男人抬头看向她的时候，那双幽深的眸中隐隐藏着让人看不透的情绪。

温喻千与他对视良久，随后乖乖地穿上拖鞋，三两步逃出男人的控制范围，生怕下一秒就被他扯过去，毁了她花了好久才弄好的妆容。

她可没有一两个小时的时间再化妆了。

看着她仓皇逃跑的背影，商珩轻笑一声，倒是没有拦着她。物极必反，他得徐徐图之。

温喻千出来时，发现外面已经被商珩都收拾好了，只余下一件墨蓝色的双排扣大衣和一件与之相配的针织内搭，以及一双雪地靴。

"我不要穿雪地靴。"温喻千很嫌弃，她觉得这种打扮，就算不穿高跟鞋，也要穿骑士靴或者短靴。

最起码比较有气势，跟她的妆容也更配一些。

至于那双雪地靴，还有两个小绒球，简直让她的气势大打折扣，不知道的还以为她是小学生呢。

这双雪地靴是商珩特意从衣帽间的鞋柜里挑的。

他看温喻千之前选的那些鞋子全是单薄的，在将卧室里那堆衣服、鞋子收进衣帽间时，便重新拎了一双新的出来。

温喻千本来对衣服还是很满意的，但在看到那双鞋后，完全生不出什么欣赏之情："反正我不穿，我要穿高跟鞋。"

商珩想到刚才自己看到的那几双备选的鞋子，居然还有春夏穿的那种高跟鞋："外面在下雪，会冻到脚。"

"雪地靴不好看，我不穿。"温喻千很执拗，她觉得商珩真的完全不了解女人，"在我们女人这里，就没有'冷'这个字。美就可以了！"

商珩依旧坚持："要么别出门，出门就得穿这个，冷。"

"我不穿单鞋，穿那双皮质的马丁靴，好不好？"温喻千见他真的不准备让自己出门，见好就收，退了一步。

商珩瞥了一眼她"噔噔噔"跑进衣帽间拎出来的那双长筒靴，摇头："不行，会冷。"

这双鞋连绒都没有，她出去逛街，回来后肯定脚掌都是凉的。

商珩的目光落在她那双精致莹润的小脚上，想到上面起了冻疮的画面，果断拒绝，不给机会："就穿雪地靴，其他的都冷。"

有一种冷，叫你老公觉得你冷。

温喻千想说，真的不冷！

"你知道吗，最近特别流行爹系男友，你可真是我亲爹。"温喻千跟他僵持许久，最后看了一眼时间，跟程君简约好的时间快要到了。

她一把夺过他手中的雪地靴："穿，穿，穿，我穿还不行吗？"

商珩想到温喻千那句"亲爹"，沉吟了一会儿："给你当爹倒也不是不行。"

温喻千红唇抽了一下："少占我便宜！"

没听出来她是在吐槽他吗？真是土死了，比她这种不经常玩微博的人还要土，这个梗都听不出来，还认真考虑要给她当爹。谁要他当爹了？她又不是没有爹，虽然不靠谱。

商珩见她换上衣服后，把雪地靴也穿上了，这才满意。

"很好看。"

温喻千站在落地镜前，从上到下把自己打量了个遍。除了脚上这双杏色的毛绒雪地靴，一切都很完美。

她是这么容易听话的人吗？

是的话，那她就不是温喻千了。

在商珩去帮她拿围巾的时候，温喻千迅速换上旁边那双骑士马丁靴，然后转身就跑："我不要围巾了，晚上见。"

商珩从衣帽间出来，眼神落在地毯上那双东倒西歪的鞋子上。

很好。

小姑娘阳奉阴违倒是玩得很溜。

商珩捡起地上那两只东倒西歪的鞋子，然后返回衣帽间，将鞋子重新放进鞋柜中。

这边，温喻千一出门，看到那个想给她当爹的老公没有追出来，顿时神清气爽，深吸一口气。

外面因为下过雪，微凉的空气中透着干净清新的味道。

程君简没有带圆圆出来，是一个人来的，只化了淡妆。相较于温喻千的明媚惊艳，生过孩子的程君简要温婉秀丽许多，自带成熟的风韵。

看到程君简后，温喻千歪了歪头，朝她弯唇一笑，弧度恰到好处，活色生香，明艳动人："君简姐，怎么不带圆圆？她病好了吗？"

程君简用保养细致的手指轻轻撩了一下鬓间的碎发，有些愧疚地说道：

"已经好了，不过外面太冷，我不敢带她出门，就留在家里让保姆照顾。"

"上次真是多亏了晏清，不然我一个女人，真不知道该怎么办。真是打扰你们了。"她说完又补充道。

温喻千见她满怀愧疚，一边开车往商场去，一边微笑道："怎么能是打扰呢？圆圆怎么着也是他亲侄女，大哥不在了，我们怎么能不管她呢。"

程君简大概没想到这个年轻的女孩子会这么大气，嗓音依旧温软柔和："晏清已经帮了我们太多，如果不是为了圆圆，我真不愿意打扰你们。幸好弟妹大度。"

温喻千听她的话，完全没有听出她对商珩是不是有意思，除了愧疚就是感谢。

难道真的只是姐弟关系？

可——

温喻千更相信自己的第六感，总觉得哪里不对劲。

"君简姐既然回国了，那工作方面有什么计划吗？"温喻千不动声色地岔开了话题。

"还没有，一听说晏清结婚了，再加上怕那张照片对你们夫妻造成什么误会，就想着赶回来亲自解释一下。"程君简轻声叹息道："我真没想到晏清会这么早结婚，当初他可是不婚主义。"

提到商珩，程君简抿唇轻笑："晏清这个人，从小做什么事情就很有目的性，很少见他有这么冲动的行为。"

温喻千的脸上浮上一抹淡然，红唇微微抿着，瞳仁漆黑，听得清清楚楚。

目的性？冲动？

"弟妹千万别误会，晏清对你肯定不会有什么目的，我看得出来，他是真的很喜欢你呢。"

程君简话音刚落，车子恰好停在了商场外的停车场内。

等车子停稳之后，温喻千才歪着头，一缕乌黑的秀发顺着她修长的脖颈落在肩头，衬得她越发唇红齿白。年轻貌美的姑娘，化个妆，更是鲜嫩明艳。她轻声开口："等回家我就问问他，到底有什么目的。难道不是看中了我的美貌？"

温喻千笑意盎然地看着程君简愣住的表情，知道她没想到自己会说这样的话。

"弟妹真会开玩笑。"程君简迟疑几秒，才笑着说道。

"我没有开玩笑呀。"温喻千解开安全带，与程君简一起下了车，然后朝商场走去，一边走一边说道，"晏清没有跟你提过吗？他当初就是看中了我的美貌，才跟我求婚的。"

温喻千睁眼说瞎话的时候，完全不打草稿，说得跟真的一样。

她觉得自己肯定是跟商珩学坏了，人家近朱者赤，她近墨者黑。

此时跟程君简说话，她语调淡定平稳，完全听不出真假。

"君简姐觉得很奇怪吗？"温喻千慢悠悠地叹息一声，"这男人啊，都有劣根性，喜欢年轻漂亮的女孩子，最好还是正在上学的。"

对于诋毁商珩这件事情，温喻千已经驾轻就熟。

"商晏清是男人，当然也不例外。"

程君简这天从见到温喻千开始，已经吃惊了好几次。现在听到她说商晏清喜欢年轻漂亮的女学生，惊讶值更是达到了顶峰。

不过她很快便冷静下来，面上带着诧异："既然你明知他喜欢的是你的长相，为什么还要嫁给他呢？"

温喻千眨了眨漆黑清亮的双眸，将眼睛弯成漂亮的月牙状："因为他有钱啊，还把钱都给我了，不然谁嫁老男人？他可比我大五六岁呢。"

大五六岁就是老男人了？

程君简脑海中浮现出商晏清那张俊美冷峻的面庞，无论如何都无法将他与老男人联系起来。

她缓了一会儿，温声道："弟妹不必妄自菲薄，美貌与年龄只是加分项，并不是必需的。晏清喜欢你，定然是喜欢你这个人。"

温喻千睫毛低垂，掩住了眸底一闪而逝的深色。

她摆弄了一下这天配的酒红色链条包，她肩膀薄且窄，每次单肩背包时，包都会往下掉。因此她下车后便将单肩链条包的链条扯出一半，变成手挎包，挂在纤细的手臂上。

弄好之后，她才抬头看向程君简，双手一摊，理所当然道："也是，我浑身上下除了美貌之外，似乎也没有其他东西能让他喜欢了，他总不能喜欢我的才华吧。"

温喻千用戏谑的语气说着。

程君简的目光落在她漂亮精致如洋娃娃般的脸上，温声笑着："弟妹优秀的地方多得是。"

"君简姐真会夸人。"温喻千顺势回夸，"君简姐也很好看，身材纤细曼妙，完全看不出来生过孩子呢。好了，我们进去吧。"

说着，温喻千率先往前走去。

她穿着墨蓝色的大衣，显得她肩膀纤薄。她的脖颈白皙修长，是典型的天鹅颈，头发随意地编成了鱼骨辫垂落在一旁，怎么都是好看的。

程君简静静地看着她的背影。

温喻千已经走出了三五步远，发现程君简没有跟上，转身道："君简姐，你在想什么呢？别走丢了，这里很大的。我们先去童装区吧。"

"好。"程君简跟在温喻千身后，温婉的脸上没有丝毫不耐烦，依旧笑得婉约秀丽，惹来不少路人看她们。

温喻千掩住眸底深处的狐疑，她不愿意怀疑商珩，可……

从认识他开始，到结婚，再到喜欢上他，似乎一切都不受她的控制。

回去的路上，温喻千不断复盘自己与商珩从相遇到现在的全过程，突然有一种自己一直被牵着鼻子走的感觉。

不对，不对，她不能被程君简的三言两语弄得方寸大乱，搞不好程君简就是故意的。

想到程君简，温喻千双唇紧抿。

她居然一点破绽都没有，完完全全就是一个大姐姐的样子。

可偏偏就是丝毫没有破绽，才让人觉得奇怪。

温喻千不是傻子，她能从少年班直接保送进青大王牌专业计算机系，可见逻辑推理能力是一流的，她平时只是懒得想而已。

如果每天随时随地都要用理智和逻辑去揣度身边的人，那她得多累呀。

而且太过理智，也不容易交到朋友。

朋友就是感性下的结合，而不是理性上的。

温喻千微微抿着红唇，坐在车里久久没有下去。直到车内的暖气变凉，她才解开安全带。

别墅的车库很大，里面有十几辆限量版豪车，当然也有温喻千开的低调车系。

从她的角度，可以看到别墅内的灯亮着，三楼书房的灯也是亮着的，窗帘只留了一道手掌大小的缝隙，看不到里面有没有人。

温喻千这才发现，她居然在车里坐了近半个小时，而且还没有开暖气，难怪会手脚冰凉。

看着脚下那双好看的靴子，将她的一双腿衬得纤细笔直，她不由得想起商珩中午非要她穿的那双雪地靴。

原来这天真的很冷啊。

温喻千紧了紧手中的链条包包，回别墅的步伐都加快了许多。不知道为什么，她现在特别想见到商珩。

三楼书房。

商珩坐在桌前看着股票走势图，之前温喻千给他的那一百万，现在已经翻了无数倍。

他对自己的财产不关心，全部交给了私人理财管家打理，倒是每天喜欢看看温喻千给的那一百万本金又赚了多少钱。

此时，他骨节明晰的长指握着手机，整个人仰靠在椅子上，眉目冷淡寡漠。

"女婿啊，你看咱们都是一家人……"

商珩漫不经心地轻敲桌面，等对方说完后，才淡淡地说道："想要钱？"

对方立刻否认："哪能这么麻烦女婿，上次给的还没花完呢，我就是有一点点小事需要女婿你帮帮忙，举手之劳，举手之劳。"

临挂断电话前，对方突然笑了一声："女婿要是有闲钱，也可以资助岳父我一点点。你那么有钱，从指缝里漏出一点点就够了。"

对方显然是凭借岳父的身份在理直气壮地要钱。

挂断电话后，商珩像是想到了什么一般，有些暴躁地扯了扯领带。

如果不是——

短短几秒钟，商珩轮廓分明的脸庞重新恢复沉静冷峻。他随手给褚谦打了个电话："转一千万到温远钧的账户。"

此时，温喻千刚好走到书房门口。

她在客厅没有看到商珩，想到书房的灯亮着，猜到他大概在书房，没想到一过来，就隐约听到他安排给人转账的话。

姓温，还是闻？

房门半关着，温喻千没有听清楚，她也没想过要偷听，直接推门而入。

商珩大概是没想到温喻千会突然回来，神色微变，随口说了两句之后，便挂断电话。

"你给谁转账？你的钱不是都上交了吗？"温喻千双手抱胸，靠在门板上，漂亮漆黑的双眸睨着他，一副让他从实招来的模样。

商珩并没有急着从椅子上起来，反而朝她招了招手："过来，看看你那笔钱翻了多少倍了。"

"别岔开话题。"温喻千虽然知道他是为了岔开话题，但这件事还真戳到她心尖上了。

自从商珩的腿受了伤，他就再也没有给她发过截图了。都两个多月了，温喻千还真有些心痒痒。

她穿着软绵绵的拖鞋，走路悄无声息，跟只猫似的。

她探身过去，逛了一下午街，鱼骨辫也没有松，此时斜斜地垂在商珩的虎口处。

温喻千也不在意，看着上面的 K 线图，一边握着鼠标滑动，一边继续审问："你是不是藏私房钱了？刚才转钱给谁了？是外面的小情人，还是……"

话音未落，她整个人身子一轻，被商珩抱到了腿上。

愣怔间，温喻千已经从站在商珩身边，变成了坐在他腿上，她还没有换衣服呢，只在玄关处脱了外套，此时身上仅穿着格外显身材的针织连衣裙。

商珩更甚，在家里待了一下午，身上还是早晨那件单薄的家居服。

虽然是长裤，但是布料很薄，温喻千就这么贴上去，就跟他没穿衣服似的。

脑海里瞬间飘过一些昨晚的画面，作为脸皮极薄的小仙女，温喻千果然脸红了。

她不但脸红了，而且还恼羞成怒了。

她狠狠地往商珩腿上压了压："说话就说话，你突然抱我干吗！"

"这样说话，商太太才会认真听。"商珩从善如流地答，他扳过温喻千精致的下巴，让她看着自己的眼睛，对视几秒，男人薄唇微启："最后一遍，没有小情人，不许再提。"

看着商珩墨黑的瞳仁内情绪翻涌，温喻千轻颤睫毛，咽了口口水。

不知道为什么，她觉得这个样子的商珩有些可怕。

温喻千眼神闪烁，想要往后退。

察觉到了她的退避，商珩双眸微闭。下一秒，他倏地伸出长指捏了捏她的脸颊："我只想给你当有着二十九种人格的小情人，哪有时间去外面养。"

这男人果然正经不过十秒。

温喻千不知道为什么，看着他似笑非笑的样子，心里陡然松了口气。

这个样子的商珩才是她熟悉的，刚才那个搞不好又是什么二十九种人格里面的黑暗属性人格。

想想就觉得心累。

还是看看不断攀升的股票压压惊吧。

至于那一千万转给谁，经过这么一闹腾，温喻千已经忘记了。

毕竟只要不是转给外面的小情人，随便他转给谁。

然而，她刚刚平复下来的心跳，却因为商珩接下来的一句话，又紊乱起来。

书房的灯光被调至眼睛最舒服的亮度，而不是白炽灯那种明亮晃眼，光线从身后洒下来，被商珩的身体挡住了大半。

商珩背着光，冷冽的面部轮廓柔和了许多。

温喻千愣怔地看着他，脑子里不断回荡着他那句话。

"元旦陪我去海城跨年，好不好？"商珩见她不回答，重新说了一遍，顺带补了句，"你们元旦不是有三天假吗？"

男人骨节分明的手指把玩着温喻千柔软纤细的手，也不催她回答。

没有一口拒绝，就说明是有商量的余地的。

这天浪费了一下午的相处时间，商珩惦记着要补回来，看着她瓷白的耳垂，他莫名其妙地说出了这句话。

说出来之后，他心里蓦然轻松了许多，静静地等着她的答案。

温喻千不自觉地攥紧手，犹疑不定。

没想到一握紧手，便攥住了男人的指骨。

男人的指骨跟她的很不一样，且掌心也比她的大好多。温喻千低垂着睫毛，看着二人相握的手："好吧。"

"真乖。"

"给你个奖励好不好？"商珩将薄唇覆在她耳侧，说话时，热气萦绕在她敏感的耳际，让温喻千不受控地想要揉耳朵。

偏偏手又被男人握住了，温喻千掐了一下他的掌心："松手，都出汗了。"

温喻千没有回答他前面那个问题，总觉得这个男人用这种蛊惑的语气说话没安好心。

而且他故意离得这么近，肯定是想让她脑子不能思考。

"我饿了，你做了晚餐没？"温喻千一根一根掰开他的手指，然后从男人腿上起身，理直气壮道，"我饿了。"

商珩瞥了一眼时间，六点整。

"没吃晚餐就回来了？"

晚上时间长着呢，他不着急，迟早有机会奖励她。嗯，他准备好的奖励，从来没有送不出去的。

商珩气定神闲地从椅子上站起来，因为腿还没有彻底好，所以他走得很慢，以免走太快会显得有些瘸。

他将掌心撑在桌面上："想吃什么？"

温喻千的声音终于软下来，眨了眨眼睛："想吃火锅。"

上次没有吃成，温喻千一直惦记着，她都半年没有吃火锅了。

对上商珩那双幽深的眸子，温喻千以为他要在家里弄火锅，却没想到他竟然回屋换了出门的衣服，准备出去吃。

当然，他没忘记将那双雪地靴拿出来，放到玄关处："穿这双出去，不然今晚就饿着吧。"

温喻千红唇微抽："……"

这男人记性怎么这么好！

不过温喻千的目光落在那双雪地靴上，虽很不情愿，但还是迫不及待地赶紧穿上了。

两只脚像是踩在软乎乎的棉花上似的，舒服且温暖。

这才是冬天该穿的！

本来白天已经停了的雪，到了晚上六七点钟的时候，又开始下了起来。

一高一矮的两个人将刚刚覆上一层白雪的地面踩出了大大小小的脚印，在路灯下显得格外和谐。

路上，温喻千被商珩牵着手，二人从头到脚包裹得严严实实。

商珩想到没有在玄关与卧室看到她下午的"战利品"，不咸不淡地问：

"你今天到底跟谁出去逛街了，怎么没买东西？"

温喻千蜷了一下手指，故意逗他："跟小哥哥们逛街，哪有心思买东西。"

"嗯？"

商珩乌黑的短发被压在黑色毛线帽下面，听到温喻千的话后，他略略偏头，目光沉静地看她。

仿佛察觉到了男人的视线，温喻千扬眸，朝他勾唇一笑，也不说话，就这么与他对视着，看谁能熬得过谁。

商珩伸出冰凉的手指，趁温喻千不注意，在她柔净的脸颊上狠狠掐了一把。

"小哥哥吗？我也可以。商太太想要什么类型的小哥哥？高冷禁欲型、温润如玉型、阳光热情型，还是斯文儒雅型？又或者是爱撒娇的'小奶狗'型？"

一连串好几种类型，打得温喻千措手不及。

幸好脸上的痛感让她回过神来，张牙舞爪地朝着商珩扑过去："啊，你这个浑蛋，故意趁机掐我！"

什么这种类型那种类型，都是商珩为了掐她故意说的。

雪地上本来整齐的脚印，不知道什么时候变得凌乱起来。

"所以到底是谁？"

"是你家君简姐！行了吧，这么关心她，你是不是……"

"再胡说，我就亲你了。"

"你敢，明明是你先问的，恼羞成怒了吧？"

"小坏蛋。"

男人富有磁性却带着无奈的嗓音渐渐被雪花覆盖，风吹过，他们的声音也越来越远。

元旦前一天。

本来温喻千答应得好好的，要跟商珩一起去海城。

然而计划赶不上变化——假期泡汤了，温喻千的直系导师陈教授给了她一个新的应用项目，元旦结束之后上交。

据说是陈教授特意请来帮他们赛前备战的那位导师想看看他们的水平。

上午九点，商珩坐在飞机上，神色略显冷淡，双眸深敛，把玩着薄薄的手机。

此时手机页面显示的是微信的聊天页面。

shang："你想怎么补偿我？"

金主："你想要什么补偿？"

shang："想以身偿还。"

金主："……"

金主："你想得美。"

商珩觉得自己不但被温喻千放了鸽子，而且现在她连这点小小的要求都不满足他。

男人抵着额角，略显失落。

旁边的易言不小心瞄了一眼商珩的手机，忍不住感叹："你真是好惨一男的。"

商珩这次为了让温喻千跟他去海城跨年，特意准备了不少惊喜，就连酒店都选了无数个，才找到合适的。

现在她说不来就不来，连补偿都不给。

今年最惨男明星。

易言拍拍他的肩膀，安慰道："女人都是这么没有良心的，习惯了就好。"

"你说谁没有良心？"商珩双眸微眯，凉凉地看着易言，"我太太什么时候没有良心过？"

"啧……"

活该你惨，这个时候还护短。

头等舱人不多，除了商珩与几个工作人员之外，没有其他人。

不过在飞机快要起飞时，一行人突然从入口进来了。

为首的是个打扮时尚养眼，戴着鸭舌帽，身材高挑的女人，一看就知道是女明星。

女人穿着烟灰色的西装外套，配黑色紧身小脚裤，大冷天还露出一截脚踝，显得腿又长又直。

她身后跟着的工作人员，比商珩的还要多。

易言瞥了一眼，没见过。他正闲着没事，见商珩一直不说话，便在他耳边吐槽道："哪里来的十八线艺人，人不出名，排场倒是比一线明星还要大。"

商珩看都没看一眼，他正在思索如何跟温喻千卖可怜才能让她答应。

本来他打算得很好的，元旦跨年演唱会他的表演一结束，就带她去沙滩，给她一个惊喜，然后去沙滩附近的海景酒店。如易言所说，这些全泡汤了。

从别人的角度来看，男人白色的衬衣工整熨帖，此时长臂搭在扶手上，抵着额角，露出精致明晰的腕骨，上面戴着简约却不失华贵的腕表。

机舱内光线微暗，男人却格外引人瞩目。

一般人戴这种腕表，大概只能让人成为其附属品。但商珩不是，腕表附属于他，这出现在杂志上的腕表，因为商珩更显华贵。

人们只会先注意到商珩，之后才注意到腕表。

陶芸梨取下脸上的墨镜，朝商珩走过来，在他旁边站定，伸出一只手："妹夫，你好，我是陶芸梨，终于见到你了。之前总是听爸爸提起你，现在有幸一见，果然跟爸爸说的那样，你很优秀。"

她故意压低声音，在商珩耳边小声喊着那个称呼，仿佛是他们之间的秘密一样。

妹夫？什么鬼？！

旁人没有听清楚，但是易言听清楚了，这个突然冒出来的十八线小明星居然喊商珩妹夫。

这到底是什么奇怪的关系？

商珩没有动作，只是微微抬头，眸色淡漠："妹夫？你认错人了。"

陶芸梨碰了个软钉子，表情有些尴尬，不过很快便恢复正常，依旧笑眯眯的："爸爸说了，这次跨年晚会，还得麻烦商大人呢。"

既然商珩不喜欢她叫妹夫，那她就换个称呼。

她顺了顺脸颊边的碎发，轻叹一声："听爸爸说，我能进入娱乐圈，还要感谢商大人帮忙呢。多谢您了，以后还请多多关照。"

不知何时，空姐已经站在过道上："飞机即将起飞，请这位女士回到自己的座位，谢谢配合。"

陶芸梨见商珩不搭理自己，倒也不着急，大不了下飞机之前，她给她爸打电话，让她爸跟商珩说。

这次跨年晚会，是她一举成名的好机会，绝对不能错过，不然还不知道什么时候才能有这样的好资源。

借着商珩炒作，是最快的法子。

陶芸梨身边的助理很是惊讶："梨姐，您认识商大人吗？"

助理是公司安排的，陶芸梨一进公司，就被安排了四线女星的待遇。至于多出来的工作人员，都是陶芸梨自己花钱雇的，甚至还有保镖。

助理知道陶芸梨有背景，只是没想到她背景居然这么硬。

陶芸梨小声跟助理说："我们是亲戚关系，你可不要告诉别人。"

助理惊呆了："不告诉，我绝对保密。"

亲戚？

天哪。

商大人出道这么多年，将私人生活保护得非常好，除了工作人员之外，没有人知道他的家庭情况。

圈中曾有人猜测，商大人的家世一定很好，不然怎么能在娱乐圈这种地方如此如鱼得水，甚至谁都动不了他。

现在突然冒出来一个亲戚，还是个漂亮的女明星，虽然只是十八线，但她才刚出道呀。

要是被人知道她的身份，陶芸梨在娱乐圈的地位只怕会一下子蹿上去。

再说了，有商大人这样的亲戚，她还愁什么资源。

陶芸梨见助理的表情变了又变，满意地拨弄了一下指甲，在飞机起飞之前，给她爸发了条微信消息。

"爸爸，妹夫不理我，是不是妹妹跟妹夫说了什么，所以妹夫不喜欢我呀？您能不能帮忙跟妹夫说说好话？"

晚上十点，青大校园。

温喻千抱着一个快递箱往外走去。

她纤细的身板衬得快递箱格外大。

不过温喻千走了快五百米了，也没觉得很累，主要是这个箱子看着大，实际上根本没有什么重量。

温喻千晃了一下，总觉得里面全是泡沫塑料。

秦眠说这是送她的元旦礼物，让她自己去取。

因为元旦放三天假，秦眠已经陪楚江渊去海城了。她是去玩的，而楚江渊是去参加跨年晚会的。

一想到秦眠刚才打电话那贼兮兮的样子，温喻千便有种不太好的预感。

这到底是送的她什么礼物?

半个小时后,温喻千抱着快递箱,盘腿坐在客厅的地毯上,拿着小刀子拆快递。

全部打开后,偌大的箱子里都是防震袋,只有最里面夹着一个方形的盒子。

粉蓝色的包装,看着格外有少女心。

光看包装,温喻千还以为是什么摆件。等到她看清楚包装盒外侧那不大不小的标志后,手一抖。

盒子掉在了地上。

幸好有地毯缓冲,没有发出剧烈的声响,却也足够温喻千受到惊吓了。

她是第一次看到这种东西。

第一反应就是,幸好商珩不在。要是商珩看到她拆这种东西,依照他的脾性,绝对不会管是谁送的,就算到她身上。

温喻千偷偷松了一口气,然后咬牙切齿地给某个送她这种礼物的浑蛋打电话。没想到打过去居然关机了。

秦眠一定是怕她打电话过去找她算账,所以才提前关机了。这个时候她怎么这么机灵呢,给她买这种东西的时候也没见她聪明!

正常人会送闺密这种东西吗?

温喻千给"罪魁祸首"发消息,没想到一打开微信,居然看到了秦眠的留言:"千崽,我为你也是操碎了心,别害羞,自己玩,千万别抛弃我偶像。"

借口,都是借口。

秦眠绝对是知道了自己上次骗她的事情,现在故意报复。

瞧瞧这话说的。

温喻千从不吃亏,思索过后,打开购物网站,也准备回赠秦眠一份新年礼物。

朋友之间,就要有来有往,才会长久。

温喻千内心如此说服自己后,便开始漫长的寻找礼物之旅。

她很少网上购物,毕竟她的衣服、包、日常用品之类的,都是家里订好的,根本不需要她买。

再说了,她也不喜欢把时间浪费在刷这种购物软件上。她有这个时间,更喜欢徜徉在计算机的世界里。

学无止境,她还有很多东西不明白。

难得打开购物网站一次，没想到一打开，便弹出来一条消息："你购买的成人用品已签收，请给个好评哦。"

谁购买这种东西了！为什么她手机里会有这种信息？！

温喻千往下看消息，这才知道，原来秦眠是用她的手机号码买的，所以购物信息会直接发到她的手机上。只不过，她一直没有注意到这条消息而已！

温喻千刷到最后一条，是圣诞节那天晚上的发货消息。

温喻千豁然开朗，突然想起来，为什么圣诞节的第二天醒来，商珩会忙着看"小电影"。当时他怎么说的来着？说他满足不了她，所以要学习更多的知识？

她当时没有细想，现在仔细一品，终于品出味来了。

肯定是被商珩看到了！

不然这条消息她怎么会见不到。

想到商珩误以为她买这种东西，温喻千恨不得把秦眠揪过来按着打一顿，往死里打那种，她绝对不会手下留情的。

跑得了和尚跑不了庙，秦眠这个浑蛋。

温喻千也没了逛购物网站的心思，看了一眼时间，应该还不到商珩上场。

她记得商珩是零点压轴，还有将近两个小时呢。

温喻千给商珩发了语音通话。

等电话接通的那段时间，温喻千的心绷得很紧。

响了十几秒，通话被对方拒接了。温喻千抿了抿双唇，疑惑道："难道很忙吗？"

按照商珩的咖位，他应该有单独的休息室吧。

就在温喻千看着手机若有所思的时候，突然，微信页面上弹出了视频通话的邀请。

温喻千猝不及防，眉头蹙起，缓了几秒钟才点了接通键。

她抚了抚并不凌乱的碎发，才缓缓抬头看向视频。

"想我了？"

男人低沉且含着笑意的声音从手机里传出来，恍若带着电流一般，越发磁性惑人。

温喻千心里藏着事，看商珩时眼神略带躲避，不过依旧能看清楚他此时身处的位置。大概是刚化完妆，他额前的头发都被梳了上去，露出精致白皙的额头。

清俊昳丽的眉眼清晰地暴露于人前，五官如同被能工巧匠细细雕琢过一般。

他皮相优越，根本就不需要化太浓的妆，只是打了个底，加深了一下轮廓而已。毕竟待会儿上台后，灯光会很亮，这样上镜会更好看。

温喻千第一次这么直观地看商珩化妆，有些好奇，凑近屏幕，问道："你化妆了？"

见她只是满脸好奇，完全没有什么思念的意思，商珩眼睫低垂，突然伸出了手。

温喻千脸上的表情瞬间从疑惑变成了愣怔，看着突然黑了的视频发蒙。

商珩这是在搞什么？干吗要挡住？

随即，手机里传来男人略带沉哑的声音："不说想我，就不给你看。"

"你幼不幼稚？"温喻千完全没想到商珩搞这一出只是因为她没说想他，"你才走了不到一天呢，有什么好想的。"

即使自己确实是喜欢他的，却也没有腻歪到这种地步吧，才走了十三个小时而已。

再说了，温喻千只要一钻进计算机的世界里，就会忘记时间。相较她的时间而言，温喻千觉得商珩才离开了两三个小时。

商珩不说话，屏幕还是黑的。

温喻千终于妥协了，不跟幼稚的老男人计较："行，行，行，我想你了还不行吗？先把手拿开，我有话跟你说。"

听到温喻千说想他了，他倒也不在意是怎么得来的这句想念，心满意足地挪开了掌心，重新露出那张俊美的脸庞来。

他肯定不会一直挡着脸，难得她这么好奇他的长相，好奇是喜欢的开始。

商珩亲自找了个角度，露出他觉得自己最完美的侧脸，然后固定住手机："说吧。"

休息室此时除了坐在沙发上聊天的易言与白岸，没有其他人。

他们两个人听到商珩与温喻千视频通话，也故意降低了自己的存在感，连说话声音都变小了。

温喻千看着他坦然的表情，细白的牙齿轻咬下唇，有些不知该如何开口。

她做了半晌的心理准备，这才试探着问："你上次早晨在家里看'小电影'……"

"噗……"

"喀喀喀！"

温喻千刚说了一句，便听到手机里传来两道奇怪的声音，似乎是被水呛到了。不是商珩，那就是……

咝——

温喻千一脸惊恐："你……你……你……那边有人？"

他那边还有别人？！

商珩靠坐在化妆椅上，透过化妆镜能清晰地看到身后不远处被呛得满脸通红的经纪人跟助理，双眸微眯，漫不经心地瞥了他们一眼。

"商老师，我们……我们出去等你。"白岸立刻拖着被呛得不轻的易言赶紧往外跑，生怕跑得慢了，会被就地灭口。

妈呀，商老师刚才那个眼神太可怕了。

易言倒是不害怕商珩，只是他现在说不清楚话，被白岸拖走的时候，还一边咳嗽一边道："喀喀喀商……商……珩，没想到，喀喀你……喀居然……"还有这种爱好。

大早晨看"小电影"，真乃奇人，精力得多好。

"你别……"拖我。

易言没白岸力气大，就这么被他拖走了。

砰——

休息室的门被关上了。

商珩这才将视线移向屏幕中快要把脸埋到膝盖里，跟只小鹌鹑似的温喻千。

温喻千一想到她刚才说的话都被别人听到了，顿时羞愤交加："我没脸见人了。"

她居然当着其他人的面，说这种话题。

不知道的还以为她是来勾引商珩的呢。

呜……

商珩看着温喻千，蓦地笑了一声："没脸见人的应该是我吧，我都没害羞，你害羞什么？"

"你脸皮厚。"温喻千小脸红润润的，煞是好看。

微信视频是没有滤镜的，长什么样子，基本上就是什么样子。此时的温喻千红唇娇艳，小脸红红，商珩甚至觉得她就在自己面前一样。

温喻千没有商珩那么多心思，她现在只觉得自己丢人丢大了，直接忘了跟商珩视频的目的。

后来还是商珩提起来："我看'小电影'怎么了？"

商珩记得自己把电脑留在书房了，难不成温喻千看到了他电脑里的笔记？毕竟一个电脑密码难不住这位计算机天才。

商珩看着屏幕中她脸上的表情，眉峰微敛，否定了这个想法。

温喻千应该没看他的电脑，如果真看到了，可能就不是现在这种表情了，早就气急败坏，或者恼羞成怒，又或者……

想到她那从来都藏不住心事的脸，商珩的嘴角忍不住微微勾起。如果不是看到了电脑里的东西，那为什么突然提这件事呢？

"他们已经走了，说吧。"

话落，商珩静静地等着她回答。

温喻千终于从刚才的打击中自我调节过来，商珩说得对，看"小电影"的是他，又不是自己，应该他感到羞耻才对。

自己还是纯洁天真的小仙女！

温喻千轻轻吐息，瞳仁恢复往日的透彻："那天你说看'小电影'是为了满足我，你是不是看了我手机上购物平台发来的消息了？"

她生怕被打断，一口气把话说得清清楚楚，然后看向商珩。

清亮的双眸紧盯着视频中的男人，生怕错过他一丝一毫的情绪变化。

毕竟商珩太会演戏了，自己经常被坑，所以这次她要看清楚了才行，免得又被糊弄。

商珩没有动，仿佛卡住了一样。

温喻千看着屏幕，甚至都不敢呼吸，直到感觉肺快要炸了，这才轻轻地吸了一口气："你干吗不说话？"

屏幕中的男人终于动了。

休息室的灯光很亮，毕竟要化妆。在强光下，商珩的皮肤比在正常光线下要白好几个度。

他缓缓抬起手臂，就在温喻千以为他又想把屏幕遮住的时候，只见他神态怠懒地将手臂支在桌面上，俊脸逼近屏幕。

下一秒，俊美男人轻笑出声："这么多天才发现，是因为东西到了？"

虽是问句，语调却是笃定的，仿佛一切都在他的掌握之中。

"你怎么知道？"温喻千反问。

等话一说出口，她瞳仁蓦地收缩，捂住自己微张的嘴，难以置信地看着商珩，这才反应过来，自己是不是被套话了。

一看她的表情，商珩便知道她在想什么。

他笑意盎然地伸出修长的食指，轻点眼尾，幽深的眸中带着毫不掩饰的愉悦："看到的。"

温喻千一转身，便看到了自己身后那个掉在地毯上的粉蓝色礼盒。

礼盒倾斜着，正对着屏幕。

温喻千定定地看了礼盒一会儿，转头就想挂断视频。她觉得自己没脸见商珩了，这才视频几分钟，就发生了这么多心惊肉跳、令人羞耻的事情。

她只是单纯地想解释一下，那并不是自己买的，让商珩千万不要误会。

温喻千之前调整好的心态一下子又崩了，脸皱成一团，脑子迅速转动，随后灵光一闪："离这么远你都能看到，你对这个很熟悉吧？"

"为了满足商太太，为夫有所涉猎。"商珩坦坦荡荡道。

输了，输了，无耻不过他。

温喻千轻咳一声："我不听你胡说八道了，我就是想告诉你，这东西不是我买的，我也是刚刚才知道，是秦眠送的。她填错手机号了，我也没有不满足……你别误会。"

说完，温喻千见他不答话，睫毛上下抖动几下，用威胁的目光看着他："所以，你听懂了吗？"

"嗯。"商珩淡定地应了一声，"懂了，商太太的意思是，让我跟秦小姐把这东西买下来是吗？等会儿楚江渊来了，我跟他说一声就是。"

"并没有！"温喻千被他气得直接拿着手机从地毯上站了起来，鼓着腮帮子，跟小金鱼似的，"你别跟别人胡说。"

这种事情……他的脸皮到底有多厚，才能想到去跟楚江渊买。

商珩在温喻千心里的形象就是腹黑且没底线的男人，所以他说要跟楚江渊提买下来这件事，温喻千觉得他真的做得出来。

"你不要跟楚江渊说。要是敢说，你就不用回家了！"

温喻千一气之下，想到了最有力的威胁。

商珩慢悠悠地叹息一声："商太太想要堵我的嘴也容易，只要你明天飞来海城，我什么都听你的。"

原来这才是这个男人的目的。

温喻千突然就后悔了，自己为了解释，居然送上门来给商珩虐。

这个男人向来不按常理出牌，不过温喻千回味了一下他的话，突然得意地勾起嘴角，红艳艳的唇瓣上扬："商珩，你是不是特别想我呀？"

少女的嗓音本就软糯清甜，现在还特意拉长了语调，仿佛拨弄小提琴的琴弓一般，就那么拨在了心尖上。

商珩本来清冽磁性的嗓音，再次开口时，已经染上了几分暗哑。

"对，特别想你，过来吧。"

"那你求求我，或许我就答应你了呢。"

商珩看着温喻千眼角眉梢流露出的得意，也乐得配合她，压低了嗓音，一字一字，以免她听不清楚赖账。

"我想你。"

说完以后，商珩在她开口拒绝之前，迅速接上了一句："机票信息等会儿让易言发给你。"

他完全不给温喻千拒绝的机会。

视频定格在她因惊讶而微张的红唇上。

咚咚咚——

外头传来三声敲门声。

"商老师，有人要见你。"

商珩意犹未尽地跟温喻千挂断视频，想到明天就能见到她，倒也愉悦了几分。

休息室门口。

易言被白岸连拖带拽弄出来之后，咳嗽了好半天才缓过来。

"没想到啊没想到，商珩居然是这样的商珩。"易言轻"啧"了一声，跟白岸小声吐槽，"亏得当初媒体说他是全网最禁欲的男明星，我还以为他真禁欲，现在居然大白天看'小电影'。外闷内骚的典型！"

白岸表情纠结，易言跟商珩都是他的上司，他说什么感觉都不好。

"其实商老师年轻气盛，也挺正常的。"

"哪里正常了？他以前没老婆的时候都不看这玩意儿，现在有老婆了，居然跑去看。你说他正常？"

易言突然倒吸一口冷气："你说他是不是哪里有什么问题？"

白岸真诚地回道："您不觉得这或许是夫妻情趣吗？"

易言："……"

我一个已婚男，居然被一个连女朋友都没交过的人给教育了。

并且，还觉得他说得很对。

就在白岸跟易言大眼瞪小眼的时候，身后突然传来细微的脚步声。二人对视一眼，纷纷闭了嘴。

他们敢在门口这么开玩笑，是因为商珩的休息室距离其他人的比较远，很安静。

易言恢复往日沉稳的经纪人形象后，才转身看向来人："陶小姐，有事吗？"

陶芸梨是跟助理一起过来的，她已经换上了表演穿的礼服，裙摆是由金银线交错绣的，显得极为华丽，夺人眼球。她脸上也是浓重艳丽的妆容，舞台效果应该很不错，但在日常的光线下，整张脸像是戴上了一张面具，略显厚重。

陶芸梨理所当然地说道："我来找商大人，我爸爸让我来的。他说商大人可以带我一起上台表演。我不想跟别人一起。"

这天的安排是让陶芸梨跟几个年轻的女明星一起合唱，都不是很出名的那种。

陶芸梨想到继父说让她来找商珩帮忙，商珩一定不会拒绝，只要提温喻千就可以。

想到继父那笃定的表情，陶芸梨便真的来了。

见她跟商珩好像很熟稔，还提到了她爸。

易言疏离但有礼地问："请问您父亲是？"

陶芸梨红唇一扬："温远钧。只要你提我爸爸的名字，他肯定会见我的。"

易言轻轻颔首，转而敲门，连续三下后，才开口道："阿珩，陶芸梨小姐要见你。说她父亲温远钧认识你。要见吗？"

第十三章

准 备 公 开

　　陶芸梨嘴角的笑意笃定张扬，她认定商珩肯定会给她开门。

　　很快，她脸上的笑容僵住了。

　　不多时，休息室里传来一道薄凉淡漠的声音："不认识，让她走。"

　　陶芸梨难以置信地看着紧闭的门，音量拔高："商大人，我是温远钧的女儿，温喻千的姐姐，你怎么能说不认识我呢？"

　　易言皱了皱眉："陶小姐，这里是演播厅，请你注意。想出道，就别在这里闹。"

　　陶芸梨整个身子开始发抖，在助理的搀扶下才得以站稳。她一转身，便拿出了手机："爸爸……"

　　十分钟后，休息室内。

　　商珩对于刚才外面发生的事情完全没有放在心上。

　　忽然，手机振动了几下。

　　商珩看了一眼来电显示，接通后，薄唇倏地勾起一抹嗤笑："温先生，你觉得我像这么好说话的人吗？"

　　温远钧不怕他，他手里有商珩的把柄："女婿，咱们一家人不说两家话，你要是不帮忙的话，别怪我跟亲生女儿见面聊。"

　　"温先生猜一猜，我会不会让你永远闭嘴。"他脸庞俊美，薄唇微启，语调幽冷寒凉，"给你脸是看在我太太的面子上，你若不想要，商某能给你，也能全部收回来。"

温远钧跟商珩认识这么长时间，第一次听到他说这么多话，也是第一次深切地感受到这个男人的危险性。

他说到绝对就能做到。

温远钧忍不住打了个寒战，冷不丁冒出自己下一刻就要被抛尸荒野的荒诞想法。想到商珩那冰冷的眼神，他比女人还要秀气的脸瞬间苍白无比。

温远钧额头上瞬间冒出密密麻麻的一层冷汗，连带着后背都开始发麻："我……我……你……"

他说话的气势没有之前那么足了，虚张声势道："现在是法制社会，你别吓唬我。"

商珩嗓音低沉，冷笑一声："是吗？"

明明只是淡淡的一句话，偏偏让人恐惧不已。

温远钧完全没想到商珩居然这么不给面子："我是你岳父！千宝是我的女儿，她不会看着我这个父亲被欺负的！"

想到自己的亲生女儿，温远钧顿感气势盛了不少。

商珩觉得有些厌烦，懒得与他浪费时间："随你。"

挂断电话后，商珩直接喊来褚谦，之前温远钧的事情都是由褚谦处理的。

褚谦做事一丝不苟，语调一如既往冷冰冰的，不带任何情绪："温远钧现在的夫人是陶氏电器的陶总。"

商珩的长指漫不经心地把玩着腕骨处还没来得及系上的领带，薄唇微启，嗓音冷淡入骨："联系陶总，管好她的丈夫。"

温远钧长相优越，皮肤白净，五官端正，即便年过四十，笑起来的时候也依旧有少年感，而且他还有一张甜嘴，很会哄女人开心。

他与宋女士离婚之后，转头便搭上了陶氏的女总裁陶怜，还哄得陶怜与他结婚，成为他的"长期饭票"。

"是。"褚谦恭敬地应道，转头便给陶怜打了个电话。

陶氏是做电器行业的，看似赚钱，实则在圈中并没有什么地位，甚至需要巴结各大豪门，以便打入这个圈子，因此她自然不敢得罪商氏的人。

此时，陶氏电器总裁办公室。

助理一听是商氏来电，立刻将电话转给陶怜："陶总，是商氏的人。"

陶怜倒是没觉得受宠若惊，反而很是狐疑："真是商氏？"

"应该错不了，没人敢冒充商氏继承人。"助理想到刚才那位的自我介绍，小声在陶怜耳边道，"他说他是商晏清的保镖队长，褚谦。"

褚谦？

陶怜猝然一惊，她知道褚谦。

商氏的每一代继承人都会有各自的左膀右臂，一个辅内，一个辅外，一文一武，相得益彰。

而褚谦便是帮商氏新晋继承人负责外部事务的保镖队长。

没想到他居然会亲自给她来电，陶怜眼皮子不停地跳，有种不祥的预感。

她恭恭敬敬地接过电话，几分钟后，脸色很差地从椅子上站起来，只是语气依旧谦逊温和："您放心，我绝对会看好他。是，是，是，是我管教不严。"

陶怜挂断电话后，迅速拿起外套往办公室外走去。

助理疑惑道："您今晚不是要加班吗？这是要去哪里？"

陶怜咬牙切齿道："回家！"

她完全没想到商氏找她是为了温远钧，温远钧招惹谁不好，居然去招惹商氏的人，这是嫌她过得太安逸了吗？

陶家跨年夜的鸡飞狗跳，商珩并不在意。陶怜只要够聪明，就会把温远钧管好，要是不聪明的话……

商珩对着化妆镜，瞳仁里闪过一抹冷色。

"商大人，时间到了，该您上场了。"工作人员前来敲门。

商珩缓缓转身，他的嗓音沉哑磁性，神态倦怠慵懒，偏偏迷人得紧："嗯。"

工作人员不敢看商珩那张俊美的脸庞，生怕自己会失态。

一路上，商珩碰到了不少工作人员与参演嘉宾。

易言跟在商珩身边低声道："本来他们表演了就想走人的，但是又想等你公开复出，就舍不得走了。"

他开玩笑："真不愧是被全网最多女明星公开示爱过的男人，咱们商大人的魅力无穷无尽，你说要是她们知道商大人大清早看'小电影'……嗯？"

商珩冷淡地瞥他一眼："不想干了？"

易言顿时苦着一张脸："你至于吗？我就开个玩笑，你居然想辞退我。"

商珩的长指漫不经心地扣着衬衣袖扣，他这天穿了一身银灰色的西装，看起来宽肩窄腰，额头的碎发全梳了上去，做了好看的造型，站在舞台上时，灯光打下来，恍若神仙下凡。

他上场的那一刻，观众席顿时山呼海啸

"啊啊啊！商大人！"

"商大人！"

"商大人！"

简直要把人的耳膜叫穿。

主持人的声音几乎被欢呼声淹没，她拔高了音量："商大人复出之战，商家军可真热情啊。商大人有什么话想对粉丝们说吗？"

男人接过主持人递来的话筒时，修长明晰的长指被璀璨的灯光一照，美不胜收。

他没有唱歌跳舞，只是来陪粉丝一起倒计时的。

算是公开露面，也算是给粉丝一个交代。

此时，他身后的舞台上站着还没有离开的几十个参加跨年的嘉宾，多为女性，她们争妍斗艳。

陶芸梨一上台便不顾什么形象往商珩身边走，想着离他越近越好。

等商珩说完话，将舞台交给主持人后，陶芸梨便想要趁机抓住他的衣袖："妹夫……"

"闭嘴！"商珩警告地睨了她一眼，压低声音，沉沉道。

舞台上歌声正好响起，没有人听到他们的说话声。

"你帮帮我。"陶芸梨只有这一个机会了，她眼巴巴地看着商珩，神色带着哀求。

她之前的表演完全没有在网上引起什么热度，想要快速出现在众人面前，她只能依赖商珩。

商珩的耐心告罄，冷淡地收回视线："成全你。"

本来看在温喻千的面子上，商珩不打算跟这群人计较。可他们一个比一个脸皮厚，想借着他上位，也要看看自己够不够资格。

陶芸梨的眼底顿时迸发出一道光。

她不怕被骂，之前有经纪人跟她说过，现在娱乐圈黑红才是最快的，等红了之后再慢慢洗白就是。

跨年这天晚上，温喻千一边看着跨年晚会的直播，一边跟正在国外的宋女士聊天。

宋女士："给你转了五十万，元旦红包。"

温喻千垂眸看了一眼振动的手机，然后理直气壮地将之前商珩挂断视频后给她转账的截图发给了母亲。

几秒钟后。

温喻千弯眸看着宋女士又转来的五十万，漂亮的红唇扬起一抹弧度："谢谢妈妈。"

她就喜欢宋女士这种一言不合就转账的性格。

宋女士："再给你转一百万。"

温喻千眨了眨眼睛，以为自己看错了。

下一秒，她僵在原地。

因为宋女士又发了一条："这是给我未出世的外孙的。"

温喻千瞪着圆溜溜的眼睛，无可奈何："……"

宋女士催生真是催得清新脱俗。

温喻千截了个图，然后小手托腮，认真看了看转账信息，双唇微抿，豁然开朗。

她就知道，宋女士突然大方，一定是别有用心。

温喻千生怕宋女士下一句就是问他们的夫妻生活，当机立断道："国内十二点了，妈妈，我睡了，晚安。"

发完之后，温喻千做贼心虚地退出了微信，屏蔽了宋女士的消息，假装自己真的睡着了。

余光瞥到绿色图标旁边的黄色图标，温喻千想到这天跨年夜商珩复出，不知道会不会有什么热搜。

她打开微博后，先用她那个"还我一百万"的小号发了条微博。

这是她的第一条微博。

还我一百万："清新脱俗的催生方式。"

算是纪念一下她跟宋女士之间的塑料母女情。

而后她才闲闲地点开热搜，如她所料，"商珩复出"的热词不知道什么时候已经冲到了第一。

后面紧跟着的是"楚江渊演唱《传古》"。

《传古》是楚江渊拍的第一部古装电视剧的主题曲，非常有意义。热搜下，粉丝们都在回忆那年夏天追剧的心情。

商珩的热搜下都是粉丝们在"啊啊啊"，一点意思也没有。温喻千点开楚江渊的热搜，打开一个视频听了一会儿，嘟囔道："楚老师唱歌还挺好听，不知道商珩唱歌是什么样子。"

然后，温喻千搜了一下"商珩唱歌"，发现居然没有一条信息。

她睫毛颤抖，一脸蒙，商珩到底是靠什么当上顶流的？

不唱歌，不跳舞，不宠粉，除了演戏，貌似什么都没做过，就这样还顶流？怕不是买的粉丝吧。温喻千腹诽道。

突然，电视里传出山呼海啸般的声音。温喻千抬头一看，商珩终于出场了。

会唱歌吗……

温喻千有些期待。

她的目光落在男人穿的妥帖整齐的西装上，宽肩，窄腰，大长腿，在一众男女明星中占据绝对的中心位，让人第一眼就能看到。

他的长相与身高实在是太出色了。

他拿着话筒，淡淡地说了两句，最后道："很可惜，以后想和你一起跨年。"

男人像是能看到她一样，幽深的目光透过屏幕，嗓音清冽透彻，好听至极。

粉丝们疯狂呐喊："啊啊啊商大人，以后我们一起跨年！"

不知道为什么，温喻千总觉得商珩那句话不是跟粉丝说的，而是跟她说的。

她咬了咬下唇，翻出刚才白岸发给她的机票信息，定定地看了好几秒，最后做了决定。

关掉电视前，温喻千的余光瞄到了商珩身边那个浓妆艳抹的女明星的脸，她顿了一下。

镜头一晃而过，并没有在她脸上多停留，便定格在商珩那俊美的面容上了。

不得不说，商珩是真的很得摄影师的喜爱，每次镜头在他身上停留的时间都是最长的。

大概是巧合吧，而且那个女明星的妆容那么浓艳，看不出来到底是不是她。温喻千摇了摇头，漂亮的脸上没什么表情，是不是陶芸梨都跟自己没关系。

她现在要养精蓄锐，明天上午九点的飞机呢，商珩真是太急了，让人定了这么早的一班飞机。

温喻千睡得早，她睡前没有刷微博的习惯，所以不知道微博上已经炸开了锅。

某个媒体大V发了张演唱会现场的照片，并且发微博说："商大人与新人女星陶芸梨跨年晚会现场亲密交谈。据可靠消息，女星与商大人有特殊的亲密关系。"

这个不眠夜，无数粉丝与围观群众发出了"吃瓜"的叫声。

"怎么回事？十八线新人也敢'碰瓷'商大人？"

"十八线滚开好吗？我老公也是你可以随便'碰瓷'的？！"

"呵呵呵商大人好不容易复出，为什么总有不长眼的。"

"妆那么浓，卸妆之后不知道是什么样呢。我老公连我这种绝色都看不上，怎么可能看得上她？"

"可是我觉得他们很般配呀，还穿情侣装呢，都是银灰色调，暗戳戳地发糖。"

"这对CP我粉了，情侣装好甜。"

"水军来了！太阳跟黄沙也是一个颜色，他们般配吗？"

"我家商大人内心的想法分明是：莫挨老子！"

"给楼上赐皇家御酒。"

"哎，我家商大人一出山，就什么猫猫狗狗都过来蹭了。"

"或许这位不知道谁碰我家商大人谁就会凉的诅咒。"

"可惜了，还没火，就要滚出娱乐圈。"

作为顶流男星的粉丝，商家军的战斗力绝非普通明星的粉丝可比，来一个撕一个，来一对撕一对，撕遍整个娱乐圈没有敌手。

每个被撕过的明星粉丝，下一次再碰到，绝对会退避三舍，不敢跟这群女人战斗。

太可怕。

商家军的宗旨就是：我们不主动撕，但你非要"碰瓷"，那就别怪我们不客气。

虽然陶芸梨被骂得很惨，但她也一夜之间涨粉三十万，虽然全是来微博下面骂她的。

可见商珩的流量有多真实。

陶芸梨已经开始幻想自己未来会火遍全国了。

别人越骂她，她就越高兴。

这可全是流量啊。

一早醒来，陶芸梨高兴地给继父打电话："爸，这次多亏了你，我现在粉丝快要破百万了。您可真厉害，居然认识商大人这种人物。"

这边，温远钧昨晚被陶怜骂了一晚上，好不容易才将她哄好，确定地告诉她，商晏清特别喜欢他亲生女儿，只要他找女儿求情，商晏清那边绝对不是问题。

他正愁要如何才能见到温喻千时，便接到了陶芸梨的电话。

听着继女欢快的声音，他心里骤然松了口气，很是得意。商晏清嘴上说不帮忙，还吓唬他要让他永远闭嘴，心里还不是怕他把当初那件事捅给千宝。

温远钧确定商晏清这次帮了陶芸梨，就是想封住自己的口。

果然，他有商晏清的把柄，就不怕商晏清不帮忙。

他得意地跟陶芸梨道："我们是亲戚，他不帮你帮谁？毕竟我怎么着也是他亲岳父，打断骨头连着筋，他不会不管的。"

陶芸梨眼底闪过一抹嘲讽，嘴上却甜甜道："爸爸真厉害，比妈妈还要厉害。妈妈只会让我从十八线做起。"

"我们梨梨这么漂亮，就得一炮而红。从十八线开始，得什么时候才能火。"温远钧很是看不上十八线小明星，"以后有你妹夫为你保驾护航，宝贝女儿，你成为一线明星指日可待。"

"借爸爸吉言，爸爸真好。"

陶芸梨一口一个"爸爸"，喊得温远钧心花怒放，大包大揽道："等会儿我跟千宝约个时间见面，以后你们姐妹俩也能互相帮忙。"

陶芸梨一口答应。

这边父慈女孝，格外和谐。

而一大早，温喻千就被丛烈接到了机场，都没来得及看时间。

她早晨还没睡醒呢，就听到外面门铃声持续不断地响起，一副不开门就不罢休的架势。

于是，早上七点钟，她都没来得及化妆，便被丛烈带上了车。

"后座有早餐，是晏清特意让我给嫂子准备的。"

温喻千跟丛烈也算比较熟了，也就没有客气："距离飞机起飞还有两个小时，你这么早催什么？"

丛烈英俊的脸上染上一抹笑意："嫂子，这可怪不得我，晏清今天一早就给我打电话，催我来接你，你要怪就怪商晏清。"

"嗯，等到了海城，我就把这话告诉他。"温喻千轻轻地笑了一声，眼角眉梢流露出明显愉悦的情绪。

尤其是看到丛烈整张俊脸僵住后，她心情更好了，拆开一盒牛奶，悠悠然开始吃早餐。

嗯，愉快的早餐，从一杯纯牛奶开始。

丛烈从后视镜看到温喻千的表情之后，终于明白自己被戏弄了。他过了好久，才长叹一声："嫂子，你跟他学坏了。"

温喻千很赞成丛烈的话："我也这么觉得。"

她早就发现自己近墨者黑了。

丛烈又被噎了一下，怎么觉得这是隐形"狗粮"呢。

前往机场的路上，温喻千终于有空开机，她昨晚关机充电了。

幸好前一天她效率很高，提前就把这天的任务完成了，剩下的让何羡川收尾即可。

元旦假期结束后，她还有两天的时间可以用来完善，要请一天假也可以。

一开机，便有无数消息跳出来。

最多的来自秦眠。

"啊啊啊居然有女的'碰瓷'我偶像。

"千崽，你还有心思睡觉，你老公被人'碰瓷'了！

"天哪，居然真的有傻子说他们般配！

"妆那么重，还不如你的一根腿毛，亏他们说得出这种味良心的话。

"你瞧瞧，这做作的样子，就是故意接近我男神！

"呵呵，现在的十八线为了出名真是不择手段，重点是她居然真的涨粉了！

"这年头的粉丝都怎么回事，去微博骂她还得关注她？就算关注了她才能评论，骂了之后能不能取关？能不能？！

"真是气死我了！

"你咋还不醒？都五点了！"

温喻千看着秦眠那一大堆消息，从凌晨一点开始，一直发到清晨六点，她一晚上没睡？

这年头的粉丝真是太可怕了，为了偶像熬夜、秃头、长皱纹也要战斗到最后一刻。

温喻千给她回了一句："我没有腿毛。别以为刷屏就能掩盖你昨天犯下的罪，你给我等着。"

回完后，温喻千才漫不经心地点开了她发来的截图。

本以为又是什么女明星"碰瓷"商珩而已，毕竟商珩被"碰瓷"的次数太多了。

为了了解商珩，温喻千可是看了不少关于他的采访。

前几年有很多女明星不知道商珩的脾性，上赶着自荐枕席，可没有一个不是铩羽而归，并且被商珩那群粉丝给追着骂了好多年都洗不白。

从那以后，再也没有女明星敢这么明目张胆地蹭商珩的热度了。

现在冒出来一个十八线女星胆子这么大，温喻千还挺佩服她的胆量与无知的。进入这个圈子，连最基本的规则都不知道，以为靠蹭商珩被粉丝骂火就算红吗？

她也不想想看，得罪了商珩，哪有导演会找她演戏，哪有广告商和综艺节目愿意与她合作，这不是自寻死路吗！

温喻千嘴角勾着笑，待看清图片后，嘴角的笑意渐渐消失，被牛奶润湿的红唇紧抿成平平的一条直线，之前精致如洋娃娃的脸庞一瞬间像是被寒霜覆盖了一般，戴上了一副面具。

陶芸梨。

竟然是她。

温喻千的睫毛轻合，随后慢慢睁开。再看，还有陶芸梨的名字，就在商珩的名字旁边。

秦眠截的图是一条微博，上面还有照片。

照片上，在舞台绚丽的灯光下，商珩侧对着镜头，正微微俯身看向陶芸梨，表情认真。

因为光效，他的眼神显得格外深情。

而陶芸梨正仰头看向商珩，他们仿佛在对视。

温喻千看着这张照片与微博上的那句文案天地之间，他们眼中仿佛只有彼此。她一下子攥紧了手机，瓷白的手指紧贴着冰凉的手机，连带着她的指腹也是冰凉的。

她低敛着眼睫，将所有情绪掩藏住，张了张嘴，想让丛烈停车，她不想去见商珩了。

可理智告诉她，这是假的，商珩怎么可能跟陶芸梨有什么关系。

但感性却在抗拒，如果商珩对她没意思，又怎么会看她？

她看过商珩的无数访问，从来没有见过这种暧昧的照片。

就算是修图或者被抓拍，那他也得做了这个动作才能让人有机可乘啊。

他们肯定认识。

温喻千双唇紧抿着，不知道什么时候，本来红润的唇瓣失去了血色。

直到——

她的手机振动了好几下，拉回了她的思绪。

看着来电显示，温喻千面上闪过狐疑之色。怎么回事，为什么这家人偏偏同一时间出现？

温远钧再婚后，说新夫人不喜欢他与之前的家人来往过密。从那以后，温喻千便很少与他通电话了。

她洁白的指腹顿了数秒，才按了接通键。

温喻千身上穿了件荷叶边的衬衫，半裙勾勒出她纤细的腰身，因为车子里开了暖气，温喻千一上车就把厚重的外套脱掉了。

此时她握着手机，靠在皮质的车后座上，身子显得单薄瘦弱。

"千宝。"温远钧的声音从手机里传出。

温喻千眉头轻轻蹙着，不知道为什么，以前觉得儒雅温和的声音，现在听起来竟然有些刺耳。

她有多久没有听到这个男人的声音了呢？大概好几年了吧。

这个小名还是他给取的呢。小时候，他把她扛在肩头，说"千千是爸爸妈妈的宝贝，所以小名叫千宝"。

现在提起来，还真有些讽刺。

温喻千自嘲地抿了抿红唇，清甜软糯的嗓音染上了几分冷淡的味道："爸，您有事吗？"

"千宝，你是不是生爸爸的气了？爸爸也是身不由己呀，爸爸真的想你了。"温远钧一听温喻千冷淡的语调，心就凉了一下，生怕温喻千不认他这个父亲。

知道女儿心软，温远钧将自己的姿态放得很低。

温喻千的脸上带着失望，语气却没有丝毫变化："您要是没事，我就先挂了，赶飞机呢。"

他完全不在意她这几年过得好不好，上来就问她是不是生气了，必然是有所求，并不是出于关心。

温喻千小时候对他失望过太多次，现在已经不再心怀期待。她有母亲疼爱就够了，不需要父亲。

"别，别，别。"温远钧好不容易才打通这个电话，怎么可能就这么让她挂断，"爸爸确实有个小忙要你帮一下。

"你姐姐不是进娱乐圈了吗？商珩在娱乐圈这么长时间，有人脉，又有资源，你能不能让商珩帮帮她？

"你们都是姐妹，以后要守望相助的，帮助你姐姐，就是帮助你自己。爸爸都是为了你好，以后你也能有个帮衬。"

"说得这么冠冕堂皇，不就是想让我帮你那个女儿嘛。"温喻千嘴角勾起一个嘲讽的弧度，听出温远钧的期待，下一秒，她一字一字地吐出两个字，"不帮。"

说完之后，不管温远钧想说什么，她都准备挂断电话。

不过——

在挂断之前，温喻千突然想起一件事，又重新把手机贴近耳边："你是不是找商珩帮忙了？还找他要钱了？"

她想起前几天在商珩书房门口听到的话，说转账一千万给温什么的，于是试探地问了一句。

随即，温远钧惊讶地失声道："你怎么知道的？！"

"果然要了。"温喻千一听，脑袋"嗡"了一下。虽然她不想承认，但温远钧确实是她名义上的父亲，"你凭什么跟商珩要钱？

"他跟你有半毛钱的关系吗，温远钧？你脸皮是真的厚，年轻的时候靠哄骗小姑娘，年纪大了靠哄骗女婿，你什么时候能不吃软饭？

"你还是男人吗？"

她听到温远钧的话，直接忘了自己还在丛烈的车上，直接怒道。

这是她第一次跟温远钧说这么强硬的话。

一想到商珩知道她有这么一个父亲，这个父亲甚至毫不隐藏自己的卑鄙无耻，还将所有亮出来给商珩看，她便从心底里生出一股恨意。

温远钧在宋氏发生危机时抛妻弃女，温喻千都没有恨他。

因为他是个懦弱的男人，按照母亲说的，即使他当年留下，也是她们母女俩的累赘，还不如赶紧离开。

他几年来没有问过她这个女儿一句，没有关心过她一句，温喻千也没有恨他。

几年来第一次打电话，就是为了给他那个没有血缘关系的继女求帮忙，温喻千也觉得是人之常情。

可是现在，她喜欢商珩，她想让商珩也喜欢自己。

有这样一个父亲，像吸血鬼一样缠着商珩，温喻千有什么资格让商珩喜欢。

还有商珩，他是傻子吗？人家要吸血，他就这么让人家吸。

温远钧这么多年能混到现在，最会的就是察言观色了。一听女儿这语气，他立刻意识到不对劲。

他第一反应就是："是女婿主动孝顺我的。

"是他说，我们是亲戚，要互相帮忙。

"可不是我自己要的。"

温远钧一口咬定是商珩主动的，他只能接受，推辞不了。

至于温喻千刚才骂他的话，对他而言不痛不痒。无所谓，只要达到他的目的就成了。

温喻千不满他将责任推给商珩，顿时失了与他说话的兴致："你如果还想认我这个女儿，以后就不要再跟他联系。就这样。"

说完，温喻千直接挂断电话，不想再听他用那儒雅的声音说着令人厌恶的话。

果然，无论过了多少年，一个人的本性是不会变的。

温喻千冷静了好一会儿，才想起来自己是在丛烈的车上。她红唇勾出一抹弧度："抱歉，让你见笑了。"

丛烈刚才一直不敢吱声，毫不夸张地说，刚才的商太太简直又酷又冷，帅呆了。

比起之前洋娃娃般的小姑娘模样，这个样子的温喻千似乎更鲜活了。

偶尔吵吵架，感觉也不错。

丛烈沉吟了一会儿，等车子快要到达机场时，才缓声说了句："无论别人如何，晏清对你是真心的，毋庸置疑。"

不得不说，丛烈这个人的洞察力真的很强，平时看着吊儿郎当的，没个正形，可怎么着他也是商珩的朋友。单凭这一点，他就不是表面上看起来那样草包。

直到独自坐上前往海城的飞机，温喻千依旧没有缓过神来，脑海中不断回荡着丛烈的那句话。

是真心的吗？

应该是吧，如果不是真心的话，他为什么要自降身份，帮她那个父亲和继姐的忙呢？

温喻千用手腕撑着脸颊，她不是善于隐藏自己的人，高兴就是高兴，不高兴就是不高兴，心事完全藏不住。

她越想越觉得生气，更气商珩。商珩真是白白被她喊了这么长时间的狐狸精，在这件事情上，他简直就是一只蠢狐狸，没脑子。

光她上次听到的，他就给她这个没出息的爹转了一千万。那在她不知道的时候呢？是不是转了更多钱？

温喻千越想越气，现在那可都是她的钱！

她将拳头捏得紧紧的，气得简直想把头等舱给捶爆。

旁边的空姐过来关小窗户的时候，就见一个漂亮如洋娃娃的姑娘正奶凶奶凶地对着面前的高清显示屏，那个眼神，仿佛要把显示屏捶碎一样，便压低声音温柔道："女士，请问有什么需要帮助您的吗？"

温喻千听着空姐礼貌温柔的声音，轻吐一口气，让自己平静下来，随即偏头，给了她一个微笑："谢谢，不麻烦了。"

说完，她将视线移到了手机上。

飞机还没有起飞，温喻千思索良久，还是给商珩发了一条微信消息，然后才在空姐的眼神下按了关机键。

中午十一点半。

飞机准时降落在海城国际机场。

温喻千一到接机点，便看到了褚谦。

她抬了抬眼睫，显然没想到会是褚谦来接她。

虽然温喻千对商氏不怎么了解，但她也知道，褚谦肯定不是普通的保镖，要是普通保镖，怎么可能替商珩做决定。

"太太，这边请。"

褚谦接过温喻千的行李箱后，便引着她往机场外走去。

机场的路边停着一辆黑色豪车，从外面看不到里面有没有人。

等褚谦打开车门，温喻千才看到里面坐着那个熟悉的男人。

她的第一反应就是立刻上车，将车门关上："你连口罩都不戴，万一有人路过看到你了，怎么办？！"

温喻千跪坐在皮质座椅上，张嘴就是一顿炮轰。

商珩将手中的平板电脑往置物盒里一放，而后顺势拉过她细细的手腕，把她往怀里一带："怎么一见面就骂我，不是说想我吗？"

"谁想你了，少往自己脸上贴金。"温喻千还不怎么习惯商珩的怀抱，被他扯进怀里后，身子僵了半晌才渐渐软下来。

她鼻息间萦绕着商珩身上淡淡的薄荷味，干净清淡。

"不想我，为什么给我发微信消息让我等着？"

商珩自动将她出发前发的那条微信消息"你给我等着"理解成是温喻千想他了。

所以即便这天有庆功宴，他也推了，亲自来接她。

男人拿出手机，打开微信界面，翻出她九点十分给他发的那条微信消息。

"你给我等着！"

温喻千忍不住偏头打量商珩，像是在打量什么奇怪的生物似的。

但她是真的觉得商珩的脑回路很清奇，他居然觉得这句话是想他了？

她明明就是在威胁好吗？

哪里像是想他了。

对上温喻千的视线，商某人双眸微眯，带着危险的侵略性，逼近了她的脸颊："难道不是吗？"

温喻千抿着双唇，挣扎着与他对视几秒，然后默默地移开视线，向"恶势力"低头："你说是就是吧。"

她声音轻轻的。

商珩却觉得她这话的意思显然不是他理解的那样，慢条斯理地瞥了一眼手机屏幕上她最后的那条留言，眉心微皱，这怎么就不是想他了？

这话的语气分明是想要早些见到他呀。

难道是害羞了，所以不想承认？

男人微凉的手指慢悠悠地爬上温喻千同样凉凉的耳垂，轻轻捏了捏，薄唇凑到她耳边："那你说想我。"

"想，想，想，想死你了。"温喻千见他又开始动手动脚，生怕自己又被他弄得忘了正事。

她一把握住商珩的腕骨，结果因为动作太快，手不小心撞到了冰凉的腕表，倒吸了一口冷气。

温喻千皮肤薄，很容易会被边边角角硌得手疼。

但因为怕商珩乱动，她没有松开，就这么按着男人的手腕："你别打乱我的思绪，你先说，你跟我爸之间有什么见不得人的交易没有？"

见不得人的交易？

商珩对上温喻千那双清凌凌的眼睛，突然觉得这个词还挺契合的。

确实挺见不得人的，既然见不得人，那就绝对不能让精致漂亮的温喻千看到。

在温喻千的眼神下，商珩的表情丝毫没有变，依旧是沉稳平静的模样，让温喻千看不出他的情绪。

在被他抱过去的时候，她身上的半身裙往上一卷，将将挡住重点部位。

若不是他伸手拽了一把，掌心触碰到了她的腿部，商珩还真以为她为了爱美，光着腿就出来了。

布料的粗粝感，比不得她那一身光滑的皮肤。

他又用手扯了一下："这是裤子？"

温喻千见他避而不谈，反倒对自己的"光腿神器"感到好奇，没好气地拍开他的手："你态度端正些。"

说着，她顺势用掌心捧住男人的下巴，迫使他不能转头，只能看着她："快说，是不是有？你要是不说的话，我就当你默认了。"

商珩的目光落在她那张藏不住情绪的脸上，几秒后，缓缓点头："倒也没什么，只不过孝敬岳父而已。"

"什么岳父，我妈又没结婚。"温喻千听他承认了，心里有些怪怪的，明明已经猜到了，可不知道为什么，确定之后她突然觉得自己在商珩面前矮了一头。

见温喻千情绪低落，商珩不动声色地将她往怀里搂了搂，手掌轻拍她单薄的后背："你若不喜欢我跟他有牵扯，那以后我不和他来往就是，别不高兴。"

"我就是在心疼我失去的钱。"温喻千蓦地抬起头，目光灼灼地看着他，"你不是把钱都上交了吗？难道还留了私房钱？留私房钱也就算了，还大手大脚地把钱丢了。"

依照温喻千对自家那个父亲的了解，他拿到手的钱，是绝对不会吐出来的，搞不好已经花得七七八八了。

这不是白白丢了是什么？她越想越觉得不爽，搞不好还是给那个继女花的。

四舍五入，不就是把她的钱给陶芸梨花吗？

温喻千双手抱胸，后背贴着驾驶座的椅背，身子往后一仰，想要离商珩远一些。

保持距离后，她才冷不丁看着他，幽幽地开口："商大人居然藏私房钱。要是你粉丝知道你是这种人，估计会很快脱粉吧。"

"怎么，商太太准备以什么身份泄密？"商珩薄唇微启，说话时带着轻笑，看得出他的心情不错。

见到了温喻千，他的心情怎么能不好？

之前准备的那些，又可以派上用场了。

例如沙滩、酒店。

他抬起修长的手指，卷起她一缕顺滑乌黑的发丝，漫不经心地把玩着。

看起来像是很喜欢玩的样子。

温喻千轻哼一声，一把夺过自己的那缕长发："用你监护人的身份！商三岁！"

幼稚死了，居然玩她的头发。

顺滑的发丝从指间擦过，商珩没有挽留的意思，反而将头发的主人重新搂入怀中："除了你爸爸的事情，你还有什么要问我的？"

不得不说，男人是敏锐的。

温喻千一直不想跟商珩聊关于陶芸梨的事情，相较于温远钧这个父亲，陶芸梨才是她真正不想面对的。

因为，只要提到陶芸梨，她就会想到自己的亲生父亲对继女居然比对她这个亲生女儿还要好，她这个亲生女儿是多么卑微呀。

好像是因为她不好，所以父亲才不喜欢她，反而喜欢陶芸梨一样。

温喻千离开了商珩的怀抱，重新坐回他的腿上，低垂着双眸，情绪有些低落。

商珩看出她跟陶芸梨之间似乎有故事。

见她不问，商珩略一沉吟，松松握住她的手，说："陶芸梨不会在娱乐圈待太久。"

"啊，你对她做了什么？"温喻千一听，愣住了，仰头看向商珩。

她头抬得太快，幸好商珩一直关注着她的动向，及时躲开，不然被她这么突然一撞，搞不好下巴都会脱臼。

他轻抚自己的下巴，徐徐开口："应该说是她对我做了什么。"

说完，商珩表情忽然一变，用长臂紧紧搂住温喻千纤细的身子，将那张俊脸埋在她的颈窝处，一副委屈无辜的样子："她想勾引我，商太太要替为夫做主啊。"

最后这句话说得理直气壮的，就跟温喻千必须要替他做主一样。

看着商珩这副模样，温喻千嘴角一抽，知道某人估计是"小奶狗"人格又出来了。

他力气很大，又厚脸皮，温喻千挣脱不开，只能生无可恋地趴在他怀里，任由他抱着"哭诉"自己的委屈。

之前看到秦眠发的截图时生出的醋意，一下子因为男人的缘故，消失得无影无踪。

商珩这个人，怎么可能出轨。

他要想出轨，怎么可能选择陶芸梨。

她纤细的手指覆在商珩的肩胛骨处，缓缓地画着圈圈："你觉得陶芸梨漂亮吗？"

女人的指腹柔软，触在他薄薄的衬衣布料上，即便隔了一层，也依旧让商珩觉得肩胛骨那一块微微发烫。

她指腹的温度从皮肤传递到了心尖。

顿了几秒，他不动声色地回道："我没看她长什么样子。"

标准答案，堪称完美。

有时候温喻千觉得商珩纯粹就是个直男，但有时候又觉得他很懂，连这种难度的问题都能回答出标准答案。

如果商珩说她长得好看或者难看，那不就说明他看了陶芸梨吗。

而商珩说不知道陶芸梨长什么样子，则说明他不在意，洁身自好到了极点。

温喻千狐疑地看着他，在车内略显昏暗的光线下，静静地与男人对视："真的？"

"当然。"商珩面部表情十分坦然，"我就看了她一眼，还是因为她乱叫我妹夫，我让她闭嘴。"

商珩表示自己很无辜。

温喻千从随身包里拿出手机，翻到了他们对视的那张照片，递到商珩的眼皮子底下："你们都深情对视了，还说没看过她长什么样？骗子！"

就是这张照片，让温喻千气了很久。

一想到他们两个人看对眼了，她就觉得自己会心肌梗死。

就算商珩不喜欢她，也绝对不可以喜欢陶芸梨。

商珩瞥了一眼那张照片，随后接过温喻千的手机，当着她的面打开微博，直接进入热搜词条，热搜第一位就是关于他的词条。

点进去后，里面有不少关于这张照片的解释。

商珩点开其中一个商家军的大 V 粉丝发的技术拆解图。

"你看这个，图是怎么来的，这个技术粉分析得很准确。"

温喻千顺着商珩手指的方向，视线落在他指尖停留的位置。

商大人的管家婆 V："这张照片明显是借位的，某人的吃相不要太难看，故意雇人拍这种模棱两可的照片，其心可诛。大家仔细看，商大人的眼神和他腿的位置，明显跟那位吃相难看的十八线小明星是错开的，他们相隔的距离最起码得有一米以上。试问，一米以上能有多亲密？整个舞台就这么大，站了这么多人，主持人小姐姐距离商大人更近呢，怎么人家小姐姐没有出来碰瓷？某人，别出来丢人现眼了，回家吧。"

下面的照片是关于拆解图的详细分析。

整张照片几乎被拆解得七零八落，完全看不出任何亲密感。

温喻千看着这个拆解图分析，再想到自己一开始看到照片的反应，觉得自己完全就是个傻子。

这群人才是学计算机的吧。

当时温喻千完全没想到可以将这张照片拆解一下,她自愧不如。这种时候,她还是不够理智。

"那你不澄清一下吗?"

温喻千眨了眨眼睛,疑惑地看向商珩。他似乎不是真心想要帮陶芸梨的,如此一来,温喻千看向商珩的眼神柔和了不少。

商珩漫不经心地揉着她的掌心,薄唇勾起淡淡的弧度:"澄清才是在帮她。

"她需要热度,等她粉丝涨到一百万,我会安排人封了她的微博。

"再屏蔽她的名字。

"网友记性不好,很快就会忘记这个人的。"

男人慢悠悠地在她耳边一句一句说着,温喻千越听越觉得这个男人有些可怕。

可他偏偏对着自己笑得光风霁月,坦坦荡荡,让人说不出什么不对来。

温喻千乐观地想,无论商珩真实的性子是什么样的,只要他不把这种可怕的手段用在她身上就行。再说了,陶芸梨也是自作自受。

车子在一处海景酒店前停下。

酒店很大,而且有半面墙壁是玻璃墙,从外面就能看到里面大半的设计。

简约的后现代设计,前台的白色桌面是曲面的,简约中带着艺术感。

酒店靠海,前面有一片沙滩,他们需要徒步穿过沙滩,才能进入酒店正门。

冬天来看海的人不多,沙滩上也没有多少人,但正因如此,整个环境才显得安静舒适。

商珩没有戴口罩,直接牵着温喻千的手便走了进去。

吓得温喻千连忙抓住他的手指,低呼道:"你就这么进去?"

商珩眼睫低垂,看向她:"准备公开,圈内人知道没关系。"

"晏清、商太太,你们也在呀。"

一道朗润低沉的男声从他们身侧传来,还挺熟悉。温喻千经常听秦眠打电话,电话那头就是这个声音。

她与商珩一起转身,果然看到了楚江渊挺拔笔直的身形。

楚江渊能在娱乐圈混这么久,除了过硬的演技与好口碑之外,自然也离不开他出色的外貌。

温喻千打量着楚江渊，想着这男人的年纪跟长相倒是不太相称，难怪能把她闺密迷成那样，一有假期就来见他，在一起好几个月了也不见腻烦。

商珩微微颔首："我们还有事，先走一步。"说着，便旁若无人地与温喻千十指相扣，往酒店前台走去。

温喻千被楚江渊吸引了目光，忘记了这茬，任由他牵着手，不过还是偏头问了一句："楚老师，眠眠在这儿吗？"

楚江渊提到秦眠时，面上的神色柔和了许多，说话时，语气里透着不加掩饰的宠爱："她嫌这里无聊，出去逛街了。"

说起这个，他的神色有些黯淡。因为最近的跨年晚会与即将到来的年终颁奖典礼都在海城举行，所以这儿有不少当红明星与媒体来来往往。一旦去那种繁华的地方，搞不好就会偶遇媒体与粉丝。为了保护秦眠，他都不能陪她一起出门逛街。

察觉到楚江渊的黯然，温喻千很满意，看样子这个男人对秦眠用情很深。

那她就放心把秦眠交给他了。

温喻千与商珩一起进入电梯时，还跟商珩小声嘟囔："眠眠没有选错人，我放心了。幸好楚老师跟娱乐圈其他男明星不一样。"

商珩听她提到楚江渊，略一沉吟，贴着她细腰的掌心顿住半响，才若无其事地随口说道："楚江渊跟你朋友不太合适，谈恋爱无妨，别想太多。"

温喻千侧眸看他，怎么都觉得他这话不太对劲。

什么叫谈恋爱就好？

这不是耍流氓吗？！

"你的意思是说，楚江渊跟秦眠只是玩玩？"

商珩冷静道："我没有。"

"你有。"

"我没有。"

"你就有！"温喻千觉得这个男人是真的过分，亏她刚才在车上还觉得他有魅力，当真是她眼瞎了。

温喻千扭过头，不想看他，独自生闷气。

但她心里又惦记着秦眠，抬起精巧白皙的下巴，睫毛轻颤，睨着他："既然你觉得楚江渊跟秦眠不合适，婚礼那天为什么还要带着楚江渊去找秦眠？"

如果不是那天早晨，秦眠跟楚江渊就不会有现在。

商珩薄唇微启，语气平和沉静："你确定想要听原因？"

温喻千心里一个"咯噔"，总有种不好的感觉。

下一秒，电梯门开了，商珩一边强硬地牵着她的手往外走，一边淡淡地说："楚江渊说要给秦眠道歉，那天晚上是他冲动了，我就带他去了。"

他们肩并肩走着，这家海景酒店的走廊跟一般五星级酒店的完全不一样，装修依旧延续了酒店的简约且抽象的风格，从他们的角度看，甚至像是走在一个巨大的白色旋涡内。要是一直盯着旁边看，甚至会觉得头晕，必须要目视前方才行。

"还有呢？"

温喻千仰头看向商珩，却只能看到他线条优越的面部轮廓，弧度流畅精致。她余光不小心瞥了一眼墙壁，眼睛顿时花了一下，两条细直的小腿一软，险些倒在地上。

商珩牢牢地支撑着她的身子，顺势在她耳边低声道："还有就是，为了能见你。"

温喻千瞳仁倏地放大，直到被商珩半抱半拉着进了房间，都没有回过神来。

她脑子里回忆起那天早晨发生的事情，最后终于明白了，眼睛直勾勾地看着对面的男人："说白了，你就是为了把我拖出去！"

难怪当初商珩义正词严地说给眠眠和楚江渊留出空间，让他们单独聊聊，然后把她给强行抱到了客房内，跟个土匪似的。

商珩十分坦然："我也没想到他们两个人会在一起。"

商珩自己洁身自好，总不能要求身边的朋友都跟他一样，不然他第一个绝交的人就是丛烈。

"好了，不提外人了，你看看喜不喜欢这里？"

房间内，窗帘拉得严严实实，光线昏暗，完全看不清楚里面是什么样的。

商珩说话间，按了一下墙壁上的灯光开关。

刹那间，整个房间亮如白昼。

温喻千的眼睛被商珩捂住了，等到她适应了光线，他才慢慢移开手，原本覆在她眼睛上的长指落在她纤瘦的肩膀上，迫使她转了个身，面对着房间。

第十四章

海底酒店

温喻千睫毛颤抖了一下，将整个房间收入眼底："太奇妙了吧。"

她第一次住这种高端的主题酒店，之前上学的时候，大家集体出游，偶尔也会住主题酒店，但是现在这个跟之前那些相比简直有天壤之别。

大概是面向大海，所以这个房间也是海洋主题的，只不过……墙壁上游荡的居然是真的鱼和海水。

重点是——

这里并不是海底呀！

到底是怎么把墙壁搞得跟真正的海底酒店一样的？

商珩看着温喻千惊喜的眼神，觉得可以给易言加年终奖金了，这个地方选得不错。

男人高大挺拔的身子缓缓从她背后靠近，温喻千蓦地感觉到他近在咫尺的呼吸，抿了一下红唇，往前走了好几步，跟他拉开距离，仰头一脸无辜地看着他："我困了，想睡一会儿……"

这男人大白天都干得出看"小电影"的事情，即便现在是中午，她也不敢放松戒备。孤男寡女在酒店能干什么，温喻千不是傻子，心里当然清楚。

来之前她其实也做好了心理准备。

商珩见她眼神闪烁，薄唇勾起好看的弧度："你先洗澡吧，我给你点餐，吃完了再睡，好吗？"

男人的语调很温柔，而且没有丝毫的侵略性。

温喻千与他那双幽深的眸子对视良久，都没有感觉到危险，于是松了一口气。

商珩应该还是有羞耻心的，不会大白天就拉着她乱来。

房间是总统套房，温喻千随便找了一间有浴室的卧室进去。

温喻千并没有急着去洗澡，先坐在床上看了一眼秦眠给她回的消息，顺便告诉她自己已经到酒店了，让她回来了就来她房间。

秦眠秒回："我可不敢过去，万一打扰了你们怎么办？"

温喻千心如止水："你信不信我亲手把那玩意儿交给楚江渊，说是你买的。"

秦眠："温小千，算你狠！"

温喻千红艳艳的唇瓣终于勾起一个弧度："只要你乖乖听话，我就不告诉你家楚叔叔，不然……"

秦眠："输了，输了，是在下输了。"

秦眠本来还打算去迪士尼乐园玩的，被温喻千这么一威胁，完全没有心思了，一想到自己偷偷买成人用品被楚叔叔知道

妈呀，楚叔叔会不会误会自己对他不满意？

不行，不行，绝对不能让楚叔叔知道。

她每次想要逗一逗温小千，都会被反击，呜呜呜。

都怪温小千这个小浑蛋太奸诈，每次都能抓到她的痛脚。

温喻千心满意足，刚准备放下手机，一不小心看到了之前跟商珩的聊天记录。

她思索几秒，重新打开微博，发了一条新动态。

还我一百万："直男眼中的'你给我等着'等于'我想你了'，服了某人。"

截图配的是飞机起飞前她给商珩发的微信消息，以及商珩给她的回复。

"你给我等着。"

"想我了？我去接你。"

嗯，这个逻辑简直绝了。

幸好没人知道这位当红顶流男明星的逻辑，不然估计他得脱粉一半。也就是商珩平时神出鬼没，很少参加访谈和综艺真人秀，不然早就被粉丝发

现了。

然而，温喻千不知道的是，她一发完微博，某人就知道了。

温喻千将手机放下，拿着自己带来的洗漱用品进了浴室。

一进浴室，温喻千的眼底就闪过一抹诧异，瓷砖的颜色居然是海洋蓝的，她突然真情实感地开始担心待会儿洗澡时，从花洒里流出来的水是海水。

她伸手试探着打开水龙头，水流了出来，洒在蔚蓝色与白色相间的洗手台上，溅起小小的水花。

温喻千心里默默松了一口气，然后脱下身上的"光腿神器"。当初秦眠可是找了无数家店，买回来几十条"光腿神器"，才找到跟她的肤色最接近的。

也难怪一开始商珩会以为她没有穿裤子。

温喻千的腿长且纤细，即便穿着加绒的"光腿神器"，也依旧没有粗重感，就跟没穿似的。

温喻千以前都不知道有这种东西，还是秦眠告诉她，恰好她想要穿衬衫和半身裙，便将这个翻了出来。

她脚上穿的还是上次商珩给她选的那双雪地靴。

一开始，温喻千很不喜欢这双雪地靴，觉得太过厚重。可自从那次穿了之后，忽然就觉得也没那么不好看了。

脱完衣服，温喻千整个人站在花洒下，温热的水流过她光滑雪白的皮肤，乌黑浓密的长发被淋湿，全部贴在了她修长的天鹅颈与精致的蝴蝶骨上，桃花眸雾蒙蒙的，性感撩人。

她洗完澡，正准备用浴巾擦身体时，被热气蒸得发红的小脸突然僵了一瞬。她意识到自己只带了洗漱用品进来，忘记带换洗衣服了

啊！

温喻千身上裹着湿润的浴巾，长发还湿漉漉地披散着，没有擦干，一缕长发贴在她的脸上，却挡不住她内心的崩溃。

此时，卧室外面。

商珩点了午餐之后，想到刚才手机微博那一声特别关注的提示音，长指漫不经心地点开了温喻千的微博。

入目的便是他熟悉的聊天记录，指腹蓦地顿住。

原来她上午发那条微信消息不是想他了。

中午去机场接温喻千过来的路上，商珩当着她的面打开了她的微博，还顺便瞄了一眼她的微博账号。

她当时正在思考陶芸梨的事情，完全没意识到自己被"扒马甲"了。

当然，温喻千也完全没有什么保护"马甲"的意识，毕竟她连微博都是最近才开始玩的，觉得自己也没什么秘密，哪会想到某人趁机看了她的账号昵称。

商珩突然想起来，这个"还我一百万"还上过他的热评。

之前这个号回复过他粉丝的一条评论："走什么花路，曼殊沙华吗？"

当时商珩印象还挺深刻的。

他最大的黑粉居然是温喻千，商珩也是万万没想到。

这个号只发了两条微博，看起来十分冷清。

商珩看着手机思索了几秒，然后长指轻抬，漫不经心地给她的第一条微博点了个赞。

岳母的催生方式确实挺特别的。

他倒是可以借用一下。

想到这儿，商珩看了一眼时间，半个小时过去了，她怎么还没有洗完？

他把玩着薄薄的手机，长腿一抬，走到套房的卧室门口，用手指轻敲房门。

里面悄无声息。

商珩清俊的眉宇微凝，嗓音低沉磁性："千宝，洗完了吗？"

难道是睡着了？

商珩的掌心抵在微凉的门板上，轻轻地推开了房门。

房间隔音很好，推开门之后，商珩才听到浴室传来细微的水声，她似乎还在洗澡。

商珩在门口停顿半秒，随后从容自若地走了进去。他们是夫妻，没什么需要回避的。再说了，他又不是没有看过。

于是，商珩很是坦然地往沙发上一坐，等着她洗完澡。

水声很快便停了。

不过商珩并没有听到穿衣服的声音，随后，浴室的玻璃门突然开了一道小缝，从里面探出一个湿漉漉的脑袋。

商珩：“……”

温喻千：“……”

温喻千环顾四周，想要裹着浴巾出来找衣服，又怕商珩会冒出来。

结果——

她的担忧成真了。

“啊！”

对上男人那幽暗深沉、似笑非笑的目光后，温喻千突然惊呼一声，只听“砰”的一声，又手忙脚乱地把浴室门关上了。

她攥着身上的浴巾，吓得心脏怦怦乱跳。真是怕什么来什么，她就知道商珩绝对不会乖乖地在外面等着。

商珩扫了一眼摊开在床边地毯上的行李箱，里面装睡衣的密封袋还封得严严实实的，薄唇缓缓勾起一个弧度。他三两步走到浴室门口，手指微弯，敲了一下门：“忘记拿睡衣了？”

温喻千听到敲门声，表情愣了一瞬，过了好几秒才开口：“嗯”

好尴尬！

细若蚊蚋的声音传入男人耳中，商珩轻笑了一声：“说句好听的我就帮你拿。”

视线落在磨砂玻璃的浴室门上，隐约能看到她裹着浴巾可怜巴巴地蹲在门口，男人嘴角的弧度一直没有消失。

“你走，我自己拿。”

沉默了一会儿，浴室里温喻千软乎乎的声音传了出来。

商珩脑海中浮现她身上那块小小的浴巾，比一般的浴巾要小三分之一。

温喻千在洗浴方面有轻微的洁癖，不喜欢用一次性浴巾和酒店的浴巾。所以她只要出门，就会带一条小浴巾，刚好可以擦干全身。

而刚才无意间一瞥，商珩正好看到了她身上那小小的浴巾。

商珩见她紧张又无助，隔着磨砂玻璃似乎都能感觉到她的尴尬，很是贴心地问了一句：“你确定要裹着那条浴巾出来吗？”

温喻千脸皮薄，要是让她就这样走来走去，估计她又要害羞很长时间。

商珩觉得不管是为了她的脸皮着想，还是为了自己的“福利”着想，都不能让她这么害羞下去。

浴室内，商珩贴心的话语在温喻千的脑子里炸开。她攥着浴巾的手指轻颤，湿漉漉的睫毛低垂着，整个人情绪十分复杂。

刚才果然被商珩看到了。

不然他怎么知道自己披着这条浴巾不好见人！

大概因为是情侣套房，浴室的墙壁上装着一整面镜子。温喻千蹲在地上，下意识地瞥了一眼镜子，看到了自己此时的模样。

她心中不断哀号，唉……果然不好见人。

镜子里的少女，浑身上下只有一条短短的浴巾包裹着。因为身子纤瘦，而且是蹲着的缘故，刚好将重要部位挡住了。即便如此，因为她的膝盖挤压着胸口，所以锁骨下那形状漂亮的弧度展露出惊人的曼妙美感。

浴巾遮不住雪白的皮肤，有的地方水珠没有擦干，在灯光的照射下，反射出莹亮的光。

圆润白净的脚踩在浴室门口的吸水地垫上，浅蓝的海洋色地垫，配上车厘子色的美甲，竟然有种神秘艳丽的美。

只不过她的脚趾紧张地蜷着，她只是看了一眼镜子，便迅速移开了视线。

没错，她被自己这副模样给羞到了，完全不敢站起来。

她要站起来，绝对是要么大腿露一点点，要么胸口露一点点。

可无论是露哪里，温喻千都做不到！

尤其是想到房间里还有男人。

商珩依旧在浴室门口安静地等着，神色自在安然，与一墙之隔的浴室里紧张得心脏都快要跳出来的温喻千形成鲜明对比。

一分钟后。

"我的睡衣在行李箱里，给我拿那条烟灰色的真丝长睡裙。"她软软的声音终于响起。

话音刚落，她又补了一句："谢谢。"

等她说完，商珩才温声应了一句："叫什么？"

"哥哥？

"叔叔？

"宝宝？

"心肝？"

温喻千在里面一句一句地试探，可他一直不应答。她终于生气了："商晏清，你快点。我冷！"

最后这句委屈可怜又无助，终于让心硬的男人生了些怜香惜玉之心："不乖。今晚补偿我。"

又是补偿！

温喻千在里面蹲得脚都要麻了，听到"补偿"这两个字，她觉得自己不单单是脚麻了，整个人都要麻木了。

这到底是哪里来的男人，为什么这么克她？啊！

温喻千觉得今年第一天她就这么不顺利，会不会一整年都倒霉？

想到三月底的国际计算机大赛，温喻千整个人都不好了。难道要输？

不行，不行，什么都能输，计算机大赛不能输，不然她岂不是白白推迟毕业了。

她之所以修完学分不毕业，就是为了能多参加两年比赛，多学些东西，跟很厉害的人切磋。要是毕业了，除非她留校，不然就不能继续占用学校资源。

但温喻千还没想好要不要留校，相较于按部就班、一眼就能望到头的生活，她更倾向于挑战未知。

敲门声响起，温喻千终于回过神来。她摇了摇头，暗自自嘲，这种时候她居然还有心思想计算机大赛的事情。

"开门。"男人清冽的嗓音响起。

温喻千松了一口气，小心翼翼地站起来，活动了一下发麻的脚，轻轻地打开一道缝，只伸出一只手："给我。"

她整个人藏在门后，用肩膀抵住门，一只手捂着浴巾，一只手伸出去拿睡裙。

本来商珩是不准备对她怎样的，但是看着她这副模样，便忍不住想逗逗她。

突然，一双温热的大手握住了温喻千细细的手腕，将她往门外一拉。

"啊！"

如他所料，温喻千惊叫了一声。

吧嗒——

浴巾掉在了地上。

"商珩，你浑蛋！"

温喻千的嗓音穿透整个套房。

十分钟后。

温喻千坐在套房客厅的沙发上，一边看着墙壁上游来游去的鱼，一边吃午餐，没看坐在她对面的男人一眼，脸上毫无表情。

商珩用长指揉了揉眉头，知道自己过分了，温喻千这是发脾气了。

他想哄，然而她完全不给他机会，不听，不看，不说话。

完全就是冷暴力。

当然，商珩知道这是他自找的，他也没想到小姑娘力气那么小，被"轻轻"一拽，浴巾就掉了。

现在温喻千倒是不害羞了，直接发起了脾气，而且脾气还不小。

温喻千面无表情地看着墙壁上的鱼，余光不经意地扫了一眼对面的男人，在心中冷哼，这次必须给他一个教训，免得他真以为自己好欺负。

她吃完午餐以后，将筷子一放，抬腿便往房间里走。

商珩看着她瘦削纤薄的背影，又将视线移到桌上的手机上，一副若有所思的样子。

他深思半晌，还没等他想清楚，手机就响了。

看了一眼来电显示，他眉毛轻挑，似乎是没想到他会打电话来。

"晏清，我在酒店一楼的咖啡馆，你有空吗？"

商珩骨节分明的食指轻敲了一下桌面，沉吟几秒，回道："有空，等着。"

挂断电话后，商珩三两步走到卧室门口："千宝，我出去一个小时，你好好睡。回来给你带甜品。"

里面没有什么声音，他知道她没睡，只是不想理他。

商珩静静地看着紧闭的门板，指腹下意识地摩挲了一下手机，有些头疼——她脾气怎么这么大？

外面的脚步声越来越远，最后，大门关闭的声音响起。

温喻千盘腿坐在大床上，见他居然没有进来哄自己，反而"离家出走"了，更生气了。

他这是什么意思？！

什么甜品，她不想吃！

然而十分钟后，商珩给她发了不同甜品的照片，问她想吃哪种的时候，她陷入了挣扎之中。

脑子里有个小白人对她说："绝对不能向'恶势力'妥协，以免商珩觉得她好欺负，以后还欺负她。"

另一个小黑人则对她说："吃他的甜品，把他吃穷，这不叫妥协，这叫欺负回去。"

小白人反对："吃人的嘴软，到时候怎么凶他？"

小黑人理直气壮："吃了当什么都没发生过不就行了吗？"

两个小人在温喻千脑子里不断地打架，打得她泄气地往床上一躺，用枕头捂住了自己的两只耳朵，拒绝听他们的对话。

突然，温喻千的手机振动了几下。

她意外地看向微信消息提醒。

是裴锦书。

裴锦书："喻千，我看到你发的微博了，你在海城吗？"

温喻千看了一下微博，才发现自己发微博时居然忘记关闭定位了，幸好这个账号没有几个人关注。

至于裴锦书为什么知道，是因为上次她与裴锦书聊天时，偶然听她说起有一个绘画方面的微博号，如果她想了解绘画方面的知识，可以关注一下。

后来，温喻千就跟裴锦书微博互相关注了。

她不经常发微博，没想到裴锦书居然关注着她的动态。

温喻千侧躺在床上，举着手机，转移自己的注意力，不去想商珩给她发的那些甜品的照片。

她回道："对，我在海城，裴姐姐也在吗？"

裴锦书秒回："嗯，我老公参加了昨晚在海城的跨年表演，我想过来给他一个惊喜，我们都半年多没见面了。"

温喻千从床上爬起来，若有所思，总觉得裴姐姐跟她老公有些怪怪的。

就算是演员，除了封闭式拍戏之外，即使再忙碌，也会有假期的呀。

如果是真正相爱的夫妻，哪里舍得半年多不见面？难道在一起时间长了就变成亲情了，所以不见面也没关系？

温喻千坐直身体，躺着不利于她思考，容易禁锢住她的思维，还是坐起来脑子清醒一些。

她漂亮的瞳仁里满是疑惑，否定了自己刚才的想法。

如果真变成亲情了，那裴姐姐之前提起老公的时候，就不会那么甜蜜了。

柔软的指腹在手机屏幕上摩挲了很久，温喻千觉得这样的爱情很荒谬。她喜欢商珩，所以如果他们好几天没见面，她就会忍不住想去见他。

要是半年见不到商珩——

温喻千觉得就算他在封闭式拍戏，她也会忍不住"杀"过去。

这时，手机又振动了一下。

裴锦书："你今天不会离开吧，我看你也在海景酒店，我老公跟你住的同一个酒店，你今天要是不离开的话，我们可以见一面，聊聊天。"

温喻千心里突然"咯噔"一下，脑子里冒出一个更加荒谬的想法。

这个酒店里住的男明星，除了商珩之外，就是楚江渊。在她洗澡之前，商珩特意提过，她可以随便下去玩，不用担心会被人看到。

楚江渊今年三十多岁，跟裴锦书年纪一样大！

温喻千的脸蓦地苍白如纸，指尖不由得轻轻颤抖。只是短短几秒钟的猜测而已，她后背便冒了一层冷汗，好不容易才强迫自己冷静下来。

不一定是楚江渊，就算是楚江渊，他们也不一定是夫妻，里面一定有什么误会。

楚江渊的品性，温喻千看得出来，温和谦逊，为人正直，而且他是真的喜欢秦眠，怎么舍得让秦眠变成第三者？

至于裴锦书，温喻千也不觉得她会骗自己。

毕竟连教授都曾说过，裴锦书的画作至真至纯，绝不是大奸大恶之人可以画得出来的，那份心境也不是坏人能有的。

所以这里面绝对有误会。

或许是她猜错了，这个酒店还住了另外的男明星，只不过那位男明星很低调，连商珩也不知道。

过了好几分钟，温喻千的情绪才渐渐平复，垂着睫毛，一个字一个字地输入："裴姐姐，能冒昧地问一句你老公是哪位演员吗？"

那边似乎在忙，迟了几分钟才回复。

裴锦书："当然可以，他叫楚江渊，你认识吗？"

吧嗒——

手机从温喻千手中跌落到了地毯上。

楚江渊。

整个娱乐圈只有一个楚江渊，不是他还能是谁！

没等温喻千捡起手机，突然传来一声门响："Surprise（惊喜），温小千！惊不惊喜？刺不刺激？"

房门被猛地推开，秦眠那张明艳肆意的脸出现在温喻千面前。

温喻千蓦然一惊，刚捡起来的手机重新掉到了地上。她难以置信地看着突然出现的秦眠，红艳艳的唇瓣张着："眠眠。"

"你怎么了？"秦眠觉得温喻千这种反应有些奇怪，小脸苍白如纸，像是被寒风摧残过的小草一样，连忙松开门把手走过去，想要帮温喻千捡起手机。

这时，温喻千终于回过神来，迅速弯腰将自己亮着的手机从地毯上捡起来，往旁边的枕头下一塞，然后若无其事看着她："没事，就是看到了一张惊悚图片。"

秦眠知道温喻千最害怕鬼故事，要是看到惊悚的图片，她得好几个晚上睡不着。

看着她被吓得可怜巴巴的样子，秦眠坐在她身边，拍了拍她的肩膀："既然害怕，你干吗还要看！是不是傻？不知道自己看不得这种东西吗？"

"我这不是不小心嘛。"温喻千见她被自己糊弄过去，心里悄悄松了口气。她现在心里很乱，不知道要怎么告诉秦眠，而且她也不确定到底是怎么回事。如果贸然告诉秦眠，之后万一发现是误会呢。

温喻千决定先私下问一问商珩再说。

商珩跟楚江渊那么熟，肯定知道楚江渊是不是已婚。如果商珩早就知道楚江渊已婚，还让楚江渊追求她闺密……

她缩在枕头下的手缓握成拳，牙齿紧咬着红唇内侧，生怕自己克制不住情绪，被秦眠看出来。毕竟秦眠是真的了解她。

她赶紧转移话题："你是怎么进来的？"

这个酒店的门难道不锁的吗？谁都能进来？

秦眠"嘿嘿"一笑："你猜我碰到谁了？"

说话间，她从包里拿出来一个小本子，也不需要温喻千配合她，自己就能演完整一场戏："当当当，我偶像的亲笔签名哟！"

青绿色的小本子一打开，里面是男人风骨清逸的字迹。跟其他明星那种看不懂的签名不一样，商珩给秦眠签的这个，"商珩"二字写得清清楚楚。

秦眠心满意足地抱着小本子："认识偶像半年了，我终于亲口要了签名，你说这到底是怎样的运气？我偶像还亲手把房卡给了我。"

温喻千："……"

说了这么半天，温喻千总算知道了，是商珩给她的房卡。

"对了，我偶像说让我过来安慰安慰你，陪陪你，说你生他的气了。对着商大人那张绝世无双的脸你都能气得起来，温小千，你长本事了。"

秦眠珍而重之地将签名放回到自己的包里，还顺手拍了拍，才意味深长地看着温喻千道。

温喻千的睫毛轻轻抖了一下："我怀疑商珩出轨了。"

"什么鬼！"秦眠惊得直接从床上弹起来，"你开什么玩笑！出轨谁了？昨晚那个大浓妆十八线女明星？我男神眼光不会这么差吧？"

秦眠站在床边，一只手按住温喻千，仔仔细细打量着闺密的脸。她穿着烟灰色的睡裙，露出一截骨节匀称的手臂，纤细却不干瘪，每一寸都极为完美，跟她的脸一样。

有这样的老婆，她偶像是傻了才会出轨吧。

"如果你家楚叔叔在外面有了别的女人，你会怎么办？"温喻千睫毛轻颤，情绪低落，掩住了眼底的复杂神色。

秦眠看着温喻千这模样，以为她是怀疑商珩出轨了情绪才这么低落的，安慰地拍了拍她的肩膀，意味深长地用手掌比画道："他要是敢出轨，就别怪我不客气！"

顿了一下，秦眠又继续道："不过……嘿嘿，我家楚叔叔肯定不会出轨的！他天天黏着我，哪有时间出轨？"

楚江渊只要不拍戏、不工作，就会跟她视频电话或者跑去北城看她。

温喻千看着秦眠如此无条件地相信楚江渊，心越来越沉。她确信，如果秦眠发现楚江渊欺骗了她，一定接受不了。

秦眠了解她，而她也了解秦眠。

她陷得太深了。

如果楚江渊真的有老婆，温喻千第一个不放过他。

见温喻千不说话，秦眠眨了眨眼睛："千崽，你别相信微博上的那些绯闻，没有一个真的。

"而且现在商大人跟陶芸梨那张照片也澄清了，你可千万别误会商大人。

"你们一定要好好的，就跟我和我家楚叔叔一样。"

提到她家楚叔叔，秦眠笑得十分傻。

温喻千看着她跟泡在蜜水里似的，一把搂住她："除了你楚叔叔，你还有我呢。"

"哎，温小千，你干吗突然这么煽情？"秦眠笑得很得意，"是不是跟男神在一起之后才发现你最爱的还是我？"

温喻千性子很内敛，基本没说过这种煽情的话，平时都是跟秦眠互损。这是她第一次说这种话，结果一下子就被秦眠破坏了情绪。

温喻千没好气地笑了，本来苍白的脸也被秦眠捏得泛起了红润，双眸雾蒙蒙的，很漂亮："你想得美。"

"我就是美，不接受任何反驳。"秦眠傲娇地扬起了白皙的下巴。

温喻千忘了手机上那如同定时炸弹一般的微信消息，下午陪着秦眠去迪士尼疯玩到晚上闭园。

大概是节日的原因，晚上还有烟花表演，秦眠玩得很痛快，拍了一堆照片。

烟花下，温喻千看着秦眠那张白得通透的脸，双唇缓缓抿紧。

晚上九点半。

温喻千回到酒店，整个房间昏暗一片，唯独客厅沙发旁的落地灯发出泛黄的光。

沙发上，穿着衬衣西裤的男人修长的身子挺得很直，端端正正地坐在沙发上，漆黑的瞳仁在昏黄的光线下显得格外暗沉，情绪翻涌。

他面前的白色茶几上摆放着一个精致的甜品纸盒，粉色的，很有少女心，与男人的阴郁形成鲜明的对比。

温喻千冷淡地瞥了他一眼，一句话没说，越过沙发，直接往右边的卧室走去。

商珩眉头紧蹙，语调带着风雨欲来的低迷："出去为什么不跟我说一声？电话也不接！"

温喻千疯玩了一下午，本来准备先洗个澡再跟商珩算账的。

比起楚江渊的事情，中午她的浴巾被商珩无意中拽下来似乎都是小事了。

温喻千下午没有再跟裴锦书聊天，怕裴锦书察觉到什么，只说等她来海城就见个面。

裴锦书今晚的飞机到海城，而下午四点半，楚江渊给秦眠打了个电话，说因为工作原因需要去鹿城一趟，明天回来再来接她。

后来没过多久，温喻千就接到了裴锦书发来的微信消息，说自己行程有变，不能跟她在海城见面，要改签去鹿城了。

事到如今，温喻千还有什么不明白的？分明是楚江渊怕秦眠知道裴锦书的存在，所以才引了裴锦书去鹿城。

不然怎么会这么巧？

楚江渊要去鹿城，裴锦书也说她老公要去鹿城了。

接下来的这几个小时，温喻千一直都在强颜欢笑，就怕被秦眠看出来，她大概用完了这辈子所有的演技。

此时听见商珩宛如质问的话语，温喻千闭了闭眼睛，让自己保持冷静。

商珩竟然跟楚江渊这样玩弄感情的渣男同流合污，温喻千觉得自己无法冷静地面对他。

"你别跟我说话，先等我洗完澡。我怕我会忍不住。"

说完，温喻千迅速进入卧室，"砰"的一声将房门关上。商珩甚至听到了锁门的声音。

商珩："……"

想到温喻千那强忍怒意的样子，他的眉头越蹙越紧，她晚回家，自己还没生气，她还气上了。

商珩从来都是主动出击的人，他按了一下门锁，随即从门把手上弹出来一个密码锁。

商珩冷静地输入密码，然后推门而入。他没有打扰在浴室洗澡的温喻千，直接走到床边坐下，听着渐渐沥沥的水流声。

这次，温喻千记得带睡衣和浴巾，想着等会儿要审问商珩，她没有穿惯常穿的睡裙，而是拿了件纯白的长款 T 恤，领口很紧，将锁骨遮得严严实实，只露出一截洁白如玉的脖颈。

她吹完头发才从浴室走出来。

可一出浴室门，她的脚步蓦地顿住了，湿润的红唇微张，错愕道："你怎么进来的？"

漂亮的眸子正对上闲闲地靠在床头的男人。

商珩正拿手机漫不经心地看第二天的行程，既然已经复出了，他自然不可能像现在这么悠闲。

这天大概是他最清闲的一天，偏偏她还跑出去跟别人玩了。

听到浴室门打开的声音，他抬头看过去，神色沉静，掌心轻拍床沿："过来。"

对上商珩的视线，良久，温喻千才蹙着眉头走过来："你是怎么进来的？"

说话时，温喻千下意识地瞥了一眼紧闭的房门，她不是反锁了吗？

商珩薄唇微启，不紧不慢地说了一句："哦，还有备用密码锁。"

温喻千觉得自己每次跟商珩说话的时候，都有种智商被碾压的感觉，总觉得自己智商不够用。

既然他过来了，温喻千也不跟他兜圈子，一把抓住他的手腕："你去床边站着。"

商珩似笑非笑地看着她："怎么，想家暴我？"

商珩等了她一个下午加半个晚上，本来心情就不怎么美妙。但此时看着小姑娘洗得白白净净的从浴室走出来，不知道为什么，他焦躁的情绪竟然在看到她的一瞬间平复下来。

然而平静了没多久，她后面的一句话就让商珩的面色一沉。

温喻千漂亮的脸上看不出什么情绪，她深吸一口气，突然开口："楚江渊结婚了。"

在看到商珩那一瞬间的脸色变化时，温喻千的心彻底沉了下来。

她本来心里还有一丝希望，例如他们早就离婚了，裴锦书说的跟老公的那些美好的时光都是骗她的。可现在百分之零点零一的希望在看到商珩默认的表情之后，彻底破灭了。

商珩难得被温喻千打得措手不及，想到白天跟楚江渊的谈话，再看看她那副失望透顶的模样，他觉得自己只能对不起兄弟了。

"是。"

商珩不愿意欺骗她，既然温喻千问了，那就说明她知道了。不过……她是怎么知道的？

楚江渊隐藏得那么深，在娱乐圈待了这么多年，都没有人扒出他结婚将近十年了。

看着温喻千摇摇欲坠的身子，商珩当真没想到秦眠对她来说这么重要。

他想要抱住温喻千，下一秒却被拍了一巴掌。她咬牙切齿，满脸都是怒气："别碰我，渣男！"

商珩："……"

真是强行替楚江渊"背锅"了。

他沉吟了几秒，不再强行抱她，免得她更生气："楚江渊跟他那个妻子很多年前就没有感情了。"

没有感情？

温喻千冷笑着看向商珩："这么多年没有感情，为什么不离婚？分居两年以上，法院就会判离婚。别给我找借口，你只需要告诉我，他离婚了没？"

商珩从来没有见温喻千像现在这么生气过，就算是结婚典礼那天，她都不像这样冷静漠然。

他宁可温喻千发脾气，也不愿意看到她将所有的怒气收敛，满脸嘲讽。

男人顿了几秒，说："虽然没有离婚，但是他自从跟秦眠在一起后，就一直在跟他妻子谈离婚的事，只是他妻子生病了……"

"借口。"温喻千气得想骂人。如果她不认识裴锦书，就真的信了这两个渣男的话。裴锦书明明好得不得了，哪像有病的样子。

"男人都渣！"

温喻千把商珩往床上一推，转身便要往外跑。

"你要去哪儿？"商珩反应很快，从身后搂住她的细腰。

因为她的挣扎，二人在大大的水床上滚了好几圈。

温喻千透过薄薄的家居服感觉到了男人的生理反应。

"都什么时候了，你居然还有这种心思。"

温喻千抬腿就要踹他。

下一秒，商珩攥住她细细的脚踝，将她往怀中一带，强行将她禁锢在怀中，俯身将她压在身下："你冷静一点。"

他这只是正常的生理反应而已，怎么到她嘴里就变成这么不堪的事情了？

温喻千精致如洋娃娃的眼里此时仿佛闪烁着灼灼火焰，下一刻就能将所有的东西焚烧殆尽。

"千宝，事情没有你想象的那么不堪……"

"你还想骗我。"温喻千挣扎不开，只能躺在床上，对上商珩那双依旧清冷的眸子，她眼底的怒意越发强盛。

果然，男人没一个好东西。

都这个时候了，商珩居然还无耻地帮楚江渊说话，那他以后是不是也会这么干？

家中红旗不倒，外面彩旗飘飘，看楚江渊把裴姐姐哄得服服帖帖，裴姐姐到现在估计还以为自己的老公是全天下最爱她的人吧。

校园爱情长跑，毕业就结婚，这样的爱情都如此不堪一击。

华丽的外表下是腐朽的内里。

令人作呕。

不知道楚江渊是不是像哄骗裴姐姐那样哄骗秦眠的。

商珩不喜欢说别人的坏话，尤其是女人，看她这么激动，他突然开了口："你怎么知道楚江渊结婚了？"

事到如今，温喻千也没必要瞒着了："我认识楚江渊的妻子。"

她语带嘲讽，看着若有所思的男人，嗤笑道："你说是不是太巧了？可能连老天都看不下去了，怕我们被你们两个渣男蒙骗，派人过来告诉我们真相。"

这件事情里，最无辜、最可怜的就是秦眠和裴锦书了。

"你以后不要跟裴锦书接触。"商珩把温喻千从床上扶起来，神色认真且平和，"她……很危险。"

商珩不愿意跟温喻千提那么黑暗的事情，他的女人就应该高高兴兴活在阳光下，天真纯粹，不需要了解那种东西。

"至于秦眠，楚江渊会跟她坦白，他今天提前离开就是去签离婚协议的。"

"你当我是傻子？"温喻千现在脑子格外清醒，她双眸轻合，再次睁开时，已经恢复冷静，"明明早就能签离婚协议，为什么要拖到现在？"

如果楚江渊早在跟秦眠确定关系以前就离婚了，或许温喻千还没有这么生气。

现在算什么？

秦眠清清白白一个女孩子，就这么被动地成了第三者。

无论楚江渊与裴锦书实质上是什么样的关系，不和也好，要散也罢，这跟秦眠又有什么关系？

只要他们没离婚，秦眠就是真正意义上的小三啊。

秦眠那么爱楚江渊，温喻千不敢想象，如果秦眠知道了真相会怎么样。

温喻千见商珩用长指抵着眉梢，不知道在想什么，一气之下往他小腹上一踹："不说话了，心虚了？你现在这么护着楚江渊，是不是以后也准备跟他有学有样？"

商珩猝不及防被温喻千踹了个正着，转而握住她的脚掌，嗓音体贴："千宝，每个人对待感情都不一样。"

"你别跟我说这些大道理，当初你明知道楚江渊已婚，为什么不早些告诉我？"

温喻千说完，双唇紧抿，等着商珩的答案。

"我也是后来才知道的。"商珩头疼地看着不依不饶的温喻千。

虽然楚江渊是他在娱乐圈难得认可的朋友，却并不代表他们关心彼此的感情生活。就如同楚江渊也是在收到请柬时，才知道商珩要结婚了。

商珩当初把楚江渊带去见秦眠，一是为了把温喻千顺势夺过来，二是楚江渊说他想补偿秦眠。

谁能料到，楚江渊真的爱上了秦眠……

楚江渊说自己会解决好与裴锦书的婚姻问题，到时候会跟秦眠坦白，请他暂时不要告诉温喻千。

因为他是真的爱秦眠。

三十多年来第一次这么爱一个女人，楚江渊曾跟商珩说过，他现在是为了秦眠而活。

一个三十多岁的男人，站在他面前说这样的话，商珩虽然内心没什么波澜，但还是答应了。

"你心疼你兄弟，所以就让我闺密当第三者吗？"温喻千听完商珩的解释，果断转过身去，只留一个黑漆漆的后脑勺对着他，"好了，你不用说了，我现在不想听你说话。"

看着温喻千纤细单薄的背影，商珩沉思了几秒，还是从背后轻轻地把她抱在怀中："千宝，你最聪明，冷静下来想想。是瞒着秦眠对她好，还是告诉她更好。无论你想怎么做，我都支持你。"

至于楚江渊，商珩非常冷酷地想，这都是他优柔寡断惹出来的祸，还害得他跟千宝夫妻离心，就算秦眠跟他分手也是他活该。

商珩神色淡漠，唯独看向温喻千的时候才会柔软几分。

温喻千感觉到商珩的怀抱，她知道自己是在迁怒于他，也累了，不想挣扎，便任由他抱着，只是纤细的身子一直绷得很紧。

夜深人静。

温喻千依旧毫无睡意，她睁开双眸，静静地看着还游着鱼的蓝色天花板，眼神逐渐涣散。

其实商珩说的她都懂，他的立场她也可以理解。

可是一想到他瞒着自己这么大的事情，温喻千就接受不了，而且事关秦眠。

秦眠太无辜了。

凌晨两点，鹿城某郊外别墅。

楚江渊高大修长的身影立在窗前，看着外面路边那一排昏暗的路灯，眼底冰凉一片。

突然，一个女人从身后抱住了他。

楚江渊身子蓦地一僵，迅速转身，长臂抵着她的肩膀，将她推离了自己。

"签字吗？"

楚江渊松开手，站在床边，点燃了一支香烟，看向对面的女人时，英俊的脸上满是浓重的倦色。

裴锦书清冷秀美的脸上快速闪过一丝迷茫："我们明明那么相爱，为什么要离婚？"

"相爱？"楚江渊吸了一口烟后，缓缓吐出来。

在昏黑的环境里，隔着烟雾，他们能清晰地看到彼此所有的表情。

"锦书，别自欺欺人了。"楚江渊眼底犹带痛苦。

到底是从什么时候开始，他们变成了现在这个样子？

是他进入娱乐圈后，裴锦书一次次地疑神疑鬼，总怀疑他跟女粉丝有一腿，还是她一直深陷自己构想的世界里无法沟通？

裴锦书可以一直活在幻想之中，可他现在不想配合她了，他还有秦眠。

裴锦书不断地摇头，不是的，不是的，他们是相爱的，怎么会是自欺欺人呢？

"我没有自欺欺人，你忘了吗？我们第一次接吻的时候，你说，你喜欢我，喜欢我的长发，所以我一直都留长发；你喜欢我穿白色的裙子，所以我一直都穿白裙子。

"我们第一次的时候，你说会对我负责一辈子，要娶我。当时你买了一枚银戒指，你看我还戴着。

"你还说，等你赚钱了，会给我换大钻戒。我一直等着你给我换钻戒，可无论换多少枚，我只喜欢这一枚银的。"

裴锦书伸出细长干净的手，中指上戴了一枚朴素的银戒指。

楚江渊的目光落在那枚戒指上，双眸微闭，想要回忆那时，脑海中却浮现秦眠的如花笑靥。他轻弹指间的烟灰："锦书，十年了，放过我，也放过你自己吧。"

他越过裴锦书，从客厅茶几上拿起那份离婚协议书，连同笔一起递给裴锦书。

变化就在一瞬间，裴锦书眼底的情绪猝然大变，清冷的脸上闪过一抹狠厉。她情绪崩溃，歇斯底里道："是不是外面又有女人勾引你了？是谁？！是给你写信的那个女粉丝，还是送你玩偶的女粉丝，或是跟你一起拍戏的那个女演员？是谁？！

"到底是谁抢走了你？！

"你明明爱的是我，她为什么要抢走你？

"阿渊，如果离婚，那我宁可去死！"

楚江渊眸色一沉，立刻上前禁锢住裴锦书，可她手里不知道什么时候多了一把水果刀。

刀刃银亮，在黑暗中闪着冰冷的光。

裴锦书动作很快，在楚江渊上来之前，用刀刃往手腕上划了一下。

血簌簌地往下滚，打湿了楚江渊的掌心。

又是这样。

每次都是这样。

楚江渊眼底一片猩红，夺过那把沾染了鲜血的水果刀，狠狠地攥着她的手腕，往客厅走去。

灯亮了。

他熟练地给她包扎，看着血凝固，紧紧抿着薄唇，眉锋利如刀刃。

裴锦书看着煞白的纱布，眼里的歇斯底里渐渐消失，重新恢复往日的清冷迷茫。她的脸色比纱布还要苍白，眼泪不自觉地流了出来："对不起，阿渊，我也不知道自己怎么了。

"只要你一提到离婚，我就控制不住自己的身体。

"对不起，对不起。"

她反握住楚江渊的手腕："我们不离婚，好不好？阿渊，我真的不能失去你。我不打扰你的生活，你不要跟我离婚。"

楚江渊推开她，整个人坐在沙发上，用手背挡住客厅刺目的光线。

而裴锦书手腕上还缠着纱布，却主动收拾起了客厅。连那把水果刀，她都捡起来丢进了垃圾桶，然后又将桌子和地板擦得干干净净。

客厅明亮的光线下，一切都仿佛没有发生过一样。

英俊却疲倦的丈夫，清冷却娴静的妻子。

如一场虚幻的梦境。

不知道过了多久，楚江渊沙哑的嗓音缓缓响起："我们分居两年以上了，诉讼离婚吧。"

说完，楚江渊捡起地上的离婚协议书，从沙发上站起来，头也不回地离开。

裴锦书仿佛没有听到他这句话，跟在他身后，立在玄关旁目送他，嗓音一如既往清淡低柔："好好照顾自己。"而后她转身回了自己的画室。

裴锦书的表情变回了之前的清高孤傲。

她长居鹿城，这里有她单独的画室，这里放置了她很多的作品。

画室很大，两边的墙壁上的画却泾渭分明，一边是极其黑暗森冷的色调，一边却笔触温暖，完全不像是出自一人之手。

而最尽头那幅巨大的画作上蒙着白色的画布，因裴锦书推门而入时带起的气流而卷起了一个小边，露出一只女人纤细的手臂。

画布很快便安静地落回原地。

裴锦书并没有着急画画，而是走到尽头，用绑了纱布的那一只手，轻轻地触碰了一下那盖住画作的画布，停顿了几秒，没有掀开。

翌日清晨，阳光暖融融的。海城的阳光一年四季都是暖暖的，即便现在是深冬之时。

温喻千一夜未睡，直到天快亮了，才浅浅地睡了一会儿。

寂静的空间内，手机振动声猛然响起。

温喻千揉着酸涩的眼睛，有些睁不开，半闭着眼睛摸到了手机。

昨晚跟商珩闹了一晚上，她居然忘记关机了。不过幸好没关，才能接到陈教授的电话。

前天她让何羡川收尾的那个应用系统出了问题，而陈教授好不容易请来的专家也提前到了青大。

陈教授语重心长："别怪我打扰你的假期，等计算机大赛结束，我会给你们放一个长假。"

温喻千看了一眼时间，回道："好，教授，我下午就回去。"

一出声，她才意识到自己嗓子有多哑。

挂断电话后，温喻千突然发现床上少了个人，下意识地摸了一把床的另一侧，冷冰冰的，商珩估计早就起来了。

跟教授通完电话后，温喻千彻底清醒了。她的嗓子有些不舒服，刚准备下床倒杯水，余光却瞥到了床头柜上的那杯白开水。

温喻千定定地看了那杯水半晌。

商珩似乎在贴心与细心这方面一直都做得很好。

想到一开始还不知道他真实身份的时候，自己就是被他这种特别有眼力见的贴心给吸引了，才会选择给他钱，让他假扮自己的男朋友。

她的手掌轻轻圈住那杯水，指腹感受着玻璃杯的温度，还是温热的。

床上他那边的被单已经凉透了，而玻璃杯里的水却是温热的，这说明商珩来换过水，才能一直保持这种随时入口的温度。

温喻千嗓子微微发痒，拿起杯子喝了一口水。

房门被轻轻推开，隔着杯子，温喻千看到了男人挺拔清俊的身影。

她指腹略略一顿，而后便若无其事地将半杯水慢慢喝完。

商珩洞察力多强啊，自然看到了温喻千的眼神，知晓她还没有原谅自己。

"下午我带你去杂志拍摄场地玩，好不好？"男人徐徐走来，在她面前站定之后，对着她温声问道。

温喻千"哦"了一声，过了几秒，才淡淡回道："学校有事，我下午得回去，所以可能没办法去玩。"

商珩的双眸倏地暗下来，长指按着她，掌心下是少女瘦削的肩膀。

他低垂双眸，在她迷茫的眼神下，用温凉的长指捧起她的脸，目光强势，逼迫少女与他对视。

独属于男性的气息萦绕，让温喻千喘不过气来。

她屏住呼吸，双手抵在他的胸膛上，刚要往外推，却听到他近乎低喃的声音在她耳边响起，动作一下僵住了。

"宝宝，我错了。"

温喻千纤瘦的身板几乎被商珩挺拔的身形笼罩住，他们离得很近，除了彼此的呼吸声之外，再也听不到其他声音。

她漂亮的桃花眸对上男人那清透的双眸，红唇微微张着，想要说些什么。只是此时她脑子里很乱，还没有整理好思绪。

她想过很多种早晨醒来跟商珩对话的场景，唯独没想到商珩会这么痛快地跟她道歉。

她的睫毛剧烈地抖动，许久没有说出话来。

男人不着急，用长指慢慢描摹着温喻千细腻的肌肤，徐徐道："我真的错了，我跟楚江渊那个渣男绝交。你原谅我，好不好？"

男人那句"好不好"，轻飘飘地在温喻千的耳边响起，却像是沉沉地敲在她的心尖上。

说话时，商珩的掌心托着她的下巴，向上微微用力，让她迷蒙的眸子看向自己的眼睛，让她可以看清楚自己眼中的认真。

温喻千并不是不讲道理，商珩所站的角度不同，决定了他不会开口跟她和秦眠讲出实情。

可……她就是过不了心里这一关。

都好几个月了，商珩哪怕暗示她一次也好啊。

温喻千的表情实在是太好懂了，商珩居然看出了她的小情绪，嗓音未变，依旧温柔且认真："我暗示过你，让秦眠跟楚江渊不要太认真。"

温喻千："……"

仔细一想，商珩好像真的提过。

从温喻千的视线角度，能看到男人高挺白皙的鼻梁。他大概是在外面工作，忘了摘下鼻梁上的银色细框眼镜，隔着薄薄的镜片，能清晰地看到男人眼神中的笃定。

她睫毛覆在下眼睑上，几秒钟后："我不是跟你置气，陈教授刚才给我打电话了。给我们做赛前辅导的老师到了，我们得去见个面。"

她是不是说谎，商珩是能看得出来的。

他慢慢松开手："好。秦眠跟楚江渊的事情你别管了，也不要再跟裴锦书联系。"

温喻千不明白商珩为什么说裴锦书危险，她跟裴锦书吃过几次饭，还逛过几次街，也没觉得她哪里危险呀。

倒是楚江渊，才是真的危险。

她双眸微眯，脸色说变就变，冷睨着商珩："是你应该离楚江渊远一些才对。"

"楚江渊要离婚了。"商珩想到凌晨接到的电话，语气平淡，"你若是真的为了秦眠好，还是等楚江渊离婚之后再说吧。"

温喻千没有给商珩答案。

至于怎么做，她不需要他指点。

第十五章
古 怪 教 授

机场外面的豪车内，商珩看着褚谦送温喻千进机场，修长的手指轻轻揉了一下额角，心中轻叹。

好不容易见了一次面，他们都没有好好培养感情，她还更生气了。

开车的白岸从后视镜看到自家艺人情绪不高，想到待会儿要去拍摄杂志封面，那可是超一线的封面杂志呀，要是商珩一直这种脸色的话，搞不好下午的新闻标题就是商珩要大牌，给工作人员甩脸子了。

白岸小心翼翼地问道："珩哥，你今天怎么了，跟太太吵架了吗？"

商珩手臂撑着脑袋，漫不经心地抬头："听说你最近谈恋爱了？"

白岸脸一红，声音细若蚊蚋："嗯……"

他完全没想到商珩会突然把话题转移到他身上。

"你女朋友生气了，你都是怎么哄的？"商珩还真不是关心工作人员的私事，也不是八卦，就是单纯地想知道怎么哄。

白岸蒙了一瞬后明白过来，珩哥果然是惹商太太生气了。

他老老实实地回答："送礼物，制造惊喜。她一感动或者一高兴，就不生气了。"

感动吗？

惊喜他制造过，贵重礼物他也送过，就是没有让她感动过。

什么能让她感动呢？

白岸继续道："您还没有跟商太太求婚吧，不如领证之前，您先求个婚怎么样？"

"求婚？"

"对呀，女人都喜欢这种仪式感的。"白岸想到自己也是最近两天才"脱单"，还真给不了自家艺人什么好的建议。

他只能按照平时刷小视频和微博看到的，挑一些跟自家艺人说。

商珩若有所思，直到到了拍摄场地，他的情绪才恢复正常。下车时，商珩对白岸道："如果这次成功哄好了我太太，明年给你涨工资，翻倍。"

白岸："……"

什么？

翻倍？！

白岸本来还不是特别激动，一听到工资翻倍，立刻激动了，追着商珩下车，快走了两步："珩哥，等一等，我还有更好的哄女孩子的法子，咱们再重新讨论一下，或许可以一招哄好您太太。"

温喻千离开酒店的时候，才看到秦眠清晨五点多给她发的微信消息，说她坐早晨七点的飞机，她家楚叔叔在鹿城国际机场等她。

剩下的两天元旦假他们要去国外的小岛度过。

想到秦眠兴冲冲的模样，温喻千深吸一口气，将想要告诉她真相的想法压在了心底，最后强颜欢笑地给她回："你好好玩，记得给我带礼物。"

幸好是在微信上聊，如果打电话的话，秦眠肯定会发现她的不对劲。

温喻千不知道自己还能隐瞒多久，但是这两天……就让眠眠高兴一下吧。

她手指一顿："眠眠，你回来了告诉我一声，我请你吃海鲜大餐。"

秦眠一直想去青大门口新开的那家高级海鲜自助餐厅吃一顿。

秦眠："好啊，好啊。"

温喻千犹豫了许久，才试探性地回了一句："要不你离开你家楚叔叔？我永远养你！"

秦眠："嘿嘿嘿闺密诚可贵，老公不能抛。温小千，我就知道你一直暗恋我！"

温喻千："哼，不高兴了。"

秦眠："但我还是爱你的，乖，等我给你带礼物。"

温喻千望向窗外，将手机关机。

飞机开始起飞，越升越高。在云层中穿梭时，温喻千看着下面如蚂蚁似的建筑物，觉得自己可能对海城这座繁华的都市有阴影了。

下午三点半，温喻千站在了青大校园门口。

何羡川早就望眼欲穿："学姐，你终于来了，这一天一夜，我真是度日如年啊。"

温喻千看着何羡川，精神有些不济。但她还是打起精神，跟着他一起往研究实验楼走去。

"那个应用系统哪里出问题了？"

何羡川一边走，一边解释："是这样的……"

温喻千听了一路，终于知道到底是哪个地方不对了："好，我知道了。对了，陈老师提到的那位专家，你见到了吗？"

何羡川一拍脑袋："忘了跟你说了，那位专家你之前可能见过，没想到他居然厉害到连计算机领域都有涉猎。

"只是他在计算机领域用的是代号，没有用真名。

"我小时候也是被喊着天才神童长大的，没想到来了青大以后，遇上了学姐您不说，现在又来了一个，而且这位更厉害。"

物理专业跟计算机专业，两个完全不同的领域，但偏偏这位厉害到在两个领域都是顶尖人才。

关键是他还不到三十岁！

温喻千听他说了一堆，还是没弄清楚："我哪里认识这么厉害的人？"

青大有这样的人吗？

还是说以前在计算机大赛上遇到过的对手的老师被陈教授请来了？

何羡川一脸神秘兮兮，小声地在温喻千耳边用那种崇拜的语气说道："学姐，就是咱们青大的吉祥物啊！"

说到"吉祥物"时，何羡川突然像吃了柠檬一样，酸了。

毕竟，他们青大的两大吉祥物，一个是温喻千，一个就是那位大佬。

同为天才，为什么他没有名字？

突然羡慕嫉妒恨晏梵教授了，可以跟学姐并称青大吉祥物。

青大吉祥物？

在温喻千的印象里，青大吉祥物只有一个人，那就是晏梵教授，物理系最年轻的教授，他们青大校长好不容易请来坐镇物理研究院的大神。

温喻千没有注意到何羡川酸酸的表情，漆黑的瞳仁也染上几分震惊。

自从来了青大后，一直在他们计算机训练室隔壁的物理研究室沉迷于研究的晏梵教授，居然在计算机领域也有所涉猎。哦，不对，应该不是有所涉猎，应该是也这么拔尖。

这到底是什么星球来的外星人，这还是人类吗？

难怪之前陈教授一直没有说这位教授的名字，估计是他不想透露自己的双重身份吧。

何羡川酸归酸，还是在温喻千耳边解释："之前陈教授给咱们看的那几篇关于计算机应用系统的论文、获得大奖的文章与应用实践，和已经划入重点项目的，都出自晏梵教授之手。"

当初温喻千他们还问过这位从来不署真名的大佬到底是谁，但陈教授绝口不提，很是神秘。

很快，温喻千与何羡川便到了他们平时训练的计算机训练室，只是透过玻璃墙壁，没看见里面有人。

温喻千看向何羡川："晏教授呢？"

不是说在等着了吗？

何羡川淡定地带着温喻千去了隔壁的物理研究室，轻轻地敲了三下门，然后往后退了一步。

不多时，房门便被打开了。

穿一身白大褂的男人出现在门口，他个子太高了，温喻千需要仰着头才能看清楚他的面容。

这还是温喻千第一次这么清楚地看到这位教授的真容。

重点是，他真的很年轻，看着不过二十岁出头的样子，表情淡漠，整个人如同冰雕的一般。他说话时，薄薄的唇瓣微启，嗓音淡得如清晨的云雾：“进来。”

晏梵对上温喻千悄悄打量的眼神，略顿了半秒，便淡淡地移开。

温喻千看着他的背影，总觉得浑身上下冷飕飕的。

这位年轻的教授怎么古古怪怪的？

这种绝世天才都有小脾气吗？

“坐。”晏梵指着研究室门口的两个座位，“稍等片刻。”

温喻千一进门，便嗅到了淡淡的消毒水味。一个物理研究室搞得跟生化研究所一样，除了一排排的物理研究器具之外，只有最前面的桌子上有一台笔记本电脑。

此时笔记本电脑开着，上面记录了密密麻麻的研究数据。温喻千看不懂，只是瞥了一眼，便移开了视线。

何羡川倒是很激动，颇有兴致地到处观察，他还是第一次来这个研究室。

晏梵虽然就在他们隔壁，但从不跟他们交流，更别提串门了，谁敢跟这位看着就是一朵高岭之花的大神交流呢。

温喻千的手机振动了几下。

她拿出手机，垂眸看着屏幕上男人发来的消息。

小晏先生：“千宝，这是我的行程表。”

第二条消息就是一张照片，拍的是他的行程表。

温喻千用指腹慢慢地摩挲着手机背面，没有着急回复他的消息，双唇微微抿着。

谁稀罕知道他的行程，自作多情，爱去哪儿去哪儿，反正她现在也不想看到他。

温喻千觉得，秦眠那件事情如果解决不了，她恐怕都不愿意看到商珩。一看到商珩，她就会想到闺密被骗了。

她轻轻吐息，半晌才按了几个字。

这时，何羡川已经打量完整个研究室，偏头想要跟温喻千讨论一下。谁知，余光竟然不小心瞥到了温喻千的手机屏幕上方备注的名字。

他有些吃惊：“学姐，你也有姓晏的朋友啊？我还以为晏梵教授的这个姓氏不常见呢。”

“确实不怎么常见，他不姓晏。”温喻千指尖一动，摁灭了手机，看着何羡川，冷静地回道。

旁边正在处理实验数据的晏梵微微偏头，淡淡地看了温喻千一眼。

"可以了，走吧。"

十五分钟后，晏梵慢条斯理地在室内洗手池反复洗了好几次手后，才戴上一双洁白无瑕的手套，对他们说道。

温喻千在他脱下白大褂后，才发现他的洁癖是真的很严重。

另外，她看到晏梵在发现自己的衣袖因为走路有一点折痕时，居然都会停下来，不急不慢地整理好，然后才继续走。

而且他每次整理的时候都不厌其烦。

明明只要手臂一动弹，衣服就会有折痕。

这种已经是强迫症级别的洁癖了，温喻千看着都有些接受不了。

不过，幸好晏梵的效率很高，短短一个小时，便将他们的水平摸得差不多了。

晏梵准备离开时，对他们说道："从明天开始，每天上午八点到十点，在这里上课。"

"谢谢晏教授。"

晏梵微微颔首。

三个人刚走出教室门口，迎头便撞上了陈教授。

陈教授年过六十，依旧精神矍铄，看到他们时，脸几乎笑成了一朵花，相当和蔼可亲："都解决完了？我这两个学生怎么样？"

后面这句是问晏梵的。

对这两个学生，陈教授格外自信。

谁知晏梵依旧表情冷淡，不咸不淡地开口："哦，还不错。"

温喻千："……"

她怎么觉得晏梵这话有些意味深长，搞得她跟何羡川像是菜市场上论斤卖的猪肉。而晏梵就是买家，还是那种没什么购买欲的买家，可有可无，十分敷衍。

偏偏陈教授像是没听出人家的敷衍一样，还特别高兴："好，好，好，为了感谢你出马，我请你吃饭。你们也一起来。"

温喻千正看着晏梵。

没想到晏梵在听到陈教授这句话后，蓦地垂眸看向她。

二人对视半秒。

温喻千心惊胆战地移开视线。

随后她便听到了晏梵平淡的声音："好。"

不知道为什么，温喻千被晏梵这一眼看得紧张万分。

下一秒，晏梵突然又看向何羡川，语气轻飘飘的："你们很般配。"

温喻千："啊？"

什么东西？

何羡川："啊？"

他倒是想，但是学姐已经有男朋友了呀。

温喻千完全没想到，这位看着冷淡且奇怪的年轻教授居然这么八卦。

她解释道："我跟何学弟不是那种关系。"

何羡川连忙点头："温学姐已经有男朋友了，晏教授误会了。"

他生怕自己解释得迟了，会让学姐觉得尴尬。

可晏梵没有听他们解释，说完便跟着陈教授离开，留下温喻千与何羡川面面相觑。

何羡川："学姐，晏教授这是什么意思呀？"

温喻千比何羡川要淡定得多，很快便平复好情绪，红唇微启："大概是太无聊了，八卦吧。"

何羡川看着温喻千远去的纤细背影，清瘦英气的脸上染上几分疑惑，自言自语道："晏教授看着不像是会八卦的人。"

难道他跟学姐真的很有夫妻相，让晏教授都觉得他们很般配吗？

温喻千从海城回来之后，便日日泡在计算机训练室内，她觉得自己的头发都要秃掉了。

这位晏教授真的是个工作狂人，上午两小时的训练结束后，便给他们布置任务。任务越来越难，难得温喻千只有在深夜才有空思考秦眠跟楚江渊的事情要怎么办。

温喻千已经想好了，等秦眠度假回来，她就找机会去试探探她。

不过温喻千没等到秦眠回来，倒是先等到了裴锦书。

裴锦书来北城参加一个美术讲座，地点就在青大校园内。

这天下午，青大校园内的咖啡馆。

温喻千与裴锦书相对而坐，她静静地看着裴锦书搅动咖啡的样子，素指纤纤，秀美的脸上表情平静清冷。

发现温喻千在看她，裴锦书撩起耳侧的一缕碎发，朝她微微一笑："怎么这么看着我？"

温喻千一晃神，眼底仿佛浮上一层淡淡的雾气一般，过了半晌才反应过来："裴姐姐长得好看，让我都看呆了。"

"你人长得甜，嘴也甜。"裴锦书听后，轻轻一笑，"上周在海城没见成，我一直惦记着你，幸好今天要来青大听讲座，不然我们还不知道什么时候才能见面。"

侍应生将甜品端上来以后，裴锦书便推给了温喻千："给你点的草莓慕斯。"

"谢谢裴姐姐。"

面对友善的裴锦书，温喻千以前还能把她当朋友，现在总觉得心情很复杂。

毕竟比起与裴锦书的君子之交，她跟秦眠的关系更密切。

可这件事情，裴锦书也是无辜的。

越是跟裴锦书相处，温喻千就越觉得楚江渊真的太渣了。家里有这么优雅娴静且有才华的太太，到底为什么要出去哄骗别的女孩子呢？

"裴姐姐，你上次突然改签去鹿城，跟你老公见上面了吗？"温喻千恍若无意地问道。

"见了。"裴锦书本来清冷的眸子里闪过一丝苦恼，"不过我们闹得不太愉快。"

温喻千心尖一颤，想到了商珩上次说的话，他说楚江渊回去是要跟裴锦书谈离婚的，便问："为什么？"

就在温喻千思绪万千之际，裴锦书轻声叹了一口气："他想要个孩子。"

（未完待续）

图书在版编目（CIP）数据

极致沉迷 / 臣年著 . -- 北京：台海出版社，

2024.8

ISBN 978-7-5168-3795-5

Ⅰ . ①极… Ⅱ . ①臣… Ⅲ . ①长篇小说—中国—当代

Ⅳ . ① I247.5

中国国家版本馆 CIP 数据核字 (2024) 第 002656 号

极致沉迷

著　　者：臣　年	
出 版 人：薛　原	策划编辑：阿　乔
责任编辑：魏　敏　李　媚	封面设计： 46设计 QQ: 1067244694

出版发行：台海出版社

地　　址：北京市东城区景山东街 20 号　　邮政编码：100009

电　　话：010-64041652（发行，邮购）

传　　真：010-84045799（总编室）

网　　址：www.taimeng.org.cn/thcbs/default.htm

E - m a i l：thcbs@126.com

经　　销：全国各地新华书店

印　　刷：长沙鸿发印务实业有限公司

本书如有破损、缺页、装订错误，请与本社联系调换

开　　本：880 毫米 ×1230 毫米　　　1/32

字　　数：360 千字　　　　　　　　印　　张：11

版　　次：2024 年 8 月第 1 版　　　印　　次：2024 年 8 月第 1 次印刷

书　　号：ISBN 978-7-5168-3795-5

定　　价：49.80 元